태양의 피

태양의 피

김율 장편소설

손안의책

Contents

1장 모든 것은 룰이 있다

"죽어가는 노루를 본 적이 있어…. 자네도 본 적 있나?"

정묵의 이야기가 또 시작됐다고 간병인 김 씨는 생각했다. 지금까지 그녀가 쌓아온 나름의 경력은 힘없는 노인들을 상대하는 데 문제가 되지 않았다. 하지만 그는 좀체 종잡을 수 없는 노인네였다. 치매를 앓고 있는 노인들은 패턴이 있다고 할 만큼 늘 공통적인 모습을 보인다. 밤낮없이 쉬지 않고 어느 시절의 이야기를 늘어놓거나, 식탐이 생기거나 사람을 못 알아보는…. 어디선가 봤을 법한 증상들 말이다.

그런 면에서 정묵은 지금까지 봐 왔던 치매 환자에서 빗나가 있었다. 아니 과연 그가 정말 치매 환자인지 김 씨는 믿을 수가 없었다. 병명은 의사가 결정한다. 간병인은 그 병에 맞는 병구완만 하면 그뿐이다. 치매 환자라고 하니 치매 환자처럼 대하는데 그것이 문제였다. 정묵은 어린아이 다루듯 다룰 수 있는 일반적인 치매 환자가 아니었다. 그러다 보니 그녀의 인내도 점점 한계에 다다르는 중이었다.

"내가 하는 말 못 들었냐! 귀가 먹었어?"

"듣고 있습니다. 전에도 말했잖아요. 제가 그런 걸 어디서 보겠어요!"

구간 반복을 하는 영화처럼 이 시간에는 늘 비슷한 광경이 연출됐다.

"병신 같은 년…."

늘 듣는 욕이지만 그의 욕은 유난히 사람의 감정을 상하게 하는 특유의 톤이 있었다. 배려라고는 찾아볼 수 없는 인색한 말투였다. 그리고 상대의 눈을 주시하는 버릇을 가지고 있었다. 지금은 세상의 때를 다 흡수한 듯한 불투명한 눈이지만, 그래도 눈빛만은 살아 있어 상대를 주눅 들게 했다. 보통 정묵과 눈을 마주치는 사람은 먼저 시선을 피해버리고는 한다. 그 눈빛이 자신의 마음을 꿰뚫어 보는 듯한 느낌을 주기 때문이다. 총기 잃은 그의 눈이 이 정도라면 젊은 시절의 정묵은 안 봐도 뻔할 거라고 김 씨는 생각했다.

욕에 대한 반응을 어떻게 보여야 할지 그녀는 고민하고 있었다. 물음에 대한 답을 보일 때마다 그의 반응이 늘 달랐기 때문이다. 그냥 넘어가는 날도 있었지만 방이 엉망진창이 된 적도 많았다. 당장 그가 누워 있는 침대 옆 탁자 위의 달력이 날아온다 해도 특별한 일이 아니었다. 그럴 때마다 김 씨는 수치스러웠다. 폭언을 치매 노인의 증상으로 치부하기엔 그는 너무나 정상적인 상태였기 때문이다.

그런 정묵은 김 씨의 생각을 꿰뚫고 있었다. 상대의 심리 상태를 정확히 읽는 능력은 현역 시절 수많은 범죄자들을 상대하며 체득한 감각이었다. 그녀는 지금 화가 나면서도 표현할 방법을 몰라 머리를 굴리고 있을 것이다. 자신의 무고함과 분노를 표현할 적절한 대상을 찾지 못할 뿐이지만.

태양이 바다에 걸리자 붉은 석양이 병실 안까지 들이쳤다. 김 씨의 하얀 실내화가 핏빛으로 물들었다. 그녀는 창문으로 다가가 커튼을 쳤다. 병실이 순식간에 어두워지자 정묵의 눈이 빛났다. 그것은 어둠 속에서 먹잇감을 바라보는 맹수의 눈빛이었다. 김 씨는 순간 자신의 행동을 후회했다. 짧은 시간이었지만 어둠은 적막을 불러왔다. 그녀는 정신을 가다듬었다. 이제 여기서 일할 날이 며칠 남지 않았다.

"커튼 치워 이년아! 왜 가리고 지랄이야!"

갈라진 쇳소리가 병실에 울리며 침묵이 깨졌다.

"해 들이쳐서 쳤잖아요. 에어컨 종일 틀어도 안 시원한 거 봐요!"

그녀가 처음으로 정묵에게 언성을 높였다. 누워있던 정묵이 벌떡 일어나 거칠게 그녀를 밀치고 커튼을 걷었다. 검붉은 석양이 다시 병실을 채웠다. 흰 시트로 정돈된 그의 침대가 피로 물든 것처럼 붉게 도드라졌다.

"퇴근할게요. 어르신 이러면 다음 간병인도 못 버텨요!"

그녀는 있는 힘껏 문을 닫고 나갔다. 복도까지 정묵의 욕이 쩌렁쩌렁 울렸다. 멀리 병동 안내대에 있던 간호사들이 김 씨를 바라보았다. 그녀가 엘리베이터 앞에 다다르자 병실 밖으로 새어 나오던 정묵의 욕이 웃음소리로 바뀌었다.
"미쳤어, 정말! 또라이 새끼!"

정묵은 이곳 강화요양병원의 VIP 환자다. 외지인이라면 병원인지도 모르고 지나칠법한 후미진 언덕에 있는 허름한 노인요양병원이다. 공기 좋고 조용한 곳에 부모를 모시겠다는 명분을 가진 불효자에겐 이보다 더 좋은 장소는 없을 것이다.

하지만 정묵은 자발적으로 이곳에 들어왔다. 그는 처음부터 치매로 입원한 것이 아니었다. 1년 전 부인이 죽자 그는 집을 나와 편히 묵을 곳을 물색했다. 많은 세간도 필요하지 않았다. 그런 그에게 요양병원 VIP실은 간편하고 소박한 삶을 구현할 수 있는 최적의 장소였다. 그리고 그가 좋아하는 석양을 마음껏 볼 수 있는 곳이었다.

강화도 토박이에 전직 형사 출신이다 보니 이 지역에서는 여기저기 그를 아는 사람이 많았다. 요양병원 원장도 그중 한사람이었다. 공실 많은 변두리 요양병원의 병실 하나쯤 전세 내는 건 정묵에게 그리 어려운 일도 아니었다. 돈이면 안 되는 게 없는 세상이니까. 그는 이곳 강화도에 상당한 땅을 소유한 재력가이기도 하다.

아들 내외는 서울에서 함께 살자고 했지만, 그에게 강화도는 떠날 이유가 없는 땅이었다. 며느리는 주기적으로 정묵을 찾아왔다. 병원 사람이라면 다 아는 목적을 가지고 효부 행세를 하는 여자다. 그래서 개인 간병인도 그와 맞게 꼼꼼하게 선정했다. 월급이 많은 대신 가정이 있는 여자여야 했다.

"벌써 그만두시면 어떡해요? 약속하고 다르잖아요."

김 씨는 병원 휴게실을 가득 채운 서영의 향수 냄새에 머리가 아파 왔다. 평소 같으면 코라도 막으며 한마디 했을 그녀였지만 남은 급여를 받아야 하는 약자의 입장에서는 선불리 고용주의 심기를 건드릴 이유가 없었다. 계약이라는 건 항상 파기하는 쪽이 위축되기 마련이다. 애꿎은 종이컵의 테두리를 구기며 그녀는 마음속으로 백번도 더 되뇐 말을 꺼냈다.

"더는 못하겠어요. 다 좋은데… 사람이 정도껏 해야지. 나는 이제 못해요, 못해."

김 씨가 서영에게 일을 그만두겠다고 말했다. 안 그래도 골이 파인 서영의 미간 주름이 도드라졌다.

"아줌마 때문에 또 사람 구했잖아요. 정말 너무하시네."

김 씨는 당황했다. 그래도 몇 번의 회유는 있을 것이라 생각했다. 어떻게 나온다 한들 그만둔다는 마음에는 변함이 없었기에 서영이 붙잡으면 거절할 여러 이유도 만들어 두었었다. 그러나 그녀의 사표는 일사천리로 어떠한 설명도 필요 없이 빠르게 접수되었다.

"아줌마 그만두는 날에 다음 간병인 오라고 했으니 인수인계나 잘해주세요."

서영이 먼저 자리를 떴다. 철제 의자가 시끄러운 마찰음을 내며 그녀를 대신해 화를 냈다. 김 씨가 제일 싫어하는 골 아픈 향수 냄새는 아직 병원 휴게실에 고여 있었다. 테이블 위에 놓인 병원

팸플릿을 펼치고 허공을 휘저었지만, 원망 섞인 고약한 공기는 그녀 주변을 떠나지 않았다. 그만둔다는 홀가분함이 아니었다면 숨이 막혀 죽었을 거라고 김 씨는 생각했다.

시간에 몇 대 없는 버스를 놓치지 않으려 서두른 양림은 차에 타서도 계속 땀을 흘렸다. 창밖의 풍경은 싱그러운 녹음이 가득했지만, 실상은 5분도 버티기 힘든 불볕더위였다. 한여름의 강화도는 바다의 습기를 머금은 공기 때문에 체감 불쾌지수가 뉴스에서 나오는 수치의 몇 배였다. 버스 에어컨은 팔에 소름이 돋을 정도로 시원한 냉기를 뿜어내고 있었으나, 이미 눅눅해진 옷 때문에 온전히 시원함을 만끽할 수 없었다. 머릿속에서부터 흘러내린 땀이 볼을 타고 흘렀다. 애써 단장한 얼굴이 외출한 지 몇 분도 되지 않아 연극을 끝낸 배우처럼 초라해졌다. 손수건을 꺼내기 위해 가방을 열자, 핸드폰이 약한 진동을 내며 떨려왔다.

"네, 아버지!"

"병원 가는 길이냐?"

"네, 아저씨 며느리랑 만나기로 했어요."

"그래, 나도 조만간 한번 들리마. 잘해드려라. 우리한텐 고마운 분이야."

양림은 초등학생 형제들을 키우는 전업주부로 결혼생활 내내 돈이라곤 벌어 본 적이 없는 사람이었다. 그런 그녀에게 며칠 전 아버지로부터 정묵의 간병 일을 할 생각이 없냐는 전화가 왔다.

이미 전문 간병인을 두고 1년여간 요양병원에서 잘 지내던 분이 자기에게까지 간병을 부탁할 이유가 있었던가? 뜻밖의 제안에 양림은 생각할 시간을 달라고 했다. 갑작스러운 제안에 바로 답할 만큼 어려운 사정도 없었고, 일을 할 계획이 있었던 것도 아니었기 때문이다.

정묵은 양림 식구들에게 좋은 이웃이자 은인이었다. 그는 엄마를 잃고 힘들어하는 그들 남매를 옆에서 가족처럼 챙겨준 사람이었다. 그녀의 결정은 오래 걸리지 않았다. 돈을 떠나 정묵을 돌봐주는 것이 그의 은혜를 갚을 좋은 기회라고 생각했다. 물론 이렇다 할 이력이나 어떤 재주도 없이 한 달에 돈백을 벌 수 있는 일이 생겼다는 즐거움과 함께….

버스는 어느덧 요양병원 앞에 섰다. 묘한 설렘을 안고 버스에서 내린 양림은 아직도 한참 남은 길을 올려다보았다. 칠이 벗겨진 을씨년스러운 병원 건물은 정류장에서 몇백 미터나 걸어야 하는 오르막 정상에 있었다. 내리쬐는 뙤약볕에 몸을 숨기고 갈 그림자 하나 없는 길을 걷고 있으니 서서히 짜증이 밀려왔다. 그녀가 한 걸음 한 걸음 오르막에 발을 내디딜 때마다 설렘은 점점 사라지고 거절의 이유들이 떠오르기 시작했다.

병원 휴게실은 그나마 거동이 가능한 노인들의 사교장으로, 간단한 게임을 하거나 티브이를 보는 등 평범한 휴게실과 다를 바 없는 곳이었다. 열기만 사라진 병원 내부는 버스보다 후덥지근했다. 간만의 외출에 찍어 바른 파운데이션이 그녀의 손수건에 살색 흔적으로 묻어 나왔다. 블라우스의 겨드랑이와 등은 이미 땀으로 젖어 살과 맞닿아 있었다. 옷을 들고 몸 안쪽으로 부채질해보지만 이미 젖어버린 천은 면적을 넓히며 몸에 들러붙었다.

"이양림 씨?"

땀범벅이 되어 부채질하고 있는 그녀의 뒤에서 한 여자가 물었다. 순간 고급스럽지만 다소 부담스러운 향수 냄새가 휴게실을 꽉 채웠다. 양림은 깜짝 놀라 벌떡 일어서 뒤를 돌아보았다. 동년배로 보이는 여자가 서 있었다. 이곳에서는 보기 힘든 세련된 차림의 중년 여자였다.

"어머님 살아계실 때 가끔 얘기 들었어요. 예전부터 아는 사이시라고."

"네, 한동네에 살면서 아저씨랑 아버지가 같은 경찰서에 근무하셨어요. 아주머니가 저희…."

친근하게 다가가려는 양림과 달리 서영은 그들 사연 따위는 궁금하지 않다는 듯 말을 끊으며 가방에서 그녀의 이력서를 꺼냈다.

"그런 건 됐고요. 보내주신 이력서 봤는데 가족들하고 사시는 거 맞죠?"

"네, 그럼요. 남편은 강화 군청에서 일하고 아들들은 초등학생이에요."

"하긴 아버님 후배 딸인데…."

혼잣말을 하듯 서영이 말했다. 양림은 서영의 말을 한 번에 이해하지 못했다.

"본론부터 말씀드릴게요. 월요일부터 일해 주세요. 성질은 고약해도 깔끔하신 분이라 아직은 똥오줌 같은 병 수발은 없을 거예요. 페이는 이백오십 드릴게요."

월급을 듣자마자 양림의 속에서 기쁨의 탄성이 터져 나왔다. 예상도 못 한 금액이었다. 일거리가 많지 않은 섬에서 여자가 벌 수 있는 돈치고는 아주 큰돈이다. 그녀는 절로 몸이 굽실거려졌다.

"예, 예. 열심히 할게요. 예전부터 아저씨에게 늘 감사했었어요."

"아저씨…? 호칭이 좀 듣기 거북하네요."

"네? 지금껏 그렇게 불러와서 몰랐어요. 죄송해요."

양림은 서영의 지적에 당황했다. 지금까지 정묵을 불러온 아저씨라는 호칭에 대해 별다른 고민을 해본 적이 없어서였다. 마땅히 떠오르는 호칭도 없었지만, 고용주의 심기를 처음부터 거스르고 싶지 않은 양림은 순순히 사과했다.

"다른 사람 눈도 있는데 조심해 주세요. 그리고 주변 분들이 와서 아버님 땅이니 선산이니 그런 말 나오면 알죠?"

"그럼요. 바로 연락 드려야죠."

돈 앞에서는 없는 눈치도 바로 생겨났다. 그녀는 땀에 젖은 옷 때문에 불쾌했던 기분이 사라졌다는 걸 느끼며 나가는 서영을 향해 연신 고개 숙여 인사했다.

올여름은 비가 거의 오지 않았다. 섬으로 놀러 온 여행객들은 작렬하는 태양을 등에 업고 물놀이에 바빴다. 양림은 병실 창문 너머로 보이는 해수욕장을 바라보며 시간을 보냈다.

정묵의 간병은 생각보다 어렵지 않았다. 전임 간병인은 자신의 경험을 무기 삼아 양림에게 잔뜩 겁을 주며 인수인계했다. 그녀는 양림에게 '살다 살다 이런 괴팍한 노인네는 처음'이라고 했다. 하지만 그녀는 전임 간병인의 말에 동의하지 않았다. 간병 일은 처음이었지만 자신도 시모의 치매를 겪어보았기에 치매 노인의 증상은 익히 알고 있다고 생각했다. 그런 양림의 생각에 비추어 보면 정묵은 정상에 가까운 노인이었다. 아니 정상이었다.

그는 노인치고는 훤칠한 키에 꼿꼿한 자세를 가진 사람이었다. 예전 같은 총기는 느껴지지 않았지만 아직도 그의 눈은 매섭고 날카로운 통찰력이 살아있었다.

"박 간호사는 핑크색이 참 잘 어울려."

매일 아침 자신의 혈압을 체크하러 오는 박 간호사에게 그가 말했다.

"어머! 저한테 핑크가 잘 어울리는 건 어떻게 아세요?"

"립스틱 세 개 중에 지금 것이 제일 나."

"어머, 신기해라. 남자 친구도 모르는 립스틱 개수를 알고 계시네? 대단하시다!"

양림도 놀라기는 마찬가지였다. 사람에 대한 치밀한 관찰력이 아니고서는 나오기 힘든 말이었기 때문이다. 간호사가 나가고 그녀가 말했다.

"아직도 사람들을 그렇게 유심히 보세요? 아버지가 아저씨는 정말 타고난 형사 같다고 늘 그러셨는데."

"관찰은 무슨, 몇 번 보면 눈에 다 보이는 거. 뉴스 할 시간이다. 테레비나 켜라."

양림은 재빨리 티브이 리모컨 버튼을 눌렀다. 항상 맞춰진 뉴스 채널이 전국에서 벌어진 사건 사고를 전했다. 정묵은 화면에 시선을 두고 묵묵히 뉴스를 시청했다.

괴팍하긴 하지만 평소의 정묵은 누구보다 조용하고 신사적인 노인이었다. 그래서 그의 원래 성격을 아는 이들은 정묵의 치매를 누구보다 안타까워했다. 치매 노인이 흔히 보이는 어린아이 같은 유약한 모습을 그와 연결 지어 상상했기 때문일 것이다. 하지만 정묵의 치매 증상은 천진함과는 거리가 먼 모습이었다. 이 모습마저도 제대로 아는 이는 이전 간병인과 몇몇 병원 관계자뿐이었다. 양림은 아직 사람들이 말하는 그의 증상을 마주하지 못했다.

병원의 일상은 대체로 조용한 편이었다. 그녀가 수일간 지켜본 정묵은 평소 자신이 알던 모습 그대로 말이 없고 냉랭한 아저씨였다. 새롭게 알게 된 점이라면 그는 손을 가만히 두지 않는다는 것이었다. 항상 두 개의 가래나무 열매가 그의 손안에 있었다. 열매는 얼마나 굴렸는지 니스를 칠한 것처럼 윤이 반질반질 났다. 두 개의 열매는 정묵의 손안에서 부딪치며 여러 가지 소리를 만들었다. 때로는 리듬을 느낄 만큼 경쾌하게, 때로는 듣기 거북할 만큼 신경질적으로. 그녀는 그것이 정묵의 기분을 나타낸다고 생각했다. 그는 감정을 잘 드러내는 사람이 아니었다. 하지만 그의 손에서 나는 소리에는 충분히 감정이라고 할 만한 것이 담겨 있었다.

그리고 그는 석양을 좋아했다. 태양이 병실을 붉게 물들이는 시간이면 고요한 침묵이 찾아왔다. 석양은 하얀 벽을 자신의 색으로 물들이며 그에게 황홀경을 선물했다. 수없이 보아 온 강화도의 석양이 이곳에서는 처음 보는 광경처럼 몽환적으로 느껴졌다. 그 순간만큼은 시각 외에 정묵의 다른 감각은 소멸한 듯 보였다. 그럴 때면 그녀가 부르는 소리도 저녁밥이 차려진 냄새도 알아차리지 못했다. 정묵이 붉은 석양에 깊게 빠져 있는 순간 병실에 현실감을 주는 것은 그가 굴리는 가래나무 열매 소리였다. 이 소리가 아니었다면 도원경(桃源境)에서 넋을 잃은 어부처럼 양림도 정신을 차리기 힘들었을 것이다.

"아저씨! 아니 어르신. 오늘은 일찍 가볼게요. 시댁에 일이…."

시댁 제사로 평소보다 이른 퇴근을 해야 하는 양림이 정적을 깼다. 말을 다 마치기도 전에 정묵은 열매를 굴리던 손으로 가라는 표시를 했다. 그의 시선은 아직도 창밖의 석양에 고정되어 있었다. 그녀는 미리 챙겨 둔 가방을 들고 조용히 병실을 나갔다.

문이 닫히는 소리에 정묵이 고개를 돌렸다. 그는 낯선 땅에 온 이방인처럼 병실 구석구석을 살폈다. 모든 것은 있어야 할 자리에 있었다. 침대 정면에는 시계와 티브이가 일직선으로 걸려 있고 겉옷이 몇 벌 걸린 스탠드 옷걸이는 티브이 아래쪽에 얌전히 서 있었다. 창문 난간은 오후 임에도 깔끔한 그의 성격처럼 먼지 하나 없이 깨끗했다. 커튼도 제법 가지런하게 주름을 잡아 얌전하게 묶여 있었다.

이제 태양은 수면 아래로 거의 몸을 감추었다. 정묵은 침대에서 일어나 옷걸이에 걸린 검은색 바람막이 점퍼를 입고 감색 야구 모자를 썼다. 병실은 창밖의 석양에 의지해야 할 정도로 어두워졌지만 불은 켜지 않았다. 그는 시계를 보았다. 검은색 시침이 흰색 시계 배경과 대비되며 자신의 위치를 알려주었다. 7시와 8시 사이, 별일이 없다면 간호사들이 병실을 찾을 이유가 없는 시간이다.

정묵은 병실 문을 조용히 열었다. 복도에는 아무도 없었다. 병동 안내대는 코너에 있어 누군가 뒤돌아보지 않는 이상 그의 병실을 볼 수 없었다. 정묵은 민첩하게 병실을 빠져나와 맞은편 문으로 향했다. 그의 병실 앞에는 아래층으로 연결되는 비상구가 있었다. 어른 걸음으로 세 발짝 정도, 아직 거동에 문제가 없는 정묵에게는 1초 남짓 걸리는 가까운 거리다. 그가 복도 끝 병실에 자리를 잡은 이유는 비상구가 가깝기 때문이었다. 또 하나, 복도를 가로지르는 발소리에 대처할 수 있는 시간이 가장 긴 방이라는 것도 고려되었다.

사실 요양병원의 비상계단은 큰 쓸모가 없다. 한 층을 이동해도 걸음이 불편한 노인들은 엘리베이터를 이용한다. 이곳의 비상계단은 건축법상 필요한 구색이라 어쩔 수 없이 존재해야 하는 곳일 뿐 이용하는 사람은 하루에 몇 명 되지 않았다. 불이라도 난다면 모를까 병원에서 이곳을 가장 용도에 맞게 이용하는 사람은 아마 자신일 거라고 정묵은 생각했다.

'비상!'

그는 마음에 빨간불이 켜질 때마다 비상구를 이용했다. 사라져 버린 석양을 대체할 무언가가 자신에게 당장 필요했다. 병실에서는 그가 원하는 것을 얻을 수 없다.

'나가야 한다. 비상!'

정묵의 머릿속에서 요란한 사이렌이 울렸다.

해 질 무렵이면 병원 근처를 배회하는 유기견 검둥이의 울음소리가 고요한 병원 주변에 울려 퍼진다. 소리만 들으면 사람만 한 대형견이라고 생각될 정도였다. 모르는 사람들은 검둥이의 소리만 듣고 개가 아니라 늑대라고 했다. 몸집보다 우렁찬 목소리를 내는 개였지만, 실제는 평범한 시골집 문 앞에서 볼 수 있는 중형 잡종견이었다.

검둥이는 정묵이 석양에 빠져 병원을 나서는 날이면 어김없이 산이 떠나가라 짖곤 했다. 개가 짖는 것이 그의 외출에 문제가 된 적은 없었다. 석양을 보며 짖는 개와 강화요양병원 409호 치매 노인의 외출을 연관 지어 생각할 사람은 없었으니까.

주인이 있는 개인지도 모르지만, 병원 사람들은 그 개의 주인을 궁금해하지 않았다. 사람에게 공격성이 있는 것도 아니고 딱히 피해를 주는 짓도 하지 않았기 때문이다. 오히려 검둥이는 관심을 피하려는 듯 사람의 그림자만 봐도 거리를 두며 뒷산으로 숨어들었다. 그런 검둥이를 보며 사람들은 키워지다 학대를 당한 개라거나, 예전에 살던 주민이 버리고 갔다거나, 산에서 살던 들개의 새끼가 큰 것이라는 등 저마다의 추리로 개의 과거를 만들어 냈다. 그러나 확실한 것은 정묵보다 개가 먼저 이곳에 자리를 잡았다는 것이었다.

그가 검둥이를 마주친 것은 올봄이었다. 검둥이는 산 중턱에서 붉은 석양을 보며 짖고 있었다. 떨어지는 태양에 대한 아쉬움인지 붉은 바다에 자극받은 공격성인지 사실 개가 되지 않고는 알 수 없었지만, 그 울음을 정묵은 이해할 수 있었다. 그날 이후 그는 검둥이가 자신의 분신이라고 생각했다. 가슴 한구석에서 몰아치는 광기를 개가 대신 토해내 주고 있다고 믿었다.

모종의 유대감이었을까? 신기하게도 검둥이는 정묵을 두려워하지 않았다. 병원 경비원이 주는 간식도 수 시간이 지난 후에야 냄새를 맡고 먹는 예민한 개였다. 그런데 무엇이 맘에 들었는지 정묵이 병원 뒷산을 배회하는 날이면 어김없이 그의 뒤를 따랐다. 검둥이는 그가 병원을 빠져나가 어디서 무엇을 하는지 알고 있는 유일한 목격자였다.

그런 검둥이의 숨찬 울음소리가 비상구에서부터 들려왔다. 마치 빨리 내려와 이 광경을 보라고 채근하는 듯했다. 정묵의 걸음이 빨라졌다.

계단을 내려가는 정묵은 아주 오랜만에 가슴이 우글거렸다. 그것은 새끼 뱀 열댓 마리가 한꺼번에 똬리를 풀 듯 배 안에서부터 가슴까지 꿈틀거리는 느낌이었다.

'서둘러. 석양이 지고 있어.'

오늘은 이번 여름 중 가장 붉은 석양이었다.

하늘이 암적색으로 변했다. 바다는 색을 잃어가고 육지는 서서히 검게 변해가고 있었다.

정묵은 검둥이를 따라 산 중턱까지 올라왔다. 그곳에는 바다로 떨어지는 석양을 볼 수 있는 전망 좋은 바위가 있다. 일 년에 며칠 없는 '그날'의 석양을 가장 오래 볼 수 있는 자리였다.

그는 검붉은 석양이 사라질 때까지 바다를 바라보았다. 우글거리던 뱀들이 피가 고픈 흡혈귀처럼 그의 살을 파고들며 다그쳤다. 무엇이든 좋으니 석양을 대신할 제물을 내놓으라고. 그도 원하는 바였다. 석양의 여운을 대체할 것이 필요했다. 붉어야 한다. 데일 듯한 뜨거움이 느껴지는 새빨간 것이어야 한다. 그러나 석양이 사라질수록 감흥이 깨지는 것 같아 그는 점점 초조해졌다.

정묵은 주변을 둘러보았다. 어느새 왔는지 검둥이가 옆에 누워 있었다. 사람의 손길을 극도로 거부하는 개치고는 꽤나 가까운 거리였다. 손을 뻗으면 만질 수도 있었다. 아마도 이 개를 아는 사람에게는 고무적인 상황으로 기억될만한 거리였다.

그는 신중한 사람이었다. 애초에 확률이 없거나 확실하지 않으면 일을 시작도 하지 않았다. 요양병원에 들어와 치매 판정을 받고,

그는 자신에게 벌어질 여러 상황에 대해 생각해왔다. 온전히 자신을 통제하지 못하는 순간이 올지도 모른다고 생각하니 끔찍한 혐오감이 들었다. 23년 전 통한의 오점이 되었던 일을 겪고 정묵은 심하다 싶을 정도로 자신을 통제했다. 혹시 모를 실수를 예방하고자 그는 말을 줄이고, 꼭 필요한 행동만 하며 자극을 줄 수 있는 일상을 자제해왔다. 그런데 치매라니…. 통제 불능 상태가 언제 찾아올지 모를 일이었다. 비밀이 많은 사람은 갑작스럽게 드러날지 모르는 진실에 대한 대응책도 세워 놔야 한다고 늘 되뇌었던 정묵이었다.

자주는 아니지만 강화도의 여름 중 며칠은 온 세상을 시뻘겋게 만드는 석양이 졌다. 오늘처럼 핏빛 석양과 해면을 보고 있을 때면 그는 살의(殺意)를 느꼈다. 그때만큼은 붉게 사라지는 세상을 대신할 무언가가 필요했다. 정묵은 혹시 모를 불상사를 막기 위해 외출을 선택했다. 병원 안에서 욕망대로 움직였다간 살인을 저지를지도 모를 일이었다. 요즘은 완전범죄를 꿈꾸기가 힘들어졌다. 그만큼 수사도 과학화됐고 생각지도 못한 첨단 장비들이 곳곳에 숨어 있다. 그는 아무도 없는 곳에서 마음의 열기를 최대한 식히다 와야 했다. 그런데 오늘은 암흑이 와도 마음이 식지 않았다. 압력이 심해지면 어딘가에서는 터지기 나름이다.

'그날이 오늘이란 말인가.'

그는 오른쪽 점퍼 주머니에 손을 넣었다. 크기에 비해 묵직한 클래식 면도칼이 잡혔다. 정묵의 클래식 면도칼은 정확히 있어야 할 자리에 있었다. 언제일지 모르는 하루를 위해 그는 이 면도칼을 항상 지니고 다녔다. 욕실에 있어야 할 물건이 외출복 주머니에 있는 일이 흔하지는 않지만 사실 휴대를 목적으로 한 흉기 중에는 또 이만한 것이 없었다. 디자인은 쓸모만큼 간결하다. 날은 살아있고, 소기의 사용 목적이 확실해 의심받을 일이 별로 없었다. 물론 정묵에게는 목적 외에 쓰는 경우도 왕왕 있었지만….

이것은 아들이 독일 여행 때 사 온 칼이었다. 지금껏 아들이 한 선물 중 가장 마음에 드는 선물이었다. 그는 생애를 통틀어 생각해 봐도 이보다 더 쓸모 있는 선물을 받아본 기억이 없었다.

아직 검둥이는 정묵 곁에 엎드려 자고 있다. 정묵은 조심스럽게 주머니에서 칼을 꺼내 펼쳤다.

출근 버스 안에서 양림은 얕은 한숨을 쉬었다. 창밖은 출근하는 시간 내내 무성한 초록으로 같은 배경을 제공했다. 자극 없는 지루한 반복은 무기력을 낳는다. 병원에서 오늘 하루를 보낼 생각을 하니 그녀의 마음이 절로 무거워졌다. 어제도 그제도 아무 일이 없었다. 돈을 받고 거저 일한다고 느껴질 만큼 정묵은 사람 손을 필요로 하지 않았다. 무료하다 싶을 정도였다. 그녀는 병원으로 출근해 시간만 채우다 가는 날이 많았다. 이제는 이전 간병인이 말한 정묵의 증상들이 궁금할 정도였다.

'과연 이분은 치매일까?'

정묵을 간병하는 양림의 머릿속에 내내 맴도는 의문이었다. 고작해야 열흘 남짓 일을 했을 뿐인데 마치 몇 달을 보낸 듯한 익숙함이 들었다. 편하게 돈 버는 기회로 치부하기에는 그녀의 양심이 가만히 있지 않았다.

'오늘은 병실 대청소라도 할까? 침대 시트라도 빨아야 하나? 아니지, 그건 병원에서 교체해준댔어….'

아무리 생각해도 그녀가 생각하는 급여에 맞는 노동이 떠오르지 않았다. 고된 일 만큼이나 편한 일도 사람을 피곤하게 하는 구석이 있다고 양림은 생각했다.

그런데 오늘은 무료한 그녀의 병원 생활에 변화가 생겼다. 병원으로 향하는 긴 오르막에 경찰차가 줄지어 서 있었던 것이다. 평범했던 배경에 변화가 왔다. 평소 지루하고 힘들게 오르던 오르막과는 사뭇 다른 모습이었다. 양림의 심장이 빠르게 뛰었다. 오르막을 걷는 그녀의 발걸음이 평소보다 배는 빨라졌다. 묘한 흥분과 두려움이 머릿속을 채웠다. 길게만 느껴지던 오르막이 볼 것 많은 번화가처럼 다채롭게 느껴졌다.

그녀는 길옆에 나란히 선 경찰차를 따라 병원 입구에 다다랐다. 병원 건물 뒤로 노란 폴리스 라인이 쳐있고 의경들이 현장을 등진 채 경찰 벽을 만들며 서 있었다. 그들에게 가려진 현장 너머에서 어떤 일이 벌어졌는지는 알 수 없었다. 하지만 시시한 사건이 아닌 것은 확실했다. 호기심 어린 병원 관계자들과 거동 가능한 환자 몇이 입구까지 나와 이 모습을 지켜보고 있었다. 양림은 자기가 아는 사람을 찾아 까치발을 들고 주변을 훑어보았다. 모여 있는 사람들 속에 4층 병동 수간호사 배 씨와 건물 경비원 홍 씨가 보였다.

"무슨 일이래요?"

양림이 병원 정보통으로 불리는 수간호사 배 씨에게 다가가 물었다.

"사람이 죽었데…."

"네? 왜요?"

그녀는 다리에 힘이 풀렸다. 기억하고 싶지 않아 꾹꾹 눌러온 과거가 순간 머리에 스쳤다. 사람이 죽었다는 말에 반사적으로 '왜요'라고 물었지만 알고 싶은 이야기는 아니었다. 질문을 던진 채 양림은 건물 안으로 들어가려 했다. 이때 홍 씨가 끼어들어 수간호사의 답을 대신했다.

"이유는 모르지. 저거 내가 신고했는데 누군지 몰라도 아주 잔인한 놈이야. 멋모르고 봤다가 기겁했다니까. 저 덤불 뒤 빈터가 지금 아주 피바다야."

자신만 아는 비밀인 듯 경비원 홍 씨는 피바다에서 목소리를 낮추며 조심스럽게 말했다. 양림은 땀을 닦던 손수건으로 입을 틀어막았다. 하마터면 소리를 지를 뻔했다.

"뭔 일이래? 아저씨 아니었으면 발견도 못 할 뻔했네? 저기는 지나다니는 사람도 별로 없잖아요."

수간호사가 말했다.

"그러니까 말이야. 내가 출근하면서 검둥이 밥 주는 데가 저 입구거든. 이놈이 달려오진 않아도 내가 밥 놓고 가는 건 저 위 소나무 쪽에서 지켜보는데, 오늘 아침에는 낌새도 없는 거야. 저걸 보고 도망을 간 건지… 오늘은 코빼기도 안 보이네….”

“설마… 옛날 그 살인마 아닌지 몰라.”

수간호사의 한마디에 양림은 뒷걸음질 치며 병원 안으로 향했다. 더 듣고 있으면 그 자리에서 꼼짝할 수 없을 것 같았다. 오르막을 지나며 들었던 약간의 호기심은 깔끔하게 사라졌다. 엘리베이터를 기다리는 그녀에게 뒤따라온 수간호사가 팔짱을 꼈다. 양림은 ‘악’ 소리를 내며 주저앉았다. 수간호사가 그녀의 팔을 잡고 다시 일으켰다.

“많이 놀랐나 보네? 하긴 나도 살면서 살인 현장은 처음 봐.”

그녀는 아무 말도 하지 않았다. 수간호사는 살인 사건에 관해 쉼 없이 떠들었지만 양림의 귀에는 아무것도 들어오지 않았다. 그녀는 엘리베이터의 계기판을 주시하며 빨리 4층 문이 열리기를 기다렸다. 문이 열리자 그녀는 튀어나가듯 정묵의 병실로 향했다. 양림에게는 복도 끝에 있는 그의 병실까지 가는 길이 가파른 오르막보다 더 힘들게 느껴졌다.

“늦었구나.”

“죄송해요.”

식사를 마친 정묵이 창밖을 보고 있었다. 그의 병실은 남향이라 창밖으로 보이는 것은 병원 주차장과 해수욕장이 전부였다. 하지만 밖으로 고개를 내밀어 왼쪽을 바라보면 병원 입구를 향하는 오르막도 볼 수 있었다. 정묵은 오르막에 늘어선 경찰차를 세고 있었다. 경찰 버스 2대, 경찰차 8대, 기타 차량 몇 대에 구급차까지. 조용한 섬에서는 다소 보기 힘든 낯선 풍경이었다. 출동한 병력을 보아 예사 사건이 아니라는 것을 직감했다. 경찰 1개 중대 이상이 출동해 아래서부터 삼엄하게 지키고 있었다. 직업적인 감으로 생각해 봤을 때 이 사건은 살인 사건이었다. 정묵의 머릿속에서는 이미 어느 정도의 그림이 그려졌다.

"오다가 봤는데 병원 뒷산 입구에서 사람이 죽었데요."

양림이 말했다. 요양병원에서 매일 같은 일상을 보내는 정묵에게 솔깃할 만한 사건이라고 생각했지만, 그는 별 반응을 보이지 않았다. 그의 무심한 반응에 양림은 자신의 얘기를 듣지 못한 것은 아닐까 잠깐 머뭇거렸다. 한 번 더 얘기할까 했지만 그녀는 생각을 접었다. 화젯거리로서는 충분하다 못해 과한 일이지만 누군가의 죽음을 대화 소재로 쓸 만큼 말을 하고 싶은 기분이 아니었다. 한편 정묵이 관심을 두지 않아서 매우 다행이라고 생각했다. 설명하지 않아도 된다는 건 마음속에 묻어둔 기억들도 끄집어낼 필요가 없다는 뜻이기도 했다.

"치워라."

정묵이 침대 식탁에 놓인 식판을 가리켰다. 그녀가 식판을 치우고 침대를 정리하자 그는 자리에 누워 가래나무 열매를 굴리기 시작했다.

'도독… 도도독… 도독….'

그가 굴리는 가래나무 열매 소리에는 제법 리듬이 있었다. 금속이 주는 청명함과는 다른 맑고 견고한 소리였다. 선율은 없었지만 병실에는 나른한 음악이 흐르는 듯한 평온함이 찾아왔다. 밖과는 완벽히 구분된 공간처럼 그는 자신의 병실을 다른 세상으로 만드는 장악력이 있었다. 양림은 비로소 마음이 안정되는 것 같았다. 아까부터 떨리던 손이 이제야 멈췄다. 그녀는 병실을 나가기 전 가볍게 심호흡했다. 이 문을 여는 순간 애써 찾은 평온이 사라져 버릴 것 같았다. 그녀가 나가자 정묵은 조용히 눈을 감았다. 마라톤을 완주하고 난 선수처럼 극심한 피로감이 몰려왔다. 열매 소리는 점점 리듬감을 잃었다. 잠시 후 열매는 정묵의 손에서 구르는 것을 멈췄다. 병실은 고요 속에 잠겼다. 그는 잠들었다.

*

기묘한 체험이다. '나는 지금 유체 이탈을 한 걸까?' 또 다른 내가 어둠 속에 있다. 사람들은 살아오며 저마다 기이한 체험을 하고 산다. 우연이 되기도 하고 영적 체험이 되기도 한다. 저마다 특별한 무용담 하나둘은 갖고 있는 삶이다. 나 역시도 그 기록이 또 한 번 바뀌는 날이었다. 아니 일생일대의 첫 체험인지 모른다. 도무지 납득이 되지 않지만 내 눈앞에서 벌어지는 일이었기 때문에 첫 경험이라고 해도 반론의 여지가 없었다. 이전까지 내가 겪었던 기이한 체험은 대체로 일련의 공통점이 있었다. 현실에서 일어날 법한, 누군가에게는 평범할 사건이었다. 내게만 특별했을 뿐이었다. 그런데 지금 내 눈앞에 물리적으로 설명할 수 없는 상황이 펼쳐지고 있다. 산을 내려오며 다른 차원으로 들어가 버린 것이 아니고서야 설명할 길이 없는 광경이다.

그는, 아니 내가 사람을 죽이고 있다. 그는 나였고, 나는 잠시의 머뭇거림도 없었다. 꿈인가? 그렇다면 가능하다. 꿈은 개연성을 요구하지 않는다. 내가 마릴린 먼로를 사귄다 한들 꿈에서는 특별할 것이 없다. 당연하게 모든 일이 벌어지고, 왜라는 의문도 떠오르지 않는다.

하지만 꿈은 아니었다. 확신할 수 있었다. 어두운 밤이지만 병원에서 새어 나오는 하얀 불빛으로 대략의 형체와 색은 확인 가능했다. 그는 나의 존재를 모르고 있었다. 그에게 다가가 내 존재를 알릴까도 생각해봤지만 그냥 지켜보기로 했다. 저 시간이 본인에게 얼마나 소중하고 환희에 찬 순간인지 누구보다 잘 알고 있기 때문이다. 저것을 방해하는 자라면 그것이 설령 자신이라고 해도 분노치 않을 수 없을 것이다.

그는—분리된 나를 그라고 표현하자면—능숙한 내가 아니었다. 아마도 요령을 쌓기 전의 내 모습인 것 같다. 잡혀 온 사람은 작은 체구의 남자다. 등이 살짝 굽은 굴신 체형이다. 아마 장시간 앉아서 일을 하는 남자일 것이다. 연령은 상당히 고령자로 보인다. 여기까지 사람을 데려오려면 작고 가벼워야 한다. 그런 점에서는 여자가 좀 더 편했을지 모르지만, 나는 처음부터 대상을 정해놓는 사람이 아니었다. 태양이 나를 깨우면 그때부터 먹잇감을 찾아 헤맸다. 동기와 과정이 중요할 뿐 대상은 그저 사람이면 되는 것이다.

그는 작은 칼로 시체의 복부를 갈랐다. 시체에서 흐른 피와 체액이 흙에 빠르게 흡수됐다. 심장이 멈춘 육체에서 나오는 피는 고요한 강물 같다. 조용히 끊임없이 흐른다. 몸이 식어버리면 볼 수 없는 광경이다. 나는 지켜보길 잘했다는 생각을 했다. 완벽한 대리만족이다. 누구도 아닌 내가 하는 행위였기에 만족도가 더 높을 수밖에 없었다.

그는 발아래 너덜너덜해진 시체를 한참 동안 바라보았다. 그리고 죽은 자의 손목에서 시계를 풀어 주머니에 넣고는 유유히 산 아래로 내려갔다. 잠시 후 시동 거는 소리가 들렸다. 그가 현장을 떠나고 있었다.

나는 오랜 시간 쭈그리고 있었던 몸을 펴고 일어났다. 몸이 뻣뻣하고 다리가 저렸다. 나는 천천히 다가가 결과물을 확인했다. 오점이었다. 그는 이곳에 모든 것을 방치하고 사라졌다. 나는 지금까지 어떤 현장도 그대로 방치한 적이 없는데 말이다.

'비상! 비상이다!'

*

득호는 버스를 타고 오는 내내 섬 안에 심상치 않은 일이 벌어졌음을 느꼈다. 평소보다 많은 경찰차가 버스 옆으로 여러 대 앞서갔기 때문이다. 무슨 일이 벌어진 것이 틀림없었다. 누군가에게 이유를 아느냐고 물어보고 싶었지만 오후의 버스 안은 적막했다. 버스 안에는 그를 포함해 최대의 거리를 유지한 네 명의 승객이 있었다. 과한 검은색으로 염색한 주름살 많은 할머니, 이어폰을 꽂은 학생, 검게 그을린 얼굴로 졸고 있는 중년 남자, 누구 하나 편하게 다가가 말을 붙일 만한 사람이 아니었다. 그는 버스 맨 앞자리로 이동했다. 그리고 버스 기사에게 말을 걸었다.

"오늘따라 경찰차가 많이 보이네요."

"동막해수욕장 쪽에서 살인 사건이 났데요."

버스 기사가 말했다.

"그래요? 범인은 잡혔답니까?"

"그건 몰라요. 나도 다른 기사한테 들은 거라."

그는 혹시나 뉴스에서 다룰지도 모른다는 듯 재빨리 라디오를 켰다. 마침 라디오에서는 뉴스가 나오고 있었다. 지구의 온난화로 인한 기상이변에 관한 보도였다. 득호도 혹시나 하는 마음으로 다음 뉴스를 기다렸다. 다음은 지리산에 방사한 반달곰에 관한 소식이었다. 왠지 모를 허탈함이 들었다. 두 남자가 기대했던 건 드라마처럼 라디오를 켜는 순간 생생하게 보도되는 강화도의 살인 사건이었다. 앞서 나왔을지도 모른다. 아니면 저녁 뉴스에서 비중 있게 다뤄질지도 모를 일이다. 하지만 둘은 더 이상 대화를 이어나

가지 못했다. 그나마 라디오에서 연이어 나오는 뉴스가 버스 기사와 득호의 침묵을 잘 메워 줄 뿐이었다.

버스는 20여 분을 더 달려 동막해수욕장 앞을 지났다. 피서객과 경찰이 뒤섞인 이질적인 모습이었다. 주변에서 살인 사건이 나도 즐거울 사람들은 계속 즐겁다. 이른 아침부터 나와 있었을 경찰들의 표정에서는 피곤함이 느껴졌다. 버스가 앞으로 갈수록 경찰은 더 많이 눈에 띄었다. 현장과 가까워지고 있다고 득호는 추측했다.

그는 해수욕장 다음 정거장에서 내려 요양병원 오르막을 올랐다. 해수욕장 분위기와는 또 다른 삼엄함이 느껴졌다.

'여기구나….'

득호의 예상은 추측에서 확신으로 변해갔다. 살인 현장으로 다가가기는 아주 오랜만이었다. 마치 현역 시절로 돌아간 듯한 착각이 들 정도였다. 병원 입구에 다다르자 현장을 보존한 폴리스 라인이 보였다. 그는 가던 걸음을 멈추고 폴리스 라인 가까이 가서 기웃거렸다. 역시 현장에서 조금 떨어진 구석에 그의 후배들이 모여 있었다. 한쪽에서 담배를 피우던 최 반장이 득호와 눈이 마주치고 제일 먼저 뛰어 왔다.

"이 선배! 무슨 일이세요?"

"여기 병원에 조 선배가 있거든…. 그나저나 무슨 일이야?"

"여기서 이런 현장 본 게 몇 년 만인지, 아주 악질이에요."

"살인 사건인가?"

"네"

"범인은?"

"현장 조사 중입니다. 사이즈가 쉽게 잡힐 놈 같지가 않아요. 뭐 완전 미친놈이네요."

득호가 본격적인 질문을 하려고 하자 산 안쪽에서 수색대의 호각 소리가 들렸다. 후배로 보이는 젊은 형사가 최 반장에게 뛰어왔다. 전할 말이 있는 것 같았으나 그를 보고 머뭇거렸다.

"괜찮아. 우리 선배야."

최 반장이 말했다. 경계를 푼 젊은 형사는 득호에게 형식적인 목례를 하고는 상사에게 상황을 보고했다.

"반장님! 좀 떨어진 곳에서 개의 사체가 발견됐습니다."

최 반장도 득호도 흥미로운 표정을 지었다.

"피해자와 연관성은?"

마치 현역 시절처럼 득호가 질문했다.

"검사해봐야 알겠지만 육안으로는 비슷합니다."

"상 또라이네. 선배, 저는 이만 가보겠습니다."

득호는 고개를 끄덕이며 빨리 가라는 손짓을 했다. 최 반장은 목구멍 깊숙한 곳의 가래를 끌어 올려 뱉고는 현장 안으로 사라졌다.

병원으로 발길을 돌리며 그는 23년 전 일어난 강화연쇄살인 사건을 떠올렸다. 살인 사건이야 어디서든 날 수 있다고는 하지만 연쇄살인은 흔한 것이 아니었다. 더군다나 토박이들이 모여 사는 섬에서는 더욱 그랬다.

오늘 벌어진 사건이 23년 전 사건의 연장선이라고 볼 수는 없지만 득호는 언제나 모든 가능성을 열어 놓고 있었다. 방금 들었던 약간의 정보와 현장의 공기는 과거 강화연쇄살인 사건과 크게 다르지 않았다.

이제는 23년 전 연쇄살인 사건을 기억하는 이들이 많지 않다. 경찰서에 있는 후배들에게도 지나가 버린 미제 사건일 뿐이다. 지금은 많은 사람들에게 잊힌 사건이었지만 득호는 잊을 수 없었다. 강화연쇄살인의 마지막 희생자는 자신의 부인이었다. 그녀의 죽음을 끝으로 강화도에서 더 이상의 연쇄살인은 일어나지 않았다.

사건 현장 쪽을 바라보며 그는 불길한 예감이 들었다. 이제는 노인이 되었을지도 모르는 살인마가 다시 각성한 것 같은 형사 특유의 직감 때문이었다.

양림은 정묵의 식판을 반납하기 위해 복도로 나왔다. 복도는 생각대로 평소와 다른 공기로 채워져 있었다. 어딘가 붕 떠 있는 웅성거림이 눅눅한 공기를 타고 전해졌다.

그녀는 병실 문이 나 있는 왼쪽 벽을 보며 걸었다. 다른 노인들의 반응이 궁금했다. 평소처럼 407호 병실 문이 열려있었다. 407호는 다인실로 비교적 거동이 가능하고 의식이 또렷한 환자가 많았다. 4층에서 가장 활기 넘치는 병실이었다. 드나드는 사람도 많아 병실 문을 거의 열어놓고 지내는 곳이다. 양림의 예상대로 몇몇 노인들이 창가에 모여 오르막을 지나는 경찰들을 보고 있었다. 뒷산의 살인 사건은 별일 없는 병원에 묘한 활력을 불어넣었다. 평소에는 창가로 다가가지 않던 노인들도 무엇이 궁금한지 창을 열고 고개를 내밀어 살피기도 했다. 그래 봐야 보이는 것은 오르막을 채운 경찰차뿐이지만 그것만으로도 그들에게는 좋은 화젯거리가 되었다.

병동 안내대도 마찬가지였다. 자세히 들리지는 않았지만 수간호사가 제법 실감 나게 밖의 상황을 설명하고 있었다. 옆에 있던 간호사와 요양보호사의 일그러진 표정으로 보아 경비원 홍 씨가 말해준 현장을 설명하고 있는 것 같았다. 양림은 혹여 수간호사의 이야기가 들릴까 싶어 빠른 걸음으로 앞을 지났다. 다행히 귀에 들어온 단어는 '검둥이' 뿐이었다.

그녀는 무사히 탕비실 앞에 있는 식기 반납대에 도착해 식판 놓을 자리를 찾았다. 늦은 반납 때문인지 마땅히 둘 곳이 보이지 않았다. 그녀는 오른손으로 식판을 들고 다른 손으로는 식기 반납대를 정리하며 공간을 만들었다. 한 손으로 정묵의 식판을 들고 있자니 평소와는 다른 묵직함이 느껴졌다. 그때서야 양림은 그의 밥공기를 내려다보았다. 투명한 플라스틱 뚜껑으로 덮혀있는 밥공기는 손대지 않은 밥으로 꽉 차 있었다. 국만 양이 줄었을 뿐 반찬도 그대로였다.

'오늘 입맛이 없으셨나?'

양림은 순간 죄책감이 들었다. 출근하며 병원 앞에서 시간을 지체한 것이 그에게 영향을 미쳤는지 모른다. 몇 분 차이였지만 매사 정확한 그에게는 영향을 미칠 수도 있는 시간차다. 열흘을 일하며 처음 있는 일이었다. 죄책감은 곧 자책으로 이어졌다.

'왜 그런 거에 쓸데없는 관심을 가져서….'

그러는 사이 그녀는 오른손에서 점점 힘이 빠지는 것을 느꼈다. 음식물이 위태롭게 한쪽으로 쏠려 있었다. 양림은 잽싸게 왼손으로 식판을 받혔다. 간신히 마련한 공간에 식판을 욱여넣고 정묵의 은수저를 들고 개수대로 향했다.

낯익은 전자음이 짧게 울리고 엘리베이터 문이 열렸다. 새로울 것도 없지만 병동 안내대의 간호사들은 엘리베이터가 열리면 반사적으로 고개를 들었다. 득호가 사람 좋은 웃음을 띠고 병동 안내대로 다가왔다. 수간호사 배 씨가 그를 반겼다.

"오랜만에 오셨네요?"

"올여름에는 외출하기가 겁나네요."

"그렇죠? 입추도 한참 지났는데 더워서 나다닐 엄두가 안 나요."

득호는 수간호사의 말에 이견이 없다는 듯 고개를 끄덕이고 아래 매점에서 사 온 과자봉지를 올려놨다.

"이거 드시고 하세요. 항상 수고가 많습니다."

"어머, 뭐 이런 걸 다…."

수간호사는 그가 안내대에 올린 봉지를 안쪽으로 내렸다. 전형적인 멘트만큼 자연스러운 행동이었다.

"딸애는 잘합니까?"

"야무져요. 지금까지 거쳐 간 간병인들보다 훨씬 낫네요. 조 선생님도 만족하시는 거 같고요. 들어가 보세요."

형식적인 대화를 마치고 그는 정묵의 병실로 향했다. 그는 주기적으로 정묵의 병실을 찾곤 했다. 어쩌면 정묵의 가족보다 더 성실히 그를 찾아오는 사람이었다. 그에게 정묵은 직장 선배이자 가족, 혹은 은인에 가까운 사람이었다. 아니 딱히 몇 단어로 표현할 수 없는 그에 대한 존경심이 득호의 마음에는 항상 존재했다.

*

득호는 강화도 양도면의 작은 파출소에 근무하는 순경이었다. 가난한 소작농의 집안에서 순경은 대단한 성공을 의미했다. 소소한 순찰 업무나 동네 시시비비를 가리는 일이었지만 득호의 부모는 그를 매우 자랑스러워했다.

그도 처음에는 가족의 바람만큼이나 순경이라는 직함에 자부심이 있었다. 그러나 시골 파출소의 순경 일은 그의 자부심을 점점 끌어내렸다. 동네에서 일어난 싸움이나 말리며 멱살을 잡히는 일이 더 많던 시절이었다. 매일 마주치는 빤한 사람들이라 선을 긋고 대할 수도 없었다. 그런 작은 마을에서 자부심을 가질만한 일을 찾기란 여간 어려운 것이 아니었다.

그 무렵 강화도에 간첩 침투 사건이 일어났다. 군경합동수사본부가 면사무소에 차려졌다. 득호는 수사를 위해 파견된 형사들을 보며 다른 꿈을 꾸기 시작했다. 제복도 없고 행색도 추레하건만 형사들을 쳐다보는 마을 사람들의 시선은 자신을 바라보던 그것과 많이 달랐기 때문이었다. 주민들은 눈을 마주치지도 못할 만큼 형사들에게 고분고분했다. 파출소를 동네 사랑방 드나들 듯 하던 동장도 형사들이 머물던 동안은 한 번도 오지 않았다. 하물며 팔푼이라 불리며 전라로 동네를 활보하던 싸리집 미친 딸내미도 그들이 머무는 동안에는 길에 보이지도 않았다. '미쳐도 무서운 건 있나 보다'라고 득호는 생각했다. 형사들의 등장으로 마을은 고요함을 찾았다. 누구 하나 싸우지 않았고, 서로 목소리를 높이는 일도 없었다. 그러니 득호가 나서서 해결할 일도 생기지 않았다. 행여 길에서라도 주민들을 마주칠 때면 조심스럽게 눈인사를 하고 사라졌다. 그를 머슴 부리듯 대한 사람들이었다. 그는 이 변화가 형사들 때문이라고 생각했다. 자신도 형사가 된다면 사람들이 만만히 보지 못할 것이라 여겼다. 상상만으로도 묘한 짜릿함이 느껴졌다.

이후 득호는 형사가 되겠다고 결심했다. 더 이상 무시 받지 않는 사람이 되기 위해 그는 용기를 내 강화경찰서 강력계에 지원했다. 인사이동 발표가 있던 날 득호는 강화경찰서로 발령받았다. 운 좋게도 순경 출신으론 어렵다는 경찰서 강력계 진입에 성공한 것이다.

득호의 각오는 남달랐다. 남들보다 일찍 출근해 퇴근 시간도 없이 일했다. 누가 시킨 건 아니었지만 능력 없는 신입 형사가 보여줄 수 있는 것은 성실함 밖에 없었다. 그러다 보니 어떤 일을 처리했냐고 물었을 때 딱히 내세울 만한 결과가 없었다. 수사과장은 그의 강력반 생활에 도움을 줄 사수를 붙여줬지만 득호에게 현실적인 도움을 주지 못했다. 사수의 무능 때문만은 아니었다. 강력계는 성실함과 더불어 또 다른 능력을 요구했다. 이곳은 인과관계에 대한 정리가 빠르고 현실적인 추리를 잘하는 사람이 유리했다. 득호는 그런 점에서 열등생에 가까웠다. 동료들이 열심히 이곳의 생리를 설명해도 순경 시절의 정서를 버리지 못했다. 그는 처음의 포부와는 달리 강력계 내에서 고립되어 갔다. 언제 다시면 소재 파출소로 발령이 날지 모른다고 생각하니 불안해 견딜 수가 없었다. 다시는 시시한 파출소에 돌아가지 않겠다고 다짐한 그였다. 득호는 자신의 존재감을 각인시키기 위해 부지런히 움직였다. 하지만 능력과 의욕이 정비례하지 않았다. 그는 재치 있는 형사가 아니었다. 이렇다 할 실적 없이 시간만 흐르고 있었다. 어느 날 자신의 책상이 없어진다 해도 이상하지 않을 만큼 무존재적 기간만 연장되고 있었다. 아무도 그가 무엇을 하는지 어떤 사건을 수사하는지 관심 갖지 않았다. 신입을 대하는 혹독한 적응 과정인지도 모른다. 하지만 득호는 소득 없는 강력반 생활에 지쳐 갔다. 열심히 뛰었지만 그에게 잡히는 범인은 없었다. 불안함을 표현할 수도 없었다. 그것을 눈치챈 누군가가 '자네는 이곳 체질이 아닌 것 같네, 돌아가게'라고 말하는 날에는 그간 가져왔던 자부심들이 산산조각 나버릴 것만 같았다.

'여기서 살아남아야 한다.'

득호는 전략을 바꿨다. 능력이 부족하다면 인정에 호소하는 편이 낫다고 생각했다. 그는 동료 형사들과 친분을 쌓아갔다. 사소한 경조사를 챙기고 동료들의 잡무를 자처하며 형사 아래 형사로 자신의 위치를 격하하며 지냈다. 결과적으로 그는 무능력하지만 동료들에게는 사람 좋은 이 형사가 되었다. 그가 유일하게 친분을 쌓지 못한 사람은 정묵이었다. 그와 가벼운 대화를 나눈 기억도 없었다. 아마도 정묵은 자신의 존재도 모를 거라고 득호는 생각했다. 생각해보면 득호도 정묵의 얼굴을 떠올릴 수 없었다. 그의 얼굴을 직시한 기억이 없기 때문이었다.

득호가 보기엔 정묵도 자신과 다를 바 없는 이방인이었다. 하지만 강력계 내에서 두 이방인 사이의 간극은 넘을 수 없는 계급적 차이가 있었다. 정묵은 늘 화제의 중심에 있었다. 사람들과 섞이지 않는 그의 성향은 신비감을 주었고 궁금증을 불러일으켰다. 정묵은 늘 불안에 시달리는 득호와 달리 여유가 넘쳤다. 득호에게 정묵은 대척점에 서 있는 존재였다. 그가 가장 바라마지않는 이상적인 형사로….

정묵이 득호에게 말을 걸어온 것은 그가 이곳에 온 지 반년 정도 된 시점이었다. 한여름 더위가 물러가고 냉방기를 틀지 않아도 그러저럭 지낼만한 9월 중순의 어느 날이었다. 하지만 활짝 열린 창문으로 들이치는 석양빛에 강력계 사무실은 다시 뜨거워지고 있었다.

득호는 여느 때처럼 다른 형사의 조서를 대신 정리하고 있었다. 한쪽에서 강화연쇄살인 사건의 용의자를 심문하는 형사와 혐의를 부인하는 자의 고성이 오갔다. 더위와 합쳐진 소음은 불쾌감을 상승시켰다. 그는 사무실을 벗어나기 위해 서둘러 일을 처리했다. 얼마나 지났을까, 득호는 붉게 달아올랐던 사무실의 열기가 사라진 것을 느꼈다. 석양을 등진 사내가 자신을 내려다보고 있었던 것이다. 그는 고개를 들고 정체를 확인했다. 역광으로 인해 자세한 표정은 볼 수 없었지만 정묵이었다. 순간 붉은 배경을 등에 업은 사신(死神)이 떠올랐다. 거역할 수 없는 위엄이 그를 주눅 들게 했다. 당황한 득호는 정묵의 목적이 자신인지 확인하기 위해 주변을 둘러봤다. 뜻밖의 일이라고 생각한 것은 득호 만이 아니었다. 모두의 시선이 그에게 집중돼 있었다.

"자네, 나랑 일해보지 않겠나?"

정묵이 득호에게 말했다. 순간 득호 옆에서 조서를 쓰던 안 형사의 타이프 소리가 멈췄다. 고성으로 떠들던 용의자도 눈치껏 소리를 낮췄다. 신문을 보던 과장도 페이지를 넘기지 않았다. 급하게 정지 버튼을 누른 영화처럼 순간 사무실에는 정적이 감돌았다. 당황한 득호는 그의 제의를 이해하지 못했다. 그는 평소 마주치지 못했던 정묵의 눈을 처음으로 바라보았다. 역광 속에 묻혀버린 그의 얼굴에서 눈빛만이 날카롭게 빛나고 있었다. 득호는 그의 속내를 알지 못했지만, 본능적으로 이것이 자신에게 온 또 한 번의 기회임을 알아챘다.

"네."

득호가 짧게 대답했다. 정묵은 그에게 눈짓을 하고 사무실을 나갔다. 이어 득호가 그를 따라 나갔다. 사람들의 시선은 그들이 사라질 때까지 이어졌다.

타다닥 탁탁. 안 형사의 타이프 소리가 가장 먼저 들려 왔다. 멈췄던 강력반이 다시 재생되었다.

*

득호는 복도를 걸으며 지난 시간을 짤막하게 떠올렸다. 이후 정묵과 짝이 되어 그는 점점 인정받는 형사가 됐다. 그때부터 득호에게는 가족의 일보다 정묵의 부름이 우선이 되었다. 뒤에서는 이런 그를 보고 '정묵의 개'라며 비아냥대기도 했지만 득호는 개의치 않았다. 정묵과 함께 했기에 그들과 대등해질 수 있었으니까.

'그는 은인 같은 분이다.'

정묵을 만나러 올 때면 그는 주문처럼 되뇌곤 했다. 이 복도는 그의 경건한 감사를 가장 많이 담아낸 공간이었다. 복도 끝 정묵의 방까지 가는 동안 그는 기도하듯 입을 웅얼거렸다. 어두컴컴한 복도 속으로 득호가 사라졌다.

정묵의 병실은 마치 병원에서 따로 존재하는 공간처럼 출입문부터 달랐다. 짙은 고동색의 문은 가뜩이나 어두운 복도를 더 어둡게 만들었다. 정묵은 병원에 입원하며 자비를 들여 병실을 리모델링 했다. 그만큼 그의 병실은 병원의 기본 구색과는 다른 고급스러움이 풍겼다.

득호는 가볍게 노크하고 묵직한 문을 열었다. 정묵은 높은 베개를 베고 잠들어 있었다. 그는 소리가 나지 않게 조용히 병실 문을 닫았다. 자고 있는 정묵을 깨우면서까지 만날 목적이 있던 것은 아니었다. 그는 밖에서 시간을 보내자고 생각했다. 마침 복도 끝에서 낯익은 실루엣이 보였다. 양림이었다.

"어디 다녀오니?"

"오셨어요?"

득호의 목소리를 듣고 나서야 아버지임을 안 양림이 잰걸음으로 다가왔다. 낮이지만 절전 중인 병실 앞 복도는 사람을 구분하기 힘들었다.

"들어가 계시지 왜요?"

"잠드셨구나. 예민한 양반이라 들어가면 깰까 봐."

"휴게실로 가요."

병원 휴게실은 티브이를 시청하는 노인들로 꽉 차 있었다. 티브이에서는 병원 입구를 배경으로 한 뉴스가 중계되고 있어 양림과 득호도 자연스럽게 그리로 눈을 돌렸다. 휴게실에는 현장을 설명하는 기자의 낭랑한 목소리만 울렸다. 환자와 방문객들이 화면에 집중한 순간 티브이가 꺼졌다. 사람들이 일제히 뒤를 돌아봤다. 출입문 쪽에서 박 원장이 이미 꺼진 티브이를 향해 신경질적으로 리모컨 버튼을 누르고 있었다.

"다들 들어가세요. 무슨 구경났다고 여기 모였어요!"

박 원장은 언성을 높이며 등 떠밀 듯 노인들을 병실로 보냈다. 그의 빠른 말투와 다르게 노인들이 느릿느릿 흩어졌다. 이제 앉아 있는 이들은 조용히 담소를 나누는 환자의 방문객들이었다. 휴게실을 둘러보던 박 원장이 득호와 눈이 마주쳤다. 그는 득호와 아는 사이인 듯 무언의 눈인사만 하고는 투덜거리며 휴게실을 나갔다.

"리모컨 아무 데나 두지 말라고 했는데, 누구야?"

원장은 병동 안내대의 간호사들이 들으라는 듯 제법 큰 목소리로 말했다. 그는 병원 근처에서 사람이 죽은 것엔 큰 관심이 없어 보였다. 도리어 살인 사건 현장의 배경이 된 병원이 매우 거슬리는 눈치였다. 양림은 티브이가 꺼지자 눈을 길게 감았다 떴다. 득호가 걱정스러운 표정으로 양림을 바라보았다.

"너도 아침에 봤니?"

득호의 물음에 양림이 고개를 끄덕였다.

"너무 신경 쓰지 말거라. 이런 사건들이야 요즘 뉴스에서도 매일 나오지 않니."

"괜찮아요."

종이컵을 쥔 양림의 손이 미세하게 떨리고 있었다. 득호가 그녀의 손을 꼭 쥐었다.

"네가 무슨 생각하는지 알아. 그런데 아닐 거야. 아까 오는 길에 후배 형사들한테 들었는데 예전 사건하고 많이 달라."

득호는 저도 모르게 양림에게 없는 말을 해버렸다. 아직 아무것도 밝혀진 것이 없지만 지금은 이렇게라도 딸을 안심시켜야 한다고 생각했다.

정묵이 단잠에서 깨어났다. 오래간만에 느끼는 개운함이었다. 시계를 보니 정오가 가까운 시간이었다. 오랜 잠에서 깨어난 듯 그의 몸은 이제야 심한 허기가 느껴졌다. 병실 안은 고요했다. 의식을 차리고 주변을 돌아보니 양림은 보이지 않았다. 그는 침대 옆 작은 탁자 위에 있는 리모컨으로 티브이를 켰다. 아침에 양림이 얘기한 사건과 관련된 뉴스가 나오고 있었다. 기자 뒤로 병원 입구가 눈에 들어왔다.

[오늘 오전 인천 강화군 화도면 인근에서 벌어진 살인 사건의 피해자 신원이 확인되었습니다. 피해자는 살해 현장에서 5킬로미터 떨어진 길상면에 거주하던 이 모 씨로 어제 자신이 운영하던 구둣방을 닫고 퇴근하던 중 변을 당한 것으로 알려졌습니다. 경찰은 피해자 이 씨의 주변 인물을 중심으로 본격 수사에 들어갈 예정입니다. 피해자 이 씨의 사망 시간은 어제 오후 8시부터 10시 사이로 추정되며 경찰은 주변 시시티브이를 분석하는 데 주력하고 있다고 전했습니다]

"병신들…."

정묵은 뉴스를 보며 희미하게 웃었다. 밝혀진 것이라고는 피해자의 신원뿐이었다. 피해자 신원이야 요즘은 쉽게 찾아낼 수 있는 세상이다. 결국은 아무것도 밝혀지지 않았다는 뜻이었다. 사람이 죽으면 경찰은 제일 먼저 주변 인물과 원한 관계를 살핀다. 사망 시간의 추정은 아직까지는 추정일 뿐이다. 요즘 같은 피서철에 시시티브이 분석이라니 과연 용의 차량을 얼마나 걸러낼 수 있을지 의문이 들었다. 그리고 통행량이 가장 많은 초지대교에서 이곳까지 단속카메라는 두 대뿐이다. 빠져나갈 길은 얼마든지 있다. 그는 기자의 멘트를 하나하나 따져가며 반박하고 싶었다. 진실을 알아내지 못한 인간들에게 우월감이 들자 정묵은 실소를 터트렸다. 똑똑, 노크 소리가 들리고 병실 문이 열렸다. 그는 침대를 세우며 방문객을 맞이했다.

"뭐 재밌는 거 보고 계셨나 봐요?"

미소를 띤 득호가 티브이로 고개를 돌렸다. 정묵이 볼륨을 줄였지만 티브이 속 배경은 아직도 강화요양병원이었다.

"재밌지 않아? 경찰도 기자도 추정, 예정이란 말밖에 못 하고 있어."

양림은 살인 사건 뉴스를 보며 웃고 있는 정묵이 순간 섬뜩하게 느껴졌다. 그녀는 차마 티브이를 보지 못하고 시계만 멍하니 응시했다. 12시였다. 그녀는 시간을 인지하자마자 최면에서 깬 사람처럼 정신을 차렸다.

"어머 내 정신 좀 봐. 저 세탁실 좀 다녀올게요. 아버지, 곧 식사가 올 시간인데…."

"알았다."

양림이 나가자 득호는 정묵의 침대 식탁을 올려 고정했다. 정묵이 말하기 전에 눈치껏 행동하는 그의 버릇은 은퇴 후 수년이 지난 지금까지도 사라지지 않았다. 그는 양림이 오기 전에 자신이 보고 온 것을 정묵에게 말하고 싶었다.

"아까 아래에서 최 형사를 만났어요. 이제 반장 됐더라고요."

"그 녀석이?"

정묵이 가볍게 웃으며 물었다. 득호는 맞장구치며 그의 웃음에 답했다. 최 형사는 정묵이 수사과장으로 있던 시절 강력반에 들어온 신참이었다. 그는 정묵의 경찰대 직속 후배이기도 했다. 둘은 나이 차가 있었지만 제법 비슷한 구석이 많았다. 성공을 마다하고 자신이 택한 길을 가는 것이나 철두철미하고 냉랭한 성격 등이 그랬다. 동료들은 최 형사를 '리틀 조정묵'이라고 불렀다. 하나를 알려주면 둘, 셋을 파악하는 똑똑한 형사였다. 집요한 성격 탓에 검거율도 높았다. 또한 그는 미제 사건에 관심이 많았다. 할 수만 있다면 강화연쇄살인마를 검거하고 싶다고 술자리에서 입버릇처럼 떠들고는 했다. 정묵은 그런 최 형사의 패기를 높이 샀다. 그리고 자신의 젊은 시절과 상당히 닮았다고 말하며 미소 짓곤 했다. 그래서 득호는 최 형사가 특별해 보였다. 정묵이 누군가를 칭찬하며 웃는 모습을 본 건 처음이기 때문이었다.

"그래서 뭐래?"

"네. 그냥 전해 들어서 확실치는 않지만 듣고 나니 23년 전 일이 생각나더라고요."

"무슨! 범인도 나이는 똑같이 먹는 거 몰라?"

정묵은 신경질적인 말투로 그의 이야기를 일갈했다. 바깥에서 병실로 다가오는 발소리가 들렸다. 득호는 목소리를 낮추고 급하게 이야기를 마무리했다.

"저기 형님! 혹시라도 양림이에게 오늘 사건은 얘기하지 말아 주세요."

정묵은 알았다는 듯 가볍게 손을 들어 보였다. 발소리의 정체는 병원 배식원이었다.

"들어올 땐 항상 노크하라고 하지 않았던가?"

무심하게 들어온 배식원에게 정묵이 가볍게 꾸짖었다. 배식원은 흠칫하며 고개를 끄덕이고는 식판을 놓고 사라졌다. 양림 대신 정묵을 거드는 일은 득호의 몫이 되었다. 그는 딸보다 더 능숙하게 정묵의 수저를 놓고 컵에 물을 채웠다.

"식사 전이지? 양림이랑 나가서 밥이나 먹고 와."

정묵이 티브이 볼륨을 높이며 나가라는 손짓을 했다. 득호가 나가자 그는 허겁지겁 밥을 먹기 시작했다. 내장에 차오르는 포만감이 그를 기쁘게 했다.

*

정묵이 서울 생활을 접고 강화도로 내려온 것은 바다 때문이었다. 그가 알고 있는 한 서울에서는 온전한 석양을 볼 수 없었다. 엄밀히 말하자면 서울에는 정묵이 원하는 석양이 없었다.

한번은 혼자 남산타워에 갔다. 답답한 서울에서 그가 생각할 수 있는 가장 높은 장소였다. 그곳에서는 불타는 석양을 볼 수 있을 것이라고 생각했다. 기대가 많았던 걸까? 남산타워 꼭대기에서 본 석양은 그저 멀리에서 지고 있는 의미 없는 해였다. 몇몇 사람에게는 탄성을 자아내는 금빛 노을이었을 것이다. 그러나 그에겐 자동차극장에서 먼 스크린으로 감흥 없이 보는 영화 같았다. 정묵은 별 볼 일 없는 서울의 노을을 확인하고는 타워에서 내려왔다. 고향의 석양과 다른 점들이 하나씩 떠올랐다. 가장 큰 차이는 역시 바다였다. 태양이 바다에 빠지면 바다는 피를 토해낸다. 태양의 피는 대기와 세상에 존재하는 모든 것을 붉게 물들였다. 그렇게 석양은 음험하게 세상을 장악하며 그를 붙들었다. 그 광경을 보는 것이 그의 가장 큰 즐거움이었다. 아니 즐거움으로는 부족한 환희의 순간이었다.

그래서 정묵은 귀향을 결심했다. 고민이라고 할 것도 없는 결정이었다. 간부 출신의 선배들이 미래를 보장하며 그의 귀향을 만류했다. 하지만 그는 성공보다 만족된 삶을 원했다. 서울에는 그를 채워줄 석양이 없었다. 그렇게 정묵은 강화도로 돌아왔다.

그의 강화도 형사 생활은 생각보다 수월했다. 아무래도 사람 많은 서울보다 이곳이 한산한 건 어쩌면 당연한 일이었다. 정묵은 강화도로 돌아온 결정을 만족스러워했다. 더 일찍 결정하지 못한 것이 아쉬울 정도였다. 사람들과 지내는 것도 문제 되지 않았다. 이제는 머리를 써서 대해야 할 관계가 많지 않았기 때문이다.

그러나 그것은 어디까지나 그의 생각이었다. 정묵이 강화경찰서로 온다고 했을 때 이곳 강력반 형사들은 그를 달갑게 여기지 않았다. 그의 활약은 이미 경찰들 사이에서 정평이 나 있었다. 그들에게 정묵은 뉴스에 나오는 강력 사건들을 해결한 입지전적의 인물이었다. 그런 인물이 이곳에 와서 무슨 일을 할 수 있을지, 혹은 어떤 변화를 몰고 올지 알 수 없어 불안해했다. 그들의 걱정은 현실이 되었다. 정묵에게는 기존의 형사들과 구별되는 이질감이 있었다. 그는 협력을 필요로 하지 않았다. 혼자 사냥을 즐기는 맹수처럼 홀로 움직였다. 때로는 그것이 오만함으로 비춰질 정도였다. 그래서 냉랭하고 사나운 표정의 정묵에게 다가가는 형사는 없었다. 조직과 의리가 먼저였던 강력반에서 그는 도드라진 보도블록처럼 매끄러운 보행을 방해하는 존재가 되어 갔다.

하지만 형사로서의 정묵은 모두가 인정할 수밖에 없었다. 그는 이곳에 오자마자 혼자서 여러 건의 사건을 협조 요청 한 번 없이 묵묵히 처리했다. 그렇다고 누군가에게 딱히 불편을 주거나 피해를 주는 타입도 아니었다. 시간이 흐르자 강력반 형사들은 슬슬 그에 대한 경계를 풀기 시작했다. 경계는 어느새 호기심으로 변해 있었다. 편한 동료가 된 것은 아니었지만, 그가 속한 강화경찰서 강력반은 다시 제 자리를 찾아갔다.

계절이 바뀌고 정묵의 섬 생활도 자리를 잡았다. 시간은 익숙함을 준다. 인간은 익숙해지면 친밀을 요구한다. 그는 언제부턴가 동료들의 시선을 느끼기 시작했다. 유능한 형사의 일거수일투족을 주의 깊게 지켜보는 눈이 하나둘 늘어갔다. 정묵은 어느새 관심의 대상이 되었다. 주변의 호기심은 사람들을 모으고 또 주목하게 만들었다.

그에게 사람들의 관심은 치욕과 같았다. 누구도 자기를 주목할 권리는 없었다. 정묵은 차라리 그들이 경계했던 시절이 편했다고 생각했다. 하지만 이미 쏠려버린 시선이 처음으로 돌아갈 리 없었다. 그는 자신에게 쏠린 관심을 돌릴 대상을 찾기 시작했다. 자신을 노출하되 사람들의 시선을 가져갈 대상이 필요했다. 이곳에서 일하게 되면서 정묵은 처음으로 주변을 관찰했다.

'충직한 개! 그 개를 찾아야 한다!'

강력반은 대체로 한산했다. 늦여름 석양이 들이친 실내는 감색(減色)된 사진의 한 장면 같았다. 정묵의 눈에 멀리 고개를 숙이고 서류 작업 중인 득호가 들어왔다. 조금 전까지 그에게는 관심 밖의 사내였지만 지금은 다르다. 그는 정묵이 찾는 모든 조건을 갖추고 있었다.

정묵은 얼마 전 동료들을 통해 득호의 이야기를 들은 적이 있었다. 그는 양도면 파출소에 근무하다 이곳에 온 지 채 일 년이 되지 않았다고 했다. 의욕만 넘칠 뿐 머리가 아둔해 수사에 별 도움이 되지 않는다는 얘기였다. 그냥 다른 형사들의 잡무나 처리하며 근근이 형사 생활을 버티는 쓸모없는 존재라고 했다.

"쓸모없는 존재."

정묵은 옅은 미소를 띠며 가볍게 중얼거렸다. 쓸모없다는 것만으로 자신이 찾는 대리자로서의 명분은 충분했다. 지금 이 순간 그에게 가장 필요한 존재였다. 정묵은 그를 선택했다. 득호의 의견 따위는 필요치 않았다. 그가 자신의 제안을 거절할 이유가 없다고 확신했기 때문이었다. 오래 생각할 필요가 없었다. 결정을 내린 정묵은 자리에서 일어나 득호에게 다가갔다. 예상대로였다. 이 모습을 지켜본 강력반 형사들은 당황했고, 그는 구원자의 손을 잡았다. 정묵은 스스로 꽤 괜찮은 거래라고 자평했다. 득호는 자신의 개가 되었지만 더 이상 쓸모없는 존재라는 소리는 듣지 않게 되었으니까.

*

"형님께 잘해드려라."

식판 한쪽에 남은 밥을 모으며 득호가 양림에게 말했다. 가지볶음에 묻은 마늘을 털어내며 그녀는 고개를 끄덕였다. 아직 양림은 식사를 끝내지 못했다. 식사 내내 거의 말도 하지 않았다. 득호의 얘기에 주로 고개를 끄덕이거나 기운 없는 '네'라고 답할 뿐이었다. 득호는 양림이 자신의 말을 어디까지 알아들었는지 알 수 없었다. 그녀는 숟가락으로 식판의 남은 음식 찌꺼기를 국 칸에 모았다.

"다 먹었어? 그것 갖고 돼?"
"입맛이 없어요."
"내가 괜한 일을 시킨 건 아닌가 싶다."
"뭐 돈 받고 하는 건데요. 힘든 거 하나도 없어요. 저도 아저씨께 감사한 마음 많아요."
"그렇다면 다행이고. 우리한테는 은인 같은 분이다."
식판을 들고 일어서던 양림이 멈칫했다. 하마터면 득호에게 '그 얘기는 백번도 더 들었어요'라고 말할 뻔했다. 지난 세월 수없이 들었던 말이다. 그녀는 숨을 크게 내쉬며 마음을 추슬렀다. 늘 들어왔던 말이 갑자기 걸렸다는 건 그 말보다 자신의 상태가 문제일 테니.
"아버지가 말하지 않아도 잘 아니까 그 말은 이제 그만 하세요."
양림이 아버지에게 할 수 있는 가장 완곡한 표현이었다. 득호는 그녀의 뒤를 따르며 헛기침을 했다.
양림은 득호를 1층까지 배웅했다. 건물 밖으로는 나가지 않았다. 아침에 보았던 섬뜩한 살해 현장과 마주치고 싶지 않아서였다.
"들어가. 나올 필요 없어."
득호도 그런 딸의 마음을 읽었는지 1층까지 오는 내내 같은 말을 반복했다. 그녀는 다행이라고 생각하며 못 이기는 척 아버지의 말을 따랐다.
엘리베이터가 내려오고 있었다. 층수를 표시하는 계기판의 숫자가 줄어들었다. 4, 3, 2, 1. 양림은 최면에 빠지는 사람처럼 졸음이 몰려왔다. 배부른 뇌가 보내는 식곤증인지도 모른다. 아니면 오늘 아침부터 받은 스트레스로 인한 기면(嗜眠)이거나. 이유야 어찌 됐든 그녀는 그저 아무 곳에나 몸을 뉘고 싶어졌다.

병원 밖은 이제 경찰차보다 방송사 취재 차량으로 붐볐다. 득호는 길에 서서 사건 현장 쪽을 바라보았다. 더 이상 후배 형사들의 모습은 보이지 않았다.

"이곳 주민이십니까?"

앳된 인상의 남자가 그에게 말을 걸어왔다.

"그렇습니다만."

"오늘 이곳에서 벌어진 사건에 대해 인터뷰를 하고 싶어서요."

"저는 아는 게 없습니다. 무슨 사건인지도 모르고요."

"어려운 건 아니고 여기 주민으로서 이 사건을 어떻게 생각하시는지 말씀해 주시면 되는데. …"

남자는 어려운 부탁을 하듯 말끝을 흐렸다. 그의 목에는 파란색 출입증이 걸려있었다. 겉옷 안쪽에 감춰져 이름은 볼 수 없었지만 목줄에 방송사 로고가 새겨져 있어 방송국 기자일 거라고 미루어 짐작할 수 있었다.

"아니, 저는 됐습니다."

득호는 기자의 부탁을 거절했다. 그림자 하나 없는 뙤약볕에서 그들의 큐사인에 맞춰 얘기할 만큼 그는 이 사건에 대해 아는 것이 없었다. 혹시 '이 사건이 과거 강화연쇄살인 사건의 연장선인 것 같습니까?' 또는 '관련이 있는 것 같습니까?'라고 질문했다면 모를 일이지만. 거기에 관해서는 누구보다 할 말이 많은 사람이었다.

기자는 그의 거절을 단번에 수긍하며 중계차 쪽으로 돌아갔다. 득호는 기자의 뒷모습을 바라보았다. 저쪽에서 기자를 내내 주시하고 있던 여자가 다가오는 그에게 인상을 찌푸리며 무어라 다그쳤다. 소리는 들리지 않았지만 그를 질책하는 것만은 확실했다. 원숙한 여자의 얼굴로 보아 선임일 것이다. 사수와 부사수의 관계는 어떻게든 티가 나기 마련이다. 그러고 보면 그 기자는 어설프기 짝이 없었다. 자신의 신분도 밝히지 않고 말을 걸어왔다. 그리고 한 번의 거절을 너무 쉽게 인정해 버렸다. 질문을 채 마무리 짓지도 못하고 말끝을 흐려버렸다.

신입들에게 자주 있는 실수다. 신입일 땐 마음이 늘 조급하다. 빨리 해결하고 싶은 마음에 의욕이 앞서 기본을 건너뛰는 경우가 많다. 그러다 보면 실수가 많아지고 일은 더 꼬여버린다. 득호도 그런 시절이 있었다. 잘하고 싶었지만 되는 일이 없던 시기가.

*

정묵과 한 팀이 된 득호는 이 기회를 날려 버리면 더 이상 강력반에서 버틸 명분을 만들지 못할 것 같아 매사에 최선을 다했다. 정묵은 성격이 급하고 실수를 용납하지 않았다. 그것은 한 팀이 된 득호에게도 똑같이 적용되었다. 욕을 먹지 않는 날이 없을 만큼,

집에 들어간 날이 기억나지 않을 만큼, 정묵은 득호를 혹독하게 훈련시켰다. 득호는 묵묵히 그 시간을 견뎌냈다. 좋지 않은 머리는 부지런한 몸으로 대신했다. 하지만 그는 정묵의 성에 차지 않는 파트너였다.

한 번은 유력한 강도 용의자를 코앞에서 놓친 득호에게 정묵이 소리쳤다.

"멍청한 놈! 정신을 어디다 팔고 다니는 거야. 아무래도 넌 나랑 못하겠다!"

정묵은 허투루 말을 하는 법이 없었다. 그는 엄청난 공포를 느꼈다. 더 이상 발 디딜 곳을 못 찾아 허공에 불안하게 떠 있는 기분이었다. 추락의 깊이가 가늠이 안 되는 허공이었다.

"안 됩니다."

낙하가 시작되기 직전 득호가 외쳤다. 정묵이 의외라는 듯 그를 쳐다봤다.

"그러면?"

"반드시 선배님 마음에 들도록 노력하겠습니다."

잠깐의 정적이 흐르고 정묵이 웃었다. 득호에게 처음 보인 미소였다.

"난, 교육의 힘을 믿네."

정묵이 말했다. 득호는 추락하지 않았다.

*

병실로 돌아온 양림은 청소를 시작했다. 몰려오는 잠을 깰 만한 큰 움직임이 필요해서였다. 마침 정묵은 방에 없었다. 그가 보는 탁상달력의 오늘 날짜엔 빨갛고 파란 동그라미가 그려져 있었다. 파란색은 물리치료 받는 날을 뜻한다. 빨간색은 누군가 다녀간 날을 표시하는 색이었다. 간혹 검정 볼펜으로 그린 동그라미가 있었지만 그것이 어떤 의미인지 그녀는 알지 못했다. 정묵에게 물어볼 수도 있었지만 그녀는 말이 많은 사람도, 호기심이 왕성한 사람도 아니었다. 대체로 그녀가 생각하는 말의 절반 이상은 입 밖으로 나오지 않았다. 양림은 늘 최소한의 말을 하는 사람이었다. 정묵에게는 최적화된 간병인임에 틀림없었다.

그녀는 정묵이 없는 시간을 알차게 쓰기 위해 몸을 바쁘게 움직였다. 이제 졸음이 사라지고 청소를 할 곳들이 속속 눈에 들어오기 시작했다. 양림은 먼저 침구를 교체했다. 개인 간병인을 써서인지 그의 침대는 항상 쾌적했고, 노인 특유의 냄새가 거의 나지 않았다. 그의 병실은 병원 전체에 떠다니는 퀴퀴한 냄새가 없는 방이었다. 병원에서 24시간 최신형 공기청정기가 돌아가는 유일한 공간이기도 했다.

양림은 가사 일에 있어서만큼은 자신이 있었다. 그녀의 집은 항상 깔끔했고 쌓여 있는 먼지가 없었다. 그 성격은 정묵의 병실에서도 여실히 드러났다. 정묵은 정리 정돈, 청소에 있어서 아직 그녀에게 말을 꺼낸 적이 없었다. 정묵은 정리 정돈에 유난히 집착했다. 모든 물건은 자신이 정해 놓은 자리에 있어야 했다. 옷걸이는 티브이 아래 정중앙에 자리했고, 작은 탁자 위에는 달력과 삼색 볼펜이 반듯하게 놓여 있었다. 손톱깎이 하나도 정해진 자리가 있었다. 그녀는 이런 정묵의 성향을 맞추는 것이 어렵지 않았다. 항상 자리를 찾아 규칙에 맞게 정리해야 하는 번거로움은 있지만 반대로 그 규칙만 잘 지키면 잔소리를 들을 일이 없었다. 정묵은 수시로 양림에게 말했다.

'모든 것에는 룰이 있어. 그게 깨지면 다 어긋나는 거야.'

양림은 그의 말을 머리에 잘 새겨 두었다. 어려운 일이 아니다. 그녀는 규칙을 잘 유지한다면 일을 하는 동안 그의 증상을 마주하지 않을지도 모른다고 생각했다. 양림은 점호를 준비하는 군인처럼 차근차근 병실을 정비해 나갔다. 병실 청소를 끝내고 그녀는 화장실로 들어갔다. 비누, 칫솔, 치약, 모든 것은 제자리에 있었다. 거의 떨어진 휴지는 새것으로 교체했다. 바닥의 물기를 닦아 내며 그녀는 이제 청소가 끝났다고 생각했다. 하지만 어딘가 석연치 않은 기분이 들었다.

'내가 건너뛴 규칙이 있나?'

양림은 자리에서 일어나 욕실을 천천히 둘러보았다. 항상 같은 물건을 정리하고 같은 곳에 놓다 보면 머리로 기억하지 못하는 것을 몸이 기억하기도 한다. 그녀는 손가락으로 하나씩 물건들을 짚어 나갔다.

"뭔가 빠졌는데, 비누, 칫솔, 치약…, 뭐지?"

양림이 세면대 거울을 보는 순간 생각보다 쉽게 마지막 물건이 떠올랐다. 클래식 면도칼이 보이지 않았다. 그녀는 기억을 더듬었다. 언제부터 그 자리에 없었는지 기억할 수 없었다. 오늘 정묵은 면도를 하지 않은 상태였다. 그렇다면 어제, 아니 그보다 더 이전일지도 모른다. 그녀는 덜컥 걱정이 앞섰다. 정묵이 자신이 쓴 면도칼을 다른 데 놓았을 거라고는 생각할 수 없었다. 그는 자신이 쓰는 물건을 함부로 놓아두는 성격도 아니고, 치매 환자라고 해도 아직은 그녀가 생각하는 경우의 수에 들어갈 사항도 아니었다. 그렇다고 누군가 이 병실에 들어와 낡은 면도칼을 훔쳐간다는 건 있을 수 없는 일이다. 정묵에게 면도칼의 소재를 묻자니 질책이 돌아올 것만 같았다. 양림은 그가 돌아올 때까지 찾아보기로 했다. 그때까지 없다면 어쩔 수 없지만 찾아낸다면 룰은 그대로 유지될 테니.

양림은 다시 처음부터 모든 물건의 위치를 확인하며 어딘가에 잘못 자리 잡았을 면도칼을 찾기 시작했다. 그녀는 침대맡에 서서 평소와 다른 점을 찾기 위해 이전의 기억과 하나하나 대조해 나갔다. 병실은 깨끗했고, 커튼은 깔끔히 포개져 있으며, 침대도 주름 하나 없이 매끈하게 정돈되어 있었다. 어제와 다른 점은 보이지 않았다.

그때 옷걸이에 걸린 정묵의 바람막이 점퍼가 눈에 들어왔다. 한쪽 주머니가 비정상적으로 축 늘어져 있었다. 양림은 옷걸이로 다가가 점퍼 주머니에 손을 넣었다. 그녀는 숨은그림찾기의 마지막 그림을 찾은 아이처럼 미소 지었다. 그립감 좋은 면도칼이 손에 잡혔다. 그것이 왜 점퍼 주머니에서 나왔는지에 대한 의문은 들지 않았다. 양림에게는 반드시 있을 곳에 있어야 하는 물건을 찾았다는 기쁨만 있을 뿐이었다. 그녀는 면도칼을 세면대 선반 위에 놓고 만족스러운 미소를 지었다. 모든 것이 제자리를 찾자 마음이 놓였다. 면도칼을 찾는 동안 꽤 긴장했었는지 온몸에서 힘이 빠져나갔다. 양림은 가볍게 심호흡하며 침대 옆 간이 의자에 앉았다.

똑똑, 잠시 후 노크 소리와 함께 요양보호사의 부축을 받으며 정묵이 들어왔다. 양림은 힘에 부치는 듯 '끙' 하는 신음과 함께 자리에서 일어났다. 정묵도 컨디션이 썩 좋아 보이지 않았다. 그를 침대에 눕히고 그녀는 다시 의자에 몸을 기댔다. 정묵이 양림을 보며 가래나무 열매를 가리켰다. 그녀는 탁자 위의 열매를 그의 손에 쥐여 주었다. 나직하게 가래나무 열매를 굴리는 소리가 병실에 울렸다. 양림은 다시 피로가 몰려왔다.

"수고했다. 오늘은 그만 가봐라."

정묵이 말했다.

"저녁은 챙겨드리고 갈게요."

"됐어."

양림은 못 이긴 척 고개를 끄덕이고는 옷걸이에 걸린 자신의 가방을 챙겼다. 나가려고 인사하기 위해 그녀는 침대를 바라보았다. 정묵은 눈을 감고 있었다. '도독 도도독 도독….' 구르는 열매 소리가 점점 느려지고 있었다. 양림은 조용히 병실을 나갔다.

'툭' 고녀가 나가고 가래나무 열매 하나가 침대 아래로 떨어졌다. 정묵이 잠들었다.

양림에게 오늘은 힘든 하루였다. 시원한 버스 안에서 땀이 식고 나서야 그녀는 기운을 찾았다. 간병 일은 평소와 다를 것이 없었다. 오히려 그의 배려로 평소보다 이른 퇴근을 하는 바람에 여유 있는 저녁을 맞이할 수 있었다. 하지만 그녀의 마음은 무거웠다. 아침의 잔상이 온종일 머리에 계속 맴돌았기 때문이었다. 경찰들, 폴리스 라인, 긴급한 무전 소리…. 아주 먼 기억이지만 오래전 그날을 떠올릴 명분은 충분히 되었다.

23년 전 양림은 비슷한 경험을 한 적이 있다. 그녀의 엄마는 강화연쇄살인마의 마지막 희생자였다. 그날 이후 양림과 그녀의 가족은 평범과 동떨어진 삶을 살았다. 피해자의 가족이라는 꼬리표를 달고 오랫동안 지내야 했다. 아직 엄마의 손길이 필요했던 아이들은 충격을 받았다. 부인의 죽음에 고통스러워하는 아버지를 보는 것도 힘든 일이었다.

양림의 생각에 그나마 아버지가 방황을 끝내고 일상으로 돌아오게 된 것은 정묵 덕분이었다. 정묵은 득호가 괴로워할 시간을 오래 주지 않았다. 업무에 복귀한 그를 더 혹독하게 단련시켰다. 이후 그녀가 아는 아버지의 최종 목표는 강화연쇄살인마를 검거하는 것이었다.

그즈음부터 득호는 정묵을 은인이라고 표현했다. 취해서 들어오는 날이면 '형님이 없었다면 너희들을 어떻게 보살폈을지 앞이 캄캄하구나'라고 버릇처럼 이야기했다. 양림에게도 정묵과 그의 가족은 고마운 존재였지만, 사실 아버지가 가진 마음만큼의 고마움은 아니었다. 엄마의 부재를 이겨낸 건 온전히 남매 스스로의 몫이었다. 정묵에게 많이 의지하는 아버지를 내내 지켜보고 자란 양림은 그의 마음을 어떻게든 이해하려 노력했다. 둘 사이에 자기가 모르는 뭔가가 있을지도 모를 일이었다. 그저 자식들에게는 정묵에 대한 감사를 강요하지 않았으면 했다.

세월이 흘렀고 그녀는 두 사람의 관계가 조금은 가벼워졌을 거라고 생각했다. 그러나 오늘 본 아버지의 모습은 예전과 다르지 않았다. 두 사람의 관계에 끼어들 마음은 없었지만 여전히 아버지에게는 정묵이 우선이었다. 정묵에게 쩔쩔매는 그 모습이 과거 자식들의 상처를 깨우는 일이라는 걸…, 더 이상 양림 남매에게 정묵은 은인이 아니라는 것을 득호는 모르고 있었다.

열기를 잃은 태양이 수평선 언저리까지 내려왔다. 버스에서 내린 양림은 멀리 사라져가는 석양을 보며 눈을 가늘게 떴다. 그날만큼은 아니지만 제법 붉은 석양이 세상을 물들였다. 어디선가 '엄마!'를 외치는 아이의 소리가 들려왔다.

정묵이 깬 것은 제법 어둑해진 저녁이었다. 경쾌한 노크 소리가 세 번 울렸다. 박 간호사였다. 정묵은 침대를 세우며 바로 앉았다.

"일어나셨어요? 너무 곤히 주무셔서 깨울 수가 없었어요. 이제라도 저녁 드셔야 할 것 같아서 챙겨드리려고 왔어요."

"고맙네."

간호사는 배식원이 놓고 간 식판을 정묵의 침대 식탁에 올렸다.

"식사하고 계세요. 천천히 치우러 올게요."

그녀가 나가자 정묵은 티브이를 켜고 식사를 시작했다. 티브이는 적막함을 감추기 위한 도구일 뿐이었다. 화면을 보며 집중하는 것은 오전에 보는 뉴스로 충분했다. 어제와 다른 감흥 없는 저녁이었다. 그에게 감흥이 없다는 것은 부정적인 의미가 아니었다. 편안함의 다른 표현이기도 했다. 정묵은 다 식어버린 국과 반찬을 천천히 음미했다. 감각이 되살아난 듯 재료의 맛이 하나하나 느껴지기 시작했다. 오랜만에 느끼는 만족감이었다.

저녁 식사를 느긋하게 마친 그는 요의가 느껴져 화장실로 향했다. 정묵은 소변을 보며 욕실을 둘러보았다. 잘 정리된 화장실이 한눈에 들어왔다. 양림은 처음 그가 알려준 지시대로 흐트러짐 없이 관리하고 있었다. 비누는 물이 고이지 않은 받침대에 놓여있고, 치약과 칫솔은 양치 컵에 가지런히 꽂혀있었다. 세면대 선반에는 그가 아끼는 클래식 면도칼이 얌전하게 올려져 있었다.

정묵의 눈동자가 흔들렸다. 어긋난 기억을 맞추듯 그는 세면대 앞으로 갔다. 거울에는 하루 사이에 움푹 눈이 꺼진 자신의 얼굴이 보였다. 수염은 이틀 새에 덥수룩하게 제멋대로 자라있었다. 그는 면도칼을 집어 들었다. 접혀있는 면도칼을 펼치려 했지만, 이음새에 끈적한 액체가 고여 매끄럽게 펼쳐지지 않았다. 그는 칼을 살피기 시작했다. 유심히 보지 않는다면 모를 그에게만 보이는 핏자국이 남아있었다. 그는 수도꼭지를 틀어 뜨거운 물을 흘렸다. 정묵은 뜨거운 김이 올라오는 물줄기에 면도칼을 씻었다. 엉겨있던 핏자국이 물에 녹아 내렸다. 피는 차오르는 세면대 물에 희석되며 사라졌다. 마른 수건으로 물기를 제거한 정묵은 어제의 기억을 더듬었다. 아무리 생각해도 그는 이곳에 면도칼을 가져다 놓은 기억이 없었다. 더더군다나 피가 묻은 칼을 이대로 방치했다니 그에게는 있을 수 없는 일이었다.

'모든 것엔 룰이 있다. 그런데 어긋나 버렸다.'

양림이 정묵의 이상을 발견한 건 살인 사건이 발생한 다음 날이었다. 그녀는 어제 같은 뒤숭숭한 상황을 볼까 싶어 가슴을 졸이며 출근길에 올랐다. 하지만 하루 만에 병원 주변은 예전 모습으로 돌아와 있었다. 건물 뒤에 초라하게 둘러친 노란 폴리스 라인이 이곳이 살인 현장이었던 것을 알려주고 있었다. 양림의 마음이 한결 가벼워졌다.

복도에서 배식원과 마주친 그녀는 정묵의 아침 식사를 받아 병실로 향했다. 어제의 지각을 만회하려는 듯 일찍 집에서 나온 터였다. 양림은 이른 시간인 것을 감안해 조용히 노크하고 병실로 들어갔다. 정묵은 잠들어 있었다. 한쪽에 조심스럽게 식판을 놓고 옷걸이에 가방을 걸었다. 그는 정면을 향한 채 누워있었다. 죽은 듯 평온한 모습이었다. 하지만 평소와 다른 낯선 기운이 병실에 퍼져 있었다. 병실을 둘러 본 그녀는 즉시 이유를 알아챘다. 커튼이 모두 쳐져 있었다. 한낮의 햇살을 빼고는 정묵이 커튼을 치는 경우는 없었다. 양림은 그가 깨기 전에 빨리 커튼을 걷어야 한다고 생각했다. 알 수 없는 조급함에 평소 그녀가 잘 잡는 커튼 주름이 잡히지 않았다. 일단은 그런대로 비슷하게 형태를 만들었다. 커튼을 걷자 창으로 강렬한 아침 햇살이 들이쳤다. 다행히 햇실은 침대까지 도달하지 못했다. 정묵은 아직도 미동 없이 누워 있었다. 양림이 침대 식탁을 펴기 위해 그에게 다가갔을 때 이불에 가려진 끈이 보였다. 정묵의 사지가 침대의 네 귀퉁이에 묶여 있었다.

'지난밤 무슨 일이 있었다?'

그녀는 조심스럽게 병실을 나갔다. 병동 안내대로 향하는 발걸음이 빨라졌다. 이제야 자신에게 할 일이 생겼다는 묘한 희열이 속에서 올라오고 있었다.

"수간호사님! 간밤에 아저씨한테 무슨 일 있었어요?"

"내 몇 주 조용하다 했어. 지난밤에 자다가 악몽을 꾸셨는지 일어나서 물건 던지고 욕을 하고, 마침 남자 간호사가 있어서 다행이었지. 가끔 저래."

"그래요? 이제부터 저는 뭘 하면 되나요?"

"깨시면 반응 보고 괜찮으면 풀어드려. 평소랑 달라도 너무 놀라지 말고. 곧 익숙해질 거야. 양림 씨도 슬슬 알 때가 됐지."

2장 석양 속의 남자

어느덧 나는 숲속에 있다.

석양에 물든 숲은 밤이 될 것처럼 빠르게 변해간다. 수풀 속 무성한 나뭇잎이 하늘을 거의 가리고 있다. 그래서 사이사이로 보이는 하늘이 더 붉게 보인다. 석양은 공기까지 물들이며 세상을 하나의 색으로 통일시켰다. 붉게 덥혀진 대기는 한낮의 열기를 그대로 품은 채 숲속을 가득 메웠다.

땀이 목을 타고 가슴팍으로 흘렀다. 알고 가는 길처럼 굵은 땀방울은 배꼽까지 바로 내려왔다. 나는 거추장스러운 상의를 벗었다. 멀리서 숲을 흔드는 바람 소리가 나뭇잎을 타고 전해져온다. 이곳을 향해 달려오는 숲속의 바람은 살아있는 생명체 같다. 멀리에서부터 자신의 존재를 과시하며 다가온다. 수많은 풀과 나무들이 차례로 길을 터준다. 그것을 가르고 바람은 이곳을 통과한다. 나는 양팔을 벌려 바람을 맞았다. 완벽한 타이밍이다. 바람은 흐르는 땀을 진정시킬 만큼 내 몸 구석구석을 훑고 지나갔다. 바람과 함께 석양이 사그라지고 있었다. 어둠이 몰려오기 전에 이 순간을 이어

줄 붉고 생생한 제물이 필요했다. 사타구니에서 흐른 땀이 오금을 지나 종아리로 흘러내렸다. 땀인 것을 알지만 나는 순간 흐르는 피를 상상했다. 땀의 행로를 따라 시선은 그대로 다리를 타고 바닥으로 향했다. 내 발아래 6번이 누워있다.

나는 희생자의 신분을 모른다. 특정인을 목표로 한 것도 아니고, 그가 누구인지에 대해서도 관심이 없다. 물론 누군가의 신원을 알아내는 것은 내게 어려운 일이 아니다. 마음만 먹으면 나는 비교적 남들보다 빨리 알 수 있는 직업을 갖고 있기 때문이다. 하지만 현재로서는 그가 죽은 후에나 알 수 있기에 역시 희생자의 이름은 쓸모가 없다. 그래서 나는 제물들의 호칭을 순번대로 불렀다.

6번은 편안한 모습으로 누워있다. 아직 의식이 돌아오지 않은 것이다. 빨리 그의 겁먹은 눈을 보고 싶다. 6번의 얼굴에 묻은 흙을 털고 가볍게 몇 차례 뺨을 때려보았다. 가벼운 신음 소리와 함께 그는 얼굴을 찡그렸다. 의식이 돌아오고 있는 것이다. 이제 그는 상당한 고통과 마주할 것이다. 입에 물려있는 재갈 때문에 소리를 내기도 쉽지 않겠지만 아마도 그는 있는 힘껏 소리칠 것이다. 다음은 몸을 움직이려 할 것이고, 자신의 팔다리가 부러진 고통을 인지하고 난 후에는 몸통을 뒤틀 것이다. 그리고 가장 간절한 눈빛으로 나에게 생명을 구걸할 것이다. 이 순간 가장 두려운 사람이자 유일한 구원자일지도 모르는 나에게. 내 대답은 당연히 '아니오'다. 무력한 순간, 인간은 눈으로 많은 것을 이야기한다. 나는 그 눈을 바라보는 게 좋다. 살고 싶은 욕망이 가득한 눈빛은 화르르 타오르는 석양과 매우 잘 어울린다.

지금 이 순간을 위해 나는 매일 혁지에 면도날을 세웠다. 이 날카로운 도구가 유려하게 그의 몸을 스치고 지나가면 그 길을 따라 석양이 미처 가져가지 못한 제물이 흘러나온다. 고요한 강처럼 천천히 오래도록. 목마른 땅은 흐르는 피를 날름 빨아들인다.

나는 이마에 튄 피를 손등으로 닦아냈다. 흐르던 땀이 피와 섞여 눈에 들어갔다. 갑작스러운 이물질에 당황한 듯 눈이 쓰라리기 시작했다. 하지만 나는 손으로 닦지 않았다. 이로 인해 순간 세상이 핏빛으로 보이는 듯하다. 하늘은 암적색이 되었고, 숲은 어둠에 잠식됐다.

'완벽하다.'

지금이 가장 완전한 순간이다. 모든 과정이 오롯이 내 안에 존재한다. 한 치의 오차도 실수도 없다.

바스락….

그 순간 뒤에서 정적을 깨는 소리가 났다. 나는 순간 귀를 의심했다. 믿고 싶지 않지만 익숙한 소리였다. 숲에서 인간의 발이 내는 소리다. 그리고 이것은 내 완전함에 금을 내는 소리였다. 부디 산짐승이기를 바라며 반사적으로 뒤를 돌아보았다. 흐르던 땀이 방향을 바꿔 다시 눈에 들어갔다. 시야가 흐릿해져 확신할 수 없지만, 누군가 날 바라보고 있다.

'룰이 깨져 버렸다.'

*

정묵의 꿈은 항상 여기서 끝났다. 5초, 아니 3초만 앞에서 끝났다면 그는 늘 즐거운 꿈 한가운데서 아침을 맞았을 것이다. 하지만 그 짧은 순간을 꿈에서 본 날이면 주체할 수 없이 화가 치밀었다. 표현할 수 없는 불쾌함, 짜증, 분노가 순차적으로 몰려왔다. 물론 온전한 때의 그는 이런 속내를 사람들에게 드러내는 법이 없었다. 그러나 증상이 발현된 날에는 꿈에서 일어난 분노가 현실까지 이어져 닥치는 대로 난동을 부렸다. 아무도 이유를 몰랐다. 이유를 알고자 하는 이도 없었다. 사람들은 당연히 치매 환자의 증상이라고 짐작할 뿐이었다.

당사자인 정묵만이 심원(深怨)의 이유를 알고 있었다. 사람들에게 그는 23년간 잡히지 않은 완벽한 연쇄살인마였다. 하지만 정묵은 스스로를 실패한 살인마라고 결론지었다. 어쩌면 가장 완벽한 추억이 되었을 수도 있었다. 그러나 단 하나의 오점으로 인해 모든 것이 수포로 돌아갔다. 그의 인생에서 강화연쇄살인은 완성을 코앞에 남겨놓고 망쳐버린 그림이었다. 꿈에서 자신을 지켜보던 흐릿한 사람 때문이었다.

'그년만 아니었다면….'

정묵은 그 꿈을 꾸는 날이면 이가 갈리는 분노가 차올라 스스로를 통제할 수 없었다.

양림이 병실로 돌아왔을 때 이미 정묵은 눈을 뜬 상태였다. 양림이 조심스럽게 정묵에게 다가갔다.

"안녕히 주무셨어요? 식사하셔야죠."

그녀는 아무 일 없다는 듯 아침 인사를 했다. 정묵은 평소와 달리 초조한 모습으로 주변을 살폈다.

"나 잡혀 온 거야? 누가 잡아 왔어? 경찰이야? 검찰이야?"

정묵이 다짜고짜 양림에게 물었다. 뜻밖의 물음에 당황한 그녀였지만 사지가 묶인 상황을 알아챈 치매 노인이라면 가능한 질문일 거라고 이내 판단했다.

"묶여있어서 놀라셨구나? 풀어드릴게요. 어젯밤에 소란이 좀 있었데요."

"그런데 넌 누구야?"

그때서야 양림은 상황 파악이 됐다. 그는 현재에 없다. 자신을 알아보지 못하는 것으로 보아 과거의 어느 시점에 있는 것이 확실했다. 그녀의 시모도 그랬다. 치매 기간 내내 이십 대 시절의 자신으로 돌아가 아가씨 행세를 하곤 했다. 알아보는 사람이라고는 앨범 안에 있는 시부의 젊은 시절 모습뿐이었다. 아무리 거울을 보여주고 세월이 흘렀음을 알려주어도 인정하려 하지 않았다.

"네, 저는 어르신의 간병인으로 온 이양림이라고 합니다."

양림은 호칭을 바꿔 정묵이 당황하지 않도록 배려했다.

"여기가 병원이라고? 그럼 나는 환자인가 본데 왜 묶여있지?"

그녀는 정묵이 과거 어디에 있을지 궁금했다. 어느 시절의 연결선이라고 생각해야 할지 난감했기 때문이었다.

"풀어."

양림이 잠시 딴생각에 빠진 사이 몸을 꿈틀대던 정묵이 말했다. 그다지 위협적인 상황이 아니라고 판단한 그녀는 그를 포박한 끈을 풀었다. 끈이 풀리자 정묵은 한동안 침대에 누워 꼼짝하지 않았다. 상황을 파악하고 있으리라 그녀는 생각했다. 잠시 후 그는 얌전하게 손과 발목을 까딱까딱 움직이며 스트레칭을 하고는 침대를 세워 앉았다. 양림은 침대 식탁을 펴고 식판을 올렸다. 탁자 서랍에서 잘 닦인 은수저 세트를 놓고 그가 식사하길 기다렸다. 정묵은 천천히 숟가락을 들어 밥을 한입 떠먹었다. 반찬을 먹고, 국을 마셨다. 그렇게 병실의 평범한 하루가 시작되는 것 같았다. 하지만 룰은 깨져있었다. 식사를 시작하던 정묵의 눈에 스탠드 옷걸이가 들어왔다. 순간 그는 인상을 쓰며 먹고 있던 식판을 옆으로 쓸어 버렸다. 음식물이 바닥에 떨어지며 벽으로 튀었다. 깨끗하던 흰 벽이 반찬 국물로 얼룩져 버렸다.

"저건 저기에 있는 물건이 아니잖아! 내가 몇 번을 말해! 뭐든 자기 자리가 있는데 아무 데나 놓지 말라고!"

놀란 양림이 정묵의 맞은편을 바라보았다. 티브이 아래 놓여 있어야 할 스탠드 옷걸이가 창가 귀퉁이에 세워져 있었다. 밤에 그의 소란을 진정시키던 병원 관계자들이 대충 수습하고 간 흔적이었다.

"야, 이 병신 같은 년아! 저거 창가에 놓지 말라고 몇 번을 말해!"

갑자기 악을 쓰며 화를 내는 정묵의 모습에 양림은 당황했다.

'이게 지난 간병인이 말하던 아저씨의 치매 증상이구나….'

그녀는 정묵의 화를 풀어주기 위해 재빨리 움직였다. 옷걸이를 들고 원래 자리에 놓으며 그를 바라보았다. 정묵의 합격 사인을 기다렸지만 돌아온 것은 욕설이었다.

"저… 저… 망할 년…. 거기 말고… 여기 벽 쪽으로 더 붙이라고!"

성질을 이기지 못한 정묵은 발광하듯 소리치며 들고 있던 숟가락을 양림에게 던졌다. 그의 은수저는 그녀의 등을 찍고 바닥에 떨어졌다.

"아얏!"

양림은 저도 모르게 비명을 지르고 말았다. 극심한 고통은 아니었지만 꽤나 욱신거리는 느낌이 등에서 전해졌다. 쇠붙이의 위력을 뽐낸 숟가락이었다.

잠깐의 정적이 흘렀다. 그는 고개를 돌려 병실 구석구석을 천천히 훑어 내려갔다. 양림에게는 미동도 할 수 없는 숨 막히는 순간이었다. 정묵의 눈빛이 점점 사납게 변했다. 그녀는 정묵의 얼굴을 똑바로 볼 수 없었다. 눈이 마주치는 순간 모든 원망과 욕설을 받아내야 할 것 같았다.

병실은 그녀가 보아도 자신이 전날 정리한 흔적을 찾아볼 수 없을 만큼 엉성하게 정리되어 있었다. 정묵은 지난밤 누군가 대충 정리한 탁자 위의 물건들을 바닥으로 내동댕이쳤다. 집히는 물건은 허공에 목표 없이 던져졌다. 그녀는 날아오는 물건에 맞을까 덜컥 겁이 났다. 이런 상황에 자신이 놓이리라고는 생각하지 못했었다. 병실 밖으로 달려 나가고 싶었지만 그러려면 정묵의 침대를 지나야 했다. 순간 그에게 잡히기라도 하면 어떤 일을 당할지 모른다는 공포심이 밀려왔다. 양림은 최대한 정묵과 거리를 유지한 채 장가로 몸을 바싹 붙였다. 주변에서 몇몇 치매 환자를 보았지만 이런 난동은 처음 보는 광경이었다. 그녀의 머릿속에서는 앞으로 벌어질 여러 상황이 그려졌다. 하지만 대처할 방법은 떠오르지 않았다. 빨리 이 상황이 끝나기를 숨죽여 지켜보는 수밖에 없었다. 바닥에는 식판에서 떨어진 음식물이 질퍽거렸고 그의 소지품들이 나뒹굴었다. 이렇게 강화요양병원의 호화로운 병실은 몇 분 사이 아수라장이 되었다.

그때 씩씩대던 정묵이 난동을 멈췄다. 그리고 차분하게 자신이 어지른 주변을 돌아보았다. 양림은 그의 시선을 따라가며 바닥에 떨어진 물건들을 빨리 정리해야겠다는 생각을 했다. 아무래도 정묵을 진정시키기 위해서는 그의 룰을 지켜주는 방법이 최선이었기 때문이었다.

병실 안이 조용해지자 그녀는 이제 정묵의 정신이 돌아왔다고 생각했다. 잠시 정적을 틈타 바닥을 보고 있던 양림이 고개를 들었다. 그녀는 순간 비명을 지를 뻔했다. 정묵이 자신을 노려보고 있었던 것이다. 정묵의 살기 어린 눈빛에 그녀는 그대로 굳어버렸다. 그는 양림에게 시선을 고정한 채 점점 그녀에게 다가갔다. 정묵이 가까워질수록 양림의 심장은 빠르게 뛰었다. 어쩐 일인지 그녀는 몸을 움직일 수 없었다. 죽음이 코앞에 닥친 영화 속 등장인물이 도망치지 못하는 이유를 이제야 알 것 같았다. 정묵이 양림의 바로 앞까지 왔을 때 그녀는 저도 모르게 두 눈을 질끈 감아버렸다. 차마 정면으로 그를 마주할 용기가 나지 않아서였다. 죽음을 기다리는 사형수처럼 몸을 떨며 이 상황이 빨리 종료되기를 마음속으로 빌고 또 빌었다. 멀리 복도를 뛰어와 병실로 들어오는 사람들의 발소리가 들렸다. 하지만 그녀는 눈을 뜰 수 없었다.

"양림 씨, 괜찮아?"

수간호사 배 씨가 양림의 어깨를 살짝 흔들었다. "아악!" 양림은 비명을 지르며 자리에 주저앉았다. 당장의 공포는 사라졌지만, 몸은 아직도 떨리고 있었다. 그녀의 눈에 침대로 끌려가는 정묵이 들어왔다. 그는 두 명의 남자 간호사에게 제압되어 다시 침대에 묶였다. 그사이 박 간호사는 재빨리 주사를 놓았다. 순식간에 상황이 수습됐다. 정묵은 힘없이 축 늘어졌다. '동물의 왕국'에서 보던 마취 총을 맞은 사자처럼.

양림은 휴게실 테이블에 한동안 엎드려 있었다. 혼란스러웠다. 치매 노인의 증상은 어느 정도 알고 있다고 생각했지만 정묵의 난동에는 증상을 뛰어넘는 분노가 녹아있었다. 이전 간병인이 했던 말이 이제야 이해되었다. 그녀는 처음으로 정묵이 두려워졌다. 앞으로 그를 어떻게 마주해야 할지, 오늘 같은 일이 또 일어나면 어떤 대처를 해야 할지 앞이 캄캄했다. 간호사들과 요양보호사는 늘 있는 일인 양 양림을 위로했다. 하지만 상태는 나아지지 않았다. 아직도 미세하게 손이 떨렸고, 다리엔 힘이 들어가지 않았다. 무겁게 내려앉은 기분은 그녀가 다시 병실로 가는 것을 주저하게 만들었다. 가쁜 숨은 진정되었지만 상황이 나아진 것은 아니었다.

그녀는 간신히 몸통을 세우고 부스스해진 머리를 군빗질했다. 잠시 눈을 감고 깊은 심호흡을 하자, 흐릿하게 낯익은 향기가 났다. 양림이 숨을 쉴수록 향기는 점점 진해지며 가까워졌다.

"간호사들 연락받고 급하게 왔어요. 괜찮아요?"

눈을 뜬 그녀 앞에 정묵의 며느리 서영이 서 있었다.

"네. 좀 쉬니까 괜찮네요."

양림은 마음에도 없는 말을 했다.

"저기요, 하신 지 얼마 안 됐으니까 그만두고 싶어도 한 달은 채워주셔야 해요."

서영이 대뜸 이야기했다. 형식적인 대화에 금이 갔다. 마치 정묵의 분노를 옮아온 듯 양림의 표정이 순간 굳어졌다. 화가 났지만 서영의 어떤 말이 자신을 기분 나쁘게 했는지 조리 있게 설명할 수가 없었다. 현재 상태가 그랬다. 서영은 양림이 멈칫하는 순간을 알아챘는지 목소리 톤을 바꿔 다시 말했다.

"내 말은 이번 일로 너무 놀라지 마시라는 뜻이었어요. 치매 환자가 다 그렇죠."

양림의 표정이 조금 풀렸다. 서영의 진심은 느껴지지 않았지만 그런대로 앞서 말한 문장보다는 인간적이라고 생각되기 때문이었다. 지금 그녀는 서영의 말꼬리를 물고 늘어질 힘도 없었다. 하지만 서영이 위로 뒤에 붙인 사족에 대해서는 짚고 넘어가야 할 것 같았다.

"어르신 치매 증상을 직접 보신 적이 있으세요?"

담담하게 묻는 양림의 질문에 서영은 답을 하지 못했다. 그녀는 정묵과 양림이 걱정되어 온 것이 아니었다. 간병인의 부재로 귀찮아질지도 모른다는 이기적인 계산이 양림에게 전해졌다. 당황스러운 하루였지만 그녀는 당장 일을 그만둘 생각은 없었다. 오늘 일은 간밤에 방을 잘못 정리한 간호사들의 실수였고, 그럴 일은 안 만들면 된다고 생각했기 때문이었다. 그런데 서영의 말 한마디가 모든 걸 다시 생각하게 만들었다. 그녀는 영악하지 못했다. 자신의 목적에만 충실할 뿐이었다. 양림은 경우 없고, 생각 없이 말하는 사람을 싫어했다. 그런 사람들과 함께하면 자신만 상처받고 끝나는 경우가 많아서였다.

그녀는 엄마가 죽은 후 그런 사람들을 수도 없이 만났다. 보통은 동정으로 시작해 막말로 끝났다. 엄마를 잃은 아이를 배려하는 사람은 거의 없었다. 그들은 불쌍한 아이의 모습을 보길 원했다. 그것은 양림에게 슬픔을 연기하라는 강요와 다를 것이 없었다. 그녀는 울지 않았다. 화도 내지 않았다. 그들의 말에 상처받았음을 티 내지 않기 위해, 아무렇지 않게 잘살고 있다는 것을 보여주기 위해, 그녀는 담담한 척 상대의 말에 반응하는 법을 터득했다. 그리고 최대한 그런 사람들과 마주치지 않으려 노력했다.

어쩌면 양림은 무례한 그들이 부러웠는지도 모른다. 그녀가 싫어하는 사람들 중에는 자신이 갖지 못한 것들이 많았다. 서영도 그런 사람 중 하나일 것이다. 남의 눈치를 볼 일도 누군가의 비위를 맞출 일도 많지 않은 정반대의 삶. 서영은 그녀가 한때 부러워 마지않았던 무례한 공주님이었다.

“아버님 화나시면 무섭잖아요. 저래 봬도 뒤끝은 없는 분이세요. 그것도 아시죠?”

“알죠. 그런데 오늘은 살면서 처음 겪는 일이었어요.”

“워낙 기가 센 분이잖아요. 다음에도 이러면 혼자 수습하려 하지 마시고 바로 병원 사람들 부르세요.”

“…혼자 수습하려고 한 게 아니에요.”

양림은 서영을 포기했다. 그녀는 겪지 않은 일에 대한 이해가 불가능해 보였다. 하지만 서영과 대화하는 사이 그녀의 긴장은 많이 풀려있었다. 이제 편안한 숨이 쉬어지고 주변이 보였다. 휴게실에는 멀리 창밖을 보고 있는 노인과 장기를 두고 있는 환자와 가족이 있었다. 달력 위에 붙어 있는 시계는 11시를 가리켰다. 잠시 후 서영이 주변을 의식하며 핸드백을 열었다. 제법 두께가 느껴지는 상품권 봉투가 양림 앞에 놓였다.

“이 일 때문은 아니고 고마운 마음에 드리는 거예요.”

서영은 애써 체면을 세우고 말했지만 양림은 그녀의 속이 훤히 들여다보였다. 급하게 서울에서 강화도까지 달려왔다는 건 저쪽도 상당히 아쉬운 상황이라는 것을 의미했다. 병원 사람들이 말하는 누구나 아는 목적을 위해. 그러려면 서영에겐 믿을 만한 간병인이 꼭 필요했다.

양림은 손사래를 쳤다. 봉투의 의미를 생각하니 받을 수 없는 사례(謝禮)였다. 그녀는 상품권 봉투를 앞으로 밀었다. 때마침 서영의 전화가 울렸다. 양림의 손이 가다가 멈췄다. 그녀의 핸드폰 화면엔 '남편♡^^'이라고 떴다. 남편 옆에 함께 떠 있는 하트 모양과 웃음 표시를 보자 양림은 피식 웃음이 났다. 서영의 남편, 그러니까 정묵의 아들 장현은 아버지 못지않게 냉랭한 사람이었다. 한동네에서 오래 살았지만 그녀는 장현에 대한 기억이 거의 없었다. 마주침이 전혀 없었던 것은 아니지만 그를 떠올릴만한 일이나 대화가 존재하지 않았다. 양림이 아는 것이라고는 그가 공부를 잘했다는 것과 늘 혼자 다니며 말수가 적다는 것이었다. 그런 남자와 살며 호칭에 하트를 붙일 수 있는 여자는 흔치 않다. 어쩌면 정묵의 집안에 서영 같은 여자가 시집온 것은 행운일지도 모른다고 그녀는 생각했다. 무례하고 속물적인 면도 있지만 서영은 그 집안사람들에게 없는 생기가 있었다. 서영은 남편의 전화가 매우 드문 일인 듯 깜짝 놀란 표정을 하더니 이내 미소 지으며 전화를 받았다.

"어머! 여보. 학회 끝났어요? 여기 아버님 병원인데 집에 같이 갈래요?"

서영은 좋은 답을 들은 듯 활짝 웃었다.

"당신이 여기로 온다고요? 그래요. 문자 주면 이따 병원 현관으로 내려갈게요."

전화를 끊은 서영은 들떠 있었다. 그녀는 핸드백에서 콤팩트를 꺼내 급히 화장을 고쳤다. 그녀의 분신 같은 고급 향수도 뿌렸다. 서영이 일사불란하게 움직이는 바람에 양림은 상품권을 돌려줄 타이밍을 놓치고 말았다. 화장을 고치는 그녀의 어깨 너머로 시계가 보였다. 병실을 너무 오래 비운 느낌이었다. 양림은 엉거주춤하게 의자에서 일어섰다. 서영이 일어서는 그녀를 보며 입을 열었다.

"애들 아빠가 근처에서 했던 학회가 끝났다고 같이 가자고 하네요. 그이 피곤해서 오늘은 아버님을 못 보고 갈 거예요. 그러니까 알죠?"

"네, 네. 말 안 전할게요."

"아! 그리고 당분간 애들 학교 때문에 여기 자주 못 올 거 같아요. 귀찮겠지만 아버님 상태 좀 기록해 주시겠어요?"

"상태 기록…? 보고서를 쓰라는 얘긴가요?"

"업무 일지 같은 거죠. 쓸데가 있어서요. 자세할수록 좋아요."

그녀가 고개를 끄덕이자 서영은 봉투에 눈짓하며 웃어 보였다.

서영이 오고 양림은 안정을 찾았다. 병실에 누군가 같이 있다는 것만으로도 큰 힘이 되었다. 그들이 병실로 돌아갔을 때 정묵은 티브이를 보고 있었다. 낮게 줄여진 볼륨 때문에 손에서 구르는 가래나무 열매 소리가 도드라졌다.

"아버님! 저 왔어요. 하나뿐인 외며느리."

간드러진 콧소리를 내며 서영이 정묵에게 인사했다.

'저런 이중성이 사모님 소리를 듣게 만든 걸까?'

양림은 저도 모르게 실소가 터졌다. 불과 몇 시간 전까지는 상상도 못한 광경이 병실에서 벌어진 것이었다. 그녀는 정묵의 반응을 살폈다. 어쨌거나 서영의 애교가 그에게 통할지 궁금했다.

"무슨 일이냐."

정묵의 반응은 예상대로 덤덤했다.

"아버님 보고 싶어 왔죠."

그는 서영에게 눈길 한번 주지 않았다. 사람에 따라서는 무안할 수도 있는 순간을 그녀는 아무렇지 않게 넘겼다. 확실한 사실은 병실의 얼어붙은 공기가 그녀로 인해 녹아버렸다는 것이다. 긴장이 풀린 양림은 숨을 깊게 내쉬었다. 그 숨소리를 들었는지 정묵의 시선이 양림을 향했다.

"내가 아까 실수 많이 했니?"

"아뇨. 괜찮아요."

그녀가 대답했다. 정묵은 병실을 짧게 둘러보고는 다시 티브이를 보기 시작했다. 양림을 대신해 간호사들이 대충 치우고 간 병실은 어수선했다. 이 광경을 견디며 티브이를 보고 있었다는 건 정묵의 정신이 돌아왔다는 뜻이기도 했다.

'그래… 괜찮아. 아저씨 신경만 안 거스르면 험한 꼴 볼일 없을 거야.'

양림이 마음속으로 다짐했다. 서영은 그새 냉장고에서 복숭아를 꺼내 깎고 있었다. 조신한 며느리인 양 적당한 미소를 머금고, 방금 간병인에게 시아버지의 일거수일투족을 감시하는 병상일지를 부탁한 며느리라고는 생각할 수 없을 만큼.

"아가, 시장하구나. 오늘은 밖에서 먹어야겠다."

정묵이 서영을 향해 말했다. 그녀는 깎던 과일을 놓고 민첩하게 그를 따라나섰다.

"오후까지 내가 있을 테니까 여기 정리하고 일찍 들어가세요."

문이 닫히기 전 서영이 빈틈 사이로 얼굴을 내밀며 말했다. 발소리가 멀어지자 양림은 깊은숨을 내쉬었다. 긴장이 풀리며 헛웃음이 났다. 오늘 이 병실에서 지옥을 보고 온 사람은 자신뿐이었다. 가해자는 없었다.

정묵의 식사 시간을 이용해 양림은 다시 409호 병실을 원래대로 복귀시켰다. 끈끈함이 남아있는 바닥을 닦고, 탁자에 대충 올린 달력과 필기구의 위치를 바로잡고, 병실의 중심을 알려주는 옷걸이의 위치를 확인했다. 그녀의 몸이 땀에 젖기 시작했다. 이마에 땀방울이 맺히고 겨드랑이가 축축이 젖어 들었다. 에어컨의 냉기도 분주하게 움직인 양림의 열기를 식히기에는 턱없이 부족했다. 그녀는 될 수 있으면 그가 돌아오기 전에 병실을 떠나고 싶었다. 정리를 끝낸 양림은 가방을 들고 도망치듯 병실을 나왔다. 불룩하게 부푼 가방을 보니 서영이 준 상품권이 떠올랐다. 거절할 타이밍을 놓친 것이 제법 오늘의 위로로 다가왔다. 그래서인지 이른 퇴근길이 생각만큼 힘들지 않게 느껴졌다. 그녀에게 서영의 선물은 오전의 공포를 잊게 해준 마취제가 되었다.

"왜 왔데? 자기 그만둘까 봐 온 거지?"

병동 안내대 간호사들이 지나가는 양림을 불러 세웠다. 그녀는 부정하지 않고 웃었다.

"아마 땅 얘기하러 왔을 걸?"

"땅이요?"

수간호사의 얘기에 양림이 물었다.

"장화리 쪽에 어르신 땅이 어마어마하다며!"

"며칠 전에 출근하다 시내에서 저 며느리를 봤는데 부동산에 들어가더라고. 하여간 저런 여자는 어딜 가도 눈에 띄어."

요양보호사가 정말 쉽게 서영을 표현해 냈다. 그녀를 아는 사람이라면 모두가 공감할 수 있는 얘기였다.

"장화리 땅."

양림이 중얼거렸다. 정묵의 땅은 그녀의 친정이 있는 동네였다. 어린 시절 엄마와 함께 나물이며 열매를 따러 다닌 곳이었다. 23년 전 연쇄살인 사건이 나고 동네가 흉흉해지자 철망으로 산 입구를 막았지만, 그 전까지는 양림에게도 추억이 많은 곳이었다.

"몰라 물어? 저 할배 강화도에 땅이 얼마나 많은데. 여기 토박이라 물려받은 것도 많고, 젊어서부터 돈만 있음 장화리 땅을 그렇게 사들였데."

수간호사의 얘기를 들은 요양보호사가 대신 답했다.

"어머나! 그때는 여기 쌌을 텐데 머리가 잘 돌아갔네. 요즘 여기 펜션이다 개발이다 난리던데."

"근데 죽어도 안 판다잖아. 무슨 생각인지는 몰라도 사놓고 몇십 년째 방치만 하는데 암튼 앉아서 돈 벌었지."

"그럼 어르신 돌아가시면 다 그 아들 거네?"

"그러니까. 그것도 못 기다려서 지금 저 며느리가 없는 효부 행세하는 거잖아."

"양도 안 해 주면 소송까지 가려나?"

"치매 판정받았으니 불가능하진 않을 걸?"

"세상에! 있는 것들이 더하다지만 설마 그럴까!"

양림은 속으로 그렇다고 대답했다. 이야기가 길어질 것을 우려해 아무 말 안 했지만 서영은 그러고도 남을 사람이라고 확신했다. 이제야 양림은 그녀가 병상일지를 부탁한 이유를 알 것 같았다. 그리고 지금까지 그녀의 방문 의도를 잘못 파악했다는 것을 깨달았다. 간병인의 부재를 걱정해서 온 것이 아니었다. 반대였다. 그녀는 오늘 같은 날만을 기다렸을 것이다.

양림은 자신이 이용당했다고 생각했다. 소름이 끼쳤다. 타인의 기록은 객관성을 준다. 그것이 주관적이지 않다는 근거는 그 어디에도 없지만, 어떤 현상을 놓고 해석함에 있어 사람들은 타인의 눈을 신뢰하는 경향이 크다. 그녀는 정묵의 치매를 세상에 알려줄 가장 믿을 만한 타인이 되었다.

병원의 오후는 원장에게 가장 한가로운 시간이었다. 점심을 먹고 대략 잡혀있는 밀린 서류 업무를 하거나 인터넷 검색을 하며 세상 관심사를 보는 것이 다반사인 그는 자리를 비울 때도 많았다. 어느 정도 실무에서 손을 뗀 의사였고, 이제는 병원 경영이 그의 주된 업무다. 강화도의 작은 개인병원에서 시작해 제법 규모 있는 강화요양병원으로 성장하였지만 그는 매우 인색한 사람이었다.

앞다퉈 설비를 들이고 리모델링을 하는 요즘 추세를 거부하듯 이곳 강화요양병원은 시간이 정지돼 있었다. 특히 원장실이 있는 6층은 초창기 병원 모습을 그대로 유지하고 있다. 오래된 형광등이 깜빡이는 복도는 낮임에도 불구하고 어둡고 침침했다. 복도 끝 창으로 들어오는 햇살만이 현재가 낮이라는 걸 알려주었다. 회색 콘크리트 벽 위에 칠한 페인트는 곳곳이 부풀어 벗겨져 있고, 바닥에서부터 올라온 곰팡이는 기괴한 무늬를 그리며 벽을 메워가고 있었다. 매캐한 곰팡내는 습기와 어우러져 복도를 둥둥 떠다녔다. 도무지 병원의 일부라고는 생각하지 못할 만큼, 아니 흉물스럽다는 표현이 어울리는 곳이었다. 원장실이 있는 6층 엘리베이터가 열리면 이곳을 처음 오는 사람들은 발걸음을 떼지 못하고 주저했다. 문이 열리는 순간 시공간이 바뀌어 다른 곳에 온 착각이 들어서였다. 좋은 시설은 아니지만 그래도 병원으로서의 쾌적함을 기대한 사람들에게는 매우 낯선 풍경임은 분명했다.

조용한 복도에 벨이 울리며 엘리베이터 문이 열렸다. 서영이 주저 없이 내렸다. 목적지를 정확하게 알고 가는 모습이 초행자로는 보이지 않았다. 서영은 복도의 공기가 마음에 안 든다는 듯 인상을 찌푸리며 빠르게 복도를 걸었다. 쓸지 않은 바닥의 먼지가 구두에 치이며 거친 마찰음을 냈다. 복도를 끝까지 걸어간 서영이 원장실을 노크했다. 똑, 똑! 노크 소리에도 감정이 있다. 그녀의 노크 소리는 자신이 도착했음을 통보하듯 도전적인 데가 있었다.

"들어와요."

안에서 탁한 목소리가 들려왔다. 서영이 문을 열자 의자에 몸을 반쯤 파묻고 있던 원장이 몸을 일으켜 그녀를 맞았다.

"아, 오랜만이네요? 사모님!"

서영을 소파로 안내한 원장이 병에 담긴 과일주스를 그녀에게 내밀었다. 그녀는 마실 생각이 없다는 듯 주스에는 눈길조차 주지 않았다. 원장도 구색만 갖추려고 한 것처럼 마셔보라는 권유조차 없었다. 원하는 본론만 기다리던 두 사람은 신속하게 소파에 마주 앉았다. 원장은 너저분한 소파 테이블이 신경 쓰였는지 주섬주섬 위에 널린 신문을 정리했다. 그녀는 이 방에서 시간을 지체할 이유가 없다는 듯 가방을 열어 봉투를 꺼냈다. 원장이 기다리는 본론이었다. 원장은 잠시의 머뭇거림도 없이 테이블 중간에 놓인 봉투를 자기 쪽으로 가져갔다.

"어르신은 저희한테 맡겨 주세요. 요즘 같은 세상에 이런 효부가 있다니 대단해요, 대단해."

원장은 익숙한 일인 양 서영이 내민 봉투의 의미를 생략하며 그녀를 칭찬했다. 원장의 칭찬에 다른 행간이 있다는 것을 모를

리 없는 서영이었다.

“모셔야 도리인데 이것 밖에 못 해서 죄송하죠. 모쪼록 잘 부탁드려요. 저희가 믿을 사람이라고는 원장님뿐이잖아요.”

뻔뻔한 칭찬에 걸맞은 당연한 겸손이 이어졌다. 원장이 자신을 어떤 속물로 이해하든 아무 상관이 없었다. 그녀에게는 시아버지의 치매를 증명할 확실한 증인들이 필요할 뿐이었다.

“걱정 마세요, 사모님.”

그의 대답을 들은 서영이 자리에서 일어나 원장실을 나섰다. 복도를 걷는 그녀는 6층 공기에 익숙해졌는지 아까보다는 여유 있는 발걸음이었다. 복도 끝 창으로 석양이 깊게 들이쳤다. 벽이 붉게 물들어 곰팡이 얼룩이 더 도드라졌다. 안 그래도 기괴했던 벽이 뭉크의 그림처럼 일그러져 보였다. 석양에 쫓기듯 서영의 발걸음이 점점 빨라졌다. 5층에서 멈춘 엘리베이터가 걸어오는 내내 그곳에 멈춰있다. 복도를 점령한 석양이 엘리베이터를 기다리는 서영의 발끝을 붉게 물들였다.

유난히 붉은 석양이었다. 며칠 전 검둥이와 함께했던 그 석양만큼 짙은 붉은 빛이 병실을 가득 채웠다. 티브이를 보고 있던 정묵이 일어나 창가로 향했다. 바다는 이미 붉은 해면으로 넘실거렸다. 바다를 보고 있자니 정묵 안의 새끼 뱀들이 깨어나기 시작했다. 아주 작은 움직임으로 꿈틀대던 뱀들이 참을 수 없다는 듯 점점 크게 요동쳤다.

그는 서둘러 검정 바람막이 점퍼를 입으며 외출을 준비했다. 옷걸이에 걸린 모자를 쓰고 나가려는 순간, 가벼운 노크 소리와 함께 서영이 들어왔다. 정묵은 사건 현장을 들킨 범죄자처럼 그대로 굳어 버렸다. 그는 서영을 알아보지 못했다. 그녀는 자신이 먼저 있던 공간에 침입한 이방인에 불과했다. 정묵은 경계하듯 그녀를 바라보며 점퍼 주머니에 손을 넣었다. 계획에 없었지만 지금 자신에게 딱 맞는 제물이 나타난 것이다. 그러나 주머니엔 아무것도 없었다.

'없다! 있어야 할 곳에 있어야 하는 물건이 없다.'

이대로 나갔었다면 필히 자책하며 그대로 돌아왔을 것이라는 생각이 스쳤다. 서영은 아무렇지 않게 탁자 위에 올려놓았던 접시와 과일칼을 들었다. 그는 서영을 주시하며 서서히 뒷걸음질 쳐 창가에 섰다. 뜻하지 않은 상황을 맞은 정묵은 궁지에 몰렸다는 생각이 들었다.

"아버님 산책하시게요?"

아버님? 정묵은 여자가 부르는 생각지도 못한 호칭에 당황했다. 하지만 저 여자가 어떻게 부르건 정묵은 지금 병실만 나갈 수 있다면 아무 상관없었다. 그는 조심스럽게 고개를 끄덕였다. 칼을 가진 자에게는 어떤 경우라도 자극적인 행동을 하면 안 된다는 것을 그는 잘 알고 있었다. 저 칼이 언제 어느 때 흉기가 되어 자신에게 돌아올지 모를 일이었다.

"같이 가드리고 싶은데 전 이제 서울로 가봐야 할 거 같아요."

서영이 말했다. 정묵도 낯선이와 함께 석양을 즐길 마음은 눈곱만큼도 없었다. 정묵은 그녀에게 나가라는 눈짓을 했다.

"잠시 만요. 이것만 정리하고 갈게요."

서영은 정묵의 눈짓을 가볍게 무시하고 욕실로 들어가 접시와 칼을 헹궜다. 정묵은 순간 짜증이 치밀어 올랐다. 마치 그를 등 떠밀 듯 붉은 석양이 병실 깊숙이 밀어닥쳤다. 정묵의 가슴은 더욱 심하게 요동쳤다. 이 순간을 오롯이 유지하기 위해서는 피가 필요했다. 자신의 말을 무시한 여자에 대한 분노가 섞이며 그는 결심한 듯 주변을 둘러보았다. 지금은 전후 사정을 고려할 틈이 없었다. 창 옆으로 곱게 접어놓은 커튼이 눈에 띄었다. 그는 타이백*을 풀어 욕실 앞으로 다가갔다. 마침 서영이 접시와 과일칼을 들고 나왔다. 정묵이 목표물의 동선을 살피는 사이, 그녀의 가방이 요란하게 울렸다. 서영은 미소를 지으며 가방으로 빠르게 걸어갔다.

"왔어요? 내려갈게요."

전화를 끊은 서영은 가방을 챙겼다.

"아버님, 저 가볼게요."

그녀는 덫을 교묘히 피한 토끼처럼 잽싸게 사라졌다. 어느새 병실을 채웠던 석양은 색을 잃어버렸다. 정묵의 정신이 서서히 자리를 찾았다. 손에 들려있던 타이백은 어느새 점퍼 주머니 속에 불룩하게 똬리를 틀었다. 병실을 나간 서영의 발소리가 빠르게 들려왔다.

---

* 커튼을 묶어 놓는 끈.

허탈함이 밀려온 정묵은 점퍼를 벗어 옷걸이에 걸었다. 이제와 밖으로 나가는 것은 의미 없는 일이었다. 그는 사라져 가는 석양을 보기 위해 창가로 향했다. 서영이 주차장 한쪽에 주차된 수입 픽업트럭에 타는 것이 보였다. 육중하고 고급스러운 광택이 이 지역에서는 흔히 볼 수 없는 차였다. 그는 새삼 궁금해졌다.

'운전석에 앉은 사람이 누굴까.'

서영의 상품권은 양림의 일상을 풍성하게 만들었다. 오전에 치른 고초의 대가로 갈음하기에는 차고 넘치는 금액이었다. 그녀는 퇴근하는 남편을 불러 평소보다 장을 많이 봤다. 남편은 양림의 사치를 생소하게 생각했다. 하지만 일을 시작한 주부가 누릴법한 호사라고 생각하자면 그럴 수도 있는 일이었다. 그러나 그녀는 쇼핑 내내 행복해 보이지 않았다. 돌아가는 길에도 그녀는 창밖의 석양만 하염없이 바라볼 뿐이었다. 평소와 다른 그림임은 확실했다. 남편이 아는 양림은 석양을 좋아하지 않았으니까.

"오늘 무슨 일 있었어?"

남편이 정적을 깨고 양림에게 물었다. 그녀는 아무 답도 하지 않았다. 그의 말이 들리지 않은 것은 아니지만 딱히 몇 줄로 설명하기에는 너무나 긴 이야기였다. 그리고 설명을 하자면 꽤나 비굴한 자신의 상황을 묘사해야 했다. 차 안은 다시 침묵에 빠졌다. 남편은 이 상황이 꽤 어색하다는 듯 다른 말로 양림의 환심을 샀다.

"당신이 노을을 좋아하는지 몰랐네."

"…난 붉은 석양이 싫어."

남편이 묻고 한참 후에야 양림이 답했다. 남편은 더 이상 그녀의 말을 기대하지 않는다는 듯 입을 닫았다. 양림은 해안도로 너머로 펼쳐진 석양의 끝을 바라보았다. 이미 하늘은 짙은 암적색으로 변해 있었고, 멀리 한 점으로 보이는 태양이 사력을 다해 타오르고 있었다. 그녀는 눈을 감았다. 마음 깊숙이 박아 놓은 기억이 스멀스멀 올라왔다.

'오늘은 그날이다. 아니 그날 같다.'

*

"엄마! 나 배 아파."

그 여름 우화(羽化)한 매미 소리만 가득한 저녁이었다. 언제부터 돌아갔는지 모르는 선풍기는 터질 것처럼 덜덜대며 마루 한쪽에서 돌고 있었다. 마루에서 낮잠을 자던 아버지가 상민의 징징거림에 깼다. 양림은 밀린 방학 숙제를 하느라 동생을 신경 쓸 틈이 없었다. 그 시절 동생은 배탈이 자주 나곤 했다. 실제로 아파서였는지도 모르지만 상민은 더 이상 놀 거리가 사라지면 아프다는 투정을 부렸다. 양림은 동생이 엄마의 관심을 받기 위해 꾀병을 부리는 거라고 생각했다. 확실히 엄마는 동생이 아프다고 할 때면 평소보다 많은 관심을 쏟았다.

"여보! 상민이 배 아프다는 데 약 어디 있어?"

아버지의 말이 떨어지기도 전에 엄마는 앞치마를 벗고 외출 준비를 했다.

"어디 가게?"

"뒷산에 가서 가래나무 열매 좀 따올게요. 약보다 그게 훨씬 잘 들어요."

"같이 갈까? 괜찮겠어?"

"동넨데 무슨. 금방 올 테니까 당신은 애들이나 봐요."

"나도 따라갈래."

숙제를 덮은 양림이 댓돌 위 운동화에 발을 넣으며 말했다.

"넌 숙제한 거 아빠한테 검사받아."

양림은 입을 삐죽이며 신발을 벗어 놓고는 다시 마루로 올라와 문제집을 폈다. 이른 저녁 시간이었지만 아직도 대낮처럼 밝았다. 엄마는 녹슨 남색 철문을 열고 밖으로 나갔다. 그리고 다시 돌아오지 않았다.

*

'작은 시골 마을의 평범한 가정주부가 늘 오르던 뒷산에서 연쇄살인마를 만날 확률은 얼마나 될까?'

양림은 붉게 사라지는 석양을 보며 엄마에 대한 마지막 기억을 떠올렸다. 엄마의 죽음을 받아들이기까지 그녀는 참 오랜 시간을 견뎌왔다. 양림뿐 아니라 가족 모두가 그랬다.

그녀의 엄마가 사라진 곳은 집 뒷산이었다. 그러나 엄마의 사체 일부가 발견된 곳은 강화대교 인근 도롯가였다. 당시만 해도 그 일대는 논밭이 더 많았다. 감시카메라가 곳곳에 있던 시절이 아니었다. 그래서 작은 단서도 발견하지 못했다. 시신은 찾지 못했다. 검시관으로부터 사망이 의심된다는 말을 전해 들었을 뿐이었다. 실낱같은 희망을 갖자면 어딘가에 그녀의 엄마는 살아있을지도 몰랐다. 한동안 가족들은 그 희망을 가장 간절하게 붙잡고 있었다. 양림과 상민은 커가면서 엄마의 죽음을 어느 정도 인정했지만 득호는 부인의 죽음을 인정하지 못했다. 집 주변의 오래된 시골 농가가 허물어지고 새로운 집이 들어서는 동안 집은 옛 모습을 그대로 간직했다. 이유는 간단했다. 혹여 살아 돌아올지 모르는 부인이 집을 찾지 못할까 봐 걱정한 득호의 고집 때문이었다. 그래서 장화리에 있는 득호의 집은 부인이 나가던 그날에서 멈춰버렸다. 변한 것이라곤 세월이 묻어 낡아 버린 외관뿐이었다. 형태는 여전했다. 양림과 상민은 성인이 되고 도망치듯 그 집을 빠져나왔다. 엄마의 흔적이 남은 집에서 산다는 것은 힘든 기억과의 싸움이었기 때문이었다.

엄마의 죽음은 주변 이웃은 물론 방송에까지 나오며 한동안 세상을 떠들썩하게 만들었다. 멀리 다른 곳, 누군가에게 벌어졌어야 했을 일이 자신의 가족에게 일어난 것 같았다. 엄마가 죽고 그녀와 동생은 사람들의 따가운 시선을 받았다. 현실에서는 피해자의 낙인도 존재했다. 사람들은 그들 남매를 피하기 급급했다. 마치 양림

가족의 불행이 자신들에게 옮겨붙을 것을 우려하듯 이유 없이 그들을 배척했다. 마치 전염병자를 보듯 혹은 범죄에 연루된 사람을 대하듯 친했던 이웃과 친구들이 남매를 멀리했다. 남매는 이유 없이 주눅 들어야 했다.

예민한 나이였던 양림은 자신을 대하는 사람들의 미묘한 변화를 느낄 수 있었다. 사람들은 위로 뒤에 의심을 보탰다. 겉으로는 연쇄살인을 당한 피해자의 자식이라며 안타까움을 표했지만, 뒤에서는 다른 수군거림이 들려왔다. 소문은 추문이 되었다. 당시 그녀는 어른들이 말하는 모두를 이해하지 못했다. 하지만 그것이 엄마의 명예를 실추시킨다는 것은 알 수 있었다. 이후 평범한 소녀는 마음을 닫았다. 어른들의 수군댐에 대꾸를 하기에는 너무 어렸기 때문이었다. 그녀는 죄를 짓고 숨어 사는 은둔자처럼 말을 줄이고, 튀지 않는 사람이 되기 위해 노력했다. 그때부터 양림의 소원은 시간이 빨리 흐르는 것이었다. 자신에게 찍힌 피해자의 딸이라는 낙인이 떨어져 나가기를 바라며.

*

몇 년을 찾았지만 서울은 멋진 석양을 볼만한 곳이 없었다. 나는 그럴 때면 강화도로 향했다. 다행히 여기서 강화도까지는 무리하지 않고 두 시간 남짓이면 도착할 수 있었다. 그곳에는 마음껏 누릴 수 있는 붉은 석양이 있었다.

그날 나는 아침부터 강화도에 갈 생각이었다. 생각대로 일이 진행된다면 잠복 중인 영등포 뒷골목에서 사기 용의자를 잡고 늦지 않게 넘어갈 수 있을 터였다. 정보원의 말대로 정오 즈음 용의자가 여관에서 나왔다. 혼자서도 충분히 검거 가능한 쉬운 상대였다. 하지만 조직은 늘 협동을 요구한다. 의욕 넘치는 신참 형사가 본인의 공을 앞세우려 먼저 다가갔다. 약속이 깨지고 룰이 어긋났다. 경찰보다 그곳 지리에 훤한 용의자는 쥐새끼처럼 현장을 빠져나갔다. 결국 그는 내 손에 잡혔지만 예상보다 더 많은 시간을 허비하고 난 후였다.

마음이 급했다. 그날 나에게는 반드시 피 끓는 석양이 필요했다. 서울에 온 후부터 해소되지 않은 감정의 압력이 어디에선가 주체하지 못하고 터져버릴 것 같았다. 몇 년을 쌓아온 감정의 마지노선이었다. 서에 복귀해 조서를 쓰고 일을 마무리하는 것은 그 이후의 문제였다. 아니 그런 것은 내가 아니어도, 오늘이 아니어도 누군가는 언젠가 하게 되어있다.

차는 이미 강화도를 향하는 도로를 달리고 있었다. 나는 터지기 직전의 압력솥 같았다. 추를 비틀어 증기를 빼는 방법은 붉은 석양을 보는 것뿐이었다. 8월의 태양은 긴 시간 세상에 머문다.

'아직 시간이 있다.'

급하게 도착한 곳은 제법 석양이 잘 보이는 동막해수욕장이었다. 바닷가에는 생각보다 피서객이 적었다. 평온했다. 이곳에 있는 모두가 나름의 평화를 누리고 있었다. 나는 도롯가에 차를 세우고 해변가 경계석에 앉아 저무는 태양을 바라보았다. 해가 바다에 걸리며 해면이 붉게 물들었다. 붉은 바다는 나를 향해 전진했다. 언젠가 눈밭을 가르며 나에게 다가오던 노루의 피처럼. 태양의 피도 파도를 타고 점점 나에게 다가왔다. 터질 것 같던 압력이 서서히 줄어들었다. 아주 오랜만에 깨어난 새끼 뱀들이 서서히 우글거렸다. 그러나 만족은 잠시였다. 내 압력이 빠지는 시간보다 석양이 사라지는 속도가 빨랐다. 초조함이 몰려왔다. 지는 석양을 대신할 것이 필요했다. 나는 준비성이 많은 사람이었지만 그 부분에 관하여는 생각해 보지 않았다. 빠지던 압력을 다시 틀어막을 수는 없는 노릇이었다.

그때 멀리 한 여자가 경계석을 디디며 이쪽으로 오고 있었다. 그녀의 동선으로 보아 내가 등지고 있는 건너편 민박집이 목적지였다. 민박집 안에서는 저녁을 준비하는 대학생들의 웃음소리가 들려왔다. 문뜩 낯선 생각이 들었다.

'그녀를 석양의 대체물로 쓰고 싶다.'

생각은 아주 짧고 정확하게 결론이 났다. 석양을 보며 느끼는 감정과는 또 다른 흥분이 몰려왔다. 마치 섹스를 원하는 순간처럼 몸이 빠르게 목적을 향해 움직이기 시작했다. 보조석 문을 열어 콘솔박스를 확인했다. 생각대로 얼마 전 남대문 수입상에게 선물 받은 맥라이트*가 있었다. 주인은 묵직한 쇠몽둥이 같은 이 플래

* 맥라이트(Maglite), 미국 손전등 브랜드

시를 나에게 주며 말했다.

"미국영화 보셨죠? 거기서 경찰들이 막 검은 몽둥이로 사람 때려잡잖아요. 그게 이거라고 하던데? 봐요, 짱짱하죠? 미제라 달라요. 이거면 사람 몇은 잡아도 안 부서질 거예요."

선물은 정말 그가 말한 용도에 맞게 쓰일 준비를 마쳤다. 나는 뒷좌석 문을 열고 덫을 쳐놓은 사냥꾼처럼 적절한 때를 기다렸다. 주변을 살폈다. 이쪽을 주시하는 사람은 없었다. 민박집에서도 밖을 내다보는 사람은 없었다. 도로에는 간간이 차가 지났지만, 지나는 차가 순간을 포착하기란 쉬운 것이 아니다. 이 부분은 운에 맡기기로 했다. 그것까지 고려할 만큼 이성적인 순간이 아니었다.

첫 경험에는 과감함과 어설픔이 따른다. 여자가 가까워졌다. 그녀는 경계석 아래로 떨어지면 하루 운이 다 날아갈 것처럼 신중하게 발끝을 보며 걷고 있었다. 그녀가 차 옆을 지날 때 순식간에 해치워야 한다. 비명을 지를 틈도 없이 정확하게 가격하는 것이 중요하다. 기회는 단 한 번뿐이다. 실패를 고려하진 않았지만 실패할 시에는 상황이 꽤 복잡해질지도 모를 일이었다.

목표물이 포획 범위 안에 들어왔다. 맥라이트는 한 치의 머뭇거림 없이 강하게 그녀의 뒤통수에 닿았다. 그녀는 악 소리를 지를 틈도 없이 앞으로 고꾸라졌다. 실수는 없었다. 쓰러지는 여자를 열어놓은 차 뒷좌석에 욱여넣었다. 순식간이었다. 다행히 도로를 지나간 차는 없었다. 수많은 사람이 해변가에 있었지만 찰나를 포착한 사람도 없었다. 사냥은 완벽했다.

*

정묵이 잠에서 깬 시간은 이른 아침이었다. 창밖은 이미 밝아있었다. 그는 손을 허공에 올려 '쥐었다 폈다'를 반복했다. 꿈속의 느낌이 현실까지 이어지는 기분이었다. 팔을 뻗으면 조금 전에 휘두른 맥라이트가 손에 잡힐 것 같았다. 꿈을 꾸고 일어난 날치고는 최근 들어 가장 개운한 아침이었다.

그가 계획 없이 저질렀던 첫 살인은 인생의 전환점이 되었다. 만약 그날 정묵이 그곳에 가지 않았다면, 혹은 붉은 석양이 아니었다면, 그 여대생이 친구와 함께 걸었다면 그는 연쇄살인마가 되지 않았을지도 모른다. 하지만 그의 인생에서 기막힌 타이밍이란 적절하게 존재했다. 그는 운명이 자신을 위해 준비해 놓은 하루였다고 확신했다. 그리하여 정묵은 그날 벌어진 모든 순간을 소중하고도 세세하게 간직했다.

그는 가뿐하게 침대에서 내려와 병실 빈 공간에서 맨손체조를 하기 시작했다. 정묵은 일흔이 가까운 노인이었지만 젊은 사람들에 밀리지 않을 정도로 체력을 잘 유지하고 있었다. 그는 매일 체력 단련을 게을리하지 않았다. 쉬는 시간 틈틈이 원내 헬스장을 가고, 물리치료를 받았다. 그만큼 정묵은 자기 관리가 철저했다.

가볍게 몸을 움직인 그는 침대 옆 바닥에 엎드려 팔굽혀펴기를 했다. 구령에 맞춰 바닥에 납작 엎드린 정묵의 눈에 거슬리는 얼룩이 들어왔다. 그 흔적은 언뜻 흐르는 핏자국을 연상시켰다. 그는 운동을 멈추고 얼룩 앞으로 다가갔다. 바닥에서 20센티미터 정도 떨어진 자리였다. 그것은 청소하는 사람도 꼼꼼히 신경을 쓰지 않으면 지나칠 만큼 흐릿했다. 정묵은 얼룩을 가까이에서 보기 위해 쭈그려 앉았다. 그는 잠시 지난 며칠을 되짚어 보았다. 얼룩이 생긴 이유에 대해 고민했지만 이렇다 할 사건이 떠오르지 않았다. 자신이 외부에서 묻혀왔을 리는 만무했다. 아무리 치매를 앓고 있다 해도 그런 일은 한 번도 일어나지 않았고 생각지도 못한 가능성이었다. 그리고 벽 아래 얼룩은 무언가 튀어 흐른 자국이었다. 그는 순간 당혹감을 느꼈다.

'피? 내가 이 병실에서 무슨 짓을 한 거지?'

정묵 스스로도 믿을 수 없는 가정이었다. 며칠 전의 기억이 스쳐 지나갔다. 자신이 부렸던 난동, 자세히는 기억할 수 없지만 이 방이 엉망이 되었던 날은 그때뿐이었다.

병실 안으로 이른 아침 햇살이 쏟아져 들어왔다. 방 안의 모든 사물이 선명해지기 시작했다. 작은 얼룩도 그 경계를 확실히 했다. 정묵은 엉덩이를 바닥에 대고 털썩 주저앉았다. 얼룩은 핏자국이 아니었다. 퍼진 형태가 피와는 달랐다. 하지만 정묵의 가슴은 순간 먹먹해졌다. 그는 방금 치매에 걸리고 가장 우려하는 순간을 경험하고 말았다. 자신이 저지른 행동을 기억하지 못하는 순간이 올 거라고 예상했지만, 실제로 마주하니 생각했던 것보다 더 참담했다.

정묵은 평범한 과거를 가진 사람이 아니었다. 치매 때문에 자칫 그가 꼭꼭 숨겨온 비밀이 세상에 어이없이 드러날 수도 있었다. 그는 욕실에 걸린 수건에 물을 묻혔다. 뚝뚝 흐르는 물기가 깨끗한 바닥에 점선으로 이어졌다. 그는 바닥에 무릎을 꿇고 얼룩을 닦기 시작했다. 얼룩이 조금씩 흐려졌다. 그는 기세를 몰아 거칠게 벽을 문질렀다. 기억마저 지워버리고 싶은 것처럼 열심히.

이른 아침 득호는 집 뒷산에 올랐다. 아주 오랜만에 걷는 산길이었다.

정묵의 소유인 집 뒷산은 득호의 아내가 실종된 후 철망을 쳐서 출입을 막고 있었다. 길이 나 있는 입구는 막혔지만 마음만 먹으면 산 안으로 진입할 곳은 여러 군데 있었다. 한동안 안 좋은 소문이 퍼져 그 산을 오르려는 사람도 별로 없었다. 그러나 몇몇 사람들은 필요에 따라서 몰래몰래 정묵이 쳐 놓은 철망을 넘어 산을 오르고는 했다. 그가 집을 떠나 요양병원으로 간 후로는 사람들의 출입이 더 잦아졌다. 산나물을 캐는 사람도 있었고, 밤이나 도토리 등 열매를 따러 가는 사람도 있었다. 정묵은 자신의 소유로 있는 산을 관리하지 않았다. 그것을 아는 동네 사람들은 별다른 죄책감 없이 그의 산을 이용했다. 득호도 그중 한사람이었다. 해마다 가을이면 산에 올라가 가래나무 열매를 주워왔다. 정묵이 지시하는 경우도 있었지만, 개인적인 목적도 있었다. 가래나무 군락지는 뒷산 중턱에 있었다. 지금 득호가 가는 곳이었다.

어제저녁 집에서 티브이를 보는 득호에게 전화가 걸려왔다. 그 시간에 득호에게 전화를 거는 사람은 며느리밖에 없었다. 그는 오랜만에 걸려온 며느리의 전화를 반갑게 받았다.

"아버님 부탁 좀 드리려고요. 티브이에서 가래나무 열매로 기름을 짜면 그렇게 좋다고 하네요. 상민 씨가 전에 그러던데 집 뒷산에 가래나무가 많다면서요. 어떻게 좀 구할 수 있을까요? 방송에 나왔다고 값이 올라서 못 사겠어요."

"사긴 무슨! 열매가 아직 따긴 이를 텐데, 내가 내일 올라가 보마. 애들은 어때?"

"안 그래도 요즘 큰애가 배앓이를 많이 해요. 그래서 겸사겸사 부탁드리는 거예요."

"그거 기름내 먹이면 좋지. 알았다."

득호의 며느리는 상민의 얘기를 한참 하더니 아이들을 바꿔 줬다. 손자들과의 대화는 언제나 그를 기쁘게 했다. 못내 걱정했던 자식들이 가정을 이루고 평범한 삶을 살아가는 것이 그에게는 가슴 벅찬 행복이었다. 그들을 위해서 득호가 할 수 없는 일은 없었다.

가래나무 군락지는 산길을 15분 정도 숨차게 걸으면 도착하는 곳에 있었다. 철문이 없었을 때는 이곳 근처까지 차가 다닐 수 있었다. 지금은 모두 걸어서 움직이지만 정묵 식구가 이곳에 살 때는 가을이면 차를 몰고 올라와 가래나무 열매를 수확해 내려가곤 했었다. 득호는 숨을 몰아쉬며 가래나무 주변을 둘러보았다.

아직 수확하기는 이르지만 땅에는 제법 낙과한 가래나무 열매가 널려있었다. 그는 가져간 자루에 열매를 주워 담으며 점점 숲으로 들어갔다. 울창하게 우거진 수목으로 인해 점점 한 치 앞을 보기가 어려워졌다. 파란 하늘이 보이지 않는 숲은 어둡고 비밀스러웠다. 생각하지 않으려 했지만 그는 자연스럽게 부인이 떠올랐다.

'양림 엄마는 그날 여기까지 왔었던 걸까? 이 숲 어딘가에서 연쇄살인마를 만났던 걸까?'

멀리에서 숲을 흔드는 바람이 불어왔다. 연이어 그의 혼잣말을 엿들은 듯 숲속에서 비밀스러운 수군거림이 들려왔다. 나뭇잎들이 맞부딪히는 소리로 인지하기까지는 잠깐이었지만 그는 한기를 느꼈다. 예상하기 힘든 곳에서 느끼는 인기척은 반가움보다 공포를 준다. 열매를 줍던 득호는 하던 일을 멈추고 사방을 둘러보았다. 어두운 숲속에서 거대한 괴물이 집어삼킬 듯 노려보고 있는 것만 같았다. 적의 위치를 확인하고 싶었지만 괴물은 모습을 드러내지 않았다.

그곳에는 아무도 없었다.

양림이 출근했을 때 병실은 비어있었다. 종종 있는 일이었다. 정묵은 일찍 눈을 뜬 날이면 가볍게 산책하러 가거나 체력 단련실에서 운동을 했다. 그러면 그녀가 서둘러 병실을 정리했다. 오늘도 그가 돌아오기 전에 정리를 끝내고 싶은 마음이 들었다.

문 앞에 서서 병실을 천천히 훑어보았다. 이제는 제법 이른 시간

안에 방의 상태를 파악할 수 있었다. 마치 시간 안에 틀린 곳을 찾아 체크하는 게임의 달인처럼 그녀는 능숙하게 어제와 다른 곳을 집어냈다. 어제 서영이 무심하게 올려놓은 과일 접시와 과도를 치웠다. 그릇은 바짝 말라 있어 닦지 않고 캐비닛에 넣을 수 있었다. 정묵이 개인 사물함으로 쓰기 위해 가져다 놓은 캐비닛은 칸마다 놓을 수 있는 물품이 지정되어 있었다. 식기류는 위에서 두 번째 칸이었다.

반드시 물기를 제거하고 넣을 것. 정묵의 룰이었다.

그릇을 처리하고 양림은 창가로 갔다. 잘 접어놓았던 커튼의 한쪽이 풀려있었다. 커튼을 묶어 놓은 타이백이 풀렸나 싶어 근처를 봤지만 어디에도 떨어진 끈 같은 건 없었다. 살짝 그녀의 미간이 찌푸려졌다. 그새 정묵의 성격을 닮은 걸까? 있어야 하는 무언가가 자리에 없자 짜증이 났다.

그 외에 병실은 어제와 같았다. 양림은 욕실로 향했다. 그곳에는 수건이 다 젖은 채로 세면대에 던져져 있었다. 이 정도면 전날에 비해 아주 양호한 상태였다. 욕실을 정리하고 나온 그녀의 머릿속은 사라진 타이백으로 가득 차 있었다.

간절함이 통한 걸까? 생각보다 쉽게 물건의 행방이 밝혀졌다. 그녀가 욕실 앞에서 바라본 정묵의 점퍼 주머니가 오늘은 빵빵하게 부풀어 있었다. 주머니 속에서 익숙한 촉감이 전해졌다. 없어졌던 타이백을 찾은 양림의 입가에 미소가 번졌다.

마치 분실한 물건을 담아두는 요술 주머니처럼 정묵의 점퍼 주머니에서는 잃어버린 물건들이 나왔다. 양림은 이런 상황에 대해 의문을 품지 않았다. 치매 환자가 소소한 물건을 주머니에 숨기는 일은 흔한 상황이었기 때문이었다. 자신의 시어머니도 그랬다. 썩어가는 과일부터 쓰레기까지 기준이 없었다.

그녀는 정묵의 점퍼에서 꺼낸 타이백으로 커튼을 묶었다. 병실이 다시 룰을 찾았다.

잠시 후, 정묵이 돌아왔다. 양림은 가볍게 인사하고는 물통을 들고 병실을 나갔다. 이번에는 그가 병실을 훑어보았다. 정리된 병실을 보며 정묵은 흡족함을 느꼈다. 서영이 놓고 간 접시가 정리됐고 커튼이 묶여 있었다. 그는 양림이 나간 병실 문을 바라보며 미소 지었다.

'내 주머니를 뒤지는 쥐새끼를 찾았다!'

'도독 도독 도도독….'

아침 식사를 마친 정묵은 제법 경쾌하게 가래나무 열매를 굴리며 티브이를 보고 있었다. 잠시 후면 물리치료사가 그를 데리러 올 시간이다. 양림은 그 시간에 맞춰 아까 하지 못한 바닥 청소를 마저 하려 했다. 멀리서 복도를 급하게 끄는 슬리퍼 소리가 들렸다. 경박한 발소리가 병실 문 앞에서 멈췄다. 잠시 후 노크 소리가 들리고 박 간호사가 숨을 몰아쉬며 문을 열었다.

"물리치료실에 휴가 가신 분이 있어서 오늘은 아주머니가 모시고 가야겠어요."

양림은 미소로 답하며 고개를 끄덕였다.

"그냥 나 혼자 가면 돼. 됐다."

정묵이 이불을 걷고 침대에서 내려오며 말했다. 그러나 오전에 과한 운동을 한 탓인지 순간 다리에 힘이 풀려 휘청거렸다. 옆에 있던 양림이 재빨리 그의 팔을 잡았다.

"저기 앞까지만 같이 갈게요. 혹시 넘어지시기라도 하면 제 책임인걸요."

정묵은 자존심이 상한 듯 양림의 부축을 뿌리치며 말없이 병실을 나갔다. 이어 그녀가 뒤따라 나갔다.

물리치료실은 이미 포화 상태였다. 예약 시간에 맞춰 갔지만 사람이 밀려 정묵과 양림은 문 앞에 멀뚱히 서 있어야 했다. 그가 헛기침을 두어 번 하고 나서야 물리치료사 한 명이 다가왔다.

"죄송해요, 어르신. 여기 잠시만 누워계시면 조금 있다 바로 올게요."

정묵이 자리에 눕자 간호사가 다가와 옆으로 누운 그의 등에다 전기자극치료기를 붙이기 시작했다. 그도 자연스럽게 행동하는 것으로 보아 종종 있는 일임이 분명했다. 양림은 일한 지 몇 주가 지났지만 물리치료실은 처음이었다. 그녀는 병실로 돌아가도 되는지 여기서 정묵을 지켜봐야 하는지 고민했다.

"따님이신가요? 기계 끝나면 불러 주세요."

"전 간병인이에요. 알겠습니다."

양림은 호칭을 정정했다. 간호사는 그녀의 대답에는 관심 없다는 듯 치료기의 강도를 올리며 정묵을 살폈다.

"어르신, 강도는 어떠세요? 더 세게 해드릴까요?"

"됐어. 적당해."

시간에 쫓기는지 간호사는 서둘러 아까 있던 자리로 돌아갔다. 양림은 꼼짝없이 타이머에 저장한 15분을 지키고 있어야 했다. 그녀는 침대 아래 있는 보조 의자를 꺼내 정묵 옆에 앉았다. 전기자극치료기는 여러 가지 모드로 움직였다. 치료기 모드가 본격적으로 몸에 전달되자 정묵은 몸을 파르르 떨었다. 잠시 후 그는 감고 있는 눈을 조용히 뜨며 주변을 살폈다. 기계에서 카운트되는 숫자를 넋 놓고 보던 양림이 그의 시선을 느꼈다.

"뭐 불편한 거 있으세요?"

"넌 어디까지 알고 있어?"

양림의 물음과 동떨어진 답이 돌아왔다. 그녀는 정묵에게 어떤 상황을 이야기하는 것이냐고 되물었다. 그는 아련한 기억을 되짚는 듯 눈을 감고 나직한 목소리로 말하기 시작했다.

*

여자는 산에 도착할 때까지 살아 있었다. 다만 정신을 잃었을 뿐이었다. 이제 정신을 차리는 듯 눈꺼풀이 가늘게 떨렸다.

재갈을 물리고 결박할 물건을 찾기 위해 차 트렁크를 열었다. 형사의 차 트렁크는 여느 범죄자들의 연장함만큼 다양한 것들이 들어있다. 쇠파이프, 각목, 테이프, 여러 종류의 끈, 그리고 나는 수갑과 권총도 가지고 있다.

이곳까지 오는 동안 즐거운 상상을 했다. 이후 벌어질 일에 대한 처리 방법까지 구상을 마쳤다. 붉게 달궈진 태양이 식기 전에 공평하게 맞바꿀 제물이었다. 처음이라는 떨림 같은 것은 없었다. 내가 살인을 하게 될 것이라고 예상하지는 않았지만 언젠가 일어날 필연적인 사건이 그저 오늘 벌어진 것이라 여겨졌다.

시간이 없었다. 테이프로 그녀의 손과 발을 포박했다. 차 안을 굴러다닌 신문으로 그녀의 입을 채웠다. 생각보다 사람의 입안은 넓은 공간이었다. 끝도 없이 종이는 구겨져 들어갔다. 그 위는 테이프로 고정했다. 그사이 여자가 정신을 차렸지만 저항하지 못했다. 이미 입을 다물기도 힘들만큼의 종이가 채워져 하악(下顎)을 이용해 내 손을 물 수 없는 지경이었다.

여자는 눈물을 흘렸다. 처음 당해보는 공포일 것이다. 그녀의 눈은 별처럼 빛나고 있었다. 눈물 때문인지는 모르지만 그렇게 빛나는 눈을 본 것은 어린 시절 보았던 죽어가는 노루의 눈 이후 처음이었다.

작은 체구의 여자는 생각했던 것보다 가볍게 들렸다. 여자를 둘러업고 트렁크에서 손도끼를 꺼냈다. 이곳으로 차를 모는 내내 생각나는 장소는 한 곳뿐이었다. 가래나무 숲 뒤였다. 나는 자신했다. 그 너머를 아는 사람은 세상에 나밖에 없을 것이라고.

내가 그곳을 알게 된 것은 작년 아버지 기일 날이었다. 제사를 마치고 다음 날 오전에 출발할 생각이었다. 생각보다 이른 시간에 눈을 뜬 나는 집 근처를 산책했다. 시골의 아침 햇살은 눈 부셨다. 곳곳에 빛나는 가루를 흩뿌린 듯 온 세상이 반짝였다. 어느덧 나는 가래나무 군락지까지 와 있었다. 가래나무는 제법 넓게 숲을 이루고 있었다. 가장 안쪽은 햇빛이 닿지 않을 만큼 어두운 음지였다. 그 너머로는 가본 기억이 없었다. 이곳까지는 차가 들어올 만큼 제법 넓은 길이 나 있었지만, 가래나무 숲 이후로는 길이 없었다. 한편으로는 어디나 길이기도 했다.

숲으로 들어갈수록 빽빽하게 수목이 우거져 하늘이 보이지 않았다. 아침이었지만 숲 안쪽은 마치 밤처럼 어두컴컴했다. 나는 빨려 들어 가듯 짙은 덤불 안으로 계속 걸어 들어갔다. 어둠은 고요했다. 나는 검은 숲의 인력(引力)을 거부할 수 없었다. 얼마나 걸었을까? 어느 순간 앞이 보이지 않을 만큼 눈부신 공간이 나타났다. 어둠의 끝은 빛이었다. 가래나무 숲 뒤에 작은 공터가 있었다. 드문드문 자란 나무는 적당한 그늘을 만들었고 햇살은 그 나무 사이를 정확하게 통과해 땅에 닿았다. 마치 빛기둥이 공터 여기저기 세워진 듯한 오묘한 공간이었다. 나는 걸어왔던 길을 뒤돌아보았다. 작은 공터에서 본 검은 숲은 가래나무 군락지와 이곳을 구분 짓는 거대한 벽이었다. 외부와 내부를 구분하듯 확실한 경계로 서로의 공간을 알아챌 수 없도록….

*

"그래서요?"

양림은 다음이 궁금하다는 듯 정묵에게 물었다.

"뭐가?"

"그 여자요!"

"누구?"

"엠티 왔다는 그 여대생이요."

말이 떨어지기 무섭게 정묵은 양림의 멱살을 잡았다. 그가 움직이는 바람에 전기자극치료기의 패드가 등에서 떨어졌다. 그는 그녀의 목을 움켜쥔 채 앞으로 끌어당겼다. 그의 힘에 엉덩이가 들릴 정도였다. 양림은 겁에 질렸다.

"네가 그걸 어떻게 알고 있어?"

그녀의 귀에 거친 정묵의 목소리가 파고들었다. 그때였다. '삐!' 소리와 함께 기계가 멈췄다. 그는 양림의 멱살을 놓았다. 벨 소리를 들은 물리치료사가 미소를 머금고 다가왔다.

"어르신, 많이 기다리셨죠? 이제 물리치료 들어갈게요. 이쪽으로 오세요."

정묵은 순순히 그를 따라갔다. 그녀의 심장은 다시 고동치기 시작했다. 그가 무슨 이야기를 하려던 것이었는지 알 수 없었다. 그녀는 흩어지는 정신을 붙잡고 간신히 물리치료실을 빠져나왔다. 물리치료실 자동문이 닫히자 그녀는 바닥에 주저앉았다.

"왜 그래요?"

마침 복도를 지나던 요양보호사 한 씨가 양림을 일으키며 물었다.

"좀 놀라서요."

"왜 어르신 때문에?"

"갑자기 멱살을 잡혔어요."

"또 시작됐나 보네. 한 번씩 그러신데요. 전에 그만둔 김 씨가 그래서 그만둔 거잖아요. 김 씨가 그러는데 가끔 회까닥하면 이상한 얘기를 자주 한다며? 사람 죽여 봤냐. 죽은 노루를 본 적 있냐."

양림이 들었던 이야기에서 여자는 아직 죽지 않았었다. 그리고 한 씨의 말처럼 노루가 잠깐 등장했다.

요양보호사의 이야기는 그녀에게 위안을 주었다. 적어도 자신만 당한 것은 아니라는 말이었다. 그녀는 정신을 가다듬었다. 치매를 앓는 환자의 증상에 매번 상처받을 수는 없는 노릇이었다.

"치매 걸린 남자 환자들은 원래 저래요? 우리 시어머니는 안 저러셨거든요."

양림이 물었다. 그가 특별한 건지 이게 그 병을 가진 환자의 일반적인 증상인지 궁금해졌기 때문이었다.

"사람마다 다르지. 공통적인 증상은 있겠지만 별별 환자 다 있어. 확실한 건 남자 환자들이 힘이 세. 어디서 그런 힘이 나오는지."

양림은 병실로 돌아왔다. 아침에 준비해온 수첩과 볼펜을 꺼냈다. 그리고 서영이 지시한 근무일지를 써 내려가기 시작했다.

*

석양 무렵의 가래나무 숲 공터는 아침에 보았던 분위기와 또 다른 느낌이었다. 사방이 나무와 덤불에 쌓여 폐쇄적이며, 마치 세상에 하나뿐인 웅덩이에 빠져버린 듯한 고립감을 주는 공간이었다. 이곳이 세상과 연결되는 공간은 하늘뿐이었다. 이쯤 되면 그날 내가 이곳을 발견한 것도, 오늘 이 여자를 이곳으로 납치한 것도 모두 필연이었다.

나무 사이로 보이는 붉은 하늘은 이제 색을 잃어가고 있었다. 나는 민첩하게 움직였다. 푹신한 흙밭에 여자를 눕혔다. 그녀의 의식은 또렷했다. 겁에 질렸는지 심하게 몸을 떨고 있었다. 가져간 손도끼를 들었다.

아차! 손도끼는 이 섬세한 과정을 유연하게 그릴 수 있는 도구가 아니었다. 오늘의 실수였다. 나는 본능적으로 주머니를 뒤졌다. 이 순간과 가장 어울리는 완벽한 물건이 잡혔다.

새벽에 집에서 들고나온 클래식 면도칼이었다. 필연이 이어지고 있다. 나는 면도만큼은 클래식 면도칼을 고집했다. 시간과 수고, 위험까지 따르는 도구였지만 사용 후의 만족감은 그 어떤 면도기도 따라오지 못했다. 오늘 서둘러 집을 나오며 시간이 날 때 면도를 하겠다는 생각으로 무심하게 챙긴 물건이었다. 이것만큼 나의 손에 익은 연장이 없으리라…. 틈틈이 혁지에 면도날을 갈았던 수고는 결코 헛된 것이 아니었다.

칼은 예상대로 날카로웠다. 여자는 고통에 몸을 꿈틀거렸다. 날은 아주 은밀하게 그녀의 표면을 지났다. 복부를 지날 땐 제법 깊이감이 느껴질 정도로 푹 들어가 날이 보이지 않았다. 고요하게 순서를 기다리던 태양의 피가 따뜻한 육체에서 흘러나왔다. 불타던 하늘이 빛을 잃고 있었다.

더 이상 초조함이나 아쉬움이 느껴지지 않았다. 피는 나의 석양이었다. 나는 동정을 처음 뗀 소년처럼 수줍게 그녀를 바라보았다. 우리는 서로에게 처음이었다. 토양에 자신의 피를 수혈한 그녀는 맑은 유리알 같은 눈으로 하늘만 보고 있었다. 내 가슴에서 요동치던 작은 뱀들이 잠잠해졌다. 지금껏 보지 못한 아름다운 순간이자 잊지 못할 첫 경험을 간직한 채.

*

지난 며칠 정묵은 일찍 일어나 식사를 하고, 운동을 가고, 점심을 먹고, 티브이를 보고, 창밖을 보는 일들을 반복했다. 양림은 그가 다시 제자리를 찾은 것 같아 다행이라고 생각했다. 하지만 마음을 온전히 놓지는 않았다. 치매는 낫는 병이 아니다. 잠시 병세가 좋아진 것뿐 이 상태가 지속되리란 보장은 없었다. 어느 순간 갑자기 목이 졸리고 폭언이 이어질지 모르는 상황이었다. 이제 어느 정도 양림은 상처받아야 할 순간과 아닌 순간을 구분 짓기로 했다. 그의 병으로 인해 앞으로 벌어질 모든 일에는 최대한 무심해지자고 여러 번 다짐했다. 그렇게 다짐하고 나니 그가 두렵게 느껴지지 않았다.

득호가 다시 정묵의 병실을 찾은 것은 살인 사건이 나고 며칠이 지난 후였다.

"형님, 저 왔습니다."

"날도 더운데 힘들게 왜 와?"

"시내 나가던 길에 와 봤어요. 전에 보니까 다 떨어진 거 같아서 가래 열매 좀 가져왔어요."

득호가 침대 옆 탁자에 종이봉투 하나를 올렸다. 정묵은 봉투에서 열매를 꺼내 확인했다.

"껍질도 잘 손질했네. 이렇게 많이 어디서 났어?"

"뒷산 가래나무 숲에서 낙과한 거 주워 왔어요."

그의 말에 정묵은 미간을 찌푸렸다. 득호는 정묵의 심기를 건드렸다는 것을 단박에 알아챘다.

"거긴 왜 가?"

"손자 놈이 배앓이를 잘해서요. 이거 기름내면 좋다고 하더라고요."

그의 얘기에 정묵이 한풀 누그러졌다. 감정이 날 선 순간에도 아이들 얘기가 끼어들면 대개는 상황이 부드러워진다. 그것은 정묵에게도 어느 정도 통했다.

"나중에 내가 인부 시켜서 줄 테니 가지마! 다치면 어쩌려고 그래!"

득호는 무뚝뚝하지만 정묵이 자신을 배려해 주는 것이라 생각했다. 이때 세탁실에 갔던 양림이 들어왔다.

"아버지 어쩐 일로 오셨어요?"

"별일 아니다. 상민이한테 가던 길에 잠깐 들렀다. 형님! 저는 이만 가보겠습니다."

양림과 인사를 나눌 새도 없이 그는 서둘러 병실을 나갔다. 정묵은 득호가 놓고 간 봉투에서 가래나무 열매 두 개를 꺼냈다. 양림은 아버지가 서둘러 나간 이유를 알 것 같았다. '두둑… 두둑… 빠지직.' 정묵의 손에서 둔탁한 소리가 났다.

버스에서 내린 득호는 건너편 카센터를 바라보았다. 상민이 친구와 함께 차린 가게였다. 아들은 어린 시절부터 누나 양림과 많이 달랐다. 차분하고 조용한 양림과 달리 상민은 호기심이 많고 활동적인 아이였다. 장난도 심하고 어리광도 많던 막내는 형사 아버지를 자랑스러워했었다. 그의 아내가 죽기 전까지 남매는 평범한 아이들과 크게 다르지 않았다. 득호가 아이들과 멀어진 건 아내가 죽은 후부터였다.

가족을 이어주던 아내가 떠나자 아이들은 스스로 자라기 시작했다. 아내를 잃은 슬픔만큼이나 엄마를 잃은 아이들의 충격도 컸다. 유독 상민은 커가면서 득호를 멀리했다. 엄마를 죽인 살인마를 잡지 못한 것이 아버지 때문이라고 생각하는 듯했다. 득호가 아들과 관계를 회복한 건 불과 몇 년 전이었다. 상민이 가정을 꾸리고 자식이 생기면서부터였다.

득호가 시내로 나오는 일은 대부분 상민을 만나기 위해서였다. 오늘 그가 아들의 영업장을 찾은 이유는 며느리의 부탁 때문이었다. 며칠 전 부탁한 가래나무 열매를 전해주려 그는 길을 건넜다. 상민의 집으로 직접 찾아갈 수 있었지만, 그는 아들이 보고 싶었다. 그에게는 지금의 관계만으로도 그저 고맙기만 한 아들이었다.

카센터는 두 대의 차를 수리하느라 분주한 모습이었다. 기름때가 묻은 옷을 입은 상민이 리프트에서 차를 내리고 있었다. 득호는 사무실 입구에 서서 아들을 바라보았다. 수리가 완료된 차를 도롯가로 뺀 상민이 득호를 발견하고 달려왔다.

"언제 오셨어요? 더운데 안에 들어가 계시지."

"아니야. 그냥 이거 전해주려고 왔어. 해지기 전에 집에 들어가야지."

그는 손에 들고 있던 봉투를 상민에게 건넸다. 아버지가 건넨 봉투를 받아들고 기분 좋게 내용물을 확인하던 아들의 표정이 차갑게 식어버렸다.

"이런 거 필요 없다고요!"

"큰애 배앓이가 심하다며? 이거 기름내 먹이면 좋아."

"알아요! 누가 몰라서 그래요? 아버지는 내 생각은 안 해요? 내가 이따위 열매 보면 기분이 어떨 거 같아요?"

카센터의 기계음 덕분에 상민의 목소리가 생각만큼 크게 밖으로 새나가지 못했다.

"가져가세요."

상민이 봉투를 내밀었다. 득호가 봉투를 받기 위해 손을 내밀었을 때 봉투는 이미 상민의 손을 떠난 후였다. 가래나무 열매가 가득 든 봉투가 바닥에 떨어졌다. 열린 틈으로 둥근 열매가 세차게 쏟아졌다. 경사진 바닥으로 열매가 굴러갔다. 득호는 쓰러진 봉투를 세우고 도롯가로 굴러간 열매를 주웠다. 도움을 청하기 위해 상민이 있던 곳을 봤지만 아들은 이미 어디론가 사라진 후였다. 득호는 묵묵히 가래나무 열매를 주웠다. 보다 못한 상민의 친구가 그를 도와 길에 떨어진 열매를 함께 주웠다.

"속상해 마세요. 여름만 되면 상민이 예민해지잖아요."

득호의 굵은 땀방울이 눈물처럼 길바닥에 뚝뚝 떨어졌다. 아직도 상민은 엄마의 죽음에 대해 자책하고 있다고 득호는 생각했다. 자신이 그날 아내와 함께 나가지 못한 것을 자책하는 것처럼.

그날 저녁 득호는 문을 활짝 열고 마루에서 티브이를 보고 있었다. 초점 없이 화면을 응시한 채 티브이에서 나오는 사람들의 웃음보다 반 박자 늦게 따라 웃었다. 그저 적막한 집에 생기를 주고 싶은 효과음으로서의 시청이었다. 간간이 귀에 모기의 윙윙거리는 소리가 들렸지만 크게 신경 쓰지 않았다. 모기도 나이 든 노인의 피를 즐기지 않는 듯했다. 그는 여름 내내 마루문을 열어놓고 지냈지만 모기에 물린 기억이 거의 없었다. 모깃소리가 사라지자 멀리 거친 엔진음이 들렸다. 차 소리는 점점 가깝게 들려왔다. 그 소리는 집 앞에서 멈췄다. 득호는 몸을 일으켰다. 낡은 대문을 열고 누군가 집 안으로 들어오는 발걸음 소리가 들렸다. 상민이었다.

"이 시간에 무슨 일이냐?"

아들의 뜻밖의 방문에 그는 미소를 지었다.

"아까 죄송해요."

마루에 걸터앉은 상민이 멋쩍은 미소를 지으며 말했다. 그가 앉은 앞쪽에는 미처 치우지 못한 봉투가 있었다. 상민은 봉투를 애써 무시하듯 고개를 돌리고는 신발을 벗었다. 과묵한 부자는 한동안 의미 없는 티브이 프로그램을 함께 시청했다. 광고가 나오자 득호는 티브이를 껐다. 소음이 사라졌지만 늦여름 매미의 울음소리가 이어져 갑작스러운 적막함은 느껴지지 않았다.

"아직도 꿈꾸니?"

어린 시절 악몽을 자주 꾸던 아들에게 득호가 물었다. 상민은 아무 말이 없었다.

"잊어라. 시달릴 만큼 시달렸으니."

"아버지도 잊으세요. 이 집도 팔아버리고 시내로 나오시고요. 엄마는 죽었어요. 안 돌아온다고요."

"난 여기가 편해."

득호의 대답에 상민은 예상했던 반응이라는 듯 화제를 돌려 말했다.

"누나는요? 잘하고 있어요? 아버지라도 자주 가보세요."

"그래야지."

"언제 저도 한번 가볼게요."

"그래 한번 오거라. 외로운 양반이야."

"이 섬에는 외로운 노인들뿐이네요. 그럼 쉬세요. 문단속 잘하시고요."

득호는 신발을 고쳐 신는 상민을 따라 나가려 자리에서 일어섰다. 아들은 나오지 말라며 손사래를 치고는 서둘러 집을 나섰다. 곧이어 차에 시동이 걸리고 거친 엔진음이 멀어져 갔다. 득호는 허탈하게 웃으며 다시 자리에 앉았다. 그는 아들이 앉았던 자리를 넋 놓고 바라보았다. 비록 짧은 시간이었지만 오늘 하루를 소중하게 만들어준 방문이었다. 그리고 득호는 작은 변화를 발견했다. 마루 한쪽에 두었던 봉투가 사라진 것이다.

상민은 몰고 있는 차가 과속방지턱을 넘을 때마다 보조석 아래를 살폈다. 불안하게 세워둔 봉투가 쓰러질까 봐 신경이 쓰였다. 그는 아버지의 집을 찾는 일이 거의 없었다. 그곳은 상민에게 지우고 싶은 기억이 담긴 장소였다. 엄마는 그 집에서 아들을 위해 가래나무 열매를 따러 나갔다가 죽임을 당했다. 아무도 상민 때문이라고 말하지 않았지만—어린 시절 누나와 다툴 때 '너 때문이야!'라는 말을 듣긴 했었다—자신이 실없는 꾀병을 부리지 않았다면 엄마는 죽지 않았을 거라고 자책하며 살았다. 그래서 가래나무 열매는 그에게 엄마의 죽음을 의미했다. 아버지도 모를 리가 없었다. 상민은 그런 아버지의 무심함이 싫었다. 어릴 때부터 아버지는 자신을 이해하거나 인정해준 적이 없었다. 엄마가 사라진 그날을 떠올릴 때면 아버지에 대한 서운함이 동시에 울컥 올라왔다. 득호는 오랜 시간 동안 아들의 마음속에 각화(角化)되어버린 응어리를 알지 못했다.

*

나는 그날 엄마를 죽인 살인자를 보았다. 아무도 믿지 않았지만, 아무도 열두 살 소년의 말에 귀 기울여 주지 않았지만, 그날 나는 분명히 보았다. 하늘이 붉게 불타던 그날, 석양 속으로 사라진 그 남자를….

유난히 붉은 석양이 세상을 물들인 날이었다. 나는 그날만큼 짙은 석양을 이후로 본 적이 없었다. 한 시간이 훌쩍 넘도록 엄마는 돌아오지 않았다. 다른 집의 음식 냄새와 티브이 소리가 담을 넘어 들어왔다. 나는 배가 고팠다. 하지만 어딘가 불안한 듯 옷을 갈아입는 아버지를 보며 차마 배고픔에 대한 말은 할 수 없었다. 누나도 아버지의 초조함을 느꼈는지 갑자기 책을 덮고 신발을 신었다.

"늦었다. 아빠가 나가 볼 테니 너희들은 집에 있어."

한여름이었지만 집 안에는 알 수 없는 냉기가 흘렀다. 서로 말을 않고 있었지만 불안한 이유는 같았다. 지금 강화도에는 연쇄살인이 일어나고 있어 사람들은 해가 지면 외출을 피했다. 밤이 되기까지는 시간이 남아있었다. 그 전에 엄마는 돌아와야 했다. 아버지는 동네를 다니며 엄마를 찾아다니기 시작했다. 불안함의 전달 속도는 빨랐다. 몇 가구 없던 작은 동네가 순식간에 발칵 뒤집혔다. 다들 집 앞으로 나와 주변을 서성이기 시작했다. 누나와 나는 아버지의 명령을 어기고 대문 앞에 서서 바깥 분위기를 살폈다. 아버지는 동네 사람 몇몇과 뒷산을 올랐다.

나는 누나의 만류를 뿌리치고 동네 이곳저곳을 다니기 시작했다. 어디에도 엄마는 없었다. 나는 뛰었다. 마을이 한눈에 보이는 도로 옆 언덕에 오르기 위해서였다. 마을은 해안가 도로 옆으로 분지처럼 낮게 펼쳐진 땅에 존재했다. 어딘가에 엄마가 있다면 가장 먼저 발견하리라는 기대를 안고 뛰고 또 뛰었다. 숨이 차오르며 속에서 피 맛이 올라왔다. 저도 모르게 고이는 눈물을 훔치며 언덕에 섰다. 석양이 마지막 빛을 발하고 있었고, 산에서는 어둠이 내려오고 있었다. 멀리 동네 여기저기를 살피는 사람들의 움직임만 보일 뿐이었다. 나는 고개를 돌려 바다 끝으로 떨어지는 태양을 보았다. 마치 엄마를 구할 시간은 태양이 존재하는 그때까지인 것처럼 초조함이 밀려왔다.

그때였다. '도독 도도독.' 마른 나무가 서로 부딪치는 듯한 소리가 리드미컬하게 들려왔다. 조급한 내 상황과는 반대되는 차분한 리듬이었다. 도로 건너편 해변 둔치에서 들려왔다. 그곳에 한 남자가 있었다. 그에게서 나는 소리였다. 해변 둔치에 서 있는 남자는 태양을 등지고 마을을 바라보고 있었다. 검은 모자를 쓰고 여름에 어울리지 않는 검은 점퍼를 입은 남자였다. 나는 온통 검은색으로 치장한 사신이 떠올랐다. 사신의 시간은 여유로웠다. 나는 역광에 가린 남자의 얼굴을 알아볼 수 없었다. 석양 속의 남자는 마치 그림자로만 존재하는 유령 같았다.

남자는 웃고 있었다. 표정이 보이지 않았지만 느낄 수 있었다. 순간 나는 '저 사람이 엄마를 죽였다'라고 직감했다. 그때 왜 그런 생각이 들었는지 지금도 나는 설명할 수 없다. 확실한 것은 그는 건너편에 서서 불안에 빠진 동네를 느긋하게 지켜보고 있었다. 나는 길을 건너려 했다. 그를 붙잡아야 했다. 두려웠지만 그래야 할 것 같았다. 그러나 사이렌을 울리며 오는 경찰차에 앞이 가로막혔다. 경찰차는 내 앞을 빠르게 지나쳤다. 타이밍을 놓쳐버렸다. 내 앞으로 여러 대의 경찰차가 지나가는 사이 남자는 시야에서 멀어졌다. 어느새 그는 멀리 석양을 향해 걷고 있었다. 그를 잡기 위해 다시 길을 건너려 했을 때 나를 붙잡은 건 누나였다.

"여기서 뭐 해? 집에 가보자."

나는 그를 쫓는 것을 포기했다. 집으로 돌아가면 엄마가 있기를 간절히 바라며 전력을 다해 집으로 뛰었다.

불안은 실제가 되었다. 엄마는 없었다. 산에서 내려온 아버지는 넋이 나간 모습이었다. 나는 급하게 아버지를 잡아끌며 얘기했다.

"아빠! 저기 바다에 살인마가 있어요. 그 사람이 엄마를 죽였어요."

아버지는 맥락 없는 내 이야기에 귀 기울여주지 않았다. 나는 온 힘을 다해 아버지를 끌어당겼다.

"나랑 저기에 가보자고요. 진짜 살인마가 바다에 있다고요!"

눈물범벅이 된 나는 아버지의 등을 때리며 말했다. 돌아온 것은 아버지의 따귀였다.

"정신 차려! 너까지 왜 이래!"

아버지는 자리에 주저앉았다. 사람들이 아버지를 일으키려 다가왔지만, 그는 거칠게 사람들의 손을 뿌리치며 일어나지 않았다. 나는 이제껏 한 번도 경험하지 못한 수치심을 느꼈다. 사람들 앞에서 맞은 창피함 때문이 아니었다. 내 존재가 가장 절박한 순간에 부정당한 것이다. 더 이상 눈물은 나지 않았다. 이미 태양은 세상에서 사라졌고 엄마는 돌아오지 않았다. 아버지를 등지고 나는 바닷가 쪽으로 뛰었다. 두려웠다. 혼자 검은 남자를 마주칠 자신은 없었지만, 그래도 그 남자를 잡아야 한다고 생각했다. 뒤에서 울먹이는 누나의 목소리가 나를 따라왔다. 얼마나 뛰었을까? 나는 길을 미처 빠져나가지도 못한 채 정신을 잃었다.

3장 그는 나인가?

주말 장어거리에는 외식을 나온 사람들로 가득했다. 득호는 20분째 정묵을 기다리고 있었다. 식당 측에서 제공한 그늘막이 있었지만 한여름의 태양은 사람의 인내심을 흐려 놓기에 충분했다. 땀으로 젖은 대기표의 번호가 야외 전자번호판에 떴지만 그는 알아채지 못했다. 이번에는 벨 소리와 함께 번호를 부르는 사람의 목소리가 들렸다. 그때야 득호는 손을 펴고 자신의 번호를 확인했다. 자리는 생겼지만 일행은 도착하지 않았다. 그는 망설였다. 이대로 집으로 가버릴지 그들을 기다려야 할지.

정묵의 며느리로부터 전화가 온 것은 오늘 아침이었다. 정묵과 함께 식사하고 싶다는 내용이었다. 그는 서영의 전화가 썩 반갑지 않았다. 그녀는 종종 식사를 핑계로 그에게 연락해 왔다. 겉으로는 시아버지를 대신하는 감사라고 하지만 그건 핑계에 불과했다. 서영은 목적 없이 그에게 연락해 온 적이 없었다. 그녀의 식사 대접과 용돈 뒤에는 무리한 부탁이 따랐다. 그 부탁은 대체로 정묵이 소유하고 있는 부동산과 관련된 내용이었다. 그녀는 득호를 이용해 정묵이 소유한 땅을 처분하도록 회유하려 했다. 그도 서영의 의도를 빤히 파악하고 있었다. 그러나 쉽게 거절할 수 없었다. 당장 눈앞에 보이는 물질 앞에서 자유롭기 힘들었다. 그는 매번 거절하고, 매번 돈을 받고, 매번 후회했다. 그녀의 부탁은 대체로 통할만한 내용들이 아니었다. 정묵은 땅 문제만큼은 그 누구와 타협한 적이 없었다. 들어줄 수 없는 부탁을 받으며 주기적으로 돈을 받는 일이란 보통의 양심을 가진 사람들에게는 쉽지 않은 일이다. 그 뒤에는 불필요한 가책이 따라오기 때문이다. 의도치 않았지만 정묵을 속이고 있다는 생각도 종종 들었다. 득호는 그래서 마음을 단단히 먹었다. 오늘은 어떤 부탁도 확실히 거절할 것이라고.

정묵이 며느리와 함께 도착한 것은 득호가 자리를 잡고 주문을 막 해놓은 때였다. 30분 가까이 늦었지만 그들은 그에게 미안하다는 말 한마디 없었다. 어쩌면 처음부터 정해진 관계였는지도 몰랐다. 그는 정묵과 대등해 본 적이 없었다. 그래서 그가 사과하지 않아도 서운하지 않았다. 서운해야 하는지 생각조차 해본 적이 없었다. 마치 보이지 않는 주종 관계가 아직도 둘 사이에 존재하고 있는 것처럼.

서영은 제법 싹싹한 손놀림으로 장어를 구워 정묵의 접시에 놓았다. 손은 바쁘게 움직였지만, 눈은 무언가 타이밍을 엿보는 듯 날카롭게 정묵의 시선을 체크하고 있었다.

"아버님! 시내 부동산 김 사장 있잖아요. 전번에 병원 앞에서 우연히 만났는데, 아버님 좋으시겠다고 축하 전해 달라던데요?"

"김 사장이? 그게 무슨 소리야?"

"요즘 이 동네 땅값 많이 올랐다고요."

"수작 부리지 말고 장어나 구워라."

"어머, 아버님 수작이라니요. 전 그냥 갑자기 생각나서 말한 거뿐이에요."

"그 땅에 묻힌 사람이 많다. 나 죽으면 그때 너희들 알아서 해."

정묵의 얘기가 끝나자마자 서영은 맞은편의 득호를 보았다. 그는 미간을 찌푸리던 서영과 눈이 마주쳤다. 다시 서영이 미소 짓기까지 짧은 순간이었지만 득호는 그녀의 바람대로 한마디 거들어야 한다고 생각했다. 지금껏 그녀에게 받은 용돈에 대한 대가로서.

"선산이라 곤란하셔서 그러세요? 하기야 이장 문제가 좀 그렇죠?"

"죽은 조상이 무슨 대수야!"

의외의 대답이 돌아왔다. 그는 정묵의 의중을 파악할 수 없었다. 선산이 문제가 아니라면 무엇이 문제란 말인가. 서영이 공백을 채우며 끼어들었다.

"아버님! 그런 거면 바로 이장을…."

정묵이 고개를 돌려 옆에 앉은 서영을 말없이 노려보았다. 득호는 그가 점점 인내심을 잃어 가고 있다는 것을 느꼈다. 이럴 때는 내버려 두는 것이 제일 효과적이었다. 변명이나 넋두리는 외려 그의 화를 돋우는 계기가 될 것이다. 그를 잘 알고 있는 득호는 말을 아끼며 입 안 가득 구운 장어를 밀어 넣었다. 서영이 더 이상 말을 하지 않기만 바랄 뿐이었다. 여기서 누군가 정묵의 심기를 건드린다면 어떤 상황이 벌어질지 모를 일이었다. 하물며 며느리일지라도 그가 그냥 넘어가지는 않을 터였다. 정묵은 짜증이 나는지 들고 있던 젓가락을 상 위에 놓았다. 그리고 득호 앞에 놓인 소주잔을 들었다.

"형님! 술은…."

득호는 더 이상 말을 잇지 못했다. 노려보는 정묵의 눈은 매우 차갑고 단호했다. 그가 주춤하는 사이 정묵은 단숨에 소주잔을 비웠다.

식사를 마친 득호는 서영이 차를 가지러 가자 자리를 뜰 적당한 기회라 생각하고 정묵에게 인사했다.

"형님, 저 먼저 가보겠습니다."

"왜? 저 아이가 주는 돈 받아가. 나 신경 쓰지 말고."

그는 순간 현기증을 느꼈다. 자신을 꿰뚫고 있는 정묵의 말에 놀란 건지, 저무는 햇살 때문이었는지는 본인도 알 수 없었다. 무엇 때문이라 해도 문제 될 만한 상황은 아니었지만, 그간의 행적을 정묵이 알고 있다는 것에 그는 수치심을 느꼈다. 형님을 속이려 했던 것은 아니었다는 변명을 하고 싶었지만 말하지 못했다. 정묵에게 변명은 크게 효력을 미치지 못한다는 것을 누구보다 잘 알고 있기 때문이었다. 그는 서둘러 주차장을 벗어났다. 더 있어 봐야 정묵에게 구차한 모습만 보일 것 같았다.

"잠깐만요!"

가게 입구를 거의 빠져나갈 무렵 서영이 차에서 내려 득호를 불렀다. 그는 또 붙잡히고 말았다.

"모셔다드릴게요."

"아니야, 됐다. 더운데 빨리 차에 타라. 형님 잘 모셔다드리고."

"아이참…. 이거 작게 준비했는데 용돈에 보태 쓰세요."

서영은 득호가 예상한 매뉴얼대로 움직였다.

"됐다. 별 도움도 안 되는데."

"그러니까 앞으로 저희 아버님 마음 좀 바뀌게 도와주세요. 다른 뜻 없어요. 치매 걸린 양반 언제 어떻게 되실지 몰라서 그러는 건데…. 아시잖아요?"

서영이 두툼한 봉투를 득호의 바지 주머니에 욱여넣었다. 그가 재빨리 봉투를 꺼냈지만 서영은 이미 차 쪽으로 돌아간 후였다. 득호는 차 뒷좌석에 앉아 자신을 바라보고 있는 정묵과 눈이 마주쳤다. 그는 현장을 들킨 범인처럼 주춤거렸다. 정묵이 모든 걸 다 알고 있다는 듯 웃고 있었다.

돌아가는 차 안은 조용했다. 정묵이 소주잔을 비운 후부터 서영은 말을 아꼈다. 시아버지의 성격을 아는 눈치 빠른 며느리는 말을 해야 하는 순간과 아닌 순간을 잘 구분했다. '도독 도도독….' 차 안의 소리라고는 그가 병원에서부터 굴려오던 가래나무 열매 소리뿐이었다.

정묵은 뒷자리에 앉아 말없이 창밖을 바라보았다. 이제 막 시작된 석양은 아직 황금빛이었다. 일반 도로를 지나 남쪽 해안도로에 닿을 때쯤 석양은 붉은빛을 띠기 시작했다. 차가 도로의 커브를 돌 때마다 하늘은 점점 붉어지고 있었다. 태양이 바다에 걸리며 피를 뿜어냈다. 붉은 피가 파도를 타고 해안가로 밀려왔다. 손에서 구르던 가래나무 열매 소리가 멈췄다. 붉은 석양을 본 정묵은 착란을 일으켰다. 정신의 회로가 바뀌는 순간을 하필 차에서 맞은 것이다. 그는 제어할 수 없는 살의를 느끼며 운전석을 바라보았다.

치매에 걸리기 전까지 정묵은 모든 것을 통제할 수 있었다. 신중함과 인내심이야말로 그가 가장 자부하는 성격 중 하나였다. 그는 자신을 컨트롤하지 못한다는 개념에 대해 고민조차 해 본 적이 없었다. 하지만 이제는 달랐다. 치밀어 오르는 감정을 통제하기 어려워지는 경우가 빈번히 일어났다. 이성이 있었지만 그것으로는 똬리가 풀려버린 뱀들을 잠재울 수 없었다.

정묵은 주머니에 손을 넣었다. 외출하면서 챙겨 나온 가래나무 열매 두 개와 클래식 면도칼이 잡혔다.

'이년은 누구지? 차에서는 피를 흘릴 수 없다. 그러면 처리가 곤란해질 것이다.'

살인마의 의식이 말했다. 그는 손에서 면도칼을 놓았다. 그리고 차 안을 살폈다. 이제 태양은 그의 왼쪽 창 정면에 있었다. 사방이 붉어지며 차 내부도 한 겹 한 겹 붉게 덧칠됐다. 서영의 희고 고운 피부가 투명한 붉은색으로 물들었다. 정묵은 아름다운 결에 깊은

골을 내고 싶어졌다. 그는 조용히 운동화 끈을 풀기 시작했다. 룸미러로 보이는 서영은 나직한 콧노래를 부르며 정면을 응시하고 있었다. 간간이 흥얼거리는 모습으로 보아 뒷자리에 있는 정묵에겐 관심이 없는 듯 보였다. 정묵은 그 틈을 타 아주 천천히 운전석 뒤로 움직였다. 그리고 짧고 팽팽하게 당긴 운동화 끈을 그녀의 목 높이에 놓고 다음 상황을 그렸다. 행동하기 전에 머릿속으로 실행해 보는 것은 상당히 좋은 훈련이었다. 모의 살인은 끝났다. 그는 여차하는 순간 그녀의 목을 조르기 위해 먹잇감을 쫓는 맹수처럼 낮고 조용하게 몸을 움츠렸다. 속도를 줄이지 못한 서영의 차가 코너를 돌자 정묵의 몸이 한쪽으로 심하게 기울었다. 차 안을 채웠던 붉은빛이 순식간에 사라졌다. 지금이 기회라고 생각한 그는 운동화 끈을 팽팽히 긴장시켰다. 차의 속도가 줄어들며 최적의 타이밍이 왔다. 그는 고개를 들고 정면에 있는 하얀 목덜미를 확인했다. 그녀의 숨을 거두는데 장애물은 없었다. 정묵이 호흡을 크게 하고 팔을 뻗으려 할 때였다. 서영의 차가 급하게 정지했다. 그의 몸이 앞으로 쏠리며 운전석 헤드레스트에 부딪쳤다.

정신이 번쩍 든 정묵은 손에 쥐고 있던 물체를 확인했다. 그는 방금 자신이 어떤 일을 도모했었는지 깨달았다. 어리석은 사냥을 시도한 무능한 맹수가 된 기분이었다. 짜증이 몰려 왔다. 상황을 종료시키는 사이드브레이크 소리가 들렸다.

"다 왔어요, 아버님!"

그는 낮게 한숨을 뱉으며 주머니에 운동화 끈을 욱여넣었다.

미리 나와 있던 양림이 뒷문을 열었다.

"오셨어요?"

"내리지 말고 넌 그대로 서울로 가거라."

서영은 기다렸다는 듯 짧게 인사하고 그대로 병원을 떠났다. 엘리베이터로 향하는 정묵은 자신의 몸이 미세하게 떨리고 있다는 걸 느꼈다. 정신은 돌아왔지만 살의에 불탔던 감정이 몸에 남아있었다. '으드득….' 둔탁한 가래나무 열매 소리가 그의 손에서 흘러나왔다. 정묵이 엘리베이터에 오르자 열림 버튼을 누르고 있던 양림이 그의 눈치를 보며 입을 열었다.

"저기, 손님이 오셨어요."

정묵의 심기를 거스르지 않으려 그녀가 조심스럽게 말을 꺼냈다. 이내 그의 얼굴이 구겨진 종이처럼 일그러졌다.

"누구?"

"아드님이요."

정묵의 가래나무 열매 소리가 멈췄다. 오랜만에 보는 자식에 대한 기쁨은 전혀 느껴지지 않았지만, 그에게 아들은 거슬리는 존재가 아닌 것만은 확실했다.

양림이 보기엔 정묵의 아들도 상태를 짐작할 수 없는 부류의 사람이었다. 정묵이 들어오기 몇 분 전 장현이 찾아왔다. 부모를 문병하는 자식이 특별할 것은 없다지만, 그녀는 장현의 갑작스러운 방문이 의아했다. 그의 부인은 오늘 하루 이곳에 있다가 정묵과 외출했다. 아버지를 보러 온 것이라면 바로 부인이 있는 식당으로 향했어도 될 일이었다. 양림은 생각했다. 그는 부인이 이곳에 온 것을 모르고 있거나, 부인을 피해 일부러 이 시간에 왔을지도 모른다고.

'장현의 방문은 오늘 일지에서 제외하자.'

괜한 오해를 만들지도 모른다는 생각에 그녀는 선의의 검열을 했다. 어차피 서영이 원하는 내용은 이게 아닐 테니 그의 방문이 삭제되어도 문제 될 것은 없었다.

장현은 아버지를 기다리며 창밖을 바라보고 있었다. 훤칠한 키며 날카로운 눈빛이 오래전 정묵을 많이 닮아 있었다. 환기를 위해 병실 창문을 열어 놓았지만 묵직하고도 서늘한 기운이 병실을 가득 메웠다. 평소 정묵과 있을 때 느끼는 분위기와 크게 다르지 않은 공기였다. 어색한 침묵이 흘렀다.

"무슨 일로 오셨어요?"

어색함을 깰 겸 양림이 장현에게 물었다. 그녀에게는 나름의 용기가 필요한 순간이었다. 어려서부터 한동네에서 자란 사이지만 그녀는 장현이 어려웠다. 그저 오가며 익숙해진 얼굴일 뿐 여태껏 대화다운 대화를 나눈 적이 없었다. 꼬집어 말할 순 없지만, 그는 편하게 다가가기 힘든 사람이었다. 시답잖은 장난이나 치는 동네 아이들과는 다른 분위기가 있었다. 그것은 상대를 불편하게 만드는 정묵의 성격과 닮아 있었다.

"너는 오는 사람마다 방문 목적을 묻니? 아니면 나라서?"

장현이 나직하지만 단호한 어투로 되물었다. 양림의 속내가 숨김없이 까발려졌다. 그녀가 정묵의 병실을 찾는 사람에게 무슨 일로 왔냐고 물은 건 처음이었다. 그녀는 당황스러웠다. 실례일 수도 있다고 생각했지만 받아들이기에 따라서는 별 뜻 없는 단순한 질문이라고 생각했기 때문이다. 하지만 양림을 쳐다보는 장현은 질문에 대한 이유를 요구했다. 역광 속에서 바라보는 그의 눈빛은 그녀에게 기시감을 주었다. 익숙한 눈빛이었다. 상대를 이유 없이 주눅 들게 하는 정묵의 시선! 순간 그녀의 심장이 뛰기 시작했다. 의도를 간파당한 이상 둘러대는 이야기는 변명에 불과할 터였다. 양림은 정공법을 택했다. 문병을 마치고 서울로 가는 길이라면 지난번처럼 부인과 같이 가는 것이 더 상식적이기 때문이었다.

"오늘따라 사모님도 오시고, 아드님도 오셔서 무슨 일이 있나 해서요. 조금 있으면 사모님 도착할 시간 됐는데 오셨다고 전할까요?"

"아니."

장현은 짧게 대답했다. 그리고 양림을 등진 채 창밖으로 시선을 돌렸다. 질문에 대한 속 시원한 설명은 없었지만, 그녀의 의도를 확실하게 파악한 모습이었다. 양림은 붉은 석양 중간에 자리한 그의 등을 바라봤다. 검은 등이 그녀에게 말하는 것 같았다. 이곳의 어떤 존재와도 소통하고 싶지 않다고.

그는 그저 아버지를 기다릴 뿐이었다. 그녀는 알 수 없는 불쾌감을 느꼈다. 그는 양림을 포함해 병실에 존재하는 모든 것을 무시하고 있었다. 그녀는 낮게 심호흡을 하며 마음을 추슬렀다. 몇 번 숨을 고르자 기분이 한결 나아졌다. 비교적 짧은 시간에 불쾌함에서 벗어날 수 있게 된 것은 정묵 덕분이었다. 타인을 헤아릴 줄 모르는 이들에게 일일이 대응하는 것은 쓸모없는 일임을 얼마 전에 깨달았기 때문이다.

"…저는 어르신 오실 때가 돼서 내려가 볼게요."

양림이 병실을 급하게 빠져나와 비상계단을 내려갔다. 병실의 주인이 기다려지기는 처음 있는 일이었다.

4층 엘리베이터 문이 열리자 정묵이 먼저 내렸다. 그는 표정을 풀고 가벼운 걸음으로 병동 안내대에 있는 간호사들에게 인사를 했다. 승강기 문이 열리기 전까지 뿜어내던 독기는 순식간에 사라지고 없었다. 정묵을 따르던 양림을 수간호사가 불러 세웠다.

"아까 온 사람 어르신 아들이지?"

"네."

"의사라며? 인물 훤칠하네. 자기랑 친해?"

"아뇨. 얘기해 본 적도 없어요."

"어릴 때부터 한동네 살았다며?"

"사람 나름이죠. 부전자전 몰라요? 찬바람 쌩쌩 부는 거."

"나는 처음 보니 모르지. 만날 그 여우만 보내더니 무슨 바람이 불어 왔데?"

"간호사님도 처음 보세요?"

"나 일하는 동안은 온 적 없었어. 이젠 마누라로 안 되는 무슨 이유가 있나 보네."

양림은 잠시 생각에 빠졌다. 자신이 장현의 방문을 궁금해한 것은 유별난 일이 아니었다. 이 병원에서 정묵을 아는 사람이라면 처음 보는 아들의 방문을 궁금해하는 것이 당연했다.

"양림 씨! 빨리 들어가 봐. 냉수라도 한잔 내놔야지 않아?"

수간호사가 양림의 옆구리를 찌르며 말했다. 그녀는 선뜻 병실로 발길이 옮겨지지 않았다. 두 사람 틈에 끼어 숨 막히는 상황을 마주할까 싶은 우려 때문이었다.

예상과 달리 병실은 평온했다. 장현은 여전히 창밖을 보고 있었고, 정묵은 침대에 누워 티브이를 시청 중이었다. 양림은 이들이 대화를 시작도 안 했다는 걸 알 수 있었다. 그녀가 냉장고에서 냉대추자를 따르는 사이 정묵이 먼저 입을 열었다.

"애미는 조금 전에 서울로 갔다."

"알아요."

"너도 땅 얘기하러 왔어? 그거라면…."

"아녜요. 그건 아버지 마음대로 하세요. 그냥 근처에 볼일 있어 왔다가 들러 봤어요."

"그래."

부자는 서로의 근황에 대해 궁금해하지 않았다. 짧은 대화 속에서 양림은 벌써 몇 가지 질문을 떠올렸지만 정묵은 아들에게 아무것도 묻지 않았다. 흔히들 궁금해하는 손자의 안부조차 묻지 않았다. 대화가 끊긴 부자는 또 그렇게 수 분 동안 창밖을 바라봤다. 태양의 정수리가 아슬아슬하게 바다에 걸려 있었다. 저녁 시간을 넘기며 병실에 들이쳤던 붉은 석양은 이미 창밖으로 후퇴한 뒤였다. 오랜만에 병실에는 리드미컬한 가래나무 열매 소리가 울렸다.

"아직은 해가 기네요. 전 가볼게요."

정묵이 고개를 끄덕이자 장현은 병실을 나갔다. 부자의 상봉은 싱겁게 끝났다. 이 만남이 아쉬운 것은 오히려 양림이었다. 그녀는 자신의 존재 때문에 두 사람의 대화가 이어지지 못한 것은 아닌가 하는 생각이 들었다.

"너 때문에 간 거 아니야. 이만 퇴근해."

양림의 마음을 읽었는지 정묵이 덤덤히 말했다. 그녀는 서둘러 가방을 챙겨 병실을 나갔다. 발소리가 멀어지자 정묵이 자리에서 일어나 창가로 향했다. 육중해 보이는 수입 픽업트럭이 병원을 빠져나가고 있었다. 이어 병원 정문으로 퇴근하는 양림이 보였다. 태양은 이미 사라지고 없었다. 하늘에는 화상을 입은 듯 곳곳에 붉은 흉터만 남아있었다. 정묵은 서둘러 옷걸이에 걸어 놓은 검정 점퍼를 입었다.

'오늘은 시간이 없다.'

*

섬에는 어둠이 깔렸다. 초조함 때문인지 오랜만에 운전해서인지, 차는 뱀처럼 구불거리며 도로 위를 달렸다. 누군가 본다면 음주운전이 아닐까 의심할 정도였다. 사행(蛇行)을 멈추기 위해 나는 핸들을 꽉 잡고 정신을 가다듬었다. 이윽고 차 앞 대시보드에 부착된 원형의 수평계가 출렁임을 멈췄다. 타이밍이 좋았던 걸까, 코너를 돌자 곧게 뻗은 도로가 나왔다. 도로는 한적했다. 이제야 심장은 제 리듬을 찾았고 핸들도 한 손으로 충분히 조작이 가능해졌다.

그렇게 몇 분을 달리자 초지대교로 향하는 해안도로가 나왔다. 멀리 갓길에 비상등을 켜고 있는 흰색 중형차가 보였다. 나는 그 차를 빠르게 지나쳤다. 검게 선팅된 차는 안이 보이지 않았다. 보였다 하더라도 순식간에 지나친 터라 차 안을 살피기는 힘들었을 것이다. 해안도로 갓길에는 당번이 정해지기라도 한 것처럼 늘 한 두 대의 차가 정차되어 있다. 이유야 차마다 사연이 다를 것이다. 오늘의 지킴이는 흰색 세단이었다.

도로를 건너던 고양이를 친 것은 그때였다. 차량 불빛에 놀라 길을 건너던 고양이가 그대로 멈춰서 있었던 것이다. 브레이크를 밟을 틈도 없이 순식간에 벌어졌다. 나는 길 한쪽에 차를 세웠다. 내 차는 해안도로 갓길에 세운 두 번째 차가 되었다.

서로의 차는 의식할 수 없을 만큼 멀리 떨어져 있다. 하지만 그 거리에서도 사람의 움직임은 어렴풋이 확인할 수 있었다. 흰색 차에서 누군가 내리는 것이 보였다. 밤에도 눈에 띄는 밝은 원피스를 입은 여자였다. 운전석에 앉은 사람과 다투기라도 한 듯 발로 차 문을 걷어차고 있었다. 나는 어둠 속에서 그녀를 바라보았다.

내 차는 해안도로가 끝나는 지점 큰 가로수 아래 서 있다. 무성한 이파리를 가진 여름 나무는 밤이면 가장 진한 어둠을 만들어 낸다. 나는 나무가 만든 어둠을 보호색 삼아 몸을 숨겼다. 여자는 아직 차 안의 운전자와 싸우고 있었다. 알아들을 수 없는 고성이 오갔다.

일단 나는 도로에 납작하게 붙어버린 고양이에게 다가갔다. 비록 로드킬이었지만 내가 죽인 것에 대한 처리는 해야 했다. 그 또한 나의 룰이다. 다행히 무참하게 깔려버린 고양이는 숨이 붙어 있지 않았다. 나는 간신히 붙어있는 숨에 희열을 느끼는 살인마가 아니다. 고양이의 내장과 피는 도로에 어지럽게 퍼져 있었다. 피가 필요했지만 나를 흥분시킬 만큼의 충분한 피가 아니었다. 갈증은 사라지지 않았다. 나는 고양이 사체를 도로 밖으로 굴렸다. 고양이는 물에 젖은 양탄자처럼 제법 질퍽하게 구르며 도로를 벗어났다. 발끝에 담긴 찝찝한 감정은 운동화에 고양이의 피를 묻히고 말았다.

운동화 얼룩을 살피는 내 뒤에서 굉음이 들려왔다. 잠시 후 흰색 세단이 속도를 내며 지나갔다. 나는 재빨리 고개를 돌려 차가 세워져 있던 곳을 확인했다. 그 차였다. 해안도로의 지킴이 하나가 자리를 뜬 것이다. 여자는 아직 그 자리에 남아있었다. 도로에 버려진 그녀는 차가 오는 방향을 향해 발을 동동거리며 서 있었다.

'살인마와 해안도로에 함께 남은 여자라….'

그녀의 앞날이 마치 반전 없는 영화의 결과처럼 느껴졌다. 나는 웃음을 터트렸다. 어쩌면 모든 게 운명인 것처럼 인생은 그러할 수밖에 없는 상황들을 절묘하게 만들어 낸다. 나는 그녀에게 다가갔다. 거리는 멀었지만 아직 이쪽으로 오는 다른 차의 불빛은 보이지 않았다. 점퍼 주머니에 손을 넣자 오늘 아침 혁지에 정성껏 갈아놓은 면도칼이 잡혔다.

300미터? 아니 그보다 가깝게 그녀가 있었다. 나는 조심스럽게 사냥감에 다가갔다. 그때 멀리 차 한 대가 코너를 도는 것이 보였다. 코너를 돌던 차의 불빛이 순식간에 사라졌다 나타났다. 그녀가 이곳에 홀로 남고 지나는 첫 번째 차였다. 차가 코너를 한 번 더 돌면 해안도로의 직선 코스에 진입할 것이다. 나는 걸음을 멈추고 어둠 속에 세워진 차로 돌아갔다. 지금 다가오는 차가 여자를 그냥 지나치면 다시 갈 생각이었다. 요즘 같은 세상에 길에서 만난 낯선 사람을 차에 태워주는 사람은 흔치 않을 것이다. 특별한 목적이 없다면…. 나는 해안도로에 진입한 차가 그녀를 스쳐 지나갈 것이라고 확신했다.

예상은 정확히 빗나갔다. 차는 그녀 앞에 섰다. 그리고 그녀를 다시 태우기까지 오랜 시간이 걸리지 않았다. 눈앞에서 사냥감을 가로채기 당했다. 나는 어둠 속에 몸을 묻고 차가 지나가기를 기다렸다. 잠시 후 여자를 태운 차가 내 앞을 지나갔다. 미처 끄지 못한 실내등 때문에 운전자와 그녀가 보였다. 운전자는 옅은 미소를 짓고 있었다. 아는 미소다. 사냥감을 찾았을 때 내가 짓는 미소. 그는 나였다. 믿을 수 없는 광경이었다. 내 목표물이 나와 사라져 버린 것이다.

'그는 나인가?'

급히 차에 올라 시동을 걸었다. 에어컨에서 묵은 담배 냄새가 섞인 습한 바람이 나왔다. 아무리 봐도 생생한 현실이다. 나는 그를 쫓기 위해 도로를 달렸다. 하지만 아무리 달려도 여자를 태우고 간 나는 보이지 않았다. 나는 잠시 차를 멈추고 생각했다. 그녀를 어디로 데려갈 것인가. 여자를 태우고 가장 안전하게 처리할 수 있는 곳은 지금 이 섬 어디일까. 늘 사체를 처리하던 집 뒷산은 밤에 접근하는 것이 힘들다. 그렇다면 갈 곳은 하나였다. 집! 집이라면 모든 처리가 가능하다. 아무도 없는 장화리 초록 대문 집. 그는 나다. 나는 그곳에 있을 것이다. 아니 그곳에 있다.

'집에 가야 한다.'

나는 중앙선을 넘어 장화리 집으로 향했다. 에어컨이 점점 기능을 찾으며 냉기를 뿜어냈다.

신중한 접근을 위해 라이트를 끄고 동네에 접어들었다. 토박이들이 많은 동네에서 혹여 누가 차를 알아보면 곤란해지기 때문이다. 그런데 오래간만에 방문한 동네는 많이 바뀌어 있었다. 외지인이 지어놓은 펜션 때문인지 집으로 가는 길이 헛갈릴 만큼 동네는 순식간에 변해 있었다. 늘 비어 있던 마을 공터는 외지인의 차들로 가득했다. 그 사이에 차를 놓고 나는 걸어서 집까지 가기로 마음먹었다. 다행히 가는 동안 길에서 마주친 사람은 없었다.

은밀하게 그의 과정을 지켜봐야 한다. 그가 나의 존재를 모르고 있다면 더욱 조심해야 할 것이다. 내 조용한 의식을 엿보는 자가 있다고 생각하면 그게 나의 분신이라 할지라도 용서할 수 없을 테니까.

집 앞으로 가는 동안 나는 몇 가지 의문을 떠올렸다. 그는 집 안 어디에 있을까? 사체를 어디에서 처리할 것인가? 자문자답이었다. 나는 뒤꼍 창고 안에서 사체를 처리할 것이다. 창고 안은 숨어들 수도 없는 비좁은 공간이었다. 나는 뒷산 비탈길로 향했다. 그곳에서는 뒷마당 내부가 훤히 보인다. 역시 뒤꼍 창고에서 희미한 불빛이 새어 나오고 있었다.

'역시! 나는 거기에 있다!'

언덕을 내려와 나는 창고 벽이 맞닿은 담 옆에 조심스럽게 자리를 잡았다. 무성의하게 쌓아 올린 오래된 돌담에서 빛이 새어 나왔다. 이곳은 공구나 농기계를 보관하는 목적으로 뒷마당 구석에 만든 창고였다. 적어도 가족들이 알고 있는 명분 안에서는…. 실제로는 살의를 해소하기 위해 동물들을 처리할 때 사용하던 공간이었다. 그만큼 공간이 좁았지만 도구나 환경은 실용적으로 갖춰진 곳이다. 배수 처리에 신경을 쓰느라 이곳을 꾸밀 때 공을 들였던 기억이 떠올랐다. 하지만 이곳에서 사람의 시신을 처리한 적은 없었다. 23년 전 나에겐 완벽한 공간이 있었기 때문이었다. 하지만 그곳에 갈 수 없다면 대안으로는 이보다 더 좋은 곳은 없다. 벽 사이로 벌어진 돌 틈으로 눈을 바짝 갖다 댔다. 여름이지만 돌담은 제법 차가운 냉기를 머금고 있었다. 내부를 바라보자 남자의 다리가 눈에 들어왔다. 그는 서서 무언가를 내려다보고 있었다. 잠시 후 남자가 비켜서자 창고의 내부가 한눈에 들어왔다.

두꺼운 비닐이 깔린 창고 안에 여자가 누워 있었다. 사지가 청테이프로 포박되어 있던 그녀는 의식이 돌아오는지 몸을 뒤척였다. 창고 안의 그는 한 발 떨어진 곳에서 참을성 있게 그녀를 보고 있었다. 여자는 눈을 뜨자 몸부림을 쳤다. 여자의 움직임이 커질수록 원피스가 몸통 위로 말려 올라갔다. 자신이 점점 처리하기 좋아지는 상황을 만들고 있다는 것을 여자는 모르고 있다. 하반신이 그대로 드러난 여자는 반짝이는 소재의 살색 속옷을 입고 있었다. 비명을 지르는 것 같지만 물려놓은 재갈 탓에 소리는 거의 들리지 않았다. 그는 조용히 여자에게 다가갔다. 팬티를 내리고 덤덤히 그녀의 하체를 바라봤다. 그의 시선은 여자의 음부 쪽에 고정되어 있었다.

나는 수차례 여자를 죽였지만 살인 그 이상의 짓은 하지 않았다. 성욕이 살의를 넘어선 적이 없었기 때문이었다. 순간 당혹감이 몰려 왔다. 이후에 벌어질 상황이 예측되지 않았다. 나를 이해할 수 없다는 건 대단히 치욕적인 감정이었다. 어쩌면 잠시 후에 그는 내가 아니라는 것을 인정해야 할지도 모를 일이다. 살인의 주체에서 시시한 목격자로. 하지만 모든 일은 벌어져야 실제가 된다. 그 전에는 아무것도 속단할 수 없다.

나는 인내심 있게 그의 다음 행동을 기다렸다. 하지만 그는 시선을 고정한 채 수 분간 움직이지 않았다. 그사이 내 안에서는 두

가지 마음이 싸우고 있었다. 그가 나라는 믿음과, 다른 존재일지도 모른다는 의심이었다. 우글거리던 새끼 뱀들이 서로 영역을 갈라 충돌했다.

'그는 나인가?'

결론이 필요했다. 인내심이 슬슬 바닥을 보일 때쯤 창고 안의 그가 움직였다. 나는 다시 호흡을 가다듬고 그를 주시했다. 반짝이는 작은 흉기가 여자의 대퇴부 동맥을 지났다. 그가 한참을 서 있었던 이유였다. 그는 가장 효율적인 절개 부위를 생각하고 있었던 것이다. 순식간에 피가 바닥을 메웠다. 그는 의식을 잃어 가는 여자의 얼굴을 한동안 지켜보았다. 그리고 그녀의 목에 마지막 일격을 가했다. 피는 또 다른 분출구를 찾아 빠르게 쏟아졌다. 그녀는 석양으로 물든 붉은 바다에 둥둥 떠 있는 고운 모래섬처럼 굳어 갔다. 피는 바닥을 지나 한길로 난 하수구로 흘렀다. 사람의 피는 언제나 생각보다 붉고 방대하다. 이 작은 몸 안에 어떻게 그렇게 많은 양의 액체가 담겨있는지 신기할 정도다. 갈증과 의심은 그렇게 해소되었다.

'그는 나다.'

*

정묵은 이틀째 뉴스에서 눈을 떼지 못했다. 양림은 점심 식사를 가져오며 그에게 잠시 티브이를 끄고 휴식할 것을 권했다.

"어디 몸 안 좋으세요? 어제부터 누워서 티브이만 보시고 있어 걱정돼요."

정묵은 조용히 몸을 일으켜 앉았다. 양림은 이제 그의 침묵에 익숙해졌다. 그녀는 의무적인 손놀림으로 그의 침대 식탁을 펴고 점심 식사를 올려놓았다. 정묵이 티브이를 끄고 식사를 시작했다. 병실 안은 고요를 찾았다.

그녀는 보조 의자에 앉아 조용한 병실을 돌아보며 숨을 돌렸다. 때마침 옷걸이에 걸린 양림의 가방에서 핸드폰 진동음이 들렸다. 간만에 찾은 고요를 깰 수 없다는 듯 그녀는 서둘러 가방을 낚아챘다. 그때 가방과 함께 정묵의 바람막이 점퍼가 제법 둔탁한 소리를 내며 바닥에 떨어졌다. 가벼운 옷에서 날 수 없는 소리였다. 그것은 병실을 짧은 정적으로 몰아넣었다. 정묵의 시선이 본능적으로 점퍼로 향했다. 양림은 멋쩍게 옷을 주워 옷걸이에 걸고는 통화를 위해 병실 밖으로 나갔다. 정묵의 시선은 아직 점퍼에 머물러 있었다. 그는 자리에서 일어나 옷걸이로 향했다. 점퍼 주머니 안에는 그의 클래식 면도칼이 있었다. 이틀 전 외출의 흔적이었다. 복도에서 통화 중인 양림의 목소리가 끊기자 그는 자리로 돌아와 식사를 이어갔다. 잠시 후 노크 소리가 들리며 그녀가 들어왔다.

"죄송해요. 아들이 이래저래 귀찮게 구네요."

그녀는 핸드폰을 가방에 넣으며 자연스럽게 바람막이 점퍼의 주머니를 확인했다. 바닥으로 떨어지며 소리를 냈던 물건은 사라지고 없었다. 다른 주머니에서는 운동화 끈이 나왔다.

"운동화 끈을 푸셨어요? 제가 이따 매 놓을게요."

양림의 얘기에 정묵의 미간이 잠시 찌푸려졌다 펴졌다.

"그냥 둬라"

"네?"

무엇에 기분이 상했는지 그는 중간에 수저를 놓았다. 그녀는 정묵의 눈치를 보며 식판을 들고 밖으로 나갔다.

'분명히 다른 게 들어있었는데 뭐지?'

복도를 걸으며 양림은 그의 점퍼 주머니에서 나온 물건들에 대해 생각했다. 면도칼, 타이백, 운동화 끈…. 어떠한 공통점도 느껴지지 않는 물건들이었다. 그녀의 시어머니도 치매를 앓던 시절 많은 것들을 주머니에 보관했었다. 먹던 사탕, 떡, 썩은 귤 등등. 생각해 보면 시어머니의 주머니는 먹을 것을 보관하던 식량 창고였다.

'아저씨는 주머니에 무엇을 담아내는 걸까?'

그녀의 상상력으로는 정묵의 주머니에서 나온 물건들을 하나의 주제로 엮을 수 없었다. 식판 수거함에 거의 다다를 무렵 귀에 익은 목소리가 다가왔다.

"무슨 생각을 그렇게 해?"

수간호사가 양림의 어깨를 툭 치며 물었다.

"어르신이요. 자꾸 점퍼 주머니에 뜬금없는 물건들을 넣는데 이해가 안 돼서요."

"치매 노인네를 무슨 수로 이해하겠어. 처치하기 힘든 거 아니면 그냥 모르는 척해. 지난번 408호 할배는 죽은 새를 주머니에 넣고 있었다더라."

양림은 저도 모르게 인상을 찌푸렸다. 그의 주머니에서 죽은 새를 꺼내는 자신의 모습이 떠올랐기 때문이었다.

"도대체 뭘 그렇게 넣으시는데?"

"쓰시는 면도칼이랑 커튼 묶는 끈이랑 운동화 끈이요."

"면도칼? 그거 위험한데…. 어르신이 면도할 때 쓰는 옛날 면도칼 말하는 거지?"

양림은 고개를 끄덕였다.

"그런 위험한 걸 병원에서 써도 되는 거예요? 더더군다나 치매 환자데…."

"사실 그런 물건은 환자가 쓰면 안 되는데 예전에 원장이 허락했어. 어르신을 믿으니까 특별히 허락한다나? 뭐 아직까지 그것 때문에 문제가 된 적은 없었는데, 정 불안하면 원장한테 얘기해 봐. 노인네 성격에 직접 얘기하면 불호령 떨어질 테고."

수간호사는 조심스러운 얘기라는 듯 목소리를 낮춰 말했다.

"네. 기회 되면 얘기해 봐야겠네요."

수간호사는 그녀를 격려한다는 듯 가볍게 어깨를 주무르고 자리를 떴다. 양림은 식판 수거함에 정묵의 식판을 넣었다. 복도를 걸어가던 수간호사가 문뜩 생각났다는 듯 다시 뒤를 돌아보며 그녀를 불렀다.

"아! 양림 씨! 그리고 운동화 끈은 꼭 매 놔. 노인네들 신발 헐거

우면 넘어질 수도 있으니까."

양림은 다시 한 번 고개를 끄덕였다.

그녀가 병실로 돌아왔을 때 정묵은 물리치료실로 가고 난 후였다. 좋은 타이밍이었다. 그녀는 수간호사의 말대로 운동화 끈을 매 놓고자 했다. 정묵은 그냥 두라고 했지만, 그대로 두었다가 벌어지는 사고는 전부 그녀의 책임이 될 터였다. 신발 끈을 매야 하는 좋은 명분도 생겼으니 별문제는 아니라고 생각했다. 양림이 침대 아래에 있는 운동화를 집어 들었을 때였다. 노크 소리가 들리며 문이 열렸다. 정묵이 물리치료사의 부축을 받고 들어왔다. 그녀는 운동화를 제자리에 놓고 침대 시트를 걷어 그가 눕기 좋게 자리를 만들었다.

"어르신께서 오늘은 컨디션이 별로라고 하셔서요."

양림이 보기에 정묵의 컨디션은 평소와 다르지 않았지만, 그는 병실 밖에 있고 싶지 않은 듯했다. 물리치료사가 나가자마자 정묵은 다시 티브이를 켰다. 뉴스에서는 해외 토픽이 나오고 있었다. 그는 신경질적으로 티브이를 끄고 탁자 위의 가래나무 열매를 집어 굴리기 시작했다. 하지만 평소 울리는 나직하고 여유 있는 소리가 아니었다. 열매는 리듬을 잃은 채 그의 손에서 의미 없이 맞부딪히고 있었다.

'어떤 뉴스를 기다리는 걸까?'

양림은 창틀을 닦으며 본능적으로 그가 기다리는 뉴스가 그리 반갑지 못한 내용일 거라고 생각했다. 어느새 가래나무 열매 소리가 멈췄다. 그녀는 뒤를 돌아보지 않았지만 그가 잠든 것이라 생각했다. 보통 열매를 굴리는 소리가 멈추면 그는 잠들어 있었다. 그녀는 정묵의 숙면을 돕기 위해 커튼을 치고 몸을 돌렸다. 당연한 장면을 생각하고 그의 침대에 시선을 던진 양림은 순간 숨을 멈추고 뒷걸음질 쳤다. 정묵은 깨어 있었다. 그는 곧은 자세로 침대에 앉아 그녀를 보고 있었다. 냉기를 머금은 창틀이 그녀를 물러서지 못하게 막아섰다. 그의 시선은 허공을 지나 양림의 두 눈에 정확히 닿아 있었다. 잊고 지낸 공포심이 그녀를 압도했다. 그는 총구를 겨누고 있는 사냥꾼처럼 그녀를 주시했다. 양림은 체념하듯 눈을 감아버렸다. 식은땀이 등을 적시며 몸을 타고 흘렀다. 하지만 바짝 기댄 창틀의 차가움 때문인지 그녀의 몸은 오들오들 떨려왔다. 눈을 감아도 정묵과 눈을 마주치고 있는 것 같았다. 조금 전 그의 시선에는 어떤 경고가 담겨있었다. 하지만 오늘만큼은 이유를 찾을 수가 없었다. 양림은 용기를 내 눈을 떴다. 아직 그가 자신을 보고 있다면 이유를 알아야겠다는 생각이 들었기 때문이었다. 마냥 바보처럼 눈을 감고 서 있을 수는 없는 노릇이었다.

"저기… 어르신!"

양림이 정묵을 부르며 조심스럽게 눈을 떴다. 그는 아무 일 없었다는 듯 자리에 누워 잠을 청하고 있었다. 정체를 알 수 없는 공포심이 밀려왔다. 조금 전 보았던 그의 시선이 마치 환상처럼 느껴졌다. 그녀는 황급히 병실을 나갔다.

이틀 전 정묵이 눈을 뜬 곳은 병원 주차장이었다. 그는 정신을 차리고 시간을 확인했다. 시계는 02:45분을 가리키고 있었다. 머리가 깨질 듯이 아파 왔다.

'계속 차 안에 있었던 걸까?'

차는 같은 자리에 있었다. 409호 병실에서 한눈에 보이는 주차장 가장 안쪽 자리였다. 병원에 입원한 정묵은 차를 이용할 일이 거의 없었다. 차를 쓸 일이 있다 해도 들고나는 자리는 항상 일정했다. 그 자리는 다른 사람이 주차하는 일은 거의 없었기 때문에 정묵의 전용 주차 공간이나 다름없었다. 주차된 위치만으로는 자신이 차를 몰고 나갔었는지 확신할 수 없었다.

그는 차 문을 열고 밖으로 나왔다. 새벽 공기는 차 안의 탁한 공기에 비해 훨씬 쾌적했다. 바람막이 점퍼 안은 그의 땀으로 흥건했다. 안에 입은 면티가 땀에 젖어 몸에 들러붙는 것이 느껴졌다. 빨리 병실로 올라가 씻고 싶은 생각이 간절해졌다. 정묵은 비상계단으로 이어진 철문의 손잡이를 잡았다. 그는 손잡이를 잡은 순간 감전된 듯 움직임을 멈췄다. 급하게 확인해야 할 것이 떠올라서였다. 그는 차로 돌아가 보닛에 손을 올려보았다. 보닛 온도는 철문 손잡이의 온도와 똑같았다. 정묵은 실망했다. 머릿속에 떠오르는 장면들을 증명할 증거를 찾지 못했기 때문이었다. 꿈이라고 하기엔 너무나 생생한 영상이었다. 자신이 본 것은 분명 현실에 존재하는 것들이었다. 해안도로 고양이, 여자를 버리고 가던 흰색 세단, 돌담 구멍에 얼굴을 댔을 때 느껴지던 까슬까슬한 벽의 촉감, 붉은 바다에 떠 있던 여자까지 하나하나 선명하게 떠올랐다.

'그것이 꿈이 아니라면 세상에 노출되어야 할 시간이다.'

정묵은 자신의 살인을 증명해 줄 뉴스를 기다리고 있었다. 살인을 하고 세상에 노출하는 것은 그에게 의식과도 같았다. 피해자가 실종자로 처리되는 것은 정묵의 정확한 계산에 어울리지 않았다. 즉, 한 명의 죽음은 하나의 희생자로 기록되어야 했다.

'꿈이 아니야. 분명 현실이었어. 나는 살인을 했다고!'

하지만 이틀이 지나도 강화도 내에서 벌어진 살인 사건 뉴스는 없었다. 그는 주체할 수 없는 자괴감에 휩싸였다.

'자신의 살인을 증명하지 못하는 살인마라니. 부디 꿈이 아니기를….'

그는 머릿속에 떠오르는 영상을 현실이라고 확신하지 못하는 자신에게 화가 났다. 정묵은 주변을 둘러보았다. 분노를 투사할 대상이 필요했다. 가장 만만한 상대가 눈에 띄었다. 창틀을 닦고 있는 양림이었다. 오늘 그녀는 여러모로 그의 심기를 불편하게 만들었다. 그녀가 점퍼를 떨어트렸을 때 바닥에서 난 소리는 면도칼 때문이었다. 그녀는 소리를 지나치지 않고 멋대로 정묵의 점퍼 주머니를 뒤졌다. 그리고 그가 미처 처리하지 못한 운동화 끈을 끄집어냈다. 정묵은 이 모든 과정을 묵묵히 지켜보고 있었다. 그가 양림의 행동에 침묵할 수 있었던 것은 그녀가 주머니에서 나온 물건들에 대해 질문을 하지 않아서였다. 정묵은 살해 도구였던 주머니 속 물건을 양림이 어디까지 알고 있는지 파악하지 못했다. 혹 그녀가 주머니 속 물건들을 살인과 연관시키는 날에는 석양을 보며 느끼는 살의와 상관없이 처리해야 한다고 생각했다. 원치 않는 살인은 다시 하고 싶지 않지만, 필요에 따라서는 어쩔 수 없는 노릇이었다.

그와 눈이 마주친 양림은 마치 거짓말을 하다 들킨 아이처럼 그대로 굳어버렸다. 잘못한 아이는 혼내기 전부터 겁먹기 나름이다. 정묵의 생각은 확신으로 굳어졌다.

'찔리는 게 있나 보군.'

하지만 그의 이성은 보다 확실한 증거를 원했다. 아직 그녀를 추궁할 표면적 이유가 없었다.

"저기… 어르신!"

겁먹은 양림이 조심스럽게 정묵을 불렀지만, 그는 못 들은 척 눈을 감고 자리에 누웠다. 잠시 후 그녀가 병실을 나가는 문소리가 들렸다.

*

룰이 깨져버린 날이다. 나는 몸을 돌려 살해 현장을 목격한 사람과 마주했다. 낯익은 여자의 얼굴이었다. 여자는 메두사의 얼굴을 보고 석상이 되어버린 사람처럼 서 있었다. 득호의 아내였다.

나는 갑작스럽게 벌어지는 일에 흥분하거나 놀라는 성격이 아니었다. 하지만 그때만큼은 현실을 파악하는데 평소보다 긴 시간이 걸렸다. 그렇게 우리는 꽤 오랫동안 마주 보고 있었다. 두 사람의 시간은 멈춰버렸다. 음 소거 버튼을 누른 화면처럼 숲 사이를 지나던 바람 소리도 사라졌다. 그녀는 예상치 못한 상황을 보며 굳어버렸고, 나 역시도 오롯이 지켜온 완벽한 세계가 무너지는 것을 깨달으며 굳어버렸다. 그녀의 등장으로 인해 그간의 성공이 오점으로 전도(顚倒)되었다. 자부심이 자괴감으로 돌변하는 것은 한순간이다.

정적이 깨진 것은 핏빛 석양으로 날아오르려는 한 마리의 산새 때문이었다. 새는 푸다닥 소리를 내며 공중으로 솟구쳤다. 나와 그녀의 지루한 대치에 더 이상의 흥미를 못 느낀 것이리라. 새가 날아오르자 멈췄던 숲의 시간이 흐르기 시작했다. 사방에서 바람이 불어오며 숲이 울음소리를 냈다. 숨죽였던 시간을 보상받고 싶은 것처럼.

멀리서 불어온 뜨거운 바람이 6번의 피 냄새를 그녀에게 전달했다. 그녀는 그때야 현실을 파악한 듯 내게서 시선을 떼지 않고 뒷걸음질 치기 시작했다. 공포의 순간, 두려운 상대를 등 뒤에 놓고 뛰는 데는 많은 용기가 필요하다. 나를 쫓아오는 존재와의 거리를 모른 채 도망간다는 건 쉽지 않은 선택이기 때문이다. 나는 일정 거리를 유지하며 그녀에게 다가갔다.

평정을 잃은 심장이 거칠게 수축과 확장을 반복했다. 걷잡을 수 없는 분노가 혈류를 타고 심장에 전해졌다. 지금까지 느껴왔던 것과는 전혀 다른 살의가 솟구쳤다. 그녀는 죽어 마땅했다. 살인의 목격자이자, 나의 완전한 순간을 훼손한 존재로서. 아니 그녀는 나에게 살인을 강요했다. 그녀가 이곳에 발을 들인 순간 난 강요된 선택을 할 수밖에 없었다. 완벽한 조건에 맞지 않는 살인은 지난 시간 동안 어떤 가능성으로도 존재하지 않았다. 룰은 깨졌고, 나는 원치 않는 살인을 해야 한다. 그녀에게 다가가는 동안 나는 '어쩔 수 없음'과 '억지로'라는 표현 사이에서 고민했다. 두 가지 다 불안정하고 수동적인 인간을 가리킨다. 자발적인 선택이 아닌 것은 즐거움이 될 수 없다.

뒷걸음치던 그녀가 중심을 잃고 쓰러졌다. 그녀는 주저앉은 채 뒷걸음질 쳤다. 도망갈 타이밍을 노리는 노루처럼 그녀의 움직임은 아주 조금씩 은밀하게 진행됐다. 그녀가 지금까지의 피해자들과 다른 점이라면 나에게 말을 걸어오지 않았다는 점이었다. 내 성향을 알기 때문인지 본능 때문인지 이유는 알 수 없지만, 영리한 선택이었다. 어쨌거나 그녀는 닥친 죽음으로부터 시간을 버는 방법을 알고 있었다. 아마도 그녀가 소리를 지르거나 살려달라고 울부짖었다면 지금 같은 긴장 넘치는 시간은 생략되었을 것이다. 맹수는 본능적으로 사냥감에 대한 정보를 읽어낸다. 겁에 질린 그녀는 극한의 공포에 압도되어 있었다. 나는 사냥감에게 다가가며 일부러 속도를 내지 않았다. 분노를 이성으로 변환시키는 중이었다. 정신을 팽팽하게 긴장시켰다. 지금부터 벌어질 살인은 이전과는 전혀 다른 의미의 살인이었기에 감정적으로 그녀를 대하고 싶지 않았다. 이전의 살인과 그녀의 죽음은 구별되어야 했다. 하지만 내게 치욕적인 오점을 남긴 그녀는 완벽한 연쇄살인의 마지막 희생자로 카운트될 것이다.

'일곱 번째 강화연쇄살인 피해자 발견.'

'일곱 번째 피해자'라는 언론의 헤드라인 문구를 떠올리자 애써 이성을 붙잡던 팽팽한 끈이 머리 어딘가에서 끊어져 버렸다. 순간 나는 맹수로 돌변했다. 목적이 하나뿐인 맹수로….

죽음이 코앞에 닥친 순간 그녀는 살기 위해 몸을 일으켰다. 그러나 살인마를 등지고 도망치기엔 너무 늦은 타이밍이었다. 나는 일어서는 그녀의 허리를 밟았다. 나뭇가지가 부러지듯 허리는 이내 힘을 잃었다. 풀숲에 내동댕이쳐진 그녀는 살기 위해 팔꿈치를 휘저으며 감각을 잃었을 하체를 끌고 앞으로 나아갔다. 나는 엎드려있는 그녀의 몸을 앞으로 돌렸다. 중심을 가격당한 그녀의 몸뚱이는 힘없이 하늘을 향해 전면을 노출했다. 그녀는 나오지 않는 목소리로 나에게 부탁했다.

"살려주세요. 장현 아버님."

평소에 나를 부르던 반장님이란 호칭이 아니었다.

"…그만 여기까지!"

연민을 호소하기 위한 것이었을까? 누군가의 아버지임을 깨달으면 자신을 살려둘 것이라는 계산이었을까? 우스운 호칭에 대한 생각을 끝내기도 전에 그녀는 다른 제안을 해 왔다.

"살려주세요. 아무한테도 말하지 않을게요."

백이면 백 의식이 있는 희생자들이 나에게 해 오는 제안이었다. 물론 그런 쓸모없는 제안은 고려해 본 적도 없었다. 내가 원하는 것은 오로지 그들의 피였으니까. 득호 아내의 경우는 달랐지만, 인간이 생을 마감한다는 의미로 치자면 같은 결과였다.

붉게 충혈된 그녀의 눈에서 맑은 눈물이 흘렀다. 투명하고 빛나는 눈물, 그 눈은 오래전에 보았던 죽은 노루를 상기시켰다. 모든 사건의 시작이었던 유년 시절의 기억이 그녀를 보며 떠오르다니. 순간 멈칫하는 나를 느꼈는지 그녀는 아이들의 이름을 부르며 동정에 호소했다.

"양림아… 양림아… 상민아…."

그녀의 전략은 역효과를 불러왔다. 울먹이는 목소리는 내가 제일 싫어하는 소리 중 하나였다. 하얀 목이 두 손에 가볍게 들어왔다. 숨이 막혀오는 중에도 그녀는 입을 오물거리며 계속 아이들의 이름을 불렀다. 소리는 나지 않았지만 그녀의 입 모양을 읽는 것은 어렵지 않았다. 딸의 이름을 애타게 부르고 있다. 더는 시간을 끌 수 없었다. 9월의 태양은 생각보다 빠르게 저문다. 나는 닥치는 대로 그녀의 입에 땅에 널린 모든 것을 처넣었다. 흙, 돌, 가래나무 열매, 낙엽…. 정신을 차렸을 때 그녀의 숨은 끊어져 있었다. 피와 흙으로 범벅이 된 얼굴은 형체를 알아보기 힘들어졌다. 멀리 하늘을 바라보고 있는 투명한 눈이 그곳이 얼굴이었다는 것을 확인시켜 주었다.

'양림아… 양림아….'

흙투성이가 된 그녀의 얼굴에서 소리가 들려오는 것 같았다. 그녀는 이곳에 있으면 안 되는 존재였다. 존재하지 말아야 하는 것이 존재한다면 답은 하나다. 존재는 사라져야 한다. 그녀는 사라졌다.

*

정묵이 눈을 뜬 것은 다음 날 아침이었다. 사지가 묶여있는 것으로 보아 지난밤 또 난동을 피운 것이 분명했다. 그의 기억은 어제 양림이 병실을 나간 시간에서 멈춰 있었다. 실내는 어지럽게 물건이 널려 있었다. 정묵은 조용히 눈을 감았다. 눈을 감는 것 외에는 자력으로 할 수 있는 것이 없었다. 멀리 복도 끝에서 병실을 향해 걸어오는 발소리가 들렸다. 양림이었다.

"일어나셨어요? 오면서 들었어요. 밤에 작은 소동이 있었데요."

그녀가 유연한 표현으로 그에게 얘기했다.

"풀어라. 나 괜찮다."

양림은 재빨리 줄을 풀기 시작했다. 정묵은 매우 불쾌한 감정에 휩싸인 상태였다. 지난밤 일 때문이 아니었다. 그는 기억 속에 없는 소동인지 난동인지에 대해서는 관심이 없었다. 불쾌함의 원인을 찾자면 잠에서 깨어나기 직전까지 꾸었던 꿈 때문이었다.

정묵은 마지막 연쇄살인을 하던 날의 꿈을 자주 꾸었다. 같은 구간을 재생하는 것처럼 꿈의 마지막은 늘 같았다. 한 여자가 자신의 살인 현장을 지켜보고 있었다. 그 사람을 의식하는 순간 꿈은 끝이 났다. 찜찜하긴 했지만 굳이 대상을 알고 싶다는 생각은 하지 않았다. 그런데 지난밤은 달랐다. 꿈은 선명하게 모든 것을 보여주었다. 마치 그날로 돌아간 듯한 착각이 들 만큼 생생한 꿈이었다. 현장을 지켜보던 여자를 꿈에서 마주한 것은 처음이었다. 꿈속에서 자신에게 살인을 강요한 여자는 실제로 존재했던 여자였다. 그녀를 죽인 것도 사실이었다. 그녀는 단순히 꿈속에 난입한 창조물이 아니었다. '일곱 번째 피해자'인 양림의 엄마였다.

양림은 정묵을 일으키고 식사 준비를 했다. 그녀는 그가 식사하는 동안 지난밤 난동으로 어지럽혀진 병실을 정리했다. 치울 것은 생각보다 많지 않았다.

"테레비 좀 켜라."

정묵의 지시에 그녀가 재빨리 티브이를 켰다. 아침 뉴스에 채널을 고정한 채 그는 식사를 시작했다. 하지만 그가 기다리는 뉴스는 사흘이나 지난 오늘도 나오지 않았다.

"어제 오후까지는 아무 일 없었다고?"

"네, 퇴근 때까지 아무 기척 없으셨어요. 간호사들 말로는 저녁도 거르시고 내내 주무시다가 새벽에…."

양림은 말을 멈췄다. 혹여 정묵이 자신의 난동을 수치스러워할 수도 있다는 생각에서였다.

"그래서? 계속 얘기해, 괜찮아."

"새벽 3시쯤 깨셔서 착란이 일어난 건지 소동을 일으키셨다고 해요. 그래서 진정시키느라 진정제를 맞으셨고요."

양림은 옷걸이를 정리하며 얘기했다.

"그런데요, 어르신이 난동을 피우시면서 저를 찾았데요."

그녀는 빠진 물건이 있는지 낮은 자세로 바닥을 샅샅이 살피며 이야기를 이어갔다.

"내가 너를?"

"네. 자식도 안 찾는 분이 그렇게 제 이름을 부르시더래요. 그래서 간호사들이 신기해하더라고요. 그래서 본의 아니게 일 잘하는 간병인이 됐어요."

양림은 침대 아래로 굴러떨어진 마지막 볼펜을 꺼내며 말했다. 볼펜 옆에는 끈이 풀린 정묵의 운동화가 놓여 있었다. 그녀는 운동화를 보며 그가 없을 때 빨리 끈을 매 놓자고 생각했다. 그사이 노크 소리와 함께 박 간호사가 들어 왔다.

"할아버지, 오늘 아침은 어떠세요?"

"그럭저럭."

"간병인 아주머니는 안 계세요?"

박 간호사가 409호 병실로 찾아온 목적은 양림이었다. 볼펜을 주운 그녀가 침대 뒤에서 일어났다.

"저요? 무슨 일로?"

"물리치료실 스케줄이 바뀌었어요. 할아버지 식사 끝나시면 직접 모시고 가셔야 할 것 같아서요."

"알았어요."

"됐다. 혼자 가도 돼! 넌 여기 정리나 해 놔라."

정묵이 간호사와 양림의 대화를 일축했다. 양림은 이제야 편하게 움직일 시간을 확보한 것 같아 마음이 놓였다.

잠시 후 정묵이 물리치료실로 향하자 그녀는 식판을 가져다 놓고 재빨리 병실로 돌아왔다. 그가 다시 오기까지는 한 시간 남짓 여유가 있었다. 난동의 흔적을 정리하고 운동화 끈을 매어 놓기에는 충분한 시간이었다.

최근 며칠 정묵의 상태는 안정적이었다. 어제 소름 끼치는 시선을 느끼기도 했지만, 결국은 아무 일이 없었다. 그녀는 자신의 과민 반응일지도 모른다고 생각했다. 웬만한 일들은 그럭저럭 시간이 지나면 잊힌다고 믿는 그녀였다.

청소를 마친 양림은 침대 옆 간이 의자에 자리를 잡았다. 탁자 서랍에 넣어둔 운동화 끈을 꺼내 그의 운동화 첫 번째 구멍에 끈을 넣었다. 그때 그녀의 눈에 낯선 흔적이 보였다. 오래 신어 때가 탄 운동화 앞 코에 붉은 흔적이 묻어 있었다. 붉은색은 순간 죽어 있던 그녀의 상상력을 무한대로 끌어올렸다. 그녀는 비명을 지르며 자리에서 일어났다. 운동화가 바닥에 나뒹굴었다.

'피다!'

물리치료를 끝낸 정묵이 병실로 돌아온 것은 정오가 되기 전이었다. 그는 피곤에 지친 듯 침대 안으로 직행했다. 양림은 맹수를 경계하는 초식동물처럼 정묵과 거리를 두고 서 있었다. 그는 그런 그녀의 경계를 알아채지 못했다. 침대에 눈을 감고 반듯하게 누운 그가 말했다.

"나 좀 쉬마. 점심은 됐으니 너는 볼일 보거라."

양림은 조금 숨통이 트이는 듯 가볍게 대답하고 가방을 챙겨 병실을 나갔다. 머릿속이 복잡해졌다. 운동화의 피가 설명되지 않는다면 그녀는 앞으로 정묵을 마주하기 힘들 것 같았다. 그녀는 아무리 생각해도 그의 운동화에 피가 묻은 타당한 이유를 떠올릴 수 없었다. 여러 가지 상상이 무턱대고 올라왔지만 어디까지나 그것은 자신의 억측일 거라고 스스로를 다독였다. 그러나 흥분된 가슴은 좀처럼 진정될 기미를 보이지 않았다. 개연성 있는 진실은 역시 정묵만이 알고 있을 터였다. 편의적으로 생각해버리자면 가벼운 상처에서 떨어진 피의 흔적일 수도 있었다.

'혹시 면도하다 그랬을까?'

하지만 그녀가 기억하는 정묵의 얼굴에서는 상처가 있었던 적이 없었다. 사실 양림이 공포감을 느꼈던 이유는 따로 있었다. 피는 생명을 살아있게 만든다. 건강한 육체를 순환하는 피가 외부로 나오는 일은 흔치 않다. 더군다나 남자라면…. 자신의 피가 아니라면 외부에서 묻어왔을 피였다. 다른 사람도 아닌 정묵의 물건이라는 것이 그녀의 공포를 배가시켰다. 어쩌면 지나치게 멀리 가버린 극단적인 생각이었는지도 모른다. 그러나 양림은 운동화에 흐릿하게 묻은 핏자국을 보자마자 연상 작용처럼 죽음을 떠올렸다. 누군가 조리 있게 설명을 해보라고 한다면 할 수 없었다. 그저 정묵이 어떤 죽음과 연관되었을지도 모른다고 생각해 버린 것이다. 지난 며칠 그의 미심쩍은 행동 때문이었는지도 모르고, 혹은 착란으로 인해 폭주하는 정묵을 알고 있기 때문인지도 몰랐다. 생각은 시간이 지날수록 극단적이 되어갔다. 누군가의 생명을 빼앗는 정묵의 광기가 그녀의 머릿속에서 영상으로 펼쳐졌다.

한참을 휴게실 테이블에 엎드려 있고서야 양림은 호흡을 가다듬을 수 있었다. 그녀는 크게 심호흡을 한 후 가방에서 다이어리를 꺼냈다. 몇 년 전 동생이 챙겨준 자동차 회사의 다이어리였다. 양림은 두툼한 다이어리를 꽉 채워 써본 기억이 없었다. 매년 초 어디선가 다이어리가 생기지만 쓸데없이 질 좋은 넉넉한 매수의 다이어리는 거실 테이블 아래에서 먼지만 쌓일 뿐이었다. 메모를 시작하고자 쓰는 분량은 채 5페이지를 넘어본 적이 없었다. 해당 년이 바뀌어도 버리지 못했다. 새것과 다름없는 깨끗한 노트는 읽지 않은 책처럼 버리기 아까웠기 때문이었다. 언젠간 쓸모가 있을 거라는 미련은 다행히 활용처를 찾았다. 서영이 정묵에 관한 일지를 쓰라고 했을 때 그녀는 집에 고이 모아 두었던 오래된 다이어리를 골랐다. 앞장을 몇 장 찢어내고 나면 새것과 다름없는 노트였다.

양림은 아버지를 많이 닮은 딸이었다. 성실함으로 버텨온 득호처럼 성과야 어쨌건 그녀는 자신에게 주어진 일을 게을리한 적이 없었다. 정묵의 일거수일투족을 기록하는 임무는 그녀의 성실성과 더해져 자세히 기록되었다. 그녀는 주로 퇴근 후 집에서 일지를 기록했지만 오늘은 달랐다. 오늘 본 운동화의 핏자국은 지금이 아니면 기록으로서의 생명력을 잃어버릴 사건 같았기 때문이었다. 분명 사실 확인이 필요한 부분이었지만 현재는 상황을 기록하는 것이 먼저였다. 그녀는 어제 날짜에 이어 방금 자신이 보고 느낀 것들을 써 내려갔다.

[8월 30일,

어르신의 운동화 끈을 매어 놓으려다 핏자국을 발견했다.

운동화 끈이 풀린 것은 사흘 전이었다.

며느님과 식사를 하러 나갔던 어르신이 돌아왔을 때 이미 신발에 끈이 없었다.

끈을 발견한 것은 이틀 후였다. 어르신의 점퍼 주머니에서 운동화 끈이 나왔다.

당시 나는 운동화 끈을 매어 놓으려 했지만 어르신이 놔두라고 했다.

오늘 어르신이 물리치료를 받는 사이 끈을 매어 놓으려 했다.

환자의 신발이 헐렁하면 안 된다는 수간호사의 지시 때문이었다.

그러던 중 나는 어르신의 운동화에서 핏자국을 발견했다.

피인 걸 어떻게 확신하느냐고 한다면 자신 있게 말할 수 있다.

여자로서, 주부로서 핏자국만큼은 확실히 알고 있다고….

운동화에 묻은 붉은 흔적은 확실한 핏자국이다.]

양림은 다잉 메시지를 남기는 다급한 피해자처럼 머릿속에서 떠오르는 기억을 우르르 쏟아 냈다. 모든 기운이 손으로 빠져나간 듯 메모를 끝낸 그녀의 손이 떨리고 있었다. 평소 가지런하던 그녀의 필체도 오늘만큼은 균형이 깨져 있었다. 양림은 고개를 들고 조용히 숨을 뱉어 내며 긴장을 풀었다.

텅 비어 있던 휴게실은 어느덧 사람들로 꽉 차 있었다. 그들은 휴게실 창가에 모여 밖을 보고 있었다. 그때서야 양림의 귀에 사이렌 소리가 들려왔다. 병원 밖 해안도로를 지나는 경찰차 사이렌 소리는 수 분 동안 이어졌다. 사람들은 소리의 이유를 알기 위해 티브이를 켰다. 너무 이른 기대였는지 어느 방송에서도 강화도에 관한 소식은 찾을 수 없었다. 하지만 경찰차 사이렌 소리가 주는 불길함은 모두의 마음속에 비슷하게 자리 잡았다.

"무슨 일이 벌어진 게 틀림없어."

머릿속에서 펼쳐지는 생각은 그 뒤로 더 있었지만 양림은 차마 입 밖으로 꺼내지 못했다. 생각이 말로 나오는 순간 가장 우려하는 일이 현실에서 벌어질 것 같았다.

"또 살인 사건 난 거 아니야?"

양림의 생각은 다른 사람의 입을 통해 나왔다. 불안은 전염성이 강했다. 누군가 꺼낸 말에 휴게실 안은 술렁거렸다. 한 번의 경험은 다른 가능성에 대한 상상력을 막아버렸다. 지난번 살인 사건은 사람들이 잊고 지낸 강화연쇄살인 사건에 대한 불안을 끄집어내는 도화선이 되었다. 지금 울리는 사이렌 소리로 여러 추측이 오갔지만 아직 정확한 것은 아무것도 없었다. 사람들이 자꾸 휴게실로 모이자 수간호사 배 씨가 급하게 들어와 티브이를 껐다.

"모두 병실로 돌아가세요. 원장님 내려오면 저 혼나요."

"무슨 일이래요?"

"저도 모르죠. 무슨 일 나면 텔레비전에 나오겠죠. 지금 나오는 거 하나도 없으니까 들어가세요!"

휴게실을 나오며 양림은 병실을 너무 오래 비운 것이 떠올랐다. 그러나 그를 어떻게 마주해야 할지 아직 생각이 서지 않았다. 운동화에 묻은 피로 섣불리 그를 판단할 수는 없었다. 그의 과격함과 연관 지어 생각해도 마땅히 떠오르는 일이 있는 것도 아니었다. 성급한 불안이라고 양림은 스스로를 다독였다.

'사이렌 소리만 듣고 살인 사건을 떠올리는 노인들하고 다를 게 없잖아. 아직 무엇도 확실한 건 없어. 직접 물어보자. 별일 아닐지도 모르잖아.'

409호 병실로 돌아가며 양림은 자신을 설득시켰다.

병실 안은 조용했다. 정묵은 깊은 잠에 빠져 있었다. 사이렌 소리는 더 이상 들리지 않았다. 옷걸이에 묵직한 가방을 걸고 양림은 잠든 정묵을 바라보았다.

평온하게 잠든 그를 보자 자신이 괜한 호들갑을 떤 것이 아닐까 하는 죄책감이 밀려왔다. 그의 착란을 처음 겪은 날 받은 충격 때문에 내린 성급한 일반화였는지도 모른다. 하지만 그녀는 지금도 그날의 공포가 생생하게 떠올랐다. 처음 느낀 죽음의 공포였다. 누구에게도 설명할 수 없었다. 아니 설명이 되지 않는다고 그녀는 생각했다. 벌어진 일만 놓고 본다면 그저 정묵은 착란 중에 자신을 바라봤을 뿐이었다. 그 시선을 위협으로 해석한 것은 양림, 자기 자신이었다. 간병인으로서 앞으로 그와 지낼 시간을 생각하면 오늘 발견한 핏자국에 대한 무리한 상상은 접어야 했다.

'그래 잠에서 깨어나면 물어보자. 별거 아닐지도 몰라.'

그가 깨어난 것은 오후 6시가 넘어서였다. 그녀는 식사를 건너뛴 정묵이 신경 쓰였다.

"어르신! 일어나세요."

그는 양림이 깨우는 소리에 마치 기다리고 있었다는 듯 눈을 번쩍 떴다. 그는 눈을 뜬 채 한동안 천장을 바라보았다. 양림은 침대 식탁에 식판을 올렸다. 그녀는 그가 잠에서 깨고 있는 중이라고 생각했다.

양림은 정묵의 의식을 환기시키기 위해 티브이를 켰다. 뉴스 앵커의 목소리가 병실 안을 채우자 비로소 정묵이 고개를 움직였다. 그녀는 침대를 세워 그가 티브이를 볼 수 있도록 했다. 정묵은 바로 앞에 놓인 식사에는 관심이 없는 듯 티브이에 시선을 고정했다. 그녀의 시선도 옮겨갔다. 티브이에서 나오고 있는 장면이 익숙하다고 느끼는 데는 오랜 시간이 필요하지 않았다.

화면 속 배경은 강화도였다. 육지에 갈 때 건너는 다리 근처의 해안도로였다. 폴리스 라인이 겹겹이 쳐진 곳으로 의경들이 벽을 만들어 주변을 막고 있었다. 분주하게 오가는 형사와 구경나온 시민들의 모습이 얼마 전 일어난 살인 사건의 그것과 매우 흡사했다. 양림의 머릿속 어딘가에서 아득한 예전 기억이 깨어나려 하고 있었다. 그녀는 침대 옆 보조 의자에 몸을 맡기고 계속 티브이를 시청했다.

「강화해안도로서 토막시체 발견, 피해자는 이십 대 여성」
「돌아온 강화연쇄살인마의 짓?」

붉은 자막은 선정적이리만치 자극적인 문구를 뽐내며 수시로 바뀌었다. 기자는 실시간으로 현장 모습을 스케치하고 속속 들어오는 정보를 수시로 전달했다. 기자의 흥분된 목소리는 양림의 불안을 배로 증폭시켰다.

「속보입니다. 인천 강화도의 한 해안도로에서 토막 시체가 발견돼 경찰이 수사에 나섰습니다. 오늘 오후 5시경 인근 도로를 지나던 여행객이 발견한 시신은 발견 당시 머리 부분만 비닐에 쌓여 있었으며, 추가 시신은 아직 발견되지 않은 것으로 확인됐습니다. 경찰은 시신의 신원을 이십 대 여성으로 추정하고, 신원 파악에 총력을 구하고 있습니다. 시신의 사망 시각은 수일이 지난 것으로 추정되며, 더운 날씨로 인해 부패 정도가 심한 것으로 알려졌습니다. 경찰 관계자는 범인이 다른 장소에서 살해한 뒤 해안도로 인근에 시신을 버리고 간 것으로 보고 수사 중입니다.」

양림의 심장이 과부하에 걸린 엔진처럼 불규칙적으로 요동쳤다. 티브이 속 앵커와 기자는 과거에 일어난 강화연쇄살인 사건을 정리하며 최근 강화도에 일어난 살인 사건과의 공통점을 찾아 나갔다. 뉴스를 보는 그녀의 손에서 식은땀이 흘렀다.

'공통점을 찾아? 왜?'

그들의 분석이 그녀에게는 과거의 연쇄살인마를 부활시키는 주술 같았다. 티브이 속 패널들은 마치 사라졌던 살인마가 나타난 양 불안을 부추기는 자극적인 멘트를 이어갔다. 그녀는 이곳이 다시 공포의 섬이 될지도 모른다는 망상에 사로잡혔다.

23년 전 전국을 떠들썩하게 했넌 강화연쇄살인 사건은 범인의 몽타주조차 존재하지 않았다. 살인을 저지른 사람은 있었지만 목격한 사람이 없었다. 그러다 보니 살인자의 연령이나 성별도 확신할 수 없었다. 그것이 문제였다. 경찰은 피해자 중 건장한 남자가 있었던 것으로 보아 살인마는 남자일 거라는 추정만 할 뿐이었다. 이로써 무의미한 가능성의 50퍼센트만 덜어내게 되었다. 당시 연쇄살인의 공포는 전국적인 불안을 조성했다. 귀가 시간이 당겨졌고, 어린이와 학생은 짝을 지어 다녔다. 누군지 알 수 없는 살인마 때문에 이웃을 경계하는 일이 많아졌다. 종종 목격자라며 나타나는 사람도 있었지만 구체적인 단서를 제공한 사람은 없었다. 아마도 시신이 발견되지 않았다면 이것은 강화 실종 사건이 되었을 것이다.

강화연쇄살인마는 감추는 법이 없었다. 그는 피해자의 시신 일부를 눈에 띄는 곳에 유기했다. 자신의 살인을 타인에게 과시한 것이다. 그렇게 토막 시신은 강화도 전역에서 발견되었다.

어떤 범죄 분석가는 이를 놓고 그는 성실하지만 매우 권위적이고 엄격한 가장일 거라고 예상했다. 하지만 크게 도움이 되지는 않았다. 그 당시 대부분의 가장은 고지식하고 엄격했으며 권위적이었다. 폭력에 대한 노출도 언급되었다. 가정 폭력이 있는 집에서 자랐을 확률이 크다는 것이었다. 어린 양림은 전문가들이 말하는 범죄자의 성향에 모든 어른들이 대입된다고 생각했다. 자신의 세대만 해도 지금처럼 폭력에 엄격한 세상이 아니었다. 혼날 짓을 하면 빗자루, 연탄집게 가릴 것 없이 매가 되었다. 아이 옷을 벗겨 대문 밖으로 쫓아내는 엄마가 이상해 보이지 않았던 때였다. '너무 하다'였지 '이상하다'가 아니었다. 어린 양림은 폭력과 폭력이 아닌 것에 대한 구분이 명확하지 않았다. 그래서 범죄 분석가의 추론대로라면 어린 그녀에게 강화연쇄살인마는 '누구나'였다. 그 누구나의 범주는 아주 넓었다. 학교의 선생님일 수도 있고, 문방구의 아저씨일 수도 있다. 옆집 대학생 오빠였을 수도 있고, 경로당 할아버지였을 수도 있다. 범인이 이십 대의 성인 남자였다면 이제 고작 오십 전후의 중년이 되었을 것이다. 반대로 나이가 있는 자였다면 이미 죽었을 수도 있다. 그만큼 세월이 흐른 사건이었다.

'살인마가 강화도에 살고 있을까?'

양림이 기억을 더듬는 사이 뉴스의 이슈는 또 바뀌어 있었다. 앵커와 범죄 분석가가 과거 사건과 최근 일어난 사건의 차이점에 관해 대화 중이었다. 양림이 가장 궁금한 대목이었다.

'부디 같은 사람이 저지른 짓이 아니기를….'

그녀는 이번 사건 만큼은 과거의 사건과 연결되어 있지 않기를 간절히 바랐다. 과거의 연쇄살인마를 현재에서 마주할 자신이 없었기 때문이었다. 뉴스 속 패널은 이번 해안도로 살인 사건과 지난번 요양병원 살인 사건이 서로 다른 사람의 짓일지도 모른다는 소견을 제시했다. 서로 다른 사람의 짓이라면 과거 연쇄살인마의 부활이 아니라는 뜻이었다. 양림은 다행이라는 듯 눈을 길게 감았다 떴다.

"병신들. 말도 안 돼!"

정묵이 긴 침묵을 깨고 욕을 했다. 그는 못마땅한 표정으로 탁자 위에 놓인 가래나무 열매를 집어 들었다. '도독, 도독, 도도독….' 손에 힘이 잔뜩 들어간 탁한 소리였다. 그의 불편한 심기가 가래나무 열매를 통해 전달되었다. 얼마 후 옷걸이에 걸린 양림의 가방에서 핸드폰이 울렸다. 그녀의 남편이었다.

"당신 괜찮아? 퇴근 안 했으면 데리러 가려고."

시계를 확인한 양림은 퇴근 시간이 가까웠음을 깨달았다.

"아직 병원인데 얼마나 걸려요?"

"10분에서 15분? 오늘 섬 전체가 뒤숭숭해. 당신도 알고 있어?"

"네. 이따 얘기해요."

전화를 끊은 양림은 정묵의 식사를 치우고 갈 생각이었다. 그러나 식판은 아까 놓인 모습 그대로 침대 식탁 위에 있었다.

"어르신! 저 퇴근하려고 하는데요. 식사는 어떻게 할까요?"

그녀가 물었지만 그는 아무 말 없이 티브이만 응시하고 있었다.

"저기 어르신…."

"…내가 죽였어."

정묵이 말했다. 미소 짓던 그녀의 얼굴에서 웃음기가 사라졌다. 순간 양림의 불안이 심연(深淵)의 깊숙한 곳에서 튀어 올랐다.

"그게 무슨 말씀이세요."

"내가 죽였다고, 저 여자."

정묵이 손가락으로 티브이를 가리키며 말했다. 양림은 갑작스러운 이야기에 당혹감을 느꼈다. 하지만 그녀는 애써 담담한 척 말을 이어갔다.

"어르신은 병원에 있었는데 어떻게요?"

"내가 없는 소리 하는 사람으로 보여?"

"아니요. 그런 건 아니지만, 아저씨가 범인이면 저 여자는 누구예요?"

"몰라. 저기서 봤어."

그는 다시 티브이 속 해안도로를 손으로 가리켰다.

"그래서요?"

양림의 목소리가 미세하게 떨려왔다. 불안에 시달린 오늘은 피하고 싶은 대화였지만 그녀는 질문을 멈출 수가 없었다. 지금이 아니면 그와 다시 이런 대화를 나눌 수 없을 것 같았다.

"차를 타고 갔어. 그리고 창고에서 만났지."

"갔다. 만났다. 어딜 갔고 누굴 만나요? 무슨 말인지 모르겠어요."

그의 표정은 진지했다. 양림은 떨리는 손을 감추려 주먹을 꼭 쥐었다. 정묵에게 위협을 받아본 사람으로서 그의 살인 고백이 마냥 엉뚱한 이야기 같지 않았기 때문이었다. 그녀는 이성을 찾으려 노력했다.

'이 사람은 치매 환자다. 그의 머릿속에서는 하루에도 몇 번씩 기상천외한 일이 벌어진다. 그것이 실제였는지 아닌지 확인할 길은 없지만.'

다행히도 지금은 정묵이 위협적으로 느껴지지 않았다. 양림은 의연하게 상황을 받아넘길 수 있었다. 앞뒤가 맞지 않는 허술한 이야기는 치매 노인을 겪어본 사람들에게는 익숙한 상황이었다. 망상으로 듣고 넘기자면 못할 것도 없었다. 하지만 그녀의 심장은 진정되지 않았다. 양림은 치매 노인의 헛소리를 증명할 직접적인 증거를 알고 있었다. 피 묻은 운동화! 방금 정묵이 티브이 속 죽은 피해자의 얘기를 꺼냈을 때 그녀는 잠깐이었지만 시체를 밟고 있는 그를 떠올렸다. 그는 피 묻은 운동화를 신고 있다. 그리고 살기 어린 눈빛으로 시체를 바라보고 있다. 그녀는 정묵의 고백을 이용해 자신의 상상을 완성시켰다. 정묵의 고백은 어쩌면 양림이 기다린 이야기였는지도 모른다.

그녀는 벽시계로 시선을 돌렸다. 남편이 거의 도착할 시간이지만 병실을 나갈 수 없었다. 자신이 본 핏자국에 대해 물을 수 있는 좋은 기회였기 때문이었다.

"아까 운동화에 끈을 매려다 말았어요."

양림이 용기를 내 말했다. 정묵은 그녀의 말에 관심을 주지 않았다. 그는 티브이 속 영상에 집중하고 있었다. 그녀는 좀 더 큰 소리로 정묵에게 말했다.

"이유는 핏자국 때문이었어요. 어르신 운동화 앞코에 핏자국이 있었어요. 듣고 계세요?"

몇 분 사이에 병실은 어둑해졌다. 양림이 문 쪽으로 다가가 형광등 스위치를 켰다. 방이 제 색을 찾자 정묵은 그때서야 그녀를 바라보았다. 평소처럼 예리하고 날카로운 눈빛이 아닌 평온한 노인의 눈빛이었다. 평소와 다르다는 건 착란 중이라는 뜻도 되었다. 더더욱 진실을 가늠하기 어렵다고 양림은 생각했다.

"내가 고양이를 죽였어. 도로 위에 있는 고양이를 내가 못 보고 차로 치었거든."

"고양이요? 차로 치었는데 운동화에 피가 왜 묻어요?"

"내가 죽인 건 안 보이게 치워야 하니까. 죽은 고양이 잘못이야. 어쩔 수 없었어."

그는 알아들을 수 없는 이야기를 중얼거렸다. 그리고 허기를 느낀 듯 식어버린 밥을 허겁지겁 먹기 시작했다. 양림의 불안한 마음은 답을 들었음에도 나아지지 않았다. 정묵의 고양이 이야기는 그의 살인 고백만큼이나 엉뚱하게 들렸다. 고민하던 질문의 답이라고 하기에는 찝찝한 부분이 한두 군데가 아니었다. 그녀는 보조 의자에 앉아 그가 식사를 마치길 기다렸다. 잠시 후 양림의 가방 안에서 핸드폰이 요란한 진동 소리를 내며 울렸다.

양림은 남편의 차를 타고 어둑해진 해안도로를 달렸다. 남편은 오는 길에 보고 온 사건 현장 이야기를 해 주었다. 귀담아듣지는 않았지만 그녀는 신나서 떠드는 남편의 속내가 궁금했다. 남편의 이슈는 차를 모는 내내 해안도로 토막살인 사건이었다.

'이 남자는 내가 연쇄살인 사건 피해자의 가족이라는 걸 잊고 이러는 걸까?'

듣고 싶지 않았지만 딱히 남편의 이야기를 대신할 다른 주제도 없었다. 양림은 창밖에 집중했다. 섬은 조용했다. 남편의 목소리는 서서히 배경음이 되었다. 사라지던 그의 이야기가 다시 귀에 또렷이 들린 것은 '같은 사람 짓'이라는 대목부터였다.

"강화경찰서에 아는 후배가 있는데 같은 사람 짓일지도 모른대. 내부에서는 예전 강화연쇄살인범이 다시 활동을 시작한 거 아니냐는 얘기까지 나온다지 뭐야."

양림은 차창을 내렸다. 차의 엔진 소음과 바람 소리가 그녀의 침묵을 대신했다. 창밖으로 얼굴을 내밀고 먼 산을 바라보았지만 남편의 이야기는 점점 또렷하게 들려왔다.

"비슷한 점이 있대. 살해 수법도 그렇고 이번 피해자의 목걸이가 없어진 것도 그렇고."

"그게 왜?"

양림이 따지듯 물었다.

"사라진 물건 말이야. 지난번 병원 뒷산에서 벌어진 사건에서는 시계가 사라졌대. 강화연쇄살인범도 그랬다며. 피해자 소지품 하나씩 챙기는 놈이라고."

"아냐!"

저도 모르게 양림은 격앙된 어조로 대답했다. 그녀의 남편은 급하게 말수를 줄이고 라디오를 켰다. 양림은 다시 창밖으로 고개를 돌리며 중얼거렸다.

"우리 엄마 반지는 그대로 있었어. 그거 아니야."

강화연쇄살인의 일곱 번째 희생자였던 양림의 엄마는 실종된 다음 날 왼손이 발견되었다. 집에서 한 시간 남짓 떨어진 강화대교 근처 도로에서였다. 도로를 정비하던 인부가 손을 발견했을 때 그녀의 손에는 결혼반지가 끼워져 있었다. 발견된 사체는 그것뿐이었다. 이례적인 일이었다. 이를 놓고 경찰은 양림의 엄마를 강화연쇄살인의 피해자로 넣느냐 마느냐 의견이 분분했다. 유사 범죄의 희생자였을지도 모른다는 추리도 있었다. 그녀가 강화연쇄살인의 피해자로 인정된 것은 부검의의 소견과 DNA 검사 결과 때문이었다. 손목 절단 부위의 단면이 이전 사건과 일치했다. 같은 흉기라는 말이었다. 사용된 흉기는 도끼로 추정되었다.

양림은 언젠가 아버지와 나눴던 대화가 떠올랐다. 그녀가 성인이 된 후 득호에게 물었던 질문에 대한 답이었다. 그녀의 질문은 '엄마는 어떻게 죽었어?'였다.

"도끼로 절단된 상처는 바깥쪽이 넓고 안쪽이 좁아지는 특징이 있어. 네 엄마의 손과 그날 발견된 희생자의 절단면이 같았지. 시신의 토막은 깔끔했어. 강한 힘으로 주저 없이 내려친 거야. 부검의가 과다 출혈이 있었을 거라더라."

득호는 딸에게 가감 없이 진실을 얘기했고, 양림은 받아들였다. 지난 시간 엄마를 떠올릴 때면 마지막은 늘 끔찍한 상상으로 마무리됐었다. 이 기괴망측한 상상을 멈출 수 있다는 것만으로도 그녀에게는 들을만한 가치가 있는 이야기였다. 더 이상 상상할 필요가 없어졌으니까.

부검 소견과 더불어 엄마의 손목에서는 다른 DNA가 검출됐다. 당시 막 국내에 도입하여 활성화된 검사의 성과였다. 경찰은 범인이 두 구의 시신을 토막 내는 과정에서 묻었을 것이라 했다. 그녀는 나중에 죽은 사람이었다. 이로써 양림의 엄마는 왼손 하나로 강화연쇄살인의 일곱 번째 희생자가 될 수 있었다. 강화연쇄살인마의 마지막 희생자치고는 소박하기 이를 때 없는 작은 한 토막으로.

양림의 엄마는 죽은 순서에 맞게 가장 마지막에 발견되었다. 손이 발견되기 두 시간 전 새벽, 신문보급소 앞에서 남자의 머리가 먼저 발견되었다. 같은 날 먼저 발견된 다른 토막 시신은 여섯 번째 희생자가 되었다. 두 사람의 토막 시신은 같은 날, 같은 흉기로 살해되었다고 최종 결론이 내려졌다. 이 사건은 전국적인 이슈가 되었다. 이전까지 강화연쇄살인마는 두 명을 연달아 죽인 적이 없었다. 사람들의 불안도 극에 달했다. 보안 호신용품이 불티나게 팔렸고, 유흥가는 한산해졌으며, 그 시절 티브이드라마는 역대 최고 시청률을 기록했다.

같은 날 살해된 두 명의 피해자는 또한 사람들의 상상력을 자극하기에 충분한 조건을 만들어주었다. 살인마는 점점 괴력을 소유한 괴물이 되어갔고, 두 희생자는 하나의 이야기 속 남녀 주인공이 되었다. 양림의 엄마는 여섯 번째 남자 희생자와 연관이 없었음에도 추문의 대상이 되었다. 가래나무 열매를 따기 위해 집을 나갔다는 것은 핑계가 되었다. 누군가에게 양림의 엄마는 부정한 여자가 되어 있었다. 어린 양림은 이런 어른들의 속사정까지는 몰랐다. 하지만 아버지가 엄마의 이야기로 이웃들과 다투는 모습을 종종 목격했다. 훗날 양림이 그 내용을 알았을 땐 일일이 해명할 수도 없을 만큼 시간이 지나서였다.

이제는 그녀의 엄마가 강화연쇄살인마의 희생자였다는 걸 모르는 사람이 더 많아졌다. 양림은 사람들 속에 섞여 그럭저럭 잊고 살아가는 중이었다. 그녀가 남편의 이야기에 발끈한 것은 엄마의 죽음을 떠올리게 했기 때문이었다. 부정할 수도 없지만 인정하고 싶지도 않았다. 강화연쇄살인마의 살인 중 가장 애매한 죽음. 이것이 일곱 번째 희생자인 양림의 엄마를 설명하는 전문가들의 평가였다. 의외, 이례적, 여섯 번째 희생자와의 관계, 또는 살인마와의 관계 등등의 수식어가 붙어 다녔다. 사실 양림도 엄마의 죽음이 다른 희생자들과 다르다는 것을 알고 있었다.

엄마의 손이 발견되기 전까지 강화연쇄살인마는 피해자의 신원에 대해 의심의 여지가 없도록 잘린 머리와 토막 난 손 등을 피해자의 유류품과 한곳에 담아 유기했다. 그 때문에 희생자의 신원 확인은 항상 정확하고 신속하게 이루어졌다. 그런 살인마가 마지막 희생자인 양림의 엄마에겐 매우 무례했다. 무성의한 투기였다. 발견된 것은 손뿐이었고 어디에도 담겨지지 않은 채 도롯가에 버려졌다. 경찰은 그녀의 시신을 찾기 위해 주변을 수색했지만 끝끝내 아무것도 찾지 못했다.

도로는 한산했고 양림이 탄 차는 빠르게 해안도로를 지났다. 차 안으로 매캐한 냄새가 들어왔다. 도로 옆 펜션에서 여행객들이 불을 피우며 저녁을 준비하고 있었다.

"살인 사건이 나도 놀 사람들은 노는구나."

그녀의 남편이 말했다.

"그런 사건이 자기에게 일어날 거라고 생각하는 사람은 없으니까."

양림은 지난번 정묵이 이야기한 여대생이 떠올랐다.

'그녀도 예상하지 못했겠지…. 나처럼.'

정묵은 그 후로 여대생의 이야기를 하지 않았다. 아직도 양림은 물리치료실에서 그가 했던 여대생의 이야기가 사실이었는지 작화(作話)였는지 알 수 없었다. 그녀가 들은 것은 여대생을 납치해 고립된 숲에 있었다는 내용까지였다. 그날의 이야기는 양림의 기준에서 비현실적이었다. 하지만 정묵의 이야기에는 묘한 현실성이 있었다. 그녀는 다소 몽환적인 그의 이야기가 현실과 망상의 중간쯤일 거라고 생각했다. 이야기가 사실이라면 그는 사람을 납치한 범죄자가 되는 것이었다. 더한 일도 했을지 모를 일이다. 하지만 정묵은 경찰이었다. 범죄자를 잡는 사람이지 사람을 납치할 이유가 없는 사람이다. 망상이라면 어떤 감정적인 원인이 있었거나, 과거의 경험을 통해 꾸며낸 이야기였을 것이다.

'그녀는 어떻게 됐을까.'

치매 환자의 두서없는 고백이 어느새 그녀의 마음에서 뿌리를 내리고 있었다.

톡, 톡….

바닥에 무언가가 떨어지는 소리에 정묵은 잠에서 깼다. 티브이를 보며 잠들었는지 그는 침대에 비스듬하게 앉은 자세로 눈을 떴다. 시계를 보니 밤 11시가 넘어가고 있었다. 몸을 들어 침대 아래를 보자 손에서 굴리던 가래나무 열매 두 개가 떨어져 있었다. 그는 오늘 하루에 대한 기억이 거의 없었다. 오전에 눈을 떴을 땐 지난밤 난동을 피웠다는 이유로 사지가 묶여 있었다. 양림이 포박한 줄을 풀며 했던 말이 떠올랐다.

'어르신이 난동을 피우시면서 저를 찾았데요.'

날아가 버린 하루 중에 하필 기억나는 대목이었다. 정묵은 자신이 그녀를 찾았던 이유를 알고 있었다. 전날 꾸었던 꿈에서 득호의 아내가 울며 부르던 딸의 이름이었다. 병원 사람들에겐 그저 간병인을 애타게 부르는 환자의 절규로 들렸겠지만 정묵은 아니었다. 그는 정체 모를 불안감을 느꼈다. 빈틈없던 자신에게 깊이를 알 수 없는 크레바스*가 생긴 것 같았다. 인정하고 싶지 않지만 점점 시간의 공백이 커지고 있다는 것을 그는 인정해야 했다. 며칠 전 자신의 차에서 눈을 떴을 때도 그랬다. 이전 기억이 없었다. 드문드문 남은 순간이 그저 꿈이 아니기를 바라는 것 외에 그가 할 수 있는 일은 없었다. 점점 기억으로 시간을 메우는 것이 불가능해 지고 있었다.

정묵은 옆에 있는 리모컨으로 티브이 볼륨을 높였다. 누가 줄이고 갔는지 티브이는 음 소거가 되어 있었다. 요의를 느낀 정묵은 화장실로 향했다. 소변을 보던 그의 심장이 고동쳤다. 티브이에서 흘러나오는 뉴스 앵커의 멘트 때문이었다.

'오늘 발견된 강화도 토막살인 사건 관련 소식입니다.'

그는 급하게 화장실에서 나와 티브이 앞에 바짝 다가갔다. 아랫배에 잔뇨감이 묵직하게 느껴졌다. 하지만 별문제가 되지 않았다. 비어 버린 시간을 메워줄 단서를 발견했기 때문이었다. 기자는 해안도로를 배경으로 보도했다. 여자가 서 있던 그 자리였다. 발견된 희생자의 인상착의도 그가 본 여자와 일치했다.

'꿈이 아니야. 내가 죽인 거야. 내가 한 거라고!'

그는 비로소 며칠간 가져온 수치심에서 풀려날 수 있었다. 그는 뉴스의 내용을 종합해 상황을 파악했다.

'아직 용의자는 찾지 못했다. 병원 뒤에서 벌어진 살인 사건과 연관 짓기엔 두 사건을 이어줄 공통점이 부족하다.'

---

* 빙하가 갈라져서 생긴 좁고 깊은 틈.

정묵은 미소를 지었다. 아주 오랜만에 느끼는 만족감이었다. 그는 탁자 위 달력을 들고 병실에서 나간 날을 찾았다. 바닥에 떨어졌던 가래나무 열매가 정묵의 발에 치여 도르르 소리를 내며 침대 아래로 굴러 들어갔다. 나흘 전 날짜에 검은 볼펜으로 겹겹이 원이 그려져 있었다. 빨간 동그라미가 먼저 그려진 것으로 보아 누군가 면회를 왔던 날이었다. 정묵은 꼼꼼하게 체크 된 달력을 제자리에 놓고 침대 아래로 몸을 숙였다. 열매는 침대 아래에 있는 운동화까지 굴러가 있었다. 가래나무 열매 뒤로 한쪽 끈이 풀려있는 운동화가 보였다. 잃어버린 시간이 침대 아래에도 존재했다. 운동화 끈이 풀려 있다는 건 누군가를 죽이려 했다는 것을 의미했다. 피를 흘릴 수 없는 곳, 마땅한 도구가 없을 때 그가 가장 먼저 떠올리는 살인 도구는 운동화 끈이었다.

'내가 병원에서 누군가를? 끈이 언제부터 풀려있었던 거지?'

그의 추리는 기억이 있는 구간에서만 가능했다. 최근의 기억은 아까 떠올렸던 오늘 아침이었다. 순간 차 안에서 보았던 석양이 스쳐 지나갔다.

'그날이다.'

정묵은 안도의 미소를 지었다. 그날 살의를 느껴 실행한 사람은 해변의 여자뿐이었을 것이다. 자신이 평소처럼 병실에 있다는 건 이곳에서는 아무 일이 없었다는 것을 의미했다. 그리고 티브이에 나오는 것처럼 해안도로에서의 살인은 완벽했다.

정묵은 바닥에 납작 엎드려 가래나무 열매와 운동화를 꺼냈다.

거기에는 놀랍고도 실망스러운 흔적이 있었다. 운동화 앞코에 묻어 있는 붉은 얼룩 때문이었다.

'피다!'

웬만하면 당황하지 않는 그의 눈이 커졌다. 살인의 흔적, 혹은 증거가 될 수 있는 여지를 남겼던 것이다. 그것도 며칠 동안, 심지어 까맣게 잊고 방치하기까지 했다. 그는 화가 치밀어 올라 운동화를 들고 화장실로 향했다. 온수를 틀자 토수구에서 내뿜는 열기로 세면대 위 거울은 금방 뿌옇게 김이 서렸다. 정묵은 뜨거운 물이 가득 채워진 세면대에 운동화를 담갔다. 확탕(鑊湯)지옥*의 가마솥에 손을 밀어 넣은 듯 그의 얼굴이 심하게 일그러졌다. 그러나 이런 고통쯤은 그에게 문제가 될 것이 아니었다. 방치한 흔적은 늦게나마 세상에서 사라져야 한다. 세면대 깊숙이 박힌 운동화는 정묵이 손을 떼자마자 마치 목욕을 거부하는 고양이처럼 세면대 위로 튀어 올랐다. 그는 운동화를 수장시키듯 세면대 깊숙이 다시 밀어 넣었다. 존재하지 말아야 하는 것이 존재한다면 그것은 세상에서 사라져야 한다.

* 끓는 가마솥에 삶기는 고통을 받는다는 지옥.

4장 산 것과 죽은 것의 차이

흔들리는 버스 밖 풍경은 평온했다. 여느 날 출근길처럼 사람이 들어찬 버스 안은 세게 나오는 에어컨 바람에도 제법 후덥지근했다. 자리를 잘못 잡았는지 오전의 뜨거운 햇살이 양림에게 그대로 쏟아졌다. 졸음이 몰려왔다. 고개가 떨어질 때마다 그녀는 내리는 정류장을 놓치지 않기 위해 허둥지둥 창밖을 확인했다.

그녀는 지난밤 잠을 설치고 말았다. 강화도에서 다시 벌어진 살인 사건과 정묵의 이해 못 할 이야기 때문이었다. 연쇄살인에 대한 공포는 자신의 가족에게 벌어진 비극이라 어쩔 도리가 없었지만, 정묵에 관한 일은 혼자 감당할 수 있는 문제가 아니었다. 그녀는 더 이상 의미 없이 혼자 고민하는 짓을 끝내자고 마음먹었다. 병원 사람들의 말처럼 원장에게 정묵의 상태를 이야기하는 것이 그를 위해서도 맞는 일이라고 결론 내렸다.

득호의 전화를 받은 것은 버스 안이었다. 아버지의 이름을 보자 이내 졸음이 사라졌다. 딸의 상태가 걱정된 아버지의 안부 전화였다. 무뚝뚝한 득호의 성격상 안부 전화를 하는 것 자체가 예전과 많이 달라진 점이었지만 양림에게는 아무 감흥이 없었다. 그녀가 아버지와 하고 싶은 이야기는 자신의 상태에 관한 것이 아니었다. 양림은 득호에게 정묵과 있었던 일을 전하고 싶었다. 그의 가족을 제외하고 아버지만큼 정묵과 오래 알고 지낸 사람도 드물었다. 그런 면에서 그에 관한 이야기를 나눌 적절한 대상은 아무리 생각해도 아버지뿐이었다. 물론 그가 딸의 이야기를 얼마나 이해해 줄지는 미지수였지만.

"아버지! 언제 병원 오세요?"

"왜? 형님이 찾으시냐? 나야 언제든 형님이 부르시면 가야지."

"그게 아니고, 아버지한테 드릴 말이 있어서요."

"일이 힘들어? 오늘 갈까?"

"그런 거 아니에요. 올 일 있을 때 연락 주세요."

양림은 알고 있었다. 자신이 앞으로 전할 이야기는 아버지에게 동의받기 힘든 내용이라는 것을. 정묵을 신처럼 받들어 온 남자에게 딸의 이야기는 말도 안 되는 소리라는 것을.

버스는 황량한 정류장에 그녀를 토해 놓고 떠났다. 병원 앞에 펼쳐진 오르막이 오늘따라 더욱 가파르게 느껴졌다.

밤새 고민하며 내린 결론 때문인지 양림은 피곤함을 느끼지 못했다. 그녀는 정묵의 운동 시간에 원장을 만날 계획이었다. 정상의 사고를 가진 타인이라면 자신이 하는 얘기를 허투루 넘기지 못할 거란 자신도 있었다.

시간이 흐르길 기다리는 동안 양림은 평소처럼 룰을 지키며 청소했다. 정묵이 착란을 일으키지 않은 다음 날의 병실은 청소라고 할 만한 것이 없었다. 모든 것은 제자리에 있었고 주변은 깨끗했다. 그녀는 다음 장소로 향했다. 욕실 세면대에 선 양림은 평소와 다른 미묘한 차이를 느꼈다. 거울에는 말라버린 불쾌한 습기의 흔적이 남아있었다. 배수구는 더러웠다. 미처 물을 따라 내려가지 못한 가루가 표면에 눌어붙어 있었다. 모래였다. 양림은 무심하게 모래를 하수구로 흘려보내고 세면대에 낀 물때를 지워 나갔다. 샤워기로 세제를 흘려보내며 물건들의 위치를 확인했다. 역시나 룰이 깨져있었다. 얼마 전 교체했던 정묵의 칫솔이 쓰레기통에 버려져 있었다. 그녀는 캐비닛에 여유분으로 비치된 새 칫솔을 꺼내 양치컵에 꽂았다. 평소와 다르긴 하지만 사소한 일들이었다.

그녀는 청소 내내 운동화에 관해 물어볼 적절한 타이밍을 생각했다. 어제 정묵과 나눈 이야기는 그녀를 이해시키지 못했다. 온전한 상태에서 그가 하는 이야기가 듣고 싶었다. 그의 컨디션이 좋다면 오늘은 제대로 된 이유를 들을 수 있을 것 같았다. 그리고 원장을 만나 도움을 요청할 생각이기에 더 이상 주저할 이유가 없었다. 양림이 청소를 마치고 나왔을 때 정묵은 티브이를 보며 아침 식사를 하고 있었다. 괜찮은 타이밍이었다.

"저기 창문 좀 열게요. 환기 좀 해야 할 거 같아서요."

"그래라. 병실 공기가 답답하구나."

양림은 순서대로 창문을 열었다. 마지막 창문을 열었을 때 묵직한 물건이 커튼 뒤에서 떨어졌다. 그녀는 하마터면 비명을 지를 뻔했다. 물에 젖은 운동화였다. 세면대에 남아있던 모래와 욕실에 버려진 칫솔이 스쳐 지나갔다. 그녀의 머릿속은 뒤죽박죽이 되었다. 순서대로 물으려 했던 질문들이 엉켜버리고 말았다.

"더러워서 내가 빨았어."

정묵이 운동화를 보며 서 있는 양림을 향해 먼저 말했다.

"직접요?"

"응. 그런데 운동화 끈이 하나 없더구나."

"그건…, 탁자 서랍에 있어요."

"그래? 마르면 끈 꿰놔라."

정묵이 양림의 타이밍을 가로채 버렸다. 그녀는 이렇게 운동화의 핏자국에 대해 지나칠 수 없었다. 지금이 아니면 다시는 꺼내지 못할 이야기였다.

"저기, 어르신. 어제 저한테 하셨던 말 기억하세요?"

"무슨 말?"

그가 짧게 답했다. 그의 덤덤한 목소리에는 기억하고 싶지 않다는 묵직한 뉘앙스가 담겨 있었다. 다만 어제라는 양림의 말이 거슬렸는지 그는 멈칫하며 숟가락을 놓았다.

"운동화에 피가 묻어 있어서 여쭤봤었어요."

"내가 뭐라고 했는데?"

"고양이를 차로 치었다고요. 그리고 고양이를 치우다 피가 묻은 거라고요."

"핏자국? 나는 못 봤는데? 네가 잘못 본 거겠지. 고양이는 또 무슨 얘기야!"

"분명 핏자국이었어요."

양림이 목소리에 힘을 주며 말했다. 분명히 보았다는 확신이 담겨있는 어조였다.

"멍청한 소리! 병실에만 있는 내가 무슨 수로…. 그게 말이 된다고 생각해?"

"그러니까요. 하지만 운동화에 분명히 핏자국이 있었고, 어르신은 그게 차로 친 고양이 때문이라고 하셨어요. 죽인 건 안 보이게 치워야 한다고…."

"무시해. 꿈 얘기라도 했나 보지. 난 치매 환자 아니냐."

정묵은 더 이상 아무 말 말라는 듯 양림을 노려보았다. 사람을 주눅 들게 하는 특유의 시선이 그녀에게 전달되었다. 시선을 먼저 피한 것은 양림이었다. 그의 얘기를 순순히 받아들였다거나, 자신이 틀렸다는 것을 인정해서가 아니었다. 지금 나눈 대화는 진전 없는 소모였다. 이로써 원장을 만나야 한다는 양림의 결심은 더욱 확실해졌다.

그녀는 바닥에 떨어진 운동화를 주워 창가 난간에 세웠다. 운동화의 핏자국은 깨끗하게 사라졌다. 사실이었을지 모를 고양이의 죽음은 부정되었다. 피의 주인이었던 존재는 세상에서 상실된 것이다.

'원장을 만나야 한다.'

6층 엘리베이터 문이 열리자 양림은 당황했다. 전혀 다른 곳에 온 듯 낯선 풍경이 펼쳐졌기 때문이었다. 그녀가 원장실이 있는 6층에 온 것은 처음이었다. 수간호사가 알려준 대로 음산한 복도 끝의 방 앞으로 다가가 노크를 했다. 들어오라는 원장의 목소리에 양림은 심호흡을 하며 문을 열었다. 자신의 이야기를 들어줄 유일한 사람에게 그녀는 모든 걸 고백할 준비가 되어있었다.

"무슨 일이십니까? 박 간호사가 대충 전하긴 했습니다만."

원장이 소파로 양림을 안내하며 물었다. 그녀가 자리에 앉자 원장은 맞은편 소파에 자리를 잡았다. 그의 여유로운 미소는 양림을 진정시켰다. 그는 어떤 이야기든 이해할 준비를 한 듯 보였다.

"어르신이 좀 이상해요."

"…원래 치매 걸린 양반들은 다 이상해요. 몰라서 오셨어요?"

어리둥절한 표정으로 양림을 보던 원장은 그녀가 예상치 못한 무심한 답을 내놨다. 순간 환자의 사연에 진지하게 대응하는 의사의 모습을 기대한 자신이 어리석게 느껴졌다. 하지만 이 기회를 날려버릴 수 없다는 마지막 희망이 그녀를 붙들었다.

"알아요. 그런데 어르신이 하시는 말씀이 너무 무서워서 혹시 사실이면 어떡하나 걱정이 돼서요."

"뭐가요?"

"어르신이 사람을 죽였데요. 납치도 한 것 같고…. 얼마 전에는 어르신의 피 묻은 운동화를 발견했어요."

"그래서요?"

양림은 말을 잇지 못했다. 무엇이 그래서란 말인가.

"어쩌라고요? 저 바쁜 사람입니다. 그런 얘기하실 거면 가세요."

원장은 말할 가치가 없다는 듯 자리에서 일어나 책상 뒤 거대한 회전의자에 몸을 묻었다. 양림이 자리에서 일어나 원장을 바라보았다. 원장은 더 이상 그녀를 상대하고 싶지 않다는 듯 모니터에서 시선을 떼지 않았다. 양림은 낮게 한숨을 쉬었다. 회전의자 뒤에 있는 장식장에 모니터가 비춰 보였다. 의미 없는 골프 관련 기사가 줄줄이 떠 있었다. 원장을 만난 이상 그녀는 포기할 수 없었다. 정묵의 상태를 좀 더 확실하게 알려야 했다.

"치매 환자가 항상 거짓말을 하는 건 아니잖아요. 오히려 치매에 걸려서 진실을 말하는 걸 수도 있잖아요. 그러니 어르신 말이 만약 사실이라면."

"적당히 하시죠. 하고 싶은 말이 뭐예요?"

"뭔가 조치가 필요한 거 같아요. 원장님도 그분 말씀 들어보면 다르다는 걸 느끼실 거예요."

"나 원 참, 간병인이 사람 잡네. 그래서 칠십이 다 된 노인네가 수상하다고 신고라도 할까요? 이봐요. 아줌마! 치매 노인은요, 없는 말도 지어내고 환각을 볼 때도 있고, 꿈하고 현실도 분간 못 할 때가 많아요. 작화에요. 작화! 그분 젊었을 때 형사였던 거 알잖아요? 범인 잡으러 다닌 기억이 현실하고 구별이 안 돼서 자기가 그렇게 했다고 생각하는 거예요. 모르시겠어요?"

원장은 어이없다는 듯 실소를 지었다. 원장의 웃음에는 경시(輕視)가 담겨 있었다. 양림은 후회했다. 원장실을 찾은 것은 일방적인 기대였다. 더 이상 대화를 이어간다는 건 어리석은 짓이었다. 기대가 실망으로 바뀌며 그녀는 차분히 원장을 보고 말했다.

"저도 치매 시어머니 수년간 수발들어봐서 압니다. 하지만 치매 환자가 매번 사실과 다른 밀만 하는 긴 아니에요."

"아줌마! 내가 의사예요. 내가 병이라고 하면 병인 거예요! 뭘 몰라서 그러나 본데 모르면 그냥 가만히 계세요."

원장이 언성을 높여 말했다. 그는 자신의 권위에 대항하는 존재를 인정하지 못했다. 미소가 사라진 원장의 얼굴 뒤에는 추악한 폭군이 숨어있었다.

"죄송합니다. 실례가 많았습니다."

빨리 이곳을 빠져나가는 것 외에 그녀가 할 수 있는 저항은 없었다. 체념하듯 돌아선 양림에게 원장은 마지막 조롱을 보탰다.

"일하기 싫어요? 못 하겠으면 내가 얘기해 드릴까요? 아줌마 같은 사람이 어디 가서 그런 돈을 벌어요? 애꿎은 어르신 모함하지 마시고 잘 모시세요."

양림은 모멸감을 느꼈다. 절박함은 무지가 되었고, 기대는 절망이 되었다. 엘리베이터의 계기판이 흐리게 보일 만큼 눈물이 차올랐지만, 그녀는 울지 않았다.

'원장의 조롱을 인정할 순 없어.'

병실에 돌아온 양림은 조금 전 원장실에서 있었던 대화를 복기했다. 원장이 했던 말들을 곱씹을수록 묘한 투지가 샘솟았다. 그가 묵살한 자신의 불안을 스스로 증명하고 싶었다. 그러기 위해서는 정묵이 했던 의심스러운 행동과 고백의 진위를 확인해야 했다. 그러나 그녀의 생각은 거기서 멈췄다. 체력 단련실에 있어야 할 정묵이 예상보다 빨리 돌아왔기 때문이었다. 그가 상기된 표정으로 병실에 돌아온 것은 3시가 조금 못 된 시간이었다. 그는 씻지 않고 그대로 침대로 들어갔다. 정묵의 표정은 그 어느 때보다도 좋아 보였지만 그가 정해진 시간을 마치지 않고 온 것은 이례적인 일이었다.

"벌써 오셨네요. 컨디션이 별로세요?"

양림이 물었다.

"아니, 좀 있다 올 사람이 있어."

잠시 후 노크 소리가 들리고 건장한 남자 둘이 병실로 들어왔다. 그가 기다리는 사람이었다. 정묵은 그 어느 때보다도 즐거워 보였다. 양림은 그와 반대였다. 이 사람들의 정체가 한눈에 보였기 때문이다.

"강화경찰서에서 나왔습니다."

남자들이 신분증을 꺼내며 신분을 밝혔다. 몸집이 제법 큰 남자와 안경을 쓴 왜소한 체격의 형사였다. 30대 초반으로 보이는 두 형사는 병실의 분위기가 낯선 듯 여기저기 꼼꼼하게 훑어보고 있었다.

"분위기가 다른 병실하고 다르지? 여긴 내가 전세 낸 병실이야. 내 취향대로 다시 꾸몄거든. 돈 좀 들인 건데, 어때?"

정묵이 그들의 궁금증을 풀어주듯 먼저 말했다. 형사는 멋쩍게 웃으며 말을 아꼈다.

"무슨 일로 오셨어요?"

양림이 형사들에게 물었다.

"최근에 일어난 살인 사건들 관련해서 탐문 중입니다."

"사건들이라…. 최근에 일어난 사건이 서로 연관 있다고 결론 내렸나 보지?"

정묵이 형사의 토씨를 놓치지 않고 되물었다.

"뭐, 겸사겸사요."

"궁금한 게 뭔데?"

정묵은 수사를 위해 나온 형사들에게 취조하듯 물었다. 몸집이 큰 형사는 당황한 눈치로 그의 물음에 바로 답을 하지 못했다. 안경을 쓴 형사는 손에 단말기를 쥐고 무엇인가 확인하고 있었다. 그때 병실을 힘 있게 노크하는 소리가 들렸다. 문을 열고 중년의 남자가 들어왔다. 양림도 어딘가 낯익은 얼굴이었다.

"선배님! 저 희범입니다."

"그래 최 반장! 아까 병원 복도 지나가는 거 보고 찾아올 줄 알았어."

새로 들어온 남자를 정묵이 환하게 웃으며 맞았다. 그가 기다린 사람이었다.

"우리가 병실 도는 거 보셨구나? 일부러 선배님 병실은 마지막에 왔어요."

최희범! 양림은 오래전부터 아버지가 칭찬해오던 형사였음을 기억해냈다. 정묵이 수사과장으로 있던 무렵 강화경찰서에 전출된 형사였다. 득호는 종종 자식들에게 경찰서에서 일어난 일들을 얘기하곤 했다. 그래서 그녀는 아버지의 동료들을 알고 있었다. 득호의 말에 의하면 그는 아주 유능한 형사였다. 이곳에 있기에는 아까울 정도의 능력 있는 형사. 오랜 기간 한 팀에서 일하다 보면 가족들의 사연도 공유하기 나름이다. 양림도 몇 번 마주친 적이 있었지만 어색한 마음에 그를 아는 척하지 않았다. 그런 그녀에게 최 반장이 먼저 말을 건넸다.

"양림이 아니니? 득호 선배 딸 맞지? 이렇게도 만나네!"

"절 기억하시네요? 여기서 어르신 병구완하고 있어요."

"그럼. 너 고등학교 졸업식에 이 선배랑 같이 갔었는데 기억 안 나? 그 뒤로도 몇 번 봤잖아."

"그랬군요."

"얼마 전에 여기서 이 선배 만났었는데 내 얘긴 안 했나 보네?"

그는 무거운 분위기를 능수능란하게 풀어낼 줄 아는 능력이 있었다. 최 반장의 농담에 양림은 비로소 오래전 기억을 떠올렸다. 엄마가 없는 썰렁한 졸업식에 그녀의 아버지는 동료들을 데리고 왔었다. 그중 한 명이 최 반장이었다. 내성적이고 숫기 없는 양림에게 최 반장은 약속했었다. 엄마를 죽인 범인을 반드시 잡아주겠다고…. 그 말은 당시 그녀에게 무엇보다 든든한 위로가 되었다.

"얘들은 신참들이야? 처음 보는 얼굴들이라 네가 언제 오나 했다."

정묵이 다시 흐름을 자신의 것으로 가져왔다.

"신참은요, 무슨! 얘들이 몇 년찬데요. 박 형사, 오 형사 인사드려. 내가 아까 말한 강화경찰서 일 대 미친개 조정묵 선배님!"

최 반장의 말에 정묵은 크게 웃었다. 양림은 이제껏 본 적 없는 그의 미소가 낯설게 느껴졌다. 최 반장은 그에게 신임 받는 후배임이 분명했다. 먼저 들어 온 형사들이 쭈뼛대며 정묵에게 목례를 했다.

"내가 일 대 미친개야? 그럼 이 대는 누군데?"

"누구겠어요? 요즘은 '리틀 조정묵' 하면 못 알아들으니까, 제가 미친개로 개명했습니다."

"그놈 참! 네 나이가 몇인데 미친개야, 미친개는."

정묵은 싫지 않은 듯 또 한 번 크게 웃었다.

"그래서 병원은 왜 온 건데?"

"그게 말이죠. 저한테 촉이 왔거든요. 지난번 병원 뒷산 사건이랑 어제 발견된 해안도로 토막 살인이 제가 보기에는 같은 놈입니다. 뭐 내부에서도 의견이 갈리긴 합니다만."

최 반장의 얘기에 웃고 있던 정묵의 눈빛이 제자리를 찾으며 반짝였다.

"무슨 근거로?"

"아직은 말씀드리기 곤란하지만 이 두 사건은 연관이 있어요. 확실한 건 더 수사해 봐야겠지만 제 생각으로는 그놈 짓입니다."

정묵은 최 반장을 직시했다. 양림은 저도 모르게 그의 이야기에 반응하는 정묵을 살폈다. 입에 옅은 미소가 번진 그는 어느 때보다 즐거워 보였다. 정묵이 이렇게 기뻐하는 이유가 뭔지 양림은 궁금했다.

"그놈?"

"네, 그놈이 다시 나타났어요."

최 반장의 그놈을 알아들은 건 정묵만이 아니었다. 사과를 깎던 양림도 놀라 칼에 손을 베었다. 하지만 고통은 느껴지지 않았다. 현재 그녀의 모든 신경은 두 사람의 대화에 쏠려 있었기 때문이었다.

"그게 말이 된다고 생각하나? 세월이 얼마나 지났는데…."

"냄새가 나요. 이번 살인이 그놈 짓이라면 저희한테 승산이 있습니다. 세상이 많이 변했거든요."

"그래서 탐문 온 거야?"

"아무래도 이쪽에 사람 눈이 많으니까요. 차량 조회에 뜬 차들도 알아볼 겸 왔습니다."

"차량 조회라…. 8월이라 만만치 않을 텐데. 여기서는 뭐 성과 있었고?"

"아직은요. 환자분들은 다 병원 안에 있어서 영양가가 없네요. 그런데 경비원이 한 말이 걸려요."

"뭐?"

"죄 없는 개는 왜 죽이냐고요. 그리고 그 개는 사람을 따르는 개가 아니라고 하더군요."

"현장에 개도 죽어 있었어? 흉기는?"

정묵은 개의 존재를 처음 알았다는 듯 시치미를 떼고 말했다. 그날 사체를 처리하느라 개는 미처 처리하지 못한 사실이 떠올랐다.

"같은 흉기였습니다. 범인은 남자도 개도 같은 흉기로 죽였어요. 선배님은 혹시 뭐 짚이는 거 없습니까? 경비원 말로는 그 개가 자기랑 선배는 그나마 따르는 편이었다고 하던데요."

"홍 씨가 그렇게 말해? 가끔 산책하러 나갈 때 봤던 개인데, 나도 여기서는 환자야. 바깥일을 알 도리가 없지."

정묵이 묘한 미소를 지으며 말했다. 경비원 홍 씨가 검둥이와 자신의 관계를 알고 있을 거라고는 예상하지 못했기에 웃음이 났다. 진작 죽여야 할 개였다.

해안도로 토막살인 사건은 병원 뒷산 살인 사건처럼 몇 주째 수사에 진척이 없었다. 언론도 점점 보도를 줄여 강화도의 살인 사건은 어느새 뉴스에서 사라져 버리고 말았다.

9월의 태양은 한여름 보다 풀 죽은 모습이었다. 정묵이 창가에서서 석양을 보는 시간은 늘었지만, 그가 보고 싶어 하는 붉은 석양은 나타나지 않았다. 경찰이 다녀간 이후 평온한 시간을 보내는 그와 달리 양림은 불안정한 일상을 보내고 있었다. 증상이 언제 발현될지 알 수 없었고—어쩌면 양림이 모르게 매일 정상과 착란을 넘나들었을지도 모르지만—그의 고백이 속 시원히 밝혀지지도 않았기 때문이었다. 원장은 정묵의 고백을 착란 중에 나온 헛소리로 치부해 버렸지만 그녀는 그것 또한 납득하기 힘들었다. 그날 이후 정묵은 일신과 직결되는 말 외에는 하지 않았다. 입을 닫아버림으로써 그녀의 침묵을 강요한 것이다.

토요일 아침 일찍부터 정묵은 외출을 준비했다. 득호와 상민이 오기로 한 날이었다.

"너도 같이 가자니까. 나가서 좋은 거 먹고 들어오면 좋잖아."

"아니에요. 저는 여기 있는 게 좋아요."

정묵이 양림에게 함께 갈 것을 권했다. 그녀는 정묵과의 동행이 부담스러웠다. 또한 그가 병실에 없는 가장 편한 시간을 놓칠 이유가 없었다.

"알았다. 나는 오늘 집에도 들리고 땅 좀 둘러봐야 하니 시간이 걸릴 게다."

정묵이 창가로 다가가 주차장을 내려다보았다. 그의 손에서 구르는 가래나무 열매 소리가 제법 빠른 템포로 다가왔다. 득호를 기다리는 것이 확실했다. 그의 시선은 한동안 주차장에 고정되어 있었다. 오전의 햇살은 아직도 여름인 양 뜨겁게 내리쬈다. 잠시 후 시끄러운 자동차 엔진음이 창을 통해 들어왔다. 상민의 낡은

트럭 엔진 소리였다.

"왔군."

정묵은 침대 위에 가래나무 열매를 놓고 검은 바람막이 점퍼를 입었다.

"덥지 않으세요?"

"괜찮아. 맨살 내놓고 다녀버릇하지 않아서."

그는 서둘러 병실을 나갔다. 침대 위에 오도카니 놓인 가래나무 열매가 양림의 눈에 들어왔다. 하루 종일 주머니 속을 더듬고 있을 그의 손이 떠올랐다. 따라 나가 전해 줄 수 있었지만, 그녀는 병실 밖으로 나가지 않았다.

정묵은 상민이 운전하는 4인용 트럭 뒷좌석에 몸을 실었다. 차는 이제 막 에어컨을 틀었는지 열기와 냉기가 섞여 있었다. 정묵은 운전석에 앉은 상민에게 오늘 가야 할 곳들을 얘기했다. 먼저 들릴 곳은 강화 시내의 한 부동산이었다. 그리고 그가 좋아하는 음식점에서 점심을 먹고, 집이 있는 장화리에 가는 일정이었다.

"부동산은 왜 가시게요? 며느리 말대로 땅 좀 처분하시려고요?"

득호가 궁금증을 참지 못하고 물었다.

"왜? 새아기가 물어보라고 시키더냐? 팔러 가는 게 아니라 단속하러 가는 거야. 내가 모를 줄 알고? 정신 줄 더 놓기 전에 못을 박고 와야지."

퉁명스러운 그의 답에 득호는 자세를 바로 하고 창밖을 바라보았다. 상민은 묵묵히 운전을 했다. 이 모습은 상민에게 그리 낯선 장면이 아니었다. 아버지와 정묵은 어려서부터 봐왔던 변하지 않는 주종 관계였다.

병원에서 강화 시내까지는 30분 이상이 걸렸지만 가는 내내 차 안에서 말을 하는 사람은 없었다. 정묵은 지루한 시간을 달래기 위해 주머니에 손을 넣었다. 아까 굴리다 만 가래나무 열매가 떠올랐기 때문이었다. 하지만 주머니는 텅 비어있었다. 점퍼를 입으며 침대 위에 놓고 온 것이 떠올랐다. 허전함이 컸지만 어쩔 수 없는 일이었다.

양림이 점퍼 주머니를 확인하기 시작하면서 그는 주머니를 비워 놓았다. 그래서 클래식 면도칼도 빼놓게 되었다. 주로 주머니에 있던 칼은 이제 특별한 날 챙겨야 하는 준비물이 되었다. 오늘은 아무것도 없었다.

부동산에 간 정묵은 무서운 기세로 사장 김 씨를 몰아붙였다. 사장은 마치 죄인이라도 된 양 그에게 머리를 조아렸다. 같이 간 일행이 둘이나 더 있다는 건 부동산 사장에게 상당한 심리적 압박감을 주었다. 득호와 상민은 그저 소파에 앉아 차를 마시고 있었을 뿐이었지만 정묵에게는 든든한 지원군임이 확실했다. 그의 일방적인 호통에 부동산 사장은 패배를 인정했다. 다시는 며느리에게 땅에 대한 정보나 매매 권유를 하지 않겠다는 확답을 받고 나서야 그는 잔말을 멈췄다. 정묵이 화를 못 이긴 듯 가장 먼저 가게 문을 열고 나가자, 상민이 잽싸게 따라 나가 차 문을 열었다. 득호가 일어섰을 때 사장이 툴툴대며 말했다.

"저 노인네 아직도 꼬장꼬장하네. 치매 걸렸다면서요? 순 뻥 아냐?"

"김 사장이 참아. 형님 살아생전엔 장화리 땅 처분 안 할 거야."

"아니 죽을 때 이고 지고 가시려 그러나 이해를 못 하겠네."

득호는 테이블에 먹다 남은 커피를 한입에 털어 넣고 가게를 나왔다. 그는 부동산 사장의 사족을 들으며 웃음이 났다. 그가 정묵에게 받은 민망함을 득호는 누구보다 잘 알고 있었다. 한편으로는 그것을 지켜보며 미묘한 통쾌함도 느꼈다. 정묵의 호통이 자신을 향하지 않았다는 것만으로도 기분이 한결 가벼워졌기 때문이었다.

그들이 예정대로 식사를 하고 시내를 빠져나왔을 때는 이미 정오가 한참 지난 후였다. 상민은 차 안 분위기에 익숙해진 듯 낮은 소리로 노래를 흥얼거렸다. 조수석에 앉은 득호는 내리쬐는 태양과 식곤증으로 고개를 떨어뜨린 채 졸고 있었다. 정묵도 졸음이 밀려왔다. 병원에 있었다면 오침에 들 시간이었다.

한참을 달렸을까, 차가 후포삼거리를 지나 해안남로에 접어들었을 때였다. 상민이 갑자기 급브레이크를 밟았다. 도로 옆 낮은 언덕에서 내려온 노루가 차 앞으로 뛰어들었다. 둔탁한 소리와 함께 동물의 외마디 소리가 짧게 울렸다. 뒷좌석 안전벨트를 하지 않은 정묵이 앞으로 쏠리며 조수석에 부딪혔다. 득호도 잠에서 깼다. 상민이 비상등을 켠 채 한쪽에 차를 세우고 급하게 뒤를 돌아봤다.

"아저씨! 괜찮으세요?"

"괜찮다."

정묵은 몸을 고쳐 앉으며 창밖을 바라봤다. 상민이 차 문을 열자 차 뒤쪽에서 낑낑 앓는 소리가 들렸다. 득호와 정묵도 차에서 내려 소리가 나는 곳에 섰다. 차에 치인 노루가 도롯가에 피를 흘리며 숨을 몰아쉬고 있었다. 아직 숨이 붙은 노루의 눈이 반짝였다. 노루는 겁에 질린 듯 허공을 향해 발을 휘저었다. 세 사람이 노루 가까이 왔을 땐 다리의 움직임이 눈에 띄게 둔해지고 있었다.

노루의 상처에서 나온 피가 세 사람의 발밑으로 퍼졌다. 신발에 피를 묻히지 않으려 정묵은 몇 걸음 뒤로 물러섰다. 그는 잠시 눈을 감고 숨을 골랐다. 예상치 못한 상황에 그의 뱀들이 깨어나려 했다. 암흑 속에서 어떤 기억이 떠오르는 것 같았지만 바로 기억할 수가 없었다. 단편적인 장면만이 슬라이드 컷처럼 머리를 스쳐갔다. 차에 치인 노루, 피, 동물의 거친 숨소리. 그것은 묘한 기시감을 안겨주었다. 아주 오래전 그의 머릿속에 인상 깊게 남은 장면이었다.

정묵이 눈을 떴다. 발 앞에 고인 피가 도로의 회색과 대비되며 더욱 도드라져 보였다. 피는 살의를 끌어들였다. 그는 자신의 의식 속에 피어난 살의를 통제했다. 파도치던 정신이 오늘은 잔잔한 수면을 유지하고 있었다.

노루는 '히익 히익' 숨소리를 내며 죽어갔다. 상민이 숨이 붙은 노루의 목을 힘주어 밟았다.

"상민아!"

득호가 그의 어깨를 잡으며 만류하자, 상민이 어쩔 수 없다는 듯 대답했다.

"놔두면 얘가 더 괴로워요."

"빨리 끝내라."

죽어가는 노루를 보며 정묵이 말했다. 노루의 반짝이는 검은 눈은 그가 한동안 잊고 지낸 기억을 상기시켰다.

중학생이 된 정묵은 강화 시내로 교복을 맞추러 가는 길이었다. 오래전 강화도는 지금처럼 차가 많지 않아 곧게 뻗은 도로가 별로 없었다. 아버지의 지인이 모는 군용트럭을 타고 시내로 가는 길은 그에게 신선한 경험이었다.

간밤에 내린 눈으로 2월의 강화도는 온통 하얗게 뒤덮여 있었다. 차에서 바라보는 설경은 어린 정묵에게 묘한 설렘을 안겨주었다. 하지만 그것도 잠시였다. 차는 산길을 오래 달렸다. 기다림에 익숙하지 않은 소년은 결국 지루함을 느끼며 창밖 세상에서 시선을 떼어 버렸다.

그때였다. 도로 옆 풀숲에서 육중한 동물이 달리는 차로 뛰어든 순간이. 브레이크를 급히 밟은 차는 눈길에서 미끄러지다 도로 옆 눈 쌓인 둔덕에 부딪히며 간신히 멈췄다.

차에 있던 세 사람은 한동안 말을 잃고 정신을 가다듬었다. 영혼이 제자리를 잡자 비로소 바깥에서 들리는 소리를 감지할 수 있었다. 차 뒤에서 동물의 신음 소리가 났다. 어른들은 차에서 내려

소리의 정체를 향해 다가갔다. 뒷좌석 바닥에 고꾸라졌던 정묵도 호기심에 어른들을 따라 내렸다.

동물의 정체는 몸집이 제법 큰 수컷 노루였다. 쇳소리를 내며 울고 있는 노루의 아래쪽에서 붉은 피가 흘러나왔다. 질금질금 흐르던 피는 이내 속도 있게 흘렀다. 흐르는 피의 목적지는 정묵이었다. 노루의 몸에서 나온 붉은 액체는 하얀 눈밭을 가로질러 소년의 발밑까지 도착했다. 어린 정묵은 저도 모르게 뒷걸음질 쳤다. 그의 아버지는 숨이 붙은 노루의 목을 발로 짓밟았다. 아버지의 힘에 맞춰 핏줄기가 거세졌다. 거침없이 흐른 피는 순식간에 정묵의 발을 덮쳤다. 어린 아들이 감당하기에는 다소 충격적인 장면이라고 생각한 아버지는 정묵을 위로했다.

"이게 노루를 도와주는 거야. 불쌍할 거 없어."

아버지의 위로는 어린 정묵의 혼란스러운 마음을 잠재웠다. 그는 고개를 들어 죽어가는 노루를 바라보았다. 정묵의 시선이 멈춘 곳은 노루의 검은 눈이었다. 죽어가는 노루와 눈이 마주쳤기 때문이었다. 노루는 정묵에게 생명을 갈구하고 있었다. 그는 순간 자신의 내면에서 큰 변화가 일어나는 것을 느꼈다. 어설프게 덩어리진 내면이 균형을 찾아가듯 거대한 지각변동을 일으켰다.

처음이었다. 심장이 강하게 뛰고 있다고 자각하게 된 건. 열네 살의 소년이 살아온 짧은 생에서 자신이 아는 한 처음 있는 일이었다.

현기증을 느낀 정묵이 휘청하며 비틀거렸다. 득호가 정묵을 부축하며 차로 이끌었지만 그는 득호의 손을 뿌리쳤다. 노루의 죽음을 끝까지 보고 싶어서였다. 잠시 후 끄응 하는 소리를 내며 노루가 죽었다. 상민은 노루가 죽은 것을 확인하고는 차를 한 바퀴 돌며 파손된 부분을 확인했다. 그리고 뒷좌석 문을 열고 비닐을 꺼내왔다.

"괜찮아?"

"괜찮아요. 차도 이 정도면 멀쩡하고."

상민이 트럭 적재함의 잠금장치를 풀고 위로 올라가 비닐을 넓게 펼쳤다.

"뭐 하려고?"

득호는 갑작스러운 아들의 행동이 이해가 되지 않았다.

"뭐 뜻하지 않게 돈 벌었네요. 건강원에 팔면 돼요."

득호가 상민을 도와 노루를 화물칸에 싣는 사이 정묵은 차로 돌아갔다. 뒷면 창유리 너머로 노루가 보였다. 짐칸에 널브러진 노루의 검은 눈이 정묵을 향했다. 죽은 노루의 눈은 더 이상 그의 심장을 뛰게 만들지 못했다. 죽음을 맞은 눈은 이제 의미 없는 어둠 그 이상도 이하도 아니었다.

장화리에 도착한 그들은 득호의 집 앞에 차를 대고 정묵의 집이 있는 곳으로 걷기 시작했다. 멀리 산 입구가 보였다. 그곳은 녹슨 철망으로 막혀 있었다. 상민은 차에서 가져온 긴 우산을 펼쳐 정묵과 득호에게 그늘을 만들어 주었다.

"괜찮다. 치워라."

"아직 해가 뜨거워요. 옷이라도 벗지 그러세요."

정묵은 상민의 말에 답하지 않고 앞을 여몄던 지퍼를 내렸다. 항상 그런 식이었다. 그는 타인의 권유에 흔쾌히 답을 내놓지 않았다. 사람에 따라서는 그의 독선을 무안으로 느끼거나 기분 나빠하기도 했다. 그러나 이제 그의 주변에 남은 사람들은 알고 있다. 그의 침묵은 나름의 인정이라는 것을.

정묵이 집 앞에 다다르자 득호가 민첩하게 주머니에서 열쇠를 꺼내 그에게 건넸다.

"최근에 들어간 적 있어?"

"아뇨. 사람이 없는 집이라 관리할 것도 없더라고요. 추워지기 전에 마당 정리나 하려고요."

"그냥 둬. 나중에 사람 시킬 테니."

정묵이 대문을 열고 조심스럽게 집 안으로 들어갔다. 득호와 상민은 열기를 식히기 위해 마당 안 수돗가에서 얼굴을 씻었다.

정묵은 창고로 향했다. 며칠 전 여자를 죽였던 현장이 어떤 상태일지 궁금했기 때문이었다. 머릿속에 남은 마지막 장면은 반대편 벽에서 창고 안을 보던 자신이었다. 혹시라도 제대로 처리를 하지 않았다면—그럴 리 없겠지만—낭패가 아닐 수 없었다.

여러 가능성을 떠올리며 다가간 창고는 아무 냄새도 나지 않았다. 시신이 있었다면 부패하고도 남을 시간이었다. 하지만 모든 일은 눈으로 확인하기 전까지 방심해서는 안 된다는 것이 그의 평소 생각이었다. 창고 안은 그대로였다. 자신이 집 안을 정리하고 간 모습 그대로 모든 물건이 있어야 할 곳에 있었다. 세수를 마친 득호와 상민이 그를 찾아 뒤꼍으로 왔다.

"뭐 보세요?"

창고 안을 살피는 정묵에게 득호가 다가와 물었다.

"아니 지난번 비에 물이라도 샜나 싶어서…."

"제가 다음에 확인할게요."

"아니다 됐다. 다 버릴 건데 그럴 필요 없어."

현장을 확인하고 안도감을 느낀 정묵이 창고 문을 닫았다. 오늘 외출의 주된 이유는 창고 확인과 열쇠 때문이었다. 그는 대문을 닫고 손잡이를 한번 흔들어 확인했다. 옆에 있던 득호가 그에게 손을 내밀었다. 열쇠를 달라는 뜻이었다.

정묵이 요양병원에 입원하자 장화리 초록 대문 집은 빈집이 되었다. 그때 정묵이 득호에게 넘긴 열쇠였다. 사람은 없지만 이래저래 집을 관리하자면 사람의 손이 필요했다. 그때도 서영은 집을 팔아버리자고 주장했지만 통하지 않았다. 그는 오늘 득호에게 맡겨 놓았던 집 열쇠를 수거하려 했다. 하지만 창고를 확인하니 그럴 필요가 없음을 깨달았다. 평소와 다른 행동은 의심만 살뿐이다. 그는 득호의 손에 열쇠를 놓고 유유히 차로 향했다.

"형님! 산은 안 둘러보십니까?"

"피곤하다. 이만 병원에 데려다 다오."

득호는 다행이라는 듯 멋쩍게 웃어 보였다. 오래된 사이지만 정묵과 함께 있는 시간이 편한 적은 없었다. 젊어서나 늙어서나 그에게 정묵은 은인이자 어려운 선배였다. 상민은 눈치 빠르게 아버지의 생각을 읽었다.

"아저씨는 제가 병원에 모셔다드릴게요. 아버지는 집에서 쉬세요."

"아니야. 병원까지는 같이 가자꾸나. 먼 길도 아닌데."

"빨리 가고 싶었는데 잘됐어요. 저는 이 동네가 싫어요."

차에 먼저 도착한 정묵이 득호 부자에게 오라는 손짓을 했다. 두 사람은 종종걸음으로 얕은 경사를 내려갔다.

돌아가는 차 안은 매우 조용했다. 지친 두 노인은 잠들었다. 오늘 하루 밖에서 무리했던 정묵은 깊은 잠에 빠졌다. 차가 병원 현관에 멈춰 섰을 때까지 그는 계속 잠들어 있었다. 그를 깨운 사람은 양림이었다. 정묵은 조용히 눈을 떴다.

"아저씨, 저희는 안 올라가도 되죠? 다음에 또 불러 주세요."

"그래, 수고했다."

정묵이 차에서 내리자 득호와 상민은 양림에게 인사를 하고 병원을 떠났다.

"에구머니! 차에다 신발을 놓고 내리셨나 봐요."

트럭은 이미 병원을 벗어난 후였다. 얼마 전 양림이 핏자국을 발견했던 그 운동화였다.

정묵의 미간이 찌푸려졌다. 자신의 실수를 들킨 민망함과 잠에서 덜 깬 짜증이 섞여 욕이 나왔다.

"전화해서 차 돌리라고 할게요."

"됐다. 저기 홍 씨한테 가서 쓰레빠 하나 빌려와라."

득호를 내려주기 위해 장화리로 가는 차 안에서 상민은 떠올리기 싫은 기억과 내내 싸워야 했다. 조용한 차 안은 그를 더욱 과거로 몰아세웠다. 서서히 태양은 바다와 가까워지고 있다. 상민은 하루 중 가장 힘든 시간에, 상처만 남은 집으로 다시 차를 몰고 있었다.

"아저씨는 정말 치매 환자가 맞아요? 전에도 그렇고 오늘도 보니 전혀 모르겠던데."

상민이 침묵을 깨며 정묵의 이야기를 꺼냈다.

"나도 본 적이 없어. 네 누나라면 모를까."

아버지의 말에 상민이 자연스럽게 누나의 이야기로 화제를 바꿨다. 하지만 부자의 대화는 길게 이어지지 않았다. 득호는 양림의 이야기도 '잘하고 있다더라'라며 누군가의 말을 빌려 이야기했다. 차 안의 침묵은 요란한 엔진 소리가 메워 주었다. 그때 상민에게 전화가 왔다. 양림이였다.

"상민아 가고 있니? 차 뒤에 운동화 하나 있나 봐줘."

"무슨 운동화?"

"아저씨가 신발을 벗어 놓고 내리셨더라. 급한 거 아니니까 아버지 전해주든가, 시간 날 때 가져와."

"알았어. 나 운전 중이니까 나중에 통화해."

득호는 그사이 차 뒷자리를 확인하고 있었다. 정묵의 운동화가 뒷좌석 바닥에 가지런히 놓여 있었다.

"치매 맞긴 맞네요. 아저씨가 이런 실수도 하고."

양림과 통화를 마친 상민이 말했다.

"내가 전해주마. 신경 쓰지 말거라."

"아녜요. 차도 없으신 분이 언제 또 나오신다고. 제가 갈게요."

병실에 돌아온 정묵은 완벽하게 정리된 병실을 보며 만족스럽다는 듯 고개를 끄덕였다. 그는 탁자에 놓인 가래나무 열매를 집어 들었다. 하루 종일 점퍼 주머니를 헤맨 손이 가장 먼저 찾은 물건이었다. 그는 열매를 굴리며 창가로 다가갔다. 태양이 제법 붉은 빛을 내며 바다에 몸을 담갔다. 빨갛게 물든 해면을 한참 동안 바라보던 정묵이 말했다.

"산 것과 죽은 것의 차이 알아?"

양림은 그의 말에 답하지 않았다. 알았다고 해도 이런 질문에 답을 하는 것에는 위험부담이 있었다. 차라리 못 들은 척하는 것이 결과가 훨씬 좋았다. 양림이 고민하는 사이, 정묵은 이야기를 이어갔다. 답은 아무래도 상관없다는 듯 자신이 하고 싶은 말에만 집중하는 모습이었다.

"만져보면 말이야, 종이 한 장 차이로 산 것과 죽은 것의 느낌이 달라져. 혼이 나가는 순간이 움켜쥔 손에 생생하게 전달되거든."

양림은 갈등했다. 무시해야 했지만 그의 이야기가 궁금했다. 아직 그녀는 그에게 들어야 할 이야기가 많았다. 양림은 궁금증을 참지 못하고 정묵에게 되물었다.

"느껴 본 적 있어요? 언제요?"

"예전…. 아니 오늘."

그녀는 안심했다. 오늘은 적어도 믿을 만한 사람들과의 외출이었고, 무슨 일이 있었다면 분명 아버지나 동생을 통해 들어왔을 터였다. 그저 착란에 의한 이야기일 가능성이 크다고 그녀는 생각했다.

정묵은 어린 시절을 회상했다. 손으로 죽음을 움켜쥐었던 그 처음의 순간, 그 오래전 기억이 최근 일처럼 생생히 떠올랐다.

처음 살생을 해본 것은 유년기 시절의 어느 봄이었다. 들쥐의 새끼를 잡았던 기억이었다. 손가락 두 마디 정도 되는 새끼 쥐는 장난감이 부족하던 시절 쉽게 다룰 수 있는 놀잇감이었다. 마당에 묶여있는 발바리보다도 다루기 쉬운 연약한 존재였다. 나뭇가지로 새끼 쥐를 톡톡 건드리면 작은 생명체는 온 힘을 다해 도망갔다. 가는 길을 막고 나뭇가지로 새끼 쥐를 이리저리 굴렸다. 콩고물을 묻힌 인절미처럼 흙이 잔뜩 묻은 새끼 쥐는 점점 힘을 잃어가며 흐물흐물해졌다. 새끼 쥐가 죽으면 들판을 뒤져 다른 것을 잡으면 그만이었다. 하지만 그것은 그가 인정할 만한 처음이 아니었다. 새끼 쥐의 죽음은 그에게 아무런 감흥을 주지 못했기 때문이었다.

그는 다시 기억을 파고들었다. 기억이 확실하다면 아마도 그날이었다.

정묵의 아버지는 소년이 된 호기심 많은 아들을 종종 시험했다. 어른의 짓궂은 장난이었는지도 모르지만, 그는 아들에게 어른이 하는 것들을 시켜보곤 했다. 그날도 그런 시험 중의 하나였다. 잔치에 필요한 닭을 잡던 아버지가 정묵을 불렀다. 그는 닭장에서 제법 살이 오른 닭을 아들에게 건넸다. 들쥐나 잡아 놀던 소년이 죽이기에는 부담스러운 크기였다. 정묵은 아버지의 지시를 거절했다. 무서웠다기보다 아버지나 삼촌들처럼 단숨에 숨을 끊을 자신이 없어서였다. 정묵의 아버지는 한 발 빼는 아들에게 닭 목을 비트는 요령에 대해 자세히 설명했다. 마치 이 과정이 남자로서 거쳐야 할 일인 것처럼. 그는 제법 비장하게 아들 앞에서 시범을 보였다. 아버지로부터 닭을 건네받은 정묵은 꺾인 방향으로 목을 몇 번 비틀었다.

닭 목을 비트는 것은 생각보다 어렵지 않았다. 그의 아버지는 서너 번 더 돌려야 한다고 했지만 어린 정묵은 그대로 손을 놓아버렸다. 닭이 죽었다고 생각했기 때문이었다. 하지만 닭은 살아있었다. 너덜거리는 목을 달고 마당을 휘젓고 다녔다. 지켜보던 어른들이 웃음을 터트렸다. '무엇이 웃긴다는 말인가.' 정묵은 그들의 웃음을 이해할 수 없었다. 아버지는 아직 숨이 붙어있는 닭을 잡아 정묵 앞에 내밀었다.

"죽은 줄 알고 그대로 놔 버리면 못 볼 것만 보게 된다. 잘 봐!

닭 모가지는 이렇게 꺾어야 돼. 여러 번 돌려도 바로 죽지 않는다고. 진짜 죽는 순간은 잡고 있는 손이 알아. 지금처럼!"

아버지는 죽어가는 닭의 몸통을 아들에게 잡으라고 지시했다. 정묵이 닭을 만지자 몸통에서 미세한 떨림이 전해졌다.

'아직 죽지 않았다!'

잠시 후 작은 떨림이 손 안에서 멈췄다. 아주 작은 차이였지만 분명히 알 수 있었다. 산 것이 죽은 것으로 바뀌는 순간을. 산 것과 죽은 것의 차이가 한순간이라는 것을. 말로 다 표현할 수 없는 감각이 손을 통해 머리로 전해졌다.

"머리로 죽었다고 믿는 건 죽은 게 아니야."

아버지가 가볍게 웃으며 정묵에게 이야기했다.

녹초가 되어 집에 돌아온 상민은 바로 거실 소파에 몸을 묻었다. 관심을 끌고자 아이들이 아빠의 몸에 올라타 장난을 치기 시작했다. 아빠의 애정에 늘 목말라하는 아이들의 장난을 상민은 받아줄 수 없었다. 너무 피곤한 나머지 이내 잠이 든 것이다.

아이들은 아빠에게 흥미를 잃고 거실 한쪽에 놓인 봉투로 향했다. 지난번 득호의 집에서 가져온 가래나무 열매가 든 봉투였다. 아이들은 거실에 열매를 우르르 쏟더니 굴리고 부딪치며 놀기 시작했다.

설핏 잠들었던 상민이 깬 건 그때였다. 그의 기억을 파고드는 소리가 들려왔다. 그날 이후 잊어 본 적 없는 소리였다. 자리에서 벌떡 일어난 상민이 아이들 손에서 구르고 있는 열매들을 뚫어지게 쳐다보았다. 상민의 표정이 무섭게 굳어졌다. 아빠의 낯선 모습에 아이들은 겁을 먹고 놀이를 멈췄다. 거실에 정적이 흐르자 주방에서 나온 아내가 상민을 쏘아보았다. 상민은 아내의 시선을 눈치채지 못했다. 지레 겁먹은 아이들이 엄마 뒤로 숨었다.

"자기 왜 그래? 애들이 무슨 잘못했어?"

심상치 않은 남편의 표정에 아내가 걱정스러운 듯 물었지만 상민은 답이 없었다. 그는 멍하니 거실에 뿌려진 가래나무 열매를 지켜볼 뿐이었다. 잠시 후 상민은 곧 울 것 같은 표정으로 아내를 바라보았다.

"그 소리야…."

"무슨 소리?"

"가래나무 열매가 부딪치는 소리였어. 내가 왜 몰랐을까."

상민은 조각났던 23년 전의 기억을 떠올리기 시작했다. 그리고는 겉옷을 챙겨 입고 어딘가에 정신이 팔린 듯 급하게 집을 나가며 생각했다.

'엄마는 열매를 따기 위해 뒷산에 올랐어. 우리가 늘 가던 그곳으로. 그리고 그날 동네를 바라보고 있던 석양 속의 남자. 그 남자에게서 나던 소리는 이 가래나무 열매를 굴리던 소리였어. 이 열매는 엄마와 살인마 사이를 연결하는 유일한 단서였던 거야. 엄마는 뒷산에서 놈에게 살해당한 것이 맞아.'

상민이 향한 곳은 아버지의 집이었다. 득호는 한밤중에 찾아온 아들을 보며 적잖이 당황했다. 다시 이곳을 찾을 마땅한 이유가 없었기 때문이었다. 상민의 표정은 상기되어 있었다. 아들의 방문 목적이 단순한 이유가 아니라는 것은 쉽게 알 수 있었다. 오랜 형사 생활 끝에 남은 재주였다. 그는 상민이 먼저 입을 열 때까지 기다리기로 했다. 몇 시간 사이 아버지에게 말하지 않고는 안 될 어떤 일이 생겨 버린 것이다.

"집에서 오는 거냐? 밥은 먹었어?"

"생각 없어요. 저기, 드릴 말씀이 있어서 왔어요."

상민은 밖에서 사 온 소주를 마루에 놓인 개다리소반 위에 올렸다. 득호는 상민이 꺼낼 이야기의 주제가 파악되지 않았다. 아들이 술의 힘을 빌려 이야기할 만한 사연이 두 사람 사이에 존재했던가? 잠시 기억을 더듬었지만 좀 채 떠오르지 않았다. 상민은 어지간한 일로 득호에게 말을 거는 법이 없었다. 그런 아들이 아버지에게 진지해지는 순간은 딱 하나였다.

득호가 예측한 것은 여기까지였다. 불과 몇 시간 만에 무슨 새로운 일이 생겼을 거란 말인가. 그의 추리는 막혀 버렸다. 아들의 이야기를 기다릴 수밖에 없었다. 상민이 득호의 잔에 술을 따랐다. 두 사람은 단숨에 술을 들이켰다. 상민의 얼굴이 일그러졌다.

"아버지. 엄마가 사라지던 날 기억해요?"

득호의 예상대로였다. 하지만 아들이 그날의 기억 때문에 달려온 것은 아닐 터였다.

"다른 사람은 몰라도 우리가 어떻게 잊겠니. 혹시 그날 나 때문에 서운해서 온 거라면….”

“아니요. 그래서 온 거 아녜요. 그날 제가 봤다는 남자 때문이에요. 기억하세요? 그날 제가 석양 속으로 사라졌다고 했던 남자요. 그 사람이 내던 소리를 찾았어요.”

“그게 무슨 말이야? 소리?”

득호는 소리에 관한 이야기가 과거 어디쯤 끼워져 있는지 가물거렸다. 그러다 문뜩 그날 아들이 자신을 잡아끌며 울던 모습이 떠올랐다. 그가 기억을 더듬는 사이 상민이 말을 이었다.

“엄마가 사라졌던 날 제가 해안도로에서 봤던 남자는 마을 쪽을 바라보고 있었어요. 도도독 소리를 내면서. 그때는 그 소리가 뭔지 몰랐어요. 그런데 아까 집에서 애들이 가래나무 열매를 가지고 노는 걸 보다가 듣게 됐어요. 그 남자가 내던 소리가 그 열매에서 나는 소리라는 것을. 엄마는 가래나무 열매 따러 갔다가 그리됐잖아요. 분명 둘 사이에 연관성이 있어요.”

득호는 아내가 사라진 날 어린 상민이 자신에게 했던 말을 기억해 냈다.

“그것만으로 그 남자를 범인이라고 단정할 수 없어. 역광 때문에 얼굴도 못 봤다며. 고작 그걸로 온 게냐? 네가 그 소리의 정체를 찾았다고 한들 소리로 범인을 추적하기란 쉽지 않아. 그리고 네 엄마는 강화대교 근처 도로에서 발견됐어.”

“소리 하나로 찾자는 게 아니에요. 엄마는 가래나무 열매를 구하러 산에 갔고, 그 남자는 가래나무 열매로 소리를 냈어요.”

"상민아! 범죄자는 그렇게 잡을 수 없어."

"그래서 아버지는 포기한 거예요? 엄마를 죽인 범인을 잡아야 할 거 아니에요!"

"포기했다는 게 아니야. 그 소리가 범인과 연관됐다는 보고는 없었어. 다 네 의심일 뿐이잖니."

소리를 찾았다는 흥분된 마음에 꽤 큰 기대를 하고 아버지를 찾았던 상민은 낙심했다. 아버지는 예나 지금이나 그의 목소리에 귀 기울여줄 마음이 없어 보였다. 상민은 남은 술을 연이어 따라 마셨다.

득호는 자리에서 일어나 아들이 누울 자리를 마련했다. 그는 알고 있었다. 아내가 사라진 날 이후로 아들이 자신에게서 멀어졌다는 것을. 어쩌면 오늘은 상민과 가까워질 좋은 기회였는지도 모른다. 아들이 먼저 찾아와 대화를 청한 건 흔치 않은 기회였으니까. 하지만 아내의 사건과 관련해서 지칠 대로 지쳐버린 득호는 의심만 가득한 추리를 해대는 아들의 이야기에 호응할 수 없었다. 아들에게 상처를 주려 한 것이 아니었다. 상민의 주장에는 허점이 많았다. 해변의 남자가 연쇄살인범이라는 증거는 그 어디에도 없었다. 그리고 득호는 늙고 지쳤다. 이제는 어딘가에 아내가 살아있을 거라는 희망을 갖는 것조차 무의미했다.

"술 먹었으니 자고 가라."

득호는 지친 상민을 자리에 뉘었다. 그가 불을 끄자 어둠 속으로 어색한 적막이 흘렀다. 밝은 달빛 덕분에 두 사람은 금방 어둠에 익숙해졌다. 그는 아주 오랜만에 아들의 얼굴을 가까이서 보았다. 눈을 감고 있는 아들의 얼굴이 씰룩거렸다. 상민은 흐느끼는 모습을 보이기 싫다는 듯 돌아누웠다. 등을 보인 그의 몸이 미세하게 떨리고 있었다.

"꾀병이었어요."

상민이 목멘 소리로 말했다.

"아무도 나한테 관심이 없는 거 같아서 아프다고 꾀병 부렸어요."

"알고 있다. 다 지난 일이야."

"아니요. 아버지는 제가 아들이니 용서하고 누나는 동생이니 넘어가 줬는지 몰라도, 저는 그게 안 돼요. 다 내 탓이잖아요. 엄마가 나 때문에 죽었는데 제가 할 수 있는 일이 없었어요. 맞아요. 아버지 말대로 소리 하나 찾는다고 범인이 잡히는 건 아니에요. 그런데 저는 그걸 포기할 수가 없었어요. 내가 잊으면 우리 엄마 죽음은 너무 허무해질 테니까."

"상민아. 이 나이까지 살다 보니 말이다. 사람의 일이라는 게 벌어질 일은 피할 수 없더구나. 안타깝지만 네 엄마 일도 그런 게 아닐까? 너무 자책하지 않았으면 한다. 넌 좋은 아들이야."

"좋은 아들은 무슨."

"네 엄마가 그랬어. 모두 잊은 생일날 네가 선물을 주더래. 뭐라더라, 그 당시에 유행하던 쭈글쭈글한 머리끈인데."

"곱창밴드요."

"그래, 곱창밴드라고 했던가? 나도 바빠서 넘어가고 양림이도 모르고 지났는데, 결국 가족 중에 자기 생각하는 사람은 너뿐이었다며…. 네 엄만 널 무척 기특해했어."

득호는 아들의 등을 토닥였다. 손에 상민의 흐느낌이 고스란히 전해졌다.

"엄마 생각나서 산 거 아니었어요. 학교 앞 뽑기에서 여자 물건이 걸려서 그냥 준거에요. 지금 생각하면 조잡하기 그지없는 거였는데, 엄마가 너무 좋아하는 바람에 사실대로 말을 못 했어요."

"애들은 그럴 수 있단다. 그런 걸 서운해할 부모는 없어. 내일은 아침 일찍 뒷산에 올라가 보자꾸나."

정묵이 눈을 뜬 건 새벽 3시 무렵이었다. 어떤 이유가 있어서 깬 것은 아니었다. 아침에 눈을 뜬 개운함처럼 자연스럽게 눈이 떠졌던 것이다. 그는 침대맡에 몸을 기댔다. 환한 달빛이 비치는 밤을 오롯이 느껴본 지도 오랜만이었다. 규칙적인 파도 소리가 창밖에서 들려왔다. 고요한 밤을 채우는 소리였다. 밤하늘은 파란 하늘만큼이나 선명했다. 정묵은 혼자 있는 시간을 즐기는 사람이었다. 정상적인 상태로 평온한 밤을 느끼는 것은 그에게 몇 안 되는 즐거움 중 하나였다.

창밖을 보던 정묵은 천천히 고개를 돌려 병실 안을 훑어보았다. 어두웠지만 그럭저럭 달빛에 의지해 병실 안을 볼 수 있었다. 당연히 모든 것은 제자리에 있어야 했다.

그는 처음 방 안의 무엇이 변했는지 깨닫지 못했다. 모든 것이 제자리에 있는 듯 보였지만 어딘가 뒤틀려 있었다. 숨은 그림을 찾듯 그는 하나하나 룰을 떠올렸다. 틀린 곳은 얼마 지나지 않아 찾을 수 있었다. 스탠드 옷걸이였다. 티브이 아래 있어야 할 옷걸이가 창가로 옮겨져 있었다. 도무지 이해할 수 없는 위치였다. 양림의 탓으로 돌리기에는 의도하지 않고서야 위치를 바꿀 이유가 없었다. 옷걸이의 위치가 바뀐 것만으로 정묵은 409호 병실이라는 공간에 대해 이질감을 느꼈다. 아니, 이것 말고도 이방에는 평소와 다른 기운이 퍼져있었다. 정묵은 그 이유를 알 수 없었다. 마치 자신이 다른 공간에 비집고 들어온 이방인 같았다. 그러고 보니 오늘은 밤치고 시야가 유난히 선명했다. 마치 그동안 앞을 가려온 필터 하나가 사라진 것처럼. 파도 소리는 같은 구간을 반복하는 음악처럼 재생되었다.

'여기는 뒤틀려 있다. 내 공간이 아니야.'

이곳은 완벽히 꾸며진 세트장이었다. 그는 병실 안 곳곳을 유심히 뜯어보며 자신의 병실이 아니라는 증거들을 찾기 시작했다. 그러나 결정적인 차이를 찾을 수 없었다. 그는 자신의 육감과 타협해야 했다. 자신의 병실이 아니라 한들 어쩔 도리가 없었기 때문이었다.

기분 탓이라고 자신을 설득하던 정묵이 어떤 반짝임을 발견한 건 그때였다. 옷걸이에 걸린 자신의 점퍼 안에 누군가 있었다. 더 자세하게 말하자면 어떤 얼굴이었다. 얼굴은 어둠에 싸여 알아볼 수 없었지만 눈빛만은 확실하게 존재했다. 작은 반짝임을 그는 단번에 알 수 있었다.

'사람의 눈이다. 별처럼 아름다운 눈.'

그는 눈물이 고여 반짝이는 눈을 좋아했다. 고요한 밤, 환한 달빛에 빛나는 눈은 정묵을 미소 짓게 했다. 이곳이 어디라 한들 이제는 상관이 없었다. 점퍼 안의 눈은 아주 오래전부터 정묵을 보고 있었다는 듯 그에게 고정되어 있었다. 정묵도 보석처럼 빛나는 눈에서 시선을 떼지 못했다. 빨려 들어갈 듯한 아름다운 눈이었다. 정묵과 점퍼 속 눈동자는 서로를 주시했다. 순간 정묵은 붉은 석양과는 다른 의미의 살의를 느꼈다. 그는 점퍼 속에 숨을 얼굴을 끄집어내고 싶어졌다. 그사이 구름 가득한 하늘이 달을 삼켜버려 병실은 순식간에 짙은 어둠에 싸였다. 달과 함께 눈동자는 빛을 잃었다. 그러자 그의 살의도 흩어져 버렸다. 그럼에도 정묵은 시선을 떼지 않았다. 저 안에는 분명 누군가 있었다. 어둠은 그의 시야를 흐릿하게 만들었다. 하지만 점퍼 속 얼굴의 시선은 확실히 느낄 수 있었다.

스스슥….

합성섬유 소재의 점퍼가 어둠 속 존재와의 마찰음을 정묵에게 전달했다. 어둠 속 얼굴은 매우 신중하게 이 순간을 기다려 온 듯 아주 더디게 움직였다. 정묵은 인내심 있게 지켜봤다. 옷감이 주는 마찰음이 아니었다면 어둠 속 존재의 움직임을 눈치채지 못했을 거라는 생각이 머릿속에 스쳤다. 잠깐이지만 그는 처음으로 무력함을 느꼈다. 벌어지는 일에 대한 저항과 대처는 자신이 자각하고 행동할 수 있을 때나 가능한 것이었다. 어둠 속 존재는 정묵이 희생자들에게 한 것처럼 기습적으로 모습을 드러낸 것이다.

정묵은 그대로 굳어 버렸다. 요의가 밀려왔지만 그는 불쾌함을 느낄 여유가 없었다. 오랜 시간 끝에 모습을 드러낸 얼굴이 여전히 정묵을 주시하고 있었기 때문이다. 그는 어둠 속에서 간신히 형태를 갖춘 얼굴을 보기 위해 가늘게 눈을 떴다. 마침 구름 사이를 비집고 나온 달빛에 얼굴이 드러났다. 흙과 피로 엉망이 된 얼굴이었다. 이곳저곳이 함몰된 얼굴은 누구의 얼굴이라 떠올리기도 어려울 만큼 망가져 있었다. 맑고 투명한 눈빛만이 자신의 존재를 알리려 애쓰고 있었다. 순간 정묵은 누군가의 얼굴이 떠올랐다. 정체를 파악하고 나자 경직됐던 그의 얼굴이 씰룩거렸다. 그러나 뒤틀린 안면 근육은 적절한 표정을 찾지 못했다. 이내 이불 속이 축축이 젖었다.

'들키지 말아야 한다. 잠시 느낀 무력함도, 분노도…. 나는 지금 충분히 수치스럽다.'

지루한 대치가 이어졌다. 얼마나 지났을까 무표정한 얼굴에서 눈물이 떨어졌다. 더 이상 점퍼 안의 존재는 정묵을 흔들어 놓지 못했다.

"미친년."

이제야 적절한 표정을 찾았다는 듯 그는 얼굴을 향해 미소 지었다. 점퍼 속 얼굴은 격분함을 참지 못해 일그러졌다. 상대의 괴로

움을 확인하자 정묵은 비로소 마음을 놓을 수 있었다. 그는 베개를 바로 하고 자리에 누웠다. 자신을 불안하게 만들 존재는 이제 없었다. 아직 이쪽을 바라보는 얼굴의 시선이 느껴졌지만 그는 개의치 않고 잠을 청했다. 날카로운 비명이 들려왔다. 소리는 정묵의 귓가에서 울렸다. 슬프고 처절한 울음이었다.

이른 아침 득호와 상민은 집 뒷산으로 향했다. 그들이 함께 산을 오르는 건 이번이 처음이었다.

막연한 행동이었다. 산에 올라가 사건의 단서를 찾겠다는 큰 포부도 아니었다. 상민은 엄마가 사라진 장소를 확인하고 싶었을 뿐이었다. 득호는 지난밤 자신의 과거를 떠올리며 반성했다. 자신이 아들에게 준 상처를 만회할 수만 있다면 이런 산행쯤은 얼마든 할 수 있었다.

두 사람은 가래나무 군락지에 도착했다. 20여 년 전과 큰 차이가 없는 숲이었다. 달라진 것이라면 키가 더 자란 나무들과 무성한 풀숲뿐이었다.

"이 근방은 그때도 샅샅이 뒤졌었다. 아무것도 나오지 않았다만."

상민은 아버지의 말을 뒤로하고 가래나무 군락지 안으로 들어갔다. 숲 안은 키 높은 나무들 때문인지 안쪽으로 갈수록 어두웠다.

'엄마가 살인마를 마주친 게 이곳일까?'

뒤에서 자신을 부르는 아버지의 목소리가 들렸지만 상민은 아랑

곳하지 않고 계속 숲속으로 걸어 들어갔다. 아버지의 목소리가 까마득히 들릴 때쯤 그는 빛이 가득한 공터에 들어섰다. 언제 어둠이 있었냐는 듯 환한 분지형 공터였다. 간간이 나무도 있었지만 가래나무 군락지와는 비교가 안 되는 작은 나무들이었다. 햇빛이 나무 사이사이를 통과하며 빛기둥을 만들어냈다. 상민은 넋을 놓고 자신이 걸어온 곳을 돌아보았다. 덤불에 가로막힌 이곳은 안에서도 밖에서도 서로를 알아챌 수 없었다. 이곳은 출구 없는 미궁에 빠진 것처럼 묘한 고립감을 주었다.

'그가 살인을 했다면 이곳이었을까?'

상민은 잠시 살인자의 심정으로 주변을 둘러보았다. 자신이 아는 한 이곳만큼 살인과 어울리는 공간은 없을 것 같았다. 멀리 자신의 이름을 부르는 아버지의 목소리가 들려왔다. 하지만 상민은 꼼짝할 수 없었다. 아버지는 멀리 있지 않았다. 잠시 후 덤불이 흔들리며 득호가 나타났다. 이곳은 소리마저 외부와 단절된 섬 안의 섬이었다. 상민은 아버지의 반응을 살폈다. 그 역시 상민이 그랬던 것처럼 이곳을 보고 놀라는 눈치였다.

"여기에 이런 곳이 있었어? 수십 년을 살았지만 처음 보는구나."

"제가 살인자였다면 이곳을 보고 반했을 거 같아요."

득호는 아들의 얘기에 잠시 당황한 기색을 보였지만 이내 수긍했다. 그도 그럴 것이 살인을 목적으로 한 장소라고 치자면 이곳은 완벽했기 때문이었다. 외부의 시선이 닿지 않고 울창한 수풀은 소리가 밖으로 나가는 걸 차단했다. 수십 년, 이 산을 드나드는 동안 이곳의 존재를 알지 못했다. 득호는 문뜩 궁금해졌다. 정묵은 이곳을 알고 있을까?

눈을 뜬 정묵은 침대 시트가 축축이 젖어 있다는 것을 깨달았다. 이전에 없던 실수를 한 것이었다. 자리에서 일어나 아무도 모르게 수습하고 싶었지만, 간밤에 무슨 일이 있었는지 또 사지가 침대에 묶여 있었다. 어쩔 수 없음을 깨달은 정묵은 체념한 듯 천장을 바라보았다.

간밤의 기억이 어슴푸레 떠올랐다. 정묵은 눈을 뜨기 전 목격한 모든 것이 현실 같았다. 그는 옷걸이를 확인했다. 지난밤 점퍼 속 얼굴을 보았던 옷걸이가 창가에 놓여 있었다. 그는 곧 꿈이 아니었다고 확신했다. 하지만 병실이 밝아질수록 달라진 것이 눈에 들어오기 시작했다. 걸려있던 점퍼는 바닥에 조각난 채 흩어져 있었고, 자리끼가 담겨있던 컵도 산산조각 깨져있었다. 그는 눈을 감았다. 아직 다 빠지지 않은 진정제 효과 때문인지 밀려오는 졸음을 이길 수 없었다. 그는 약에 지지 않으려는 듯 눈을 부릅뜨고 중얼거렸다.

"꿈이 아니야."

양림이 탄 엘리베이터 문이 열리자 병동 간호사들의 시선이 모였다. 그녀는 얼떨떨하게 발을 내디뎠다. 수간호사 배 씨가 기다렸다는 듯 양림에게 다가와 어깨를 감쌌다. 그녀는 불안한 간호사들의 시선에서 정묵에게 어떤 일이 있었음을 짐작했다.

“무슨 일이에요?”

“새벽에 아주 난리였나 봐. 진정제 때문에 한참 주무실 거야. 원장님께는 얘기해 놨으니 조치해주시겠지. 우리도 경황이 없어서 병실은 건들지도 못했어. 힘들면 이따 사람 불러 같이 치우고.”

“아니에요. 제가 천천히 할게요. 그런데 오늘은 그때랑 좀 다른 거 같네요.”

“말도 마! 어제 야간 간호사들이 다붙어서 진정시키는데 무서워 혼났데. 그거 있잖아, 지난번에 양림 씨가 말한 면도칼. 그것도 치워버려. 노망난 노인네가 어떤 짓을 할지 아무도 모르잖아.”

병실 문을 연 양림은 하룻밤 사이에 엉망이 되어버린 병실을 발견했다. 이제껏 정묵이 부린 난동과는 차원이 다른 모습이었다. 한동안 잠잠했던 그의 증상이 한꺼번에 터져 나온 것일까? 병실에는 지난밤 정묵이 저지른 폭력의 잔상이 그대로 남아있었다. 이번에는 무엇이 그를 자극했는지 모르지만, 간호사들의 눈에 서렸던 불안을 이해할 수 있을 것 같았다.

바닥에는 찢긴 옷가지들과 깨진 컵, 책상 달력 등이 나뒹굴고 있었다. 서랍부터 캐비닛까지 물건이란 물건들은 모조리 바닥에 흩어져 있었다. 마치 누군가와 육탄전을 벌인 듯한 흔적이었다. 욕실도 마찬가지였다. 거울은 깨져 있었고, 세면대 선반의 물건들도 바닥에 흩어져 있었다. 양림은 어디서부터 정리를 해야 할지 난감했다. 누워있는 정묵은 죽은 듯 잠들어 있었다. 그녀는 청소도구를 집어 들었다. 깨어난 정묵이 이 상황을 보게 해서는 안 된다는 생각이 스쳤다. 난장판이 된 병실은 그를 자극하기에 딱 좋은 환경이었다.

'조용하고 신속하게 끝내야 한다.'

그녀는 청소 내내 정묵의 면도칼을 찾았다. 그의 분신 같은 물건을 오늘은 기필코 수거해야 한다고 생각했다. 바닥에 흩어진 거울 파편들 사이로 반짝이는 클래식 면도칼이 보였다. 그녀는 면도칼을 주머니에 넣고 크게 심호흡했다. 마치 누군가의 소중한 물건을 훔쳐버린 것처럼 심장이 요동쳤다.

정리는 끝났다. 양림은 병실을 가득 채운 후끈한 공기를 빼내기 위해 창을 열었다. 이제 제법 시원해진 아침 공기가 병실에 퍼진 묵직한 독기를 뽑아냈다. 그녀는 머리를 질끈 묶고 창가로 다가가 바다에서 불어오는 바람에 몸을 식혔다.

"지금 몇 시냐? 한참을 잔 것 같구나."

잠에서 깬 정묵의 평온한 목소리가 양림에게 들렸다. 그녀는 다행이라 생각하며 몸을 돌려 그를 바라보았다.

"9시가 넘었어요. 많이 피곤하셨나 봐요."

정묵은 양림을 보고 한동안 말을 잇지 못했다. 그가 본 것은 지난밤에 나타났던 어둠 속의 얼굴이었다.

그는 혼란에 빠졌다. 어제의 연장인지 현실인지 분간하기 힘들었다. 순간 머리가 깨질 듯한 두통이 몰려와 골이 파인 미간을 더욱 주름지게 만들었다.

"뭐야, 왜 나타났어? 여기가 어디라고 나타나. 또 죽고 싶어 환장했어?"

양림은 말을 잇지 못했다. 그의 눈에는 원망과 분노가 담겨있었다. 그는 우리에 갇힌 맹수였다. 위세는 대단했지만 바로 앞의 그녀를 어쩌지 못했다. 양림은 그로부터 안전하다는 것을 알고 있었다. 하지만 이성을 잃은 정묵을 보자니 몸이 절로 움츠러들었다.

"이런 재수 없는 년! 이거 풀어! 네가 오늘 내 손에 죽어야 이 악연을 끊을 거다."

침대에 묶인 정묵이 발작하듯 몸을 뒤틀더니 악을 쓰기 시작했다. 양림은 뒤도 돌아보지 않고 병실 밖으로 나갔다. 복도까지 그의 포효가 전해졌다.

출근할 때 복도에서 마주쳤던 수간호사의 경고가 떠올랐다. 그녀가 걱정했던 면도칼은 양림의 주머니 속에 있었다. 그녀는 주머니 한쪽에 묵직하게 자리 잡은 면도칼을 만지작거렸다. 금속 특유의 차가운 질감이 묘한 안도감을 주었다. 그때서야 주변이 보이기 시작했다. 다인실 환자들과 간병인들이 복도에 나와 소란의 정체를 파악하고 있었다. 간호사들이 바쁘게 움직였다. 잠시 후 원장이 회진을 돌기 위해 이곳에 올 것이다. 그들은 복도에 서 있는 양림을 지나쳐 409호 병실로 들어갔다.

"무슨 일입니까?"

회진을 위해 내려온 원장이 복도 중간에 어정쩡히 서 있는 양림을 보며 말했다. 그가 조금 전 상황을 봤는지 그녀는 알 수 없었다.

"새벽부터 발작이 심하셨다고 하더라고요. 그런데 아침에 깨서도 계속 이어지는 거 같아요. 보통 아침에는 멀쩡하셨는데. 어제도 주사 맞고 잠드셨다는데 또 주사 놓는 거예요? 아직 아침도 안 드셨어요."

원장은 양림을 보며 고개를 흔들었다.

"아줌마도 어르신이 무섭다면서요. 우리 조치가 어쩔 수 없는 거 아시죠?"

"어르신 가족들도 아시나요? 지금 어르신 상태랑 지금의 조치들을…."

"아! 그건 제가 전할 겁니다. 그래야 오해가 없잖아요. 안 그래요? 그때까지 아주머니는 모른 척하세요. 그러니까, 내 말은…."

원장은 말꼬리를 흐리며 양림을 향해 어색한 미소를 지었다. 지난번과 달라진 원장의 태도에 그녀는 이제야 그의 의도를 파악할 수 있었다. 그에게 정묵은 치료를 해야 할 환자라기보다 비싼 병원비를 내는 돈줄이었다.

"네, 알겠습니다. 치매 환자이니까요."

"이제 이해를 하시네! 편하게 병구완하실 수 있도록 약도 바꿔 드릴게요. 치매 환자 저러는 거는 이해하시고 간병에 집중하세요. 이렇게 서로 돕고 살아야죠."

원장은 양림의 대답을 매우 흡족해했다. 하지만 그녀는 원장과 돕고 지낼 마음도, 환자의 상태를 숨길 마음도 없었다. 물론 오늘 일은 일지에 기록될 것이다. 서영이 그 일지를 읽고 원장을 어떻게 판단할지는 모르지만.

병원에 도착한 득호는 상민의 차가 병원을 떠나고 나서야 정묵의 운동화를 가지고 내리지 않은 것을 깨달았다. 그의 손에는 잘 손질된 가래나무 열매가 한 봉지 들려 있었다.

지난밤, 아들이 소리의 정체를 알았다며 고백했을 때 득호의 머리에 떠오른 사람은 하나였다. 정묵이었다. 득호에게 가래나무 열매 소리는 곧 정묵을 상징했다. 오래전부터 그는 가래나무 열매를 굴려왔다. 경찰서에는 그를 따라 열매를 굴리는 형사들이 제법 있었다. 그래서 득호에게 가래나무 열매 소리란 동료들에게서 나는 익숙한 소리였다. 단지 그뿐이었다. 하지만 가장 짙게 빛나며 맑은 소리를 내는 열매는 항상 정묵의 것이었다. 상민의 얘기를 듣고 나자 득호는 묘한 기분이 들었다. 정묵을 만나고 싶어졌다. 상민의 얘기를 전했을 때 나올 그의 반응이 궁금했다.

4층 엘리베이터 문이 열리자 병동 안내대의 간호사들이 득호를 맞았다. 그들은 양림이 있는 위치를 알려주며 조금 전 있었던 소동을 전했다. 그는 간호사를 통해 듣는 정묵의 이야기가 낯설었다. 아직 그의 착란 증상을 마주한 적이 없었기 때문이었다. 지금도 위엄 있는 선배이자 은인인 정묵이 착란에 빠져 자신의 딸을 괴롭히고 위협한다니, 믿을 수가 없었다.

휴게실에 온 득호는 두리번거리며 양림을 찾았다. 그는 구석에 앉아있는 딸을 보고는 적잖이 당황했다. 가지런히 머리를 묶은 채 무언가 적고 있는 딸의 모습은 죽은 부인을 쏙 빼닮아 있었다.

그는 조용히 양림에게 다가갔다.

"갈수록 네 엄마를 닮는구나."

양림이 익숙한 소리에 고개를 들었다. 그녀는 적고 있던 일지를 한쪽에 밀고 아버지를 맞았다.

"힘드니? 수척하구나."

"아니요. 이제 적응했어요."

부녀의 대화는 앞으로 나아가지 못했다. 짧은 침묵이 휴게실을 고요하게 만들었다. 득호는 허리를 펴고 자세를 바로잡았다. 둘 곳 없는 시선은 탁자 위 양림의 일지에서 멈췄다. 그는 한쪽에 치워진 다이어리를 들추며 만지작거렸다. 어떤 의미를 담은 행동은 아니었다. 하지만 양림은 아버지가 알아주기를 바랐다는 듯 이야기를 꺼냈다.

"일지예요. 며느님이 써달라고 하더라고요. 보시겠어요?"

"아니다. 내가 왜…."

"전 아버지가 한번 봐주셨으면 좋겠어요. 아저씨에 관한 거니까요. 그분 얘기를 듣고 있으면 뭐가 진실인지 모르겠어요. 처음에는 그저 치매 증상이겠거니 했는데…. 점점 사람을 죽였다, 납치를 했다. 얘기대로라면 흉악범이 따로 없어요. 오늘 아침 일만 해도 그래요. 저한테…."

"아서라. 그렇게 말하는 거 아니다. 형님이 우리한테 어떤 분인데."

득호가 양림의 말을 가로막았다. 그에게 정묵은 사람들이 함부로 평가할 수 있는 존재가 아니었다. 비록 딸이라 할지라도.

"아버지! 예전부터 말하고 싶었는데요. 저랑 상민이한테는 그분이 은인이라고 강요하지 마세요."

처음이었다. 양림이 아버지에게 정묵에 관한 부정성을 드러낸 것은. 그녀는 그간 정묵과 있었던 이야기를 긴 시간을 들여 아버지에게 설명했다. 득호는 온전히 받아들일 수 없었다. 딸의 말대로라면 그가 존경해 마지않는 선배 정묵은 살인자일 가능성이 컸다. 그리고 지금도 악행을 저지르고 있다는 것이었다. 있을 수 없는 일이었다. 득호에게 정묵은 완벽한 사람이자 우상이었다. 그런 그가 치매에 걸려 살인을 고백했다니 믿을 수 없었다. 그렇다고 딸의 말을 모른 척할 수도 없는 노릇이었다. 적어도 그가 아는 양림은 없는 이야기를 하거나 부풀리는 사람이 아니기 때문이었다.

정묵은 늦은 오후가 돼서야 눈을 떴다. 양림이 켜놓은 티브이 소리에 자연스럽게 눈을 떴다. 심한 허기가 몰려왔지만 병실에는 아무도 없었다. 그는 자신이 왜 침대에 묶여있는지 알 수 없었다. 차분히 기억을 더듬었지만 아무것도 떠오르지 않았다. 다만 떠오르는 것은 어떤 얼굴이었다. 자신을 원망스럽게 보던 추한 몰골이었다.

'누구였더라.'

얼굴의 정체가 알 듯 말 듯 가물거렸다. 눈을 감아도 잔상이 계속 떠오르자 그는 얼굴을 지우기 위해 티브이에 시선을 고정했다. 잔상은 서서히 흐려졌다.

뉴스가 끝나갈 무렵 병실을 비웠던 양림이 들어왔다. 그녀는 잠에서 깬 정묵을 봤지만 선뜻 다가오지 못했다. 둘 사이에 어떤 일이 있었다고 알려주는 듯한 거리였다. 그는 자신을 경계하는 양림을 보며 이유를 깨달았다. 새벽에 자신이 어떤 난동을 피웠는지 어렴풋이 상상할 수 있었다. 그는 아무것도 기억하지 못하는 사람이 되기로 했다. 어제 일을 모른 척하는데 치매보다 좋은 핑계는 없었다.

"왜 그러고 있어? 빨리 풀어! 내가 밤새 무슨 일을 저지르기라도 한 거야?"

가벼운 정묵의 호통은 양림의 경계심을 무너트렸다. 그녀는 다행이라는 듯 옅은 미소를 지었다. 양림은 그를 포박했던 끈을 풀어나가며 조심스럽게 어제 새벽 이야기를 흘렸다. 경계가 완벽히 허물어진 것은 아니었기에 그녀로서는 안전을 확인할 필요가 있었다.

"그게, 어제는 좀 심했다고 해서요. 보세요. 병실에 남아난 게 없어요."

"그래. 내가 노망이 제대로 나긴 났나 보다."

자조 섞인 정묵의 말투에 양림은 비로소 마음을 놓았다. 그녀는 한쪽에 받아놨던 식판을 정묵 앞에 내밀었다. 그는 급하게 허기를 채웠다.

"아버지 오셨는데 불러드릴까요?"

"그래, 오라 해."

사실 정묵은 아무도 만나고 싶지 않았다. 전력을 소진한 군인처럼 피폐한 상태였다. 하지만 양림과 단둘이 있어서는 안 될 것 같았다. 눈을 감으면 떠오르는 얼굴 때문인지 그녀를 마주하기가 매우 껄끄러웠다.

양림이 그의 식판을 들고 병실을 나간 후 잠시 뒤에 득호가 들어왔다. 그는 급하게 의자를 끌어 정묵의 침대 왼쪽에 자리를 잡았다. 서둘러서였을까, 의자는 바닥에 끌리며 귀를 찌르는 소음을 냈다. 평소처럼 같은 자리에 앉았지만 오늘 득호의 행동엔 조급함이 묻어 있었다. 그는 이를 지나치지 않았다.

"똥줄 탄 개처럼 왜 그래?"

"양림이 없을 때 얘기하려니 마음이 급했나 봅니다. 제 처가 죽은 날에 관한 얘기 좀 드리려고요."

정묵의 눈이 반짝였다. 여러모로 피곤한 날이었지만 절대 허투루 들을 수 없는 얘기였다.

득호는 정묵을 신뢰했다. 마음을 터놓고 대화할 수 있는 상대이자 조언자로서 그보다 믿음직한 사람은 없었다. 강화연쇄살인마에 관한 일이라면 더더욱.

"그날 상민이가 용의자를 봤던 거 같아요."

정묵은 실망스럽다는 듯 티브이로 시선을 돌렸다. 이미 아는 내용이었다. 득호는 그의 무심한 반응에 주춤했다. 하지만 계속 말을 이어나갔다. 듣기 싫은 얘기였다면 정묵은 이미 그의 말을 잘랐을 것이다. 하지만 그는 반응하지 않았다. 그의 침묵은 긍정일 때가 많았다. 함께한 시간만큼 득호 역시 정묵을 알고 있기에 가능한 일이었다.

"예전에 상민이가 얘기했던 걸 제가 무시했어요. 그런데 어제 다시 듣고 보니 나름 일리가 있더라고요. 그날 말이죠."

"알고 있어. 전에도 얘기했었잖아."

정묵이 득호의 얘기를 끊고 말했다.

"아니요. 이건 형님도 모르는 내용이에요. 그날 상민이가 해안 쪽에서 본 남자한테서 어떤 소리가 났었대요."

정묵은 이제야 들을 만하다는 듯 득호를 쳐다보았다.

"무슨 소리?"

"가래나무 열매를 굴리는 소리요. 지금까지 그 소리의 정체를 모르다가 얼마 전 제가 준 열매들이 내는 소리를 들었나 봐요."

정묵은 어이없다는 듯 웃음을 터트렸다.

"그래서? 그 남자가 뭐? 산속도 아니고 도로에서 본 남자라며."

"아내가 산에 간 이유가 그 열매 때문이잖아요."

"상민이 말대로라면 가래나무 열매를 굴리는 사내가 뒷산에서 살인을 하고 해변에 나타났다. 그거야?"

"아마도요."

"멍청한 놈. 애가 이십 년도 전에 들은 소리를 어떻게 믿어?"

"저도 그렇게 생각합니다만, 만약에 상민의 추측이 맞으면 새로운 단서가 될 수도 있지 않을까요."

“너는 그게 문제야. 모두 알다시피 뒷산은 몇 번을 수색했어. 그런데 작은 단서 하나 나오지 않았잖아. 아직도 모르겠어?”

혀를 차며 핀잔을 놓았지만 정묵의 심장은 거칠게 요동쳤다.

‘목격자가 나타났다!’

그날, 득호의 아내를 죽이고 분노를 삭이지 못한 정묵은 바다로 떨어지는 석양을 보기 위해 해변으로 갔었다. 석양이 유난히 붉은 날이었다. 득호의 아내만 아니었다면 인생에 기억될만한 아름다운 석양이었다. 물론 다른 의미로 잊지 못할 날이 되었지만. 정묵은 지는 석양을 보며 마음을 진정시켰다. 마을은 그때서야 부산해지기 시작했다. 그는 해변 둔덕에 서서 마을을 바라보았다. 사람들의 불안이 마을을 채우고 있었다. 사이렌 소리, 사람을 부르는 소리, 문을 두드리는 소리가 섞이며 불안감이 더해졌다. 그때 정묵은 도로 건너에서 엄마를 찾는 소년을 발견했다. 상민이었다. 아이는 눈부신 석양을 등지고 서 있는 자신을 알아보지 못했다. 상민은 어렸고, 정묵은 아이들의 기억을 신뢰하지 않기에 그냥 내버려 두었다.

오래전 그날이 떠오르자 정묵의 얼굴에서 웃음이 삐져나왔다. 허탈함과 공허함이 섞인 조소였다. 그 웃음은 완벽한 순간을 망친 23년 전 자신을 향한 것이었다. 강화연쇄살인마를 가장 가까이에서 마주한 최초의 목격자가 나타났다. 하필이면 완벽함을 깨버린 여자의 아들이다. 잔잔했던 정신이 출렁거리기 시작했다. 가슴속 뱀들이 웅성거렸다. 너야말로 이 가족들에게 혹사당하는 피해자라고.

정묵은 점점 숨이 막혀왔다. 그는 새벽부터 지금까지의 일들을 떠올렸다. 파도치는 정신은 기억을 못 하기 일쑤지만 모든 착란이 전부 의식 밖에 있는 것은 아니었다. 어떤 기억은 여러 조각으로 나뉘어 파도에 흩어졌다. 간혹 어떤 기억들은 파도에 떠밀려 모습을 드러내기도 했다. 그는 기억의 파편을 모아 오늘을 정리했다.

머릿속에 확실하게 떠오르는 것은 지난밤에 보았던 얼굴이었다. 형체는 알아볼 수 없었지만 정묵은 그 얼굴의 정체를 알고 있었다. 얼굴은 여러 모습으로 그의 주변을 맴돌았다. 때로는 간병인의 모습이 되기도 하고, 아들의 기억을 깨우기도 했다. 지금은 남편의 입을 통해 경고하고 있었다.

'서서히 숨통을 조여 주겠다고….'

"형님! 형님! 무슨 생각을 그리 골똘히 하세요. 그리고 다음에 올 때는 운동화 꼭 챙겨 올게요. 아침에 경황이 없어서 상민이도 저도 깜빡했네요."

"할 일도 없는 놈이 정신을 어디에 놓고 다니는 거야! 멍청한 놈. 꼴도 보기 싫으니 가봐."

별문제 될 일은 아니었으나 정묵은 괜스레 호통을 쳤다. 그는 끈질기게 자신의 주변을 맴도는 얼굴로부터 도망치고 싶어졌다.

"죄송합니다. 그리고 한 가지 더 말씀드릴 게 있었는데…."

"뭔데."

오늘따라 득호는 정묵의 뜻대로 되지 않았다. 화가 치밀어 올랐지만 호기심을 막을 수 없었다. 자신의 뜻을 거스르면서까지 그가 전하고 싶은 얘기라면 들어둘 가치가 있을 터였다.

"사실은 아침에 상민이랑 뒷산에 올라갔어요. 가래나무 숲 안쪽까지 갔는데 거기에 희한한 공간이 있더라고요. 형님도 아세요? 나무 덤불 뒤 공간이요. 수십 년을 살았는데 그런 곳이 있는지 처음 알았어요."

순간 정묵의 손에 있던 리모컨이 바닥으로 떨어지며 건전지를 뱉어냈다. 그는 생각지도 못한 곳에서 허를 찔려 할 말을 잃었다. 그곳은 자신 외의 그 누구도 알아서는 안 되는 곳이었다. 살인이 집행된 장소이자, 자신의 모든 비밀이 숨겨진 신성한 곳이었다. 누구에게도 들키고 싶지 않았던 곳을 무단 침입한 부자에게 들켜버리고 말았다.

"막아 놓은 산에 굳이 왜 올라가?"

"상민이가 가보고 싶어 해서요. 아무래도 아내가 거기서 살인마를 만났을 거라고 확신하는 거 같았어요."

득호가 리모컨에 건전지를 끼우며 말했다.

"말도 안 되는 소리!"

정묵은 득호에게 가라는 손짓을 하며 침대에 몸을 묻었다. 자신의 세계가 타인에게 노출되었다. 오늘 정묵은 득호와 그의 가족 앞에서 벌거벗겨졌다. 정묵은 억지로 잠을 청했다. 그가 지금 이곳에서 할 수 있는 유일한 노력이었다. 그러나 잠이 오지 않았다. 벗어나려 할수록 의식은 점점 또렷해졌다.

'이게 다 그 얼굴 때문이야.'

"벌써 가시게요?"

멀리 복도 끝에서 득호를 발견한 양림이 종종걸음으로 다가왔다.

"어디 갔다 오니?"

양림의 손에 들린 두툼한 종이 뭉치를 보며 득호가 말했다.

"아버지 드리려고 복사하고 있었어요."

그녀가 건넨 것은 간병 일지 복사본이었다.

"한번 봐 주세요. 아저씨를 보면 어딘가 혼란스러워요. 그게 단지 치매 환자여서만은 아닌 거 같아요."

득호는 말없이 양림의 복사본을 받아들었다. 그의 마음도 혼란스럽기는 마찬가지였다. 이렇다 할 일은 없었지만, 그는 정묵과 어딘가 어긋났다는 느낌을 감출 수 없었다.

"안에서 무슨 일 있으셨어요?"

양림은 그런 아버지의 표정을 재빨리 잡아냈다. 생각이 많아 보였지만 짐작할 수 없었다. 자신이 자리를 비운 사이 정묵과 어떤 대화를 나눈 것만은 분명해 보였다. 득호는 고개를 가로저으며 손에 쥔 복사본을 쳐다보았다. 그녀는 더 묻지 않았다. 그는 정묵과 나눈 대화를 자식들에게 시시콜콜 전하는 사람이 아니었다.

애초에 이틀 연속 이곳을 찾은 이유도 그녀는 알지 못했다. 양림은 그저 자신의 일지를 아버지에게 보여줄 수 있다는 것에 고무되어 있었다. 언젠가 전하고자 했던 일지였다. 그 안에는 아버지가 존경해 마지않는 정묵의 실체가 담겨있었다. 때문에 양림은 어떤 가치가 있는 일이라 여겼다. 적어도 아버지가 정묵에게 품고 있는 환상을 깨기에는 충분하다고….

득호가 병실을 나가자 정묵은 머리가 깨질 듯한 두통과 함께 불쾌한 울렁임을 느꼈다. 그는 정신을 차리기 위해 세면대에 물을 틀고 머리를 쑤셔 넣었다. 속이 잠잠해지자 그는 고개를 들고 정면을 바라보았다. 있어야 할 거울이 사라지고 휑한 타일 벽이 눈앞에 펼쳐졌다. 지난밤 난동의 결과였다. 그는 차라리 잘된 일이라 생각했다. 자신의 몰골을 확인해 봐야 분노만 솟구칠 것이 분명하기 때문이었다.

"씻으셨어요?"

양림이 병실로 돌아와 있었다. 정묵은 그녀를 보자 다시 분노에 사로잡혔다. 진정되었다고 생각했던 속이 뒤집히며, 그는 방금 먹은 것을 모두 토해 냈다. 분노와 원망이 토사물에 섞여 병실 바닥 가득 퍼졌다.

"어르신! 괜찮으세요?"

놀란 양림이 물었다. 정묵도 당황하기는 마찬가지였다. 그는 손에 쥔 수건으로 입을 닦고 침대에 누웠다.

"뭐해! 안 치우고."

양림은 허겁지겁 걸레로 토사물을 훔쳐냈다. 정묵의 마음은 쉽게 진정되지 않았다. 애써 침착함을 유지하려 했지만 득호를 만난 후부터 아니 오늘 양림을 마주한 순간부터 그는 편치 못했다. 정묵의 정신이 다시 파도치기 시작했다. 그는 이성의 끈을 놓고 싶지 않았다. 기억의 공백이 커질수록 불안함도 같이 커졌기 때문이었다. 하지만 양림이 열어젖힌 창밖으로 석양이 지고 있었다. 9월 들어 처음 보는 핏빛 석양이었다. 그는 점점 사라지는 태양에 잠식됐다.

"드릴 말씀이 있어요."

석양에 빨려 들어간 정묵은 양림의 질문에 답을 하지 않았다. 그녀는 생각하고 또 생각했다. 오전에 정묵이 자신을 보며 했던 말이 머릿속을 떠나지 않아서였다.

그녀는 창끝에 서서 정묵이 보고 있는 붉은 석양을 바라보았다. 아무리 쳐다봐도 아름다운 노을을 즐길 수 없었다. 누군가에게는 아름다운 붉은 석양일지 모르지만, 그녀에게는 지독한 아픔을 주는 핏빛 석양이었다.

그녀는 이내 등을 돌렸다. 몇 번의 심호흡을 하고 양림은 정묵을 바라보았다. 그저 치매 노인의 과격한 작화라 할지라도 그의 생각이 듣고 싶었다.

"어르신! 아니 아저씨! 질문이 있어요. 아까 저한테 한 말에 대해 설명 좀 해주세요."

그녀가 서 있는 곳은 어젯밤 점퍼 안의 얼굴이 바라보던 그 자리였다. 정묵이 고개를 돌려 양림을 바라보았다. 그는 아무 말이 없었다. '도독. 도도독….' 차분하게 구르는 가래나무 열매 소리만이 적막한 병실에 울릴 뿐이었다.

"아까 저한테 '또 죽고 싶냐'고 하셨어요. '또'가 뭐에요?"

"넌 죽은 사람이야. 나도 너 때문에 다 망쳤는데, 이제 와서 뭘 어쩌라고."

정묵은 붉게 물든 바다를 보며 체념한 듯 읊조렸다. 양림은 비정상적인 그의 상태를 눈치챘지만 멈추지 않았다.

"제가 죽은 사람이에요?"

다소 도발적인 질문이었다. 창밖을 보던 정묵이 서서히 고개를 돌렸다. 양림은 심장이 멎을 듯한 공포를 느꼈다. 석양에 홀린 그는 짐승의 눈을 하고 있었다. 양림은 시선을 피하지 않았다. 맹수에겐 약점을 보이면 안 된다는 말이 떠올랐기 때문이었다.

정묵이 침대를 내려와 양림에게 다가갔다. 그녀는 문을 향해 뛰었다. 이성보다 몸이 먼저 움직였다. 그녀의 본능이 맹수로부터 도망치라고 지시했다. 그러나 맹수에게 등을 보인 양림은 이내 머리채를 잡히고 말았다.

"왜냐고? 몰라서 물어? 네년이 아니었으면 나는 완벽했다고! 다 네 잘못이야."

양림의 비명 소리가 병실에 울렸다. 정묵은 완력을 사용해 그녀를 벽으로 밀치고 목을 졸랐다.

"아저씨가 절 어떻게 죽여요! 저는 이렇게 살아있는데."

"몰라서 물어?"

양림은 필사적으로 저항했지만 맹수의 손에서 벗어날 수 없었다. 점점 호흡이 막히고 몸에서 힘이 빠져나갔다. 잠시 후 양림의 비명을 들은 간호사들이 들이닥쳐 정묵을 제지했다. 그는 끝까지 양림에게서 시선을 떼지 않았다. 정신은 혼미했지만 그녀 역시 물러서지 않고 정묵을 마주했다.

"저, 저 미친년이 살려달라고 울고불고할 땐 언제고 이젠 보이는 게 없나 보지?"

"틀렸어요. 저는 어르신한테 살려달라고 한 적 없어요."

눈물이 그렁그렁 맺혀 악을 쓰는 양림을 간호사들이 밖으로 끌어냈다. 수간호사 배 씨가 복도에 주저앉은 그녀의 등을 토닥였다.

"간병 잘하다가 왜 그래. 참아, 양림 씨. 치매 노인네야."

"보셨죠? 얼마나 위험한 사람인지."

병원을 다녀온 득호는 양림이 복사해준 일지를 꼼꼼히 읽어 내려갔다. 일지는 딸의 성격처럼 세세하게 기록돼 있었다. 간간이 들어간 그녀의 개인적인 느낌을 제외하고는 꽤 객관적으로 잘 정리된 일지였다.

그는 일지를 통해 지금껏 알지 못한 선배의 면면을 보았다. 쓰여 있는 대로라면 정묵은 심각한 범죄자였다. 물론 득호는 양림의 일지를 온전히 믿지 않았다. 기록에 대한 불신이 아니었다. 자신이야말로 그 누구보다 정묵을 잘 알고 있다고 믿어 왔기 때문이었다. 그는 일지를 읽는 내내 자신을 설득했다. 가해자와 피해자의 입장을 잘 아는 형사로서, 그리고 치매 환자로서 할 수 있는 착각이라고. 그럴 수밖에 없었다. 믿음에 균열이 왔기 때문이다. 양림의 일지는 읽으면 읽을수록 과거 어떤 사건과 겹쳐졌다.

득호는 문갑을 열어 오래전 자신이 쓴 형사 수첩을 꺼내 일지의 내용과 비슷한 사건을 찾았다. 강화연쇄살인 사건이었다. 득호는 제법 꼼꼼한 사람이었다. 그의 형사 수첩에는 연쇄살인과 관련된 세세한 기록이 남아 있었다. 더군다나 그것은 자신의 아내가 희생된 사건이 아닌가.

그가 양림의 일지를 읽으며 떠올린 사건은 여대생 납치와 산속 남자에 관한 부분이었다. 그것은 강화연쇄살인마의 첫 번째, 여섯 번째 살인 사건 기록과 닮아 있었다. 정묵의 기준으로 친다면 그 두 사람은 강화연쇄살인마의 처음과 마지막 희생자였다.

정묵은 당시 득호의 아내를 마지막 피해자로 인정하지 않았다. 득호는 그것을 선배의 배려라고 여겼다. 당시 일곱 번째 피해자로 거론된 아내는 무성한 추문의 주인공이 되어 있었다. 이전 사건들과의 차이 때문에 경찰 내에서도 의견이 분분한 사항이었다. 여러 가지 증거가 나오며 결국 아내는 마지막 피해자가 되었지만, 그는 아내의 명예를 지켜주려 한 정묵이 고마웠다. 득호는 수첩을 덮었다. 그리고 딸의 일지도 덮어버렸다. 정묵을 떠올리다 보니 이내 죄책감이 몰려왔다.

득호는 자리에 누워 억지로 잠을 청했다. 그러나 머릿속은 아직도 생각으로 가득했다. 눈을 감고 있자니 상민과 다녀온 숲이 펼쳐졌다. 한 남자가 누워 있었다. 살인마에게 목숨을 잃은 남자 옆으로 다른 시체들이 보였다. 하지만 아내는 보이지 않았다.

그는 자리에서 일어나 문갑 서랍에 숨겨 두었던 담배를 꺼냈다. 건강을 생각해 끊었지만, 이따금 마음이 복잡해지면 꺼내 피우는 담배였다. 득호는 허공을 향해 연기를 뿜었다. 연기 속으로 해변을 걷는 여대생이 보였다. 일지에 기록된 여대생의 전사(前事)였다. 죽어버린 피해자와 살인자만 아는 이야기, 실제인지 허구인지 알 수 없는 이야기였다. 어쨌거나 딸의 일지에는 여대생이 죽음에 이른 모든 과정이 기록되어 있었다. 그는 모든 것이 정묵의 작화라고 되뇌었다. 하지만 한번 떠오른 생각은 사라질 기미가 보이지 않았다. 고립된 숲이라는 표현이 계속 머릿속을 떠다녔기 때문이었다. 그는 가래나무 군락지 안쪽 숲을 떠올렸다. 아무래도 일지에서 정묵이 말한 공간이 그곳과 아주 잘 어울린다는 생각이 들었다. 득호는 길게 담배 연기를 내뿜었다. 숲이 보였다. 연기가 허공으로 흩어지자 숲도 사라졌다. 득호는 자리끼 옆에 놓인 컵에 담배를 끄며 중얼거렸다.

'선배는 미쳤어. 미친 거라고.'

양림은 때 이른 스카프를 목에 두르고 집을 나왔다. 날이 바뀌어도 정묵의 손자국은 목에 선명히 남아 있었다. 그녀는 밤새 잠을 이루지 못했다.

그의 며느리에게 전화해 더 이상 간병 일을 하는 것은 무리라고 말했다. 그녀는 이제 서영의 회유에도 흔들리지 않을 자신이 있었다. 제법 큰돈을 받을 수 있다는 생각으로 시작한 일이었다. 하지만 정묵의 간병은 돈만 생각하며 버틸 수 있는 일이 아니었다. 간병인은 치매 환자의 심리 상태를 잘 파악해 조호(調護)해야 한다지만, 양림은 이제 그럴 필요를 느끼지 못하게 되었다. 정작 그로부터 보호되어야 할 사람은 그의 주변 사람이라고 그녀는 생각했다. 그는 위험한 존재였다. 지금껏 그를 버티지 못하고 그만둔 간병인들도 비슷한 공포와 위협을 느꼈을 것이다.

양림이 병실에 들어섰을 때 정묵은 침대 옆에서 맨손체조를 하고 있었다. 그녀는 병실에 들어서지 못하고 주춤거렸다. 그녀의 두려움을 눈치챘는지 정묵이 먼저 말을 꺼냈다.

"어제 고생 많았다. 서운했으면 다 털어버려. 내가 몹쓸 병에 걸려서 그래."

양림은 대답하지 않았다. 아직 정묵에 대한 경계를 풀 수 없었다. 어젯밤 그녀는 일을 그만두는 것 외에 또 다른 문제를 고민했다. 자신을 이미 죽은 자와 헷갈리는 정묵을 떠올리다 제법 위험한 생각에 이른 것이다. 그녀가 아는 한 자신과 가장 흡사한 인간은 엄마뿐이었다. 그녀의 엄마는 살해당했다. 정묵은 누구보다 그 사실을 잘 알고 있는 사람이었다. 그리고 양림을 협박했다. 그는 죽은 자를 원망하고 있었다. 살인 고백, 운동화의 피, 착란 중 폭력은 그녀의 막연한 공포심을 구체화시켰다. 양림은 그가 치매라는 명분 좋은 병 뒤에 숨어 있다는 생각을 떨칠 수 없었다.

정오가 되자 양림은 중간중간 시계를 보는 횟수가 잦아졌다. 서영이 도착할 시간이었다. 그녀는 정묵이 막 낮잠에 들었을 무렵 병원에 도착했다.

양림은 휴게실에서 서영과 마주했다. 서영은 여러 번 자세를 고치며 양림이 그만두는 이유를 들었다. 갑작스러운 연락 때문이었는지 아무런 대책을 세우지 못한 서영은 그녀의 이야기를 인내심 있게 들었다. 그러나 서영에게 그녀의 이야기는 난폭한 치매 환자를 감당 못 하는 간병인의 푸념일 뿐이었다.

"그래서 아버님이 무서워 더 이상 일을 못 하시겠다는 거예요?"

"어제는 제 목을 졸라서 죽을 뻔했어요. 이건 그냥 넘기실 일이 아니에요."

"여기가 병원인데 무슨 큰일이 있으려고요. 아버님이 위협하면 사람 부르라니까요. 그리고 우리 아버님 그렇게 함부로 폭력 쓰는 분 아닌데? 한동네서 오래 사셨다면서요. 아버님 성격 모르세요?"

양림은 단 하루도 오롯이 간병한 적 없는 서영의 이야기에 기가 찼다.

"이봐요. 어르신은 치매 환자예요. 언제 어떤 짓을 할지 모르는 분이라고요."

"말 잘하셨어요. 치매 노인네가 그럴 수도 있죠. 그런데 왜 자꾸 환자를 위험한 사람으로 모세요? 여기 오기 전에 원장 만나고 오는 길이에요."

양림은 말문이 막혔다. 원장과 대화를 했다면 자신의 얘기가 온전히 들릴 리가 없었다. 서영은 원장의 다른 얼굴이었다. 그녀에게 정묵은 간병인이 필요한 환자일 뿐이었다. 양림은 서영을 이해시키려던 생각을 포기했다. 급히 마음을 추스르고 빨리 이곳을 떠나는 게 낫다는 생각을 할 때쯤 서영이 말했다.

"뭐 제가 시시비비 가리자고 온 거 아니에요. 기분 나빴다면 푸세요. 이렇게 갑자기 그만둔다고 하니까 저도 답답해서 그래요. 사람 빨리 구해 볼 테니까 시간을 줘요. 저 누구한테 부탁 같은 거 못하는데 특별히 얘기하는 거예요."

공포를 조리 있게 표현하지 못한 탓일까. 누구 하나 양림의 이야기에 귀를 기울이지 않았다. 스스로 정묵의 정체를 밝혀내지 않는 이상, 그가 준 공포를 이해시킬 방법은 없었다.

정묵은 며느리의 방문에 별 반응을 보이지 않았다. 서영이 애써 친근한 척 안부를 물었지만 무심하게 시선을 한 번 준 것이 끝이었다. 그녀는 개의치 않다는 듯 냉장고에서 과일을 꺼냈다.

"아줌마, 과도 어디 있어요?"

양림은 눈치를 보며 캐비닛에 숨겨 두었던 과도를 꺼내 건넸다. 정묵의 폭력성을 경험한 후 감췄던 물건이었다. 거기에는 양림이 숨겨 놓은 정묵의 면도칼이 함께 보관돼 있었다. 옆에서 그녀를 지켜보던 서영은 과도와 함께 보관 중인 면도칼을 보며 반가운 듯 활짝 웃어 보였다.

“어머, 이걸 아직도 갖고 계시네요? 하여간 부자가 취향이 똑같다니까.”

“이거 아세요?”

양림이 물었다. 자신에게는 무섭기만 한 정묵의 면도칼이 서영에게는 반가운 물건이라는 것이 신기했다.

“알다마다요. 그이랑 유럽으로 신혼여행 갔을 때 사다 드린 거니까요. 남편도 이것과 똑같은 거 써요. 기계와는 차원이 다르다나?”

정묵의 클래식 면도칼은 선량한 용도를 가진 선물이었다. 출처를 알고 나니 그녀는 두려움을 조금 덜어낼 수 있었다. 양림은 조심스럽게 정묵을 살폈다. 다행히 그는 두 여자의 대화에는 관심이 없어 보였다. 두근거리던 양림의 가슴이 안정을 찾았다.

서영은 과일을 깎는 내내 얼굴을 찌푸렸다. 병실로 들이친 햇빛 때문이었다.

“아줌마, 커튼 좀 치세요. 해 들이쳐요. 그렇죠, 아버님?”

정묵은 아무 말도 하지 않았다. 서영은 힐끗 그의 눈치를 보고는 군말 없이 하던 일을 했다. 그녀의 수다가 끊기자 병실에는 적막이 흘렀다. 서영은 무료한 듯 핸드폰을 만지작거렸다.

“어머, 아버님! 좀 있다 애들 아빠도 온다네요.”

핸드폰을 확인하던 서영이 정묵에게 말했다.

“장현이가?”

“아버님 보러 왔다니까 자기도 온다며 반차 냈데요.”

정묵은 가래나무 열매를 굴리기 시작했다. 제법 경쾌함이 담긴 소리가 병실에 퍼졌다. 아무래도 정묵에게 가족의 범위는 피를 나눈 아들까지라고 양림은 생각했다.

태양이 제법 바다와 가까워지자 양림은 퇴근을 준비했다. 서영이 있으니 오래 병실을 지키고 있을 이유가 없었다. 그때 멀리서 성큼성큼 병실을 향해 걸어오는 발소리가 들렸다. 양림은 장현이 도착했다고 생각했다. 서영도 같은 생각인지 노크 소리가 들리자 달려가 병실 문을 열었다. 하지만 문 앞에 선 사람은 최 반장이었다. 의외의 방문객에 병실에 있는 모두가 당황했다. 최 반장의 뒤에는 지난번에 함께 왔던 안경 쓴 형사가 있었다.

"어쩐 일이야?"

정묵이 말했다.

"뉴스 보셨어요? 저희 아주 진흙탕 뒹굴고 있습니다. 심기일전하는 마음으로 처음부터 다시 수사하고 있어요."

"그래서 지난번 수사하고 뭐 다른 거 나왔어?"

최 반장은 잠시 주변을 의식하며 망설였다. 정묵이 괜찮다고 손짓하고 나서야 그는 신나는 표정으로 말을 하기 시작했다.

"부검 결과가 나왔는데, 지난번 요양병원 뒷산 살인 사건과 해안도로 토막살인 사건이 같은 놈 짓이었어요."

정묵의 눈이 반짝였다. 양림도 정묵만큼 이번 사건에 관심이 많았다. 그녀는 자연스럽게 정묵의 표정을 살폈다. 그는 웃고 있었다. 최 반장의 이야기를 즐기고 있는 게 분명해 보였다.

"뉴스에서는 살해 수법이 다르다고 하던데?"

"흉기가 같아요."

"제법이네."

"제법이죠. 보통이 아녜요. 그리고…."

최 반장이 뭔가 중요한 이야기를 꺼내려고 할 때였다. 또 한 명의 방문객이 병실을 노크했다. 최 반장은 말을 멈췄다.

병실로 들어온 장현은 자신 때문에 조용해진 병실 분위기를 감지했다. 짐짓 당황한 그에게 먼저 손을 내민 사람은 최 반장이었다. 장현도 어린 시절 몇 번 마주쳤던 그를 기억해냈다.

"안녕하세요. 아버지 문병 오셨어요?"

장현이 말했다. 최 반장은 잠시 머뭇거렸다. 짧은 시간이었지만 모두가 알아챌 만한 침묵이었다. 그가 오늘 이곳에 온 목적이 문병이 아니라는 것을.

"설마 병원에 범인 잡으러 오신 거예요?"

정적을 깨고 질문을 던진 건 서영이었다. 양림은 지금처럼 서영의 존재가 고마운 적이 없었다. 그녀였기에 할 수 있는 천진한 질문이었다. 최 반장의 표정은 곧 진지하게 변했다. 그의 뒤에 서 있던 안경 쓴 형사가 수첩을 꺼내 무언가를 확인하자 병실은 정적에 빠졌다.

"우선 아까 하던 말 계속해 봐. 장현이 오기 전에 그놈에 대해 말하고 있었잖아."

정묵은 최 반장의 다음 이야기가 궁금한 듯 보챘다. 최 반장이

후배 형사의 수첩을 받아 들고 정묵을 보며 이야기했다.

“그거보다 여기 온 목적부터 밝히는 게 맞을 거 같습니다.”

목적이라는 말에 병실에 있던 사람들은 최 반장을 주목했다.

“오늘 온 이유는 선배한테 여쭤볼 게 있어서예요. 그냥 확인 차원이니 언짢아 마세요. 마침 잘됐네요.”

‘마침?’

정묵은 최 반장이 무엇을 이야기할지 매우 궁금했다. 그는 자신이 저지른 범죄에 대한 확신이 있었다. 중간중간 사라진 기억 때문에 혼란스럽기도 했지만, 착란 중의 자신도 살인마 조정묵임에는 변함이 없었다.

그는 몸을 일으켜 창가로 향했다. 붉게 물든 바다가 출렁였다. 정묵의 가슴이 울렁거렸다. 뱀들이 똬리를 풀려 했다. 그는 병실의 커튼을 쳤다. 양림이 반대쪽 커튼을 치며 정묵을 도왔다.

형광등 불이 켜지자 최 반장은 병실 안 사람들이 자신에게 주목하고 있다는 것을 느꼈다. 양림은 최 반장의 웃음기 사라진 표정을 포착했다. 무언가 중요한 이야기가 나오려 하고 있었다.

“이번 살인 사건은 차가 있어야 가능한 범죄입니다. 먼저 일어난 뒷산 살인 사건은 피해자가 납치된 위치를 봤을 때 여기까지 분명히 차로 이동한 거예요. 그리고 두 번째 살인도 납치는 도로에서 됐을 거고요. 아시다시피 요즘은 워낙 카메라가 잘 깔려 있어서 범인이 완벽히 숨기란 불가능합니다.”

“그렇지, 누가 그걸 몰라?”

정묵이 핀잔하듯 최 반장을 쏘아보았다.

"그런데 조회하다 보니 형님 차랑 장현이 차가 떠서요."

병실에 다시 정적이 흘렀다. 최 반장은 설명을 이어갔다. 신중을 기하기 위해 해안도로와 연결되는 지방도로, 국도의 교통정보수집 카메라와 과속단속 카메라 등을 대조 분석했다는 내용이었다. 확인이 필요한 차량 주인과 일일이 연락을 취하던 중에 이곳까지 오게 된 것이다. 정묵은 고개를 끄덕이며 탁자 위의 달력을 들었다.

"보자, 그게 며칠이야?"

"형님 차는 지난달 27일입니다."

그의 달력 27일에는 검은색과 붉은색 동그라미가 그려져 있었다. 정묵은 밝게 웃으며 최 반장을 향해 말했다.

"그거? 우리 아들이 문병 왔던 날이야. 얘 보내고 나도 기름이나 넣을까 하고 나갔다가 약 기운 때문에 다시 돌아왔었어. 있잖아, 초지대교가는 길에 주유소. 내가 거기서 기름을 넣거든."

"그날 자기도 아버님 문병 왔었어요?"

서영이 장현과 양림을 번갈아 보며 물었다. 양림은 난처했다. 장현의 방문은 일지에 나와 있지 않았다. 장현을 위한 것은 아니었지만, 본의 아니게 서영을 속인 꼴이 되었다.

"맞아요. 그날 어르신 아드님이 오셨어요."

양림이 풀 죽은 목소리로 말했다.

"선배! 기분 나쁘신 건 아니죠? 수사니까 이해해 주세요."

"그럼! 내가 장사 하루 이틀 해? 뭐 더 궁금한 건 없어?"

"이건 장현이한테 물어볼 건데…."

최 반장의 수사는 끝나지 않았다. 자신 있게 대답한 정묵의 말이 돌연 무색해졌다. 최 반장은 오늘 가장 진지한 표정으로 장현을 바라보았다. 웃고 있던 정묵의 미간이 찌푸려졌다.

"첫 번째 살인 사건이 났던 날입니다. 이쪽에는 카메라가 없어서 포기했었는데, 병원 건너편 민가에 주차된 차 블랙박스를 최근에 확보했어요. 지나는 차가 몇 대 잡혔는데, 그날도 장현이가 병원을 왔더군요. 두 사건이 일어난 날 동시에 찍힌 차는 장현이 차뿐이어서요."

"양림아 커튼 걷어라. 답답하구나."

정묵이 낮은 목소리로 양림에게 지시했다. 그녀는 재빨리 커튼을 걷었다. 창밖은 화염에 불타는 듯 검붉게 변해 있었다. 정묵은 말없이 창밖의 석양을 보았다. 장현이 해명할 차례였다.

"그날이 며칠이죠?"

장현이 핸드폰의 달력을 확인하며 안경 쓴 형사에게 물었다.

"8월 20일입니다."

형사의 답에 이번에는 서영이 나섰다.

"그때 당신 강화도에서 세미나 했었잖아요. 그때도 아버님 뵈러 왔었어요?"

정묵도 조용히 달력을 들어 확인했다. 손에는 빨간 볼펜이 들려 있었다.

"왔었어. 그날 저녁에 찾아왔지. 봐! 나는 달력에 누가 온 날

이렇게 표시해 두거든."

장현은 고개를 끄덕이며 태연하게 웃었다. 양림은 의아했다. 그녀가 아는 한 오늘을 제외하고 장현이 이곳에 문병을 온 것은 한 번뿐이었다. 최 반장은 장현의 답을 기다렸다.

"네, 마침 강화콘도에서 세미나가 있어 온 김에 저녁에 잠깐 들렸었습니다. 주최 측에 확인해 보셔도 좋아요."

"그랬군. 세미나가 여기였으면 아버지 문병을 온 거야 당연하지. 알리바이는 확실하네."

최 반장이 장현의 어깨를 토닥였다.

"알리바이? 지금 누구한테 감히 알리바이야!"

최 반장에게 정묵이 버럭 화를 냈다. 그의 눈빛이 돌변하자 최 반장은 한 걸음 물러섰다.

"죄송합니다. 선배 아시다시피…."

"그건 네 사정이고, 어디서 알리바이란 말이 나와. 나가! 꼴도 보기 싫다."

정묵의 언성이 높아지자 최 반장은 정중히 인사를 하고 병실을 나갔다. 양림은 심장이 두근거렸다. 자신의 불안이 막연한 의심이 아닐지도 모른다는 생각이 들었다. 엄마에 관한 일이 아니래도 살인 사건 전후로 나온 그의 이상행동은 충분히 의심받고도 남을 일이었다. 최 반장이라면 자신의 이야기를 진지하게 들어줄지도 모른다는 기대가 생겨났다. 양림은 설거지할 컵을 챙겨 급히 병실을 나왔다. 이 기회를 놓치면 다음은 없을 터였다. 다행히 최 반장

일행은 병동 안내대에서 수간호사와 대화 중이었다.

"그럼 간호사님은 지난달에 조정묵 씨의 아들을 본 적이 없으시다는 말씀이죠?"

"그날 저녁에 저는 퇴근하고 없었어요. 당직 간호사에게 확인해 볼게요."

"여기는 시시티브이 없습니까?"

"그게 이런저런 이유로 없는 곳이 있어요. 여기도 그렇고요. 아마 'CCTV 설치 의무화'가 돼야 마지못해서 할까? 원장이 워낙 짠돌이라 한다고 말은 하는데 그게 언제가 될지는 모르죠."

최 반장은 자신의 전화번호를 남기며 수간호사에게 확인이 되는 데로 회신해 줄 것을 당부했다.

"반장님! 저기, 얘기 좀 할 수 있을까요?"

누군가 최 반장의 소매를 잡으며 말했다. 양림이었다. 그는 그녀의 간절한 눈빛을 알아보았다. 유능한 형사의 본능이었다. 결정적인 단서는 항상 이런 눈빛에서 나오곤 했다.

"괜찮아. 좀 있으면 퇴근하지? 주차장에서 기다리마."

붉은 하늘이 암적색으로 무겁게 내려앉자 정묵은 티브이를 켰다. 마침 강화 해안도로 살인 사건에 대한 뉴스가 흘러나왔다. 서영은 기다렸다는 듯 장현이 오기 전 최 반장이 했던 이야기를 늘어놓았다. 장현은 묵묵히 아내의 이야기를 들었다.

"그래서 흉기가 뭐래?"

"몰라요. 그건 말 안 하던데?"

티브이 속 기자와 서영이 번갈아 가며 살인 사건을 전했다. 정묵은 침대 높이를 낮추며 베개를 바로 잡았다.

"다들 가거라. 혼자 있고 싶구나."

양림이 먼저 가방을 들고 병실을 나섰다. 그녀는 엘리베이터를 타지 않았다. 주차장으로 가는 길은 비상계단이 가까웠다. 그녀는 빨리 최 반장을 만나고 싶었다. 상기된 마음 때문인지 발걸음이 점점 빨라졌다. 1층에 내려와서야 숨을 고를 수 있었다. 양림은 주변을 살피며 병원 현관을 나섰다. 왠지 그래야 할 것 같았다. 밖으로 나온 그녀는 주차장 주변을 두리번거렸다. 누구도 눈여겨 보지 않았지만 양림에게는 아주 긴박한 순간이었다. 멀리 오래된 암녹색 승용차에서 경적이 짧게 들렸다. 그녀는 최 반장의 차를 향해 뛰었다. 차에 오르자 비로소 마음을 놓을 수 있었다. 그러나 결과적으로 양림은 신중하지 못했다. 마음이 앞선 나머지 중요한 것을 놓치고 말았다.

오늘은 최근 들어 가장 붉은 석양이 진 날이었다. 아직 석양은 미약하게 남아 있었다. 정묵은 창가에 서서 가슴 속 뱀들을 달래고 있었다. 그런 그의 눈에 쥐새끼 한 마리가 들어왔다. 영악한 생명은 들키고 싶지 않다는 듯 신중하게 주변을 살피며 아는 차에 몸을 실었다. 똬리를 푼 뱀들이 온몸 구석구석에 독을 뿜어댔다. 정묵은 분노와 살의를 느꼈지만, 오늘만큼은 참아야 한다고 생각했다. 최 반장은 집요한 사람이었다. 장현의 방문이 마침 자신의 살인과 겹친 이상 오늘은 피하는 것이 옳았다. 살인을 저지른다면 아들이 가장 유력한 용의자가 될지도 모를 일이었다. 그것은 정묵이 생각하는 완벽함을 훼손하는 것이었다. 살인은 온전히 자신의 기록이어야 했다.

정묵은 최 반장 때문에 첫 번째 살인이 있던 날 아들이 병실에 찾아왔음을 알았다. 아들이 왔었다면 아마도 자신이 검둥이와 병원 뒷산에 올랐던 그 시간이었을 것이다. 다행히도 장현은 최 반장에게 아버지를 만나지 못했다는 사실을 말하지 않았다. 아들이 자신을 위기에서 구한 것이다.

세상은 암흑이 되었다. 정묵의 살의는 휘발됐다.

후배 형사를 먼저 보낸 최 반장은 양림의 집으로 차를 몰았다. 차 안에는 침묵이 흘렀다. 최 반장은 말없이 창밖을 보고 있는 그녀를 보채지 않았다.

양림은 생각을 정리하고 있었다. 어디서부터 이야기를 꺼내야 할지 고민됐다. 최대한 객관적인 이야기를 해야 한다고 생각했다. 한편으로는 걱정이 몰려왔다. 최 반장이 흔쾌히 자신의 이야기를 들어준다고 했지만, 그가 적군인지 아군인지 구별할 수 없었다. 원장에게 했던 것처럼 털어놓았다가 입장만 난처한 상황이 되지 않을까 걱정이 앞섰다. 그는 정묵과 아버지의 동료이자 후배가 아니었던가. 급한 마음에 붙들었지만 성급한 짓이 아니었는지 후회가 들기도 했다.

침묵을 먼저 깬 건 최 반장이었다. 그는 태연한 척 창밖을 보는 양림의 심리 상태를 알아챘다. 그는 목격자와 증인들의 심리를 잘 알고 있었다. 그들은 진실을 꺼내기 전 수없이 망설이고 고민한다. 이럴 땐 상대에게 안정감을 주는 것이 필요했다. 그들에게 어떻게 확신을 주는지에 따라 정보의 질이 달라진다. 그것은 그가 오랜 경찰 생활 끝에 체득한 노하우였다.

"내가 아는 사람이라 더 불편하지? 혹시 아버지나 조 선배한테 누가 될까 봐 신경 쓰이고? 그런데 그런 생각 안 했으면 좋겠어. 나는 일에 있어서 개인적인 관계는 배제하거든. 정 불편하면 안 해도 돼."

최 반장의 이야기는 양림의 마음을 한결 편하게 해 주었다. 그녀는 그의 정확하고 간결한 말에 힘을 얻었다.

"꼭 얘기하고 싶어요. 지금이 아니면 제 얘기를 들어줄 분을 못 만날 거 같아서요. 아버지랑 원장한테도 말했지만, 아저씨가 치매 환자라는 이유로 그냥 넘어갔어요. 그래요. 아저씨는 치매 환자죠. 하지만 병을 넘어 그분의 고백에는 리얼리티가 있어요. 지금부터 하는 제 얘기를 믿을지 말지는 반장님이 알아서 판단하세요. 그저 들어 주시는 것만으로도 저는 감사해요."

정면을 응시한 채 기억을 떠올리는 그녀의 눈빛이 반짝였다. 양림은 이야기를 시작했다. 자신이 간병을 시작한 날부터 있었던 일들을 순서대로 전하고자 애썼다. 최 반장의 이해를 돕기 위한 나름의 배려였다. 그는 중간중간 이해 안 되는 부분을 질문하며 진지한 자세로 경청했다. 가장 자주 나온 질문은 정묵의 주머니에서 나왔던 물건에 관한 것이었다. 양림은 그간 정묵의 주머니에서 발견한 물건들이 어떤 공통점을 갖고 있는지 몰랐다. 궁금증이 커진 그녀는 용기를 내 물었다.

"아저씨뿐만 아니라 치매 노인들의 주머니 속에는 의외의 것들이 종종 나와요. 그런데 반장님은 뭔가 그것들 사이에 공통점을 알고 있는 거 같아요. 제 말이 맞나요?"

"그냥 형사의 궁금증일 뿐이야."

그는 직접적인 설명을 피했다. 그녀가 이야기를 이어가자 최 반장이 문뜩 생각난 듯 그녀의 말을 끊었다.

"하나만 더 물어봐도 될까? 방금 치매 노인들의 주머니 속에는 의외의 것들이 많다고 했지? 그렇다면 운동화 끈하고 타이백이 선배가 주머니에 쉽게 넣을 수 있는 물건이니?"

"아니요. 짐작하셨겠지만 어느 하나 그냥 넣을만한 거리에 있는 물건이 아니에요. 특히 운동화 끈은 푸는 데만 시간이 꽤 걸리거든요. 저는 주머니에서 면도칼이 나왔을 때 제일 무서웠어요."

"그건 평소 버릇이야. 선배는 일반 면도기를 싫어했거든. 형사 시절부터 면도칼을 주머니에 넣고 다니셨어. 우리야 수염 밀 시간이 정해진 사람도 아니고, 또 여러모로 쓸모도 많다 했고. 어떤 쓸모인지는 알지 못하지만, 어쨌거나 그건 내가 알고 있는 선배 버릇이야."

그것은 양림이 최 반장을 통해 새롭게 알게 된 정묵의 버릇이었다. 그녀는 잠시 생각했다. 그렇다면 면도칼을 제외하고 주머니에서 물건을 꺼내던 이전 상황을 기억해야 했다. 그녀의 생각에 면도칼이 가장 위험한 물건이었지만, 최 반장은 생각보다 면도칼에 큰 의미를 두고 있지 않은 것 같았다.

"물건이 사라지기 전후로 별일은 없었고?"

그녀는 가방에서 일지를 꺼내 날짜를 확인했다. 최 반장의 시선이 일지에 멈췄다.

"타이백이 발견된 날은 며느님이 왔다 갔어요. 제가 아저씨한테 해코지를 당해서 그만둘까 봐 서울에서 급하게 왔더라고요."

"해코지? 선배가 너한테?"

"전날 새벽에 착란을 일으키고 난동을 부렸어요. 그게 아침까지 이어졌고요."

"꼬장꼬장한 양반도 세월은 못 이기네."

"저도 아저씨가 그렇게 화내는 모습은 처음 봤어요. 뭐 병이라니까 넘어갔죠."

"그 노트는 뭐지?"

최 반장은 그녀의 손에 들린 일지에 관심을 보였다.

"며느님이 부탁한 거예요. 아저씨 상태를 매일 일지에 기록해 달라고요. 병원 사람들 말로는 치매 걸린 시부 재산 때문에 증거 만드는 거래요."

양림은 말을 흐렸다. 이야기의 중심이 서영에게로 옮겨갈지 모른다는 생각에서였다. 양림은 서영의 일에는 관심이 없었다. 그녀의 목적은 오로지 정묵이었다. 다행히 최 반장도 서영과 관련된 일에 대해서는 더 묻지 않았다.

“그래서 세세하게 기억하고 있었구나. 혹시 나중에 필요하다면 나한테 보여줄 수 있겠니?”

“가능해요. 아버지한테도 복사해서 드렸어요.”

최 반장은 고개를 끄덕였다. 양림은 일지에서 운동화 끈을 발견한 날의 내용을 읽으며 때때로 운전하는 그의 얼굴을 살폈다. 표정은 처음보다 많이 굳어 있었다.

최 반장은 양림의 이야기를 들으며 주머니에서 발견된 물건의 쓰임새를 생각했다. 수사 중인 연쇄살인과 연관 짓지 않더라도 거기서 발견된 물건은 위험한 것들이었다. 그가 아는 한 정묵의 주머니에서 나온 물건은 모두 살인을 할 수 있는 도구였다.

“저기, 하나 더 얘기해도 될까요?”

“그래, 뭐든.”

“핏자국을 봤어요.”

최 반장은 저도 모르게 발에 힘을 줬다. 그의 차는 텅 빈 도로를 더욱 거침없이 달렸다. 피는 형사의 감각을 최대치로 끌어 올리는 미끼였다. 양림은 노트를 덮고 최 반장을 향해 몸을 돌렸다. 그리고 기록에 의지하지 않아도 될 만큼 생생하게 그때의 상황을 전달했다.

“아저씨는 운동화 끈을 매지 말라고 하셨어요. 그런데 노인들은 헐거운 신발을 신으면 안 돼요. 수간호사님 얘기도 있고 해서 아저씨가 자리를 비운 사이에 끈을 껴 놓으려고 했어요. 그래서 기회가 왔을 때 운동화를 들었는데 거기에 핏자국이 있었어요."

"핏자국인 건 어떻게 확신하지?"

"전 여자고 주부예요. 핏자국, 얼룩 이런 것들은 구분 못 할 리 없죠. 그리고 아버지와 살면서 옷에 묻은 핏자국은 수없이 봤어요. 그래서 아저씨에게 물었어요. 무슨 피냐고요."

"그래서?"

"여기서부터는 확실하지 않아요. 제 이야기가 확실하지 않다는 게 아니라 그분 이야기가 확실하지 않다는 거예요. 그날 아저씨는 티브이에 나오는 해안도로 살인 사건을 보며 자기가 죽였다고 했어요. 횡설수설했지만 그 순간만큼은 정말 무서웠어요. 운동화에 묻었던 피를 떠올리지 않을 수 없었으니까요. 그래서 핏자국에 대해서도 물어봤죠. 그랬더니 그건 본인이 차를 몰다 치인 고양이의 피라고 하더군요."

최 반장은 차를 세우고 싶어졌다. 운전하면서 가볍게 듣고자 했던 이야기가 갈수록 형사의 호기심을 자극하고 있었다. 하지만 내색할 수 없었다. 양림의 이야기에 가장 큰 불안 요소는 주인공이 치매 환자라는 것이었다. 그는 좀 더 이성적으로 그녀의 이야기를 들을 필요가 있다고 생각했다.

"선배가 횡설수설했다는 건 치매 환자라서가 아닐까? 무척 호기심이 생기는 얘기다만 쉽게 동조하기는 힘들구나."

"알아요. 그래서 확실하지 않다고 한 거예요. 그런데 문제는 다음 날이었어요. 출근을 했는데 운동화가 빨아져 있었어요. 평소에 수건 한 장 빠는 분이 아닌데 말이죠. 제가 왜 빨았냐고 물었더니 더러워서 그랬대요. 한밤중에 갑자기 더러움을 느껴서 운동화를 빨았다는 게 저는 이해가 가지 않았어요. 물론 전날 물어본 핏자국 얘기에 관해서는 아예 기억을 못 하셨고요. 그런데 아까 반장님이 병실에서 하신 얘기를 듣고 어쩌면 아저씨가 한 얘기가 헛소리가 아니었을 수도 있겠다고 생각했어요."

"어떤 얘기?"

"해안도로 살인 사건 때문에 차량 조회했더니 아저씨 차가 나왔다면서요?"

최 반장은 침묵했다. 호기심을 자극하는 요소는 이야기 곳곳에 존재했지만, 그래도 정묵은 치매 환자였다. 양림도 더 이상 말을 잇지 않았다. 최 반장이 침묵하는 이유를 가늠할 수 없어서였다. 다행히도 두 사람의 침묵은 어둠이 메웠다. 어느덧 섬에는 짙은 어둠이 깔려 있었다.

숙직실에 누운 최 반장은 잠을 이루지 못했다. 양림과 했던 대화가 음침한 여운으로 남아 있기 때문이었다. 그는 옆에 누운 후배 형사에게 질문했다.

"해안도로 살인 사건 때 말이야. 현장 사진 보니까 도로에 핏자국이 있는 거 같던데?"

"아, 그거요? 혹시 몰라 시료 채취해서 넘겼는데 동물 피래요.

주변에서 고양이 사체도 발견됐고요."

"고양이?"

최 반장은 양림의 이야기가 떠올랐다. 그날 해안도로에는 정묵이 있었다. 치매에 걸린 노인이 차를 끌고 나왔다. 그는 도로 위의 고양이를 보지 못하고 차로 치었다. 고양이를 확인하는 과정에서 운동화에 피가 묻었다. 마침 그곳은 한 여자가 사라진 지점과 일치하는 곳이다. 이제 와서 운동화의 피는 확인할 수 없지만, 그가 했던 말이 사실이라면 고양이를 친 것은 정묵이 확실했다. 하지만 최 반장은 찝찝한 기분을 지울 수 없었다. 고양이 이야기가 사실이라면 정묵의 살인 고백도 진실이란 말인가? 그녀의 말은 어디까지 믿어야 할까? 양림은 살인마에게 엄마를 잃었다. 최 반장으로서는 치매에 걸려 믿을 수 없는 정묵만큼이나 트라우마가 있는 양림의 이야기도 맹신할 수만은 없었다. 의문이 꼬리에 꼬리를 물었다. 어쩌면 정묵은 살인 사건의 목격자였다. 혹은 살인자 이거나….

하지만 교통 정보 카메라에 찍힌 정묵의 차는 그의 증언대로 초지대교로 향하던 중 돌려온 기록이 있었다. 차는 도로 양쪽 카메라에 거의 시차 없이 기록되었다. 그는 사실대로 얘기한 것이다. 그녀는 차에서 내리기 직전 또 다른 얘기를 했다.

'뉴스를 기다리고 있었어요. 시신이 발견되기 며칠 전부터….'

양림은 그 뉴스가 해안도로 살인 사건에 관한 것이라고 확신하는 듯했다.

"안 주무세요? 아까 그 아주머니가 뭐라던가요? 겁에 질린 표정이던데.”

몸을 뒤척이는 최 반장의 심기를 눈치챈 후배가 조심스럽게 물었다.

“별 얘기 아니었어.”

“선배님은 이번 사건이 강화연쇄살인마 짓이라고 생각하시죠?”

“뜬금없이 왜?”

“그렇게 생각하고 계신 거 같아서요. 아까 예전 기록 보시는 거 봤어요. 우리야 모르지만 반장님은 강화연쇄살인 사건 때도 계시지 않았어요.”

“의심스럽긴 하지. 애석하게도 내가 여기 오고 나서 강화연쇄살인마가 살인을 멈췄어. 그래서 나는 이번에 날뛰는 놈이 예전의 그놈이길 바라고 있어. 꼭 잡아 처넣고 싶거든. 죄를 지었으면 대가를 치러야지, 안 그래?”

“저는 모방범이 아닌가 싶어요. 용의주도하고 체계적인 유형이죠. 빨리 잡아야 할 텐데 잡을 수 있을까요?”

“그럼. 분명히 잡혀. 지금은 예전하고 달라. 완벽한 범죄는 없어.”

후배와 대화하는 중간중간 최 반장은 양림이 떠올랐다. 그녀는 정묵을 두려워하고 있었다. 그녀의 불안을 조금이라도 내려주기 위해 날이 밝는 대로 전화할 생각이었다. 해안도로에서 발견된 죽은 고양이가 있었다고.

이른 아침 눈을 뜬 정묵은 밤새 자란 수염을 밀고 싶었다. 욕실로 향한 그는 먼저 눈에 띈 칫솔을 집어 들었다. 하지만 다음에 무엇을 해야 할지 떠오르지 않았다. 정묵은 자신의 손에 들려있는 칫솔을 한참 동안 바라보았다. 짜증이 났지만 이유를 알 수 없었다. 다만 확실한 건 자신이 칫솔을 원한 게 아니라는 것이었다.

그는 칫솔을 내려놓고 욕실을 나왔다. 당황스러운 순간이었다. 그는 자신이 원하는 것을 모른 적이 없었다. 늘 선택은 확실했고 주저하지 않았다. 그런데 욕실에 들어선 순간 목적을 잃어버린 것이다. 그는 덜컥 불안해지기 시작했다. 어딘가 잘못됐다는 생각이 머리를 스쳤다.

'달라진 것은 없다. 그런데 나는 뭘 하고 싶었던 거지?'

그는 병실을 둘러보았다. 모든 것은 제자리에 있었고 청결했다. 오점이라고 할 만한 것은 눈에 띄지 않았다. 걸리는 것이라곤 문이 제대로 닫히지 않은 캐비닛뿐이었다. 문을 닫기 위해 다가간 캐비닛은 내부가 달라져 있었다. 지금껏 양림은 지시한 내용을 거스른 적이 없었다. 그래서 딱히 신경 쓰지 않았다. 그것이 문제였다. 그가 모르는 사이 양림이 자신의 룰을 바꾸고 있었다.

"덜떨어진 것 같으니…. 시키는 것 하나 못해서야."

정묵은 자기 룰대로 다시 정리를 시작했다. 위치가 바뀐 그릇을 옮기고, 수건을 정리했다. 물건들이 제자리를 찾자 그는 기분이 좋아졌다. 마지막 수건 뭉치를 꺼내 들었을 때였다. '툭'하고 뒤에 있던 물건이 선반 위로 쓰러지는 소리가 났다. 무언가 키친타월에 말려 수건 안쪽에 보관되어 있었다. 쌓여 있는 물건의 정체는 칼이었다. 서영이 자주 썼던 과일칼과 클래식 면도칼이었다. 정묵은 미소 지었다. 면도칼을 보자 자신이 원하던 것이 무엇인지 떠올랐다. 지금껏 마음 한쪽에 깔려있던 안개가 걷힌 순간이었다.

정묵은 면도를 시작했다. 며칠간 방치된 칼은 날이 무뎌져 있었다. 면도칼은 단련이 필요했다. 예리한 칼일수록 관리가 중요하다. 면도를 멈춘 정묵은 혁지를 꺼내 면도칼을 갈기 시작했다. 칼이 혁지를 지날 때마다 뱀의 소리가 났다. 낙엽이 쌓인 풀숲을 지나는 뱀이었다. 뱀은 정확하게 목표를 향해 가고 있었다. 그는 신중하게 칼을 단련했다. 아무 방해 없이 집중할 수 있는 소중한 시간이었다. 거듭하면 할수록 머리가 맑아졌다. 이제 불안은 사라지고 없었다. 하지만 즐거움은 오래가지 못했다. 목표에 다다른 뱀이 인기척을 느낀 것이다. 잠시 후 노크 소리가 들렸다. 그는 잠시 인상을 찌푸리고 하던 일을 계속했다.

출근한 양림은 욕실에서 나는 소리에 그대로 굳어버렸다. 욕실 문이 열려 있어 곧바로 확인할 수 있었지만, 그녀는 고개를 돌리지 못했다. 익숙히 알고 있는 소름 끼치는 소리였다.

'칼을 갈고 있다!'

양림은 정묵이 캐비닛을 뒤져 면도칼을 찾아낼 줄은 미처 생각하지 못했다. 필요한 물건이 생기면 간병인을 통해 찾는 사람이기에, 적어도 그가 필요를 느끼게 되면 물어올 거라 예상했었다. 혁지에서는 규칙적인 소리가 났다. 여느 때처럼 태연하게 칼을 가는 것이 분명했다.

양림은 자신을 의식하지 않는 정묵을 보며 천천히 몸을 움직였다. 그의 손에 칼이 들려 있는 이상 눈에 띄는 행동은 금물이었다. 등이 창가 난간에 닿자 마음이 안정됐다. 욕실과 최대한의 거리를 유지한 위치였다.

칼날을 세운 정묵은 만족스러운 듯 날을 확인했다. 얼굴에 비누를 묻히고 그는 면도를 다시 시작했다. 양림은 그 모습을 지켜봤다. 그는 거울을 보며 얼굴 구석구석을 꼼꼼히 챙겼다.

"면도칼은 며칠만 놔둬도 날이 무뎌져."

정묵이 거울을 보며 말했다. 양림은 그것이 자신에게 한 이야기인지 깨닫지 못했다.

"내가 모든 건 제자리에 있어야 한다고 말하지 않았나?"

양림은 질문을 받고 나서야 정묵이 자신에게 한 말이라는 것을 알았다. 그녀는 정묵이 자신의 존재를 모르고 있을 거라 생각했었다. 하지만 그는 알고 있었다.

"치워 놨었어요. 수간호사가 위험한 물건은 치워두라고 하셔서요."

"위험하다라. 면도하는 칼이 누구에게?"

양림은 말을 잇지 못했다. 그가 원하는 답을 하고 싶지 않아서였다. 그녀는 정묵에게 대꾸하지 않고 병실을 나갔다. 마침 병동 안내대에는 회진을 준비하는 원장과 간호사들이 있었다. 그만두기를 결심한 양림은 더 이상 누구의 눈치를 볼 필요가 없었다. 다음 사람을 위해서라도 위험한 것들은 정리해야 한다고 생각했다. 그녀는 원장에게 다가갔다. 양림을 발견한 원장이 그녀에게 먼저 말을 걸었다.

"무슨 일 있습니까?"

"원장님, 어르신이 면도할 때 면도칼을 쓰시는 거 아시죠?"

"그게 왜요?"

"아무래도 위험한 거 같아서요. 사용하지 못하게 해 주세요."

원장은 며칠 새 당당하게 변한 양림을 보며 코웃음을 쳤다.

"아주머니 며칠 새 변하신 거 같네요. 지금 나한테 명령하는 거예요? 거기서 알아서 할 일을 왜 나한테 말하는 겁니까? 치우고 싶으면 치우세요."

"제 얘기는 안 통하니까요. 혹시 위험한 물건을 내버려 뒀다가 무슨 일이라도 생기면…."

"마치 어르신이 시한폭탄이라도 되는 것처럼 말씀하시네요."

"네, 말씀 잘하셨어요. 그분 시한폭탄 맞아요."

양림이 지지 않고 맞서자 원장은 한마디 하려는 듯 숨을 크게 들이마셨다. 분위기가 급격히 싸늘해졌다. 이를 보다 못한 수간호사가 먼저 그녀를 제지하고 나섰다.

"양림 씨! 나중에 우리가 처리할게요. 일단 돌아가요. 원장님 회진 도셔야 해."

원장 일행은 양림을 지나쳐 회진 병실로 향했다. 그녀는 병실 안으로 사라지는 원장의 뒷모습을 끝까지 지켜보았다. 씁쓸함이 밀려왔다. 아무 결과도 내지 못한 무력함 때문이었으리라. 그녀는 터덜터덜 정묵의 병실로 발걸음을 옮겼다.

양림은 돌아가는 복도에서 한 통의 전화를 받았다. 최 반장이었다. 그는 해안도로에서 발견된 고양이 사체에 대해 이야기해 주었다. 고양이를 차로 친 것과 운동화의 피에 대한 정묵의 말이 사실일 가능성이 크다는 얘기였다. 그는 불안에 떨고 있을 것 같아 걱정되어 알려 준다고 말을 이었다. 그녀는 최 반장에게 묻고 싶은 것이 많았다. 그러나 그는 통화에 집중하지 못했다. 보통 이런 상황에는 상대를 붙잡고 있으면 안 된다는 걸 양림은 잘 알고 있었다. 그녀는 서둘러 통화를 마무리했다.

"바쁘신데 신경 써 주셔서 고맙습니다."

그는 양림에게 다시 전화하겠다고 말하며 급하게 전화를 끊었다. 그녀는 최 반장의 생각이 궁금했다. 해안도로에서 죽은 고양이가 발견되었다면 정묵이 그날 여자를 죽였다고 고백한 사실도 진실이어야 했다. 양림은 아버지가 오래전 했던 말이 떠올랐다. 그는 정묵만큼 유능한 형사라고. 그렇다면 최 반장도 그것을 간과했을 리 없을 터였다. 양림은 최 반장을 믿고 기다려 보기로 했다. 환자인지 범죄자인지 그가 밝혀줄 것이라고….

회진의 마지막 순서는 늘 409호 병실이었다. 양림은 원장 일행을 기다렸다. 앞서 말했던 것이 어떻게 조치될지 궁금했다. 세면을 끝낸 정묵은 말끔한 모습으로 침대에 앉아 있었다. 그녀는 열린 욕실 문틈으로 세면대를 보았다. 거울 아래 선반에는 면도칼이 반듯하게 놓여 있었다. 그녀는 면도칼에서 시선을 떼지 못했다. 원래 있어야 할 자리에 있는 것뿐이었지만 오늘따라 매우 두렵게 느껴졌다. 언젠가 저 물건이 누군가를 해칠 것만 같았다. 숨긴 물건을 찾아냈다는 건, 감추는 것도 의미가 없다는 뜻이었다. 모두의 안전을 위해서라면 위험한 것은 병실에서 사라져야 한다. 여기서 흉기를 사라지게 하려면 이제는 원장의 도움이 필요했다. 그녀는 원장이 상황의 심각성을 느끼길 기도했다.

잠시 후 노크 소리가 들리며 원장 일행이 들어왔다. 원장은 지금껏 본 적 없는 다정한 말투로 정묵에게 말을 걸었다. 의식 상태와 전신 상태를 점검하는 질문을 던지며 다른 증상이 있는지 문진했다.

"어르신, 다른 불편한 점은 없으세요?"

"괜찮아. 나는 신경 안 써 주는 게 더 좋으니까 내버려 둬."

원장은 미소 띤 얼굴로 끄덕였다. 원장과 눈이 마주친 양림은 그의 비열한 미소를 보았다.

"어르신은 좋으시겠어요. 간병하는 아주머니가 아주 열정이 넘치셔서."

"무슨 소리야?"

"쓰시는 면도칼이요. 그게 위험한 거 같다며 걱정을 많이 하시네요."

"박 원장도 그렇게 생각해?"

"저야 어르신을 믿는데, 같이 있는 분이 그러니까 알고 계시라고 하는 말입니다."

원장은 양림의 기대와 달리 별 조치 없이 병실을 떠났다.

의료진이 나간 병실에는 무거운 침묵이 찾아왔다. 양림은 침묵의 의미 때문에 마음이 초조해졌다. 당장이라도 정묵이 불같은 화를 낼 것만 같았다. 그는 한동안 티브이를 시청했다. 마음에 드는 방송이 없는지 채널을 계속 바꿨다. 아니 정묵은 티브이를 볼 마음이 없어 보였다. 그는 생각에 빠져있었다. 리모컨을 든 손은 자신의 상태를 감추기 위한 속임수에 불과했다.

그러다 어느 다큐멘터리 채널에서 손이 멈췄다. 습지에 사는 악어에 관한 다큐멘터리였다. 악어는 사냥하고 있었다. 그것은 은밀하고도 잔인했다. 악어는 물가로 다가온 먹잇감을 잡아 물속으로 가라앉는다. 포획물은 물속에서 질식해 죽는다. 물을 마시러 왔던 가젤은 단지 그곳에서 악어를 만났다는 이유로 죽음을 맞았다. 난폭한 포식자의 갑작스러운 공격은 피할 도리가 없었다. 그저 운이 없었던 것뿐이다.

양림은 악어에 잡혀 버둥거리는 가젤을 보자 고개를 돌렸다. 그저 티브이에서 나오는 동물들의 세계일뿐이지만 죽어가는 생명을 지켜본다는 건 매번 불편한 경험이었다. 악어가 물속으로 사라지자 정묵이 입을 열었다.

"너 머리가 좋다? 잘도 나를 함정에 빠뜨렸어."

"함정이라뇨? 전 혹시라도 위험할 것 같아서 그런 거예요. 날카로운 물건에 다치시기라도 하면…."

"솔직하게 말해! 내가 저 면도칼로 너 죽일까 봐 겁나냐?"

정곡을 찌른 질문이었다. 그녀는 당황한 듯 눈을 껌뻑이며 아무 말도 하지 못했다. 정묵이 웃음을 터트렸다. 그녀를 조롱하는 기분 나쁜 웃음이었다. 그는 이내 웃음을 멈추고 고개를 들어 양림을 쏘아봤다.

"내가 널 왜 죽여? 그날도 아닌데…."

"그날?"

양림이 따라 말했다. 정묵은 탁자 위에 있던 가래나무 열매를 굴리며 창밖을 바라보았다. 청명한 가을 하늘이 푸르게 빛나고 있었다.

"바다가 피로 물드는 날이 있어. 빨갛게, 아주 새빨갛게. 그런 날 본 적 있어? 그날이 아니면 내 피가 끓지를 않아."

"석양 무렵?"

양림이 답했다. 정묵은 천천히 고개를 끄덕였다. 그녀는 지난 시간을 더듬었다. 그는 바다로 떨어지는 해를 좋아했다. 석양을 보기 위해 눈이 부셔도 커튼을 치지 않았다. 그러고 보면 정묵이 발작을 일으키던 날들과 붉은 석양은 동시였다.

그는 오랜 기억을 떠올리듯 하늘을 보며 생각에 잠겼다. '도독도도독….' 가래나무 열매 소리가 허공을 메우자, 양림은 신중하게 정묵의 상태를 살폈다. 그의 정신이 다시 파도치고 있는 것이 전해졌다. 양림은 착란에 빠진 정묵을 이용해 보기로 했다. 날카롭던 눈빛이 사라지자 그는 순식간에 평범한 노인으로 바뀌었다.

조금 전까지 원장과 대화하던 정묵은 사라지고 없었다.

"왜요? 죽어가던 노루 때문인가요?"

양림이 조심스럽게 물었다. 그녀는 정묵에게 들었던 노루 이야기를 꺼냈다. 그는 석양을 보며 종종 죽은 노루에 관해 말했다. 노루의 빛나는 눈동자와 붉은 피를 몇 번이고 강조했다. 이 이야기를 들을 때면 그녀는 흥건히 고인 피 위에 서 있는 어린 정묵을 상상했다.

"죽어가는 노루를 본 적 있어? 난 봤어. 그 눈을 보려면 피를 피해서는 안 돼. 그 위에 서야 보이니까."

"그날이라는 게 그럼 노루가 죽던 날이에요?"

"이 바보야! 이제 노루는 없어. 그러니까 바다로 간 거야. 바다가 피로 물드니까. 석양은 금방 사라져, 그래서 난…."

그는 질문에 제법 성실히 대답했다. 하지만 아침 식사 후 먹은 약 때문인지 정묵은 다음 말을 잇지 못하고 고개를 떨어트렸다. 그는 정신을 차리려 애썼다. 그러나 밀려오는 잠을 이기지 못했다.

양림은 정묵의 이야기를 듣는 동안 등줄기가 서늘해짐을 느꼈다. 그가 말하는 그날은 핏빛 석양을 의미했다. 그녀의 엄마가 죽은 날도 붉은 석양이 지던 날이었다. 정묵의 얘기는 끊임없이 그녀의 과거를 떠오르게 했다.

"저희 엄마가 사라진 날도 그런 석양이 지는 날이었어요."

양림이 엄마 얘기를 꺼내자 정묵의 표정이 일그러졌다. 그는 알아들을 수 없는 소리로 중얼거렸다.

“재수 없는 년이 다 망쳤어.”

수수께끼 같은 말을 남긴 채 정묵은 잠들었다. 양림은 고개를 푹 떨군 채 잠든 그를 바라보았다. 얼마 전까지만 해도 존경해 마지않던 어른이었다. 그녀는 의아했다. 어째서 존경이 두려움으로 변했는지, 왜 그의 착란은 치매 노인의 그것과 다르게만 느껴지는지. 왜 그의 얘기를 들으면 죽은 엄마가 떠오르는지.

태양의 피

5장 태양의 피

집에 들어온 득호의 손에는 땀이 흥건했다. 그는 방금 기묘한 경험을 했다. 설명을 하자면 앞뒤가 맞지 않는 이야기였다. 오늘 하루를 통틀어 가장 이해하기 힘든 일이었다.

발단은 오늘 아침 서영에게 걸려온 한 통의 전화부터였다. 그녀는 오늘 부동산 업자가 사람을 데려올 거라며 집을 안내해 주라고 했다. 정묵의 고집만큼이나 서영도 집요했다. 그녀는 부동산을 통해 끊임없이 매수자를 찾았다. 한 번도 성공을 못 했기에 부동산 업자가 고객을 데려올 때마다 모든 수고는 득호의 몫이었다. 정묵의 뜻을 거스르는 일이었지만 결과적으로는 성사되기 어려운 계약이기에 그는 적당히 두 사람 사이에서 비위를 맞추곤 했다.

부동산 사장이 데려온 사람은 귀농을 준비하는 중년 부부였다. 득호가 자신이 관리하는 열쇠로 정묵의 집을 열어 주자, 부동산 사장은 밖에서부터 하나하나 집을 설명했다. 오래된 집이지만 정묵의 성격만큼 관리가 잘된 탓에 부부는 마음에 들어 했다. 그가 보기에도 약간의 수리만 하면 부부가 사는 데 불편함이 없을 것 같았다.

정묵은 부인이 죽자 주변을 정리했다. 그리고 그 무렵 받은 건강 검진에서 치매 초기 판정을 받았다. 치매라고 하기엔 가끔 나오는 건망증 정도였지만 그는 미련 없이 요양병원을 택했다. 자식들과 주변 사람에게 부담을 주기 싫다는 이유에서였다.

부동산 사장이 중년 부부에게 집을 안내하는 사이 득호는 정묵의 서재를 둘러보며 형사 시절을 회상했다. 살았던 가족만큼이나 그에게도 추억이 많은 집이었다. 특히 서재는 가장 애착이 가는 공간이었다. 형사 시절 그는 이곳에서 정묵과 많은 밤을 새웠다. 사건이 해결된 날이면 정묵과 조촐하게 술잔을 기울이는 공간이기도 했다.

햇살이 들이치는 서재는 다른 방보다 먼지가 도드라져 보였다. 책장은 선반마다 먼지가 소복이 쌓여 얇은 융단을 깔아 놓은 듯했다. 그런데 융단은 가장 안쪽 책장에서 끊겨 있었다. 먼지가 지워진 흔적이 군데군데 눈에 띄었던 것이다. 흔적은 책장 꼭대기까지 이어졌다.

무능했다고는 하나 그도 형사 생활을 하며 익힌 감각이라는 것이 있었다. 형사의 직감이었다. 그는 책장 위를 더듬었다. 높은 곳으로 손을 뻗으려니 책장 선반에 가슴을 갖다 댈 수밖에 없었다. 먼지가 지워진 이유였다.

득호의 손에 상자가 잡혔다. 철제로 된 원형 쿠키 상자였다. 오랫동안 방치됐는지 상자는 겉면에 녹이 잔뜩 슬어 있었다. 그러나 먼지는 쌓여 있지 않았다. 최근 누군가 상자를 확인한 것이다. 누군가라고 했지만 떠오르는 인물은 정묵 하나였다. 하지만 그가 기억하는 정묵은 최근에 집 안으로 들어온 적이 없었다. 들어와야 한다면 열쇠가 있는 자신을 찾았을 것이다. 정묵이 아니라면 장현 내외뿐이었다. 만약 그들이 이 상자를 보러왔다면 매우 소중한 것이리라. 그는 상자 안 물건이 궁금해지기 시작했다.

상자를 열어 본 득호는 실망했다. 볼품없는 물건들뿐이었다. 만년필, 전자시계, 목걸이, 귀걸이, 배지 등등 주로 녹이 슬거나 부식된 물건들이었다. 그때 부피가 있던 머리끈 하나가 스프링처럼 튀어나와 바닥에 떨어졌다.

"선생님! 저희 다 봤습니다."

거실에서 부동산 업자의 목소리가 들렸다.

"예, 나갑니다."

그는 물건을 훔치다 들킨 사람처럼 급하게 상자를 닫아 제자리에 올려놓았다. 나가려는 득호의 발에 떨어진 머리끈이 밟혔다. 미처 상자에 넣지 못한 물건이었다. 그는 급한 대로 머리끈을 주워 주머니에 욱여넣었다.

집으로 돌아온 득호는 잠옷을 갈아입기 위해 바지를 벗던 중 잠시 잊고 있던 물건을 꺼냈다. 낮에 정묵의 집에서 들고나온 머리끈이었다. 의도하지 않았지만, 머리끈은 상자에서 탈출하고 싶었던 것처럼 열림 틈으로 재빨리 튀어나와 득호의 주머니로 들어갔다.

그는 촌스러운 패턴에 잘못된 영문 스펠이 새겨진 머리끈을 만지작거렸다. 제법 감촉이 좋은 천으로 만들어진 물건이었다. 오래전 딸과 아내도 이런 머리끈으로 머리를 묶곤 했었다. 그는 집안의 여자들을 떠올리며 씁쓸하게 웃었다. 요즘은 아내를 떠올리려면 양림을 생각해야 했기 때문이었다. 이제 딸이 엄마의 나이를 살고 있었다.

득호는 머리끈을 꼭 쥐었다. 정묵이 오랫동안 상자에 넣어 보관한 물건이었다. 그렇다면 이것은 그의 가족에게 의미 있는 물건일 가능성이 컸다. 무거운 마음을 덜기 위해 득호는 자리에서 일어났다. 자정이 넘었지만 지금 움직이는 것이 편했다. 정묵의 물건을 아침까지 갖고 있다간 잠을 설칠지도 모를 일이었다.

제자리에 돌려놓고자 다시 정묵의 집으로 향하게 된 득호는 반팔 남방을 입고 나온 것을 후회했다. 어제까지 느낄 수 없었던 한기 때문에 몸이 움츠러들었다.

그때 차 한 대가 득호의 집을 지나쳐 이쪽으로 오고 있었다. 득호는 길 한쪽 어두운 구석으로 몸을 피했다. 차는 그를 지나쳐 정묵의 집 앞에 섰다.

득호는 차를 보고 잠시 주춤했다. 정묵의 차였다. 그는 자리에서 움직이지 않았다. 정묵에게 들킨다면 여러모로 설명하기 곤란한 시간이었다. 물론 정묵도 자정이 넘은 시간 이곳에 온 이유를 설명해야 할 것이다. 그러다 득호는 순간 깨달았다. 열쇠가 자신에게 있다는 것을. 정묵이 집을 찾았다면 자신에게 먼저 들렀어야 함이 옮았다. 하지만 차는 라이트도 켜지 않은 채 곧장 정묵의 집으로 왔다. 득호는 차 안에 탄 사람을 확인하기 위해 숨죽여 더 깊은 어둠 속에 몸을 숨겼다.

시동이 꺼진 지 몇 분이 지났지만 차에서는 아무도 나오지 않았다. 그는 먼저 정체를 밝히고 다가갈지 어둠 속에서 계속 지켜볼지 고민했다.

그렇게 고민하고 있던 사이에 운전자가 모습을 드러냈다. 차에서 내린 사람은 훤칠한 실루엣으로 보아 젊은 남자였다. 득호는 길이 워낙 어두운 탓에 상대를 제대로 파악하지 못했다. 남자는 어두운 대문 앞에 서서 지나온 길을 돌아보았다. 득호가 어둠에 몸을 감춘 길이었다. 그는 본능적으로 숨을 죽였다. 이쪽을 바라보고 있는 사나운 눈빛이 느껴졌기 때문이었다. 짐승이 은신처에 들어가기 전 경계를 품는 것처럼 남자는 한참을 대문 앞에 서 있었다. 그는 5분 정도 지났을 무렵 경계를 풀고 집으로 들어갔다.

'열쇠가 있다!'

득호는 어둠 속 남자가 집 안으로 들어가는 것을 확인하고 나서야 자리를 떴다. 결국 머리끈은 제자리로 가지 못했다.

십 년이 훌쩍 넘은 구형 세단은 최 반장의 골칫거리였다. 그럭저럭 수리해 가며 버텨 왔지만 더 이상은 힘들다는 것을 그도 잘 알고 있었다. 차는 어딜 가도 환영받지 못하는 애물단지와도 같았다. 보통은 수리에 앞서 새 차를 구입하는 것이 어떻겠냐는 조언을 듣는다. 새 차를 살 마음이 있다면야 상관없겠지만 최 반장은 그럴 마음이 없었다. 그에게는 나름대로 의미 있는 차였다. 이 차를 타면서부터 일이 잘 풀리기 시작했다. 결혼을 했고, 승진을 했고, 범인을 검거했다. 주변 사람들로부터 차를 바꾸라는 권유를 듣기 시작한 후부터 그는 상민의 카센터를 찾았다. 상민은 최 반장의 차에 대해 단 한 번도 쓸데없는 소리를 하지 않았다.

최 반장은 카센터 사무실에서 수리가 끝나기를 기다렸다. 유리벽 너머로 상민과 직원이 심각하게 이야기를 나누는 모습이 보였다. 최 반장은 밖에 있는 두 사람의 표정에서 차량 상태가 심상치 않음을 눈치챘다. 할 수 있는 것이라고는 상민의 얘기에 따라 어떤 수리를 선택하는 것뿐이었다. 상민은 고개를 갸웃하며 사무실로 들어왔다. 최 반장은 검사 결과를 기다리는 환자의 보호자처럼 자세를 고쳐 앉았다.

"반장님, 아무래도 큰 정비소에 가셔서 엔진 플러싱을 받아 보셔야 할 것 같아요."

"그거면 고칠 수 있는 거야? 시동 걸면 소음이 너무 커서 사람들 보기 민망해."

"솔직히 말하자면 그걸 해서 백 퍼센트 좋아진다는 보장은 못해요. 할 수 있는 걸 해 보자는 거죠. 차 수명이 거의 다해서 조금 더 타냐 마냐예요. 결국엔 선택하셔야 해요."

"다들 그래. 저 오래된 차에 뭘 그리 집착하냐고. 그런데 그런 거 있잖아. 남들이 뭐라 해도 내가 못 놓는 단 하나, 나는 저 차랑 함께한 사연이 많아."

최 반장의 말에 상민은 진지한 표정으로 차를 바라보았다. 생각에 잠긴 상민을 보자 최 반장은 양림이 떠올랐다. 골똘히 생각하는 모습이 많이 닮은 남매였다.

"제가 잘하는 업체 알아볼게요."

최 반장의 마음을 이해한 상민이 말했다.

"그래, 고맙다. 이 선배는 잘 계시지? 얼마 전에 네 누나는 병원에 갔다가 봤는데."

"여전하세요."

"조 선배에 대해서는 더 모르겠구나?"

"아뇨. 일주일 전쯤 아버지랑 모시고 강화 시내랑 장화리에 다녀왔었어요."

최 반장은 귀가 솔깃했다. 여러모로 정묵의 행방이 궁금했기 때문이었다. 상민은 대수롭지 않다는 듯 그날 일을 얘기했다. 종종 그런 식으로 정묵의 일을 봐주는 것은 득호 가족의 몫이었다. 최 반장도 익히 알고 있는 사실이었다. 상민의 이야기에서 특별한 일이었다면 그날 차에 치인 노루에 관한 내용이었다. 양림의 일지에도 적혀있는 어린 시절 정묵의 경험과 매우 흡사한 사건이었다.

"조 선배는 그때 어땠어?"

"어떻긴요. 해가 세서 잠깐 지켜보시다가 차로 들어가셨어요. 그분도 늙으셔서 예전만 못하시더라고요. 병원에 도착해서는 차에 신발도 벗어 놓고 가셨어요. 상상이 되세요? 그 꼬장꼬장한 아저씨가 맨발로 병실로 돌아가는 모습이요."

정묵을 아는 사람이라면 상상하기 힘든 모습이었다.

"그래, 업체 좋은데 찾으면 연락 줘."

최 반장은 상민의 배웅을 받으며 사무실 밖으로 나왔다. 저무는 해가 정비소 안쪽 깊숙이 들이닥쳤다. 상민은 역광 속 최 반장을 보자 그대로 굳어 버렸다. 상민의 일그러진 얼굴을 보자 최 반장은 당황했다.

"상민아! 왜 그래?"

걱정된 최 반장이 앞으로 나가며 말했다. 그가 다가오자 상민이 몇 걸음 뒤로 물러섰다. 상민은 그 자리에 주저앉아 땅을 보며 말했다.

"다가오지 마세요! 거기 그대로 계세요. 잠깐만요. 잠깐만요."

최 반장의 차는 여전히 굉음을 내며 도로를 내달렸다. 길을 지나는 사람들의 시선이 차에 꽂혔지만 그는 의식하지 못했다. 최 반장의 머릿속은 조금 전 상민과 나눈 대화 내용으로 가득 차 있었다.

사무실 안에서 안정을 찾은 상민은 당장이라도 울음을 터트릴 것 같았다. 다 큰 성인 남자가 주저앉을 만큼 겁에 질리기란 쉽지 않은 일이었다. 상민은 자신의 행동을 해명이라도 하듯 오래전 이야기를 꺼냈다. 마지막 연쇄살인이 있던 날에 관한 것이었다. 아버지도 무시해버린 꼬마의 기억은 꽤 자세했다. 붉은 석양이 지던 날 가래나무 열매를 따러 간 엄마가 사라졌다. 마을은 어수선

했고, 상민은 엄마를 찾기 위해 동네를 헤매고 다녔다. 해안도로에 다다랐을 무렵 석양을 등진 한 사내를 보았다. 그는 가래나무 열매를 굴리며 마을을 바라보고 있었다. 아이가 겁에 질린 사이 그는 해안가로 유유히 사라졌다.

최 반장은 그때서야 자신을 보고 주저앉은 상민을 이해할 수 있었다. 상민은 그동안 자신의 이야기에 귀 기울여 준 사람이 없었다고 했다. 최근 남자가 내던 소리의 정체를 알고 나서야 아버지와 대화할 수 있었다고 했다.

최 반장은 모두 처음 듣는 이야기였다. 강화연쇄살인이 일어났을 때 그는 사명감으로 가득 찬 신참 형사였다. 전국을 떠들썩하게 한 그 사건 이후 강화경찰서로 전출된 최 반장은 강화연쇄살인마의 검거를 형사 생활의 목표로 잡았다.

상민은 그 남자를 범인이라고 확신했다. 최 반장은 동의할 수 없었지만 그래도 새로운 사실을 몇 가지 알게 된 것에 만족했다. 그날의 붉은 석양과 가래나무 열매 소리는 어떤 자료에도 없는 내용이었다.

장화리 해안을 떠올리자, 석양이 지는 바다로 가래나무 열매를 굴리며 사라지는 남자가 그려졌다. 문뜩 머릿속에 한 사람이 스쳐 지나갔다. 그는 머리를 좌우로 털며 생각을 떨치려 애썼다. 그때 최 반장을 도와주는 전화벨이 울렸다.

"반장님! 세 번째 살인입니다. 장화저수지 쪽입니다."

최 반장은 서둘러 전화를 끊었다. 차는 이전에 없던 포효를 지르며 도로를 질주했다.

'잡아야 한다. 이놈, 반드시 잡는다.'

열어 둔 창문으로 건조한 바람이 들어왔다. 정묵은 창문을 닫기 위해 침대 밖으로 나왔다. 시간을 확인했다. 6시가 조금 넘었지만 해는 이미 바다와 가까워져 있었다. 불과 몇 주 전만 해도 대낮 같던 시간이었다. 그는 창가에 서서 떨어지는 해를 바라보았다. 감흥 없는 석양이 분명했지만 늦은 오후의 여유를 즐기기에는 부족함이 없었다. 그는 멀리 보이는 동막해변을 바라보았다. 썰물에 쓸려나간 듯 해변에는 사람이 드문드문 보였다. 이제 여름은 끝나고 없었다.

그는 멀리 수평선에서 시작해 해변을 살피고 점점 건물 쪽으로 시선을 옮겼다. 창밖을 바라볼 때 지키는 자기만의 순서였다. 그의 시선이 마지막으로 멈추는 곳은 병실 아래로 보이는 주차장이었다. 정확하게는 자신의 차가 제자리에 있는 것을 확인해야 했다. 그는 늘 같은 자리에 있는 차를 보는 것이 좋았다. 자신의 룰이 지켜지고 있다는 것을 증명하기 때문이었다.

그러나 대수롭지 않게 창밖을 보던 그에게 믿기지 않는 상황이 발생하고 말았다. 차는 늘 주차하던 자리에서 한 칸 비켜나가 있었다. 그는 눈을 껌뻑이며 몇 번을 확인했다. 어제까지만 해도 멀쩡히 자리를 지키고 있던 차가 자리를 벗어나 있다니 그는 당혹감을 감출 수 없었다. 기억이라고 할 만한 것은 없었다. 그는 탁자 서랍을 열어 차 키를 확인했다. 키는 있어야 할 곳에 존재했다. 병실에 있는 신발을 확인했지만 모든 신발들은 흙먼지 하나 없이 깨끗하게 정렬되어 있었다. 운동화는 아직 상민의 차에 있었다. 점퍼도 흐트러짐 없이 걸려 있었고, 면도칼도 어제 놓았던 세면대 선반에 그대로 놓여 있었다. 그가 외출을 했다는 증거는 어디에도 없었다. 오히려 어제의 기억이 또렷하게 떠올랐다. 평소처럼 저녁을 먹고 티브이를 시청하고 잠들었었다.

그의 불안 요소는 자신이 앓고 있는 치매라는 질환뿐이었다. 가끔 착란을 일으킨다고는 하나 그러는 중에도 드문드문 기억이라는 것이 존재했기 때문이다. 그런데 이렇게 통째로 하루가 사라질 수 있는지 그는 의문이 들었다. 어쩌면 자신은 치매가 아니라 다른 인격이 하는 일을 까맣게 모르는 이중인격자가 아닐까 하는 의심이 들었다. 그러지 않고서야 지금 자신에게 벌어진 상황을 설명할 수 없다고 여겼다. 그는 자신이 납득할 만한 이유를 찾으려 애썼다. 누군가 옮겼다면 그런 일을 할 만한 사람이 있어야 했다. 하지만 떠오르는 사람은 없었다. 정묵은 화가 슬슬 치밀어 올랐다. 그는 다짜고짜 양림에게 소리쳤다.

"너야? 네가 차를 옮겼어? 주차 위치가 바뀌었잖아! 멍청한 년."

"네? 무슨 소리세요? 저는 운전 못 해요."

"토 달지 마! 그것도 변명이라고."

"어르신! 설마 어제도 외출하셨었어요?"

"입 닥쳐. 내가 모를 줄 알아?"

양림은 뜬금없는 그의 분노에 동요하지 않았다. 차가 정말 옮겨진 것인지, 그가 착란을 일으킨 것인지조차 구분이 힘들기 때문이었다. 정묵은 충격에 빠진 듯 창밖에서 눈을 떼지 못했다. 만약 그가 외출했다면 이유가 궁금했다. 하지만 그는 대화가 되는 상황이 아니었다. 이제 양림은 어느 정도 정묵의 상태에 대응할 수 있었다. 그렇지만 지금은 그의 착란이 심해지기 전에 병실을 벗어나는 것이 먼저였다.

"필요한 거 있으세요? 없으면 저 퇴근할게요."

"시끄러우니까 빨리 꺼져!"

그녀는 담담하게 가방을 들고 병실을 나섰다. 뒤에서 거북한 욕설이 들려왔지만, 근무일이 며칠 남지 않은 양림에게는 별문제가 되지 않았다. 오히려 그녀의 신경을 건드린 것은 달라진 병실 밖 공기였다. 복도로 나온 양림은 멀리 간호사들이 모여 수군거리는 모습을 보았다. 열린 병실 문으로 보이는 환자와 그 가족도 삼삼오오 대화를 나누고 있었다. 병동 안내대를 지나 엘리베이터 버튼을 누르는 그녀를 요양보호사 한 씨가 불러 세웠다.

"얘기 들었어? 살인 사건이 또 났데."

양림은 들고 있던 가방을 놓칠 뻔했다. 재빨리 가방끈을 움켜쥐었지만 손이 떨리고 있었다.

"아직 확실한 것도 아닌데 뭘!"

양림의 사정을 아는 수간호사가 한 씨를 나무랐다.

"어차피 조금 있으면 뉴스에 다 나올 텐데 무슨 비밀이라고 감춰요, 감추길. 우리 동네 지금 난리 났데요."

"어디서 발견됐는데요?"

양림이 떨리는 목소리로 되물었다.

"장화저수지 근처라나 봐."

그녀는 조금 전 정묵의 말이 떠올랐다. 그는 자신의 차가 주차된 위치에서 벗어났다고 했다. 그의 말이 맞는다면 살인이 일어난 날 그는 또 외출을 한 것이다. 그녀는 크게 심호흡을 하고 열린 엘리베이터에 올랐다. 1층 로비에 있는 티브이에서 이미 속보가 전해지고 있었다.

정신을 가다듬을 필요가 있을 때, 정묵은 혁지에 면도칼을 갈았다. 그에겐 명상과도 같은 시간이어서 집중하다 보면 떠오르지 않던 일들이 무심히 생각나기도 했다. 양림이 나가자 그는 어제를 기억해 내려고 열심히 칼을 갈았다. 노크 소리가 들렸지만 그는 신경 쓰지 않았다. 지금 그에게는 어제의 기억을 찾는 것이 병실의 방문자보다 더 급한 사정이었다. 들어온 사람은 박 간호사였다.

"어르신 약 드실 시간이에요."

반응이 없자 그녀는 이상한 소리가 나는 욕실 앞으로 갔다. 열린 욕실 문 사이로 칼을 갈고 있는 정묵이 보였다. 칼을 쥔 치매 노인과 같은 공간에 있자니 박 간호사에게 적잖은 긴장감이 느껴졌다.

"야…약 드실 시간이에요."

간호사의 갈라진 목소리에 리듬이 깨진 정묵은 인상을 찌푸리며 하던 일을 멈췄다.

"너도 죽고 싶어?"

정묵이 칼을 들어 보이며 큰 소리로 말했다. 그가 욕실 밖으로 나오자 겁에 질린 박 간호사는 비명을 지르며 병실 밖으로 뛰어나갔다. 그는 자신의 명상을 깨버린 간호사가 원망스러워 날카롭게 난련된 면도칼을 들고 따라나섰다. 정묵이 복도로 나오자, 그의 모습에 몇몇 사람들이 순간 긴장하며 자리를 피하기 시작했다.

"난 아무나 안 죽여. 이런 멍청한 놈들!"

성난 노인의 목소리가 복도에 크게 울려 퍼지자, 4층 복도는 삽시간에 적막에 싸였다. 분을 삭이지 못한 정묵은 문이 열려 있는 407호 다인실로 들어갔다. 갑자기 칼을 든 치매 환자가 병실로 들어오자 안에 있던 노인과 간병인들이 놀라 비명을 질렀다. 정묵은 예리한 칼끝으로 사람 하나하나를 가리키며 외쳤다.

"다 알고 있어. 그러니까 솔직히 얘기해. 누가 내 차 옮겼어? 지금 자백하면 정상참작은 해주겠어. 빨리 나와! 빨리!"

정묵의 행동에 놀란 사람들은 반응할 수 없었다. 다들 입을 막고 숨을 죽인 채 고개만 떨굴 뿐이었다. 조용해진 병실은 티브이에서 흘러나오는 앵커의 목소리가 채웠다. 그때 정묵의 귀에 익숙한 단어가 들려왔다.

'…세 번째 살인 사건…연쇄살인…장화저수지….'

그는 믿을 수 없다는 듯 티브이로 고개를 돌려 화면을 뚫어지게 쳐다보았다. 그때 기회를 노리던 남자 간호사들이 정묵을 덮쳤다.

정묵은 사지가 마비되는 고통을 느끼며 잠에서 깼다.

"지금 몇 시야?"

"일어나셨어요? 아침이에요. 어제 초저녁부터 지금까지 내리 주무셨어요."

마침 병실을 찾은 간호사가 물음에 답했다. 정묵은 고개를 들어 병실을 훑어보았다. 완벽히 정리된 병실을 보자 그는 마음이 놓였다. 무슨 일로 묶였는지 모르지만 큰 소동은 아니었던 것이 분명했다.

"괜찮으신 거 맞죠?"

"왜?"

"아무래도 407호에 계시는 분들한테는 사과하셔야 할 거 같아서요."

간호사는 어제저녁 4층 병동에서 있었던 일을 이야기했다. 정묵은 정신이 아찔해졌다. 이제껏 없던 행동이었다.

그는 착란 중의 자신을 믿고 있었다. 아무리 치매에 걸려 정신이 오락가락한들 본질은 변하지 않을 거라는 믿음이었다. 그는 자신의 영역 이외에는 관심이 없었다. 타인의 공간에 침입하는 것은 자신의 룰에서 크게 벗어난 행동이었기 때문이었다. 그래서 지금껏 착란을 일으켜도 병실 밖에서 물의를 일으킨 적은 없었다. 그러나 어제는 달랐다. 그것은 선을 넘는 일이었고, 다른 자아가 한 짓이나 다름없었다. 그는 자기 과신이 지나쳤음을 인정해야 했다.

치매라는 병 앞에서는 무의미하다고.

간호사는 정묵의 상태를 확인하고 매듭을 풀었다. 마지막 매듭이 남았을 때 양림이 출근했다. 그녀는 간호사를 보내고 남은 매듭을 이어 풀었다. 정묵은 양림의 표정을 살폈다. 매우 어두운 모습이었다.

“넌 또 왜 그래? 무슨 일 있어?”

“아니요. 오다가 수간호사한테 몇 가지 지시를 받았어요. 어제 일 때문에 간호사들이 어르신 면도칼 가져갔데요. 병동 안내대에서 보관하고 있으니까 그렇게 알고 계세요.”

“너도 들었어?”

양림은 조용히 고개를 끄덕였다. 정묵은 눈을 감았다. 자신의 실수를 인정하며 사는 것은 그에게 형벌과 같은 것이었다. 그는 탁자 서랍에서 지갑을 꺼내 그녀에게 건넸다.

“내려가서 뭐 좀 사다가 간호사들하고 407호 병실에 좀 보내라.”

그가 할 수 있는 유일한 사과였다. 양림이 나가자 정묵은 창가로 다가갔다. 차는 역시 다른 자리에 있었다. 더 이상 분노는 없었다. 그는 체념하듯 침대로 돌아와 티브이를 켰다. 기억에도 없는 일에 마냥 집착할 수는 없기에 시간이 지나면 모든 일은 잊힐 거라고 스스로 자신을 위로했다.

그러나 생각은 잠시뿐이었다. 조금 전과는 다른 고통이 그에게 찾아왔다. 어제의 난동 따위와는 비교할 수 없는 세 번째 살인 사건이 뉴스에서 보도되고 있었던 것이다. 그것은 기억에 없는 세계였다. 그의 머릿속은 세 번째 살인으로부터 깨끗했다.

'내가 기억할 수 없는 살인이 있다?'

아침에 수간호사는 출근하는 양림을 불러 세우고 어제 있었던 난동을 생생하게 전했다. 함께 있던 박 간호사는 살면서 처음 느낀 공포였다며 수간호사의 얘기를 거들었다. 그들은 이제야 간병인들의 공포가 이해된다고도 했다. 하지만 양림은 그들의 위로가 반갑지 않았다. 새로 일어난 살인 사건 때문이었다.

"그제 기억은 찾으셨어요?"

양림이 나직한 목소리로 정묵에게 말했다. 그는 굴리고 있던 가래나무 열매를 옆에 놓고 자신의 손을 바라보며 생각에 빠졌다.

"사람을 죽였는데 기억이 전혀 없어."

그의 갑작스러운 고백에 양림의 심장이 또 한 번 철렁 내려앉았다. 누군가를 죽였다는 얘기가 이토록 자연스럽게 나온 것은 처음이었다. 그녀는 정신을 가다듬고 주머니 속 핸드폰을 꺼내 녹음 버튼을 누르며 말을 이어갔다.

"누구요? 저기 나오는 죽은 사람이요?"

양림이 직접 티브이를 가리키며 물었다.

"아마도, 내가 죽였을 거야. 아니 저건 내가 한 거야."

"말도 안 돼요. 기억도 못 하시면서."

"내가 한 거래도! 난 알아. 저건 내 방법이니까."

정묵이 거칠게 언성을 높이며 말했다.

"방법?"

"닥쳐, 이년아! 너 때문에 소리가 안 들리잖아!"

당황한 양림은 손에서 핸드폰을 놓쳤다. 바닥에 제법 큰소리를 내며 떨어졌지만, 볼륨을 높이던 정묵은 관심을 두지 않았다. 그는 오직 티브이에서 나오는 소리에만 집중하고 있었다. 그녀는 떨리는 손으로 핸드폰을 주웠다. 녹음은 멈춰져 있었다.

"그 방법이라는 게 뭘 말하는 거죠?"

정묵은 말이 없었다.

"그걸 왜 저한테 얘기하세요? 제가 신고라도 하면 어쩌려고."

그녀는 조바심에 떨리는 목소리를 추스르며 힘겹게 물었다. 그러자 정묵이 고개를 돌려 양림을 노려보았다. 그와 눈이 마주치자 그녀는 반사적으로 벌떡 자리에서 일어났다. 그가 또 공격해 올지도 모른다는 생각에서였다.

"죽은 년이 뭐 이렇게 말이 많아. 재수 없으니 썩 꺼져!"

정묵이 가래나무 열매를 던지며 고함을 쳤다. 속이 곪은 열매가 바닥에 떨어지며 부스러졌다. 겁에 질린 양림은 도망치듯 병실을 빠져나갔다. 그의 욕설이 다시 4층 병동에 퍼졌다. 복도로 나온 그녀는 정묵이 뒤에서 자신의 머리를 잡아챌 것만 같아 몇 번을 뒤돌아보며 뛰었다. 그녀는 휴게실로 들어오자마자 최 반장에게 전화를 걸었다. 한참 신호가 울리고 나서 그가 전화를 받자 양림은 다급하게 외쳤다.

"최 반장님! 아무래도 아저씨가 범인인 거 같아요. 방금…."

"아니야."

최 반장이 그녀의 말을 끊었다.

"양림아, 내가 지금 통화할 시간이 없구나."

"아저씨가 범인이라고요. 방금 자기가 죽였다고 얘기했어요. 제가 녹음도 했어요. 살인이 나던 날 차로 외출도 했고요."

"양림아, 지금 목격자가 나타났어. 내 말이 무슨 말인지 알지? 지금 너랑 통화할 시간이 없단다."

"잠깐만요, 반장님!"

최 반장은 양림이 말을 끝내기도 전에 서둘러 전화를 끊었다. 그녀는 가까운 의자에 몸을 기댔다. 최 반장의 말을 듣고도 마음 깊숙이 자리 잡은 의심은 사라지지 않고 있었다.

그녀는 방금 정묵과 나눈 대화를 떠올렸다. 담담한 그의 고백에는 사람을 동요시키는 진정성이 있었다. 녹음된 파일이 그것을 증명했다.

"죽은 년…."

양림이 작게 읊조렸다. 녹음 파일에는 존재하지 않았지만, 그녀는 병실을 나오기 전 정묵이 했던 말을 똑똑히 기억했다. 그는 또 양림을 죽은 자와 헷갈려 했다. 그것은 그녀가 지난 며칠간 애써 지운 생각을 상기시켰다. 또다시 엄마가 떠올랐다. 슬픔이 몸속에서부터 차오르자 양림은 생각을 멈추려 핸드폰에 저장된 사진첩을 열었다. 아이들의 천진한 미소는 감정의 팽팽함을 푸는

데 큰 도움이 됐다. 감정이 누그러지자 비로소 이성이 돌아왔다.

그녀는 주로 엄마를 떠올리게 하는 정묵의 이야기에 자극받아 왔다. 그래서 진위를 알 수 없기에 더욱 확인하고자 애썼는지도 모른다.

'어쩌면 처음부터 그럴 필요가 없는 일은 아니었을까?'

정묵의 이야기가 그저 치매 환자의 작화라면 더 이상 집착할 이유가 없었다. 그의 폭언 속에 엄마가 끼어있다고 해도 진실이 아니기 때문이었다. 그녀는 자리에서 일어나 병동 안내대로 향했다.

"수간호사님! 혹시 이틀 전에 제가 퇴근하고 어르신이 병실을 비웠다는 기록이 있나요? 아니면 본 사람이 있을까요?"

간호사는 질문의 의도를 이해하지 못한 듯 고개를 갸웃거렸다.

"어르신이 병실을 왜 비워?"

"어제 그 난리를 친 이유가 주차해 놓은 차 위치 때문이었거든요. 자리가 바뀌었다고 했어요."

"환자가 무슨 운전이야? 말도 안 돼."

수간호사 배 씨는 정묵의 차트로 보이는 파일 하나를 꺼내 들었다. 그녀는 파일에 적힌 기록을 읽기 위해 눈을 가늘게 떴다. 내용을 확인한 배 씨는 모든 의심을 불식시키는 환한 미소를 지으며 고개를 들었다.

"그래, 환자가 외출은 무슨! 그날 저녁에 링거 맞으셨네. 이거 기초수액인데 밤새 들어가는 거 알지? 이거는 거짓말 못 해. 그러니까 걱정 마. 노인네가 주차 위치 깜빡한 거야."

양림도 배 씨만큼 환한 미소를 지었다. 수간호사의 설명은 그간 그녀를 짓누르던 의심의 무게를 한 번에 날려 버렸다.

[… 강화연쇄살인 사건을 수사 중인 경찰은 범행 현장을 찾는 데 초점을 두고 있습니다. 경찰은 동일범의 소행으로 보고 목격자 진술과 주변 시시티브이 등을 토대로 수사에 총력을 다 하고 있습니다 …]

'목격자?'

밤늦도록 뉴스를 시청하던 정묵은 새로운 정보를 입수했다. 목격자가 나타난 것이다. 목격자란 그의 살인에 있어서 존재하면 안 되는 인물이었다. 23년 전 살인을 멈춘 이유도 목격자 때문이었다. 양림의 엄마가 죽은 이유였다.

탁자에 놓인 달력을 보니 이틀 전 날짜는 깨끗했다. 외출을 의미하는 검은 동그라미가 그려져 있지 않았다. 차의 위치가 바뀐 것을 제외하고는 자신이 저지른 살인을 증명할 단서가 없었다. 정묵은 자리에서 일어났다. 서영이 다시 사다 놓은 바람막이 점퍼를 입고 차 열쇠를 챙겼다. 면도칼을 찾았지만 병실 어디에도 없었다. 준비물을 찾느라 지체할 시간이 없었다. 밖으로 나가기 위해 문을 열고 병동 안내대를 살폈다. 그곳을 보고 나서야 면도칼의 행방이 떠올랐다. 그는 고민 없이 면도칼을 포기했다. 몇 시간은 간호사가 다녀갈 이유가 없었다. 정묵은 복도 건너의 비상구로 재빨리 움직였다.

'전리품을 보러 가야 한다.'

자신이 기억하지 못하는 살인인지, 모방범의 소행인지 그는 확인해야 했다. 그것은 정묵에게 마지막으로 남은 희망이었다. 어느 것도 내키지 않는 결과였지만 그에게는 나름의 명예가 걸린 일이었다.

차는 위태롭게 도로를 질주했다. 저녁에 약을 건너뛰었기 때문인지 어지러움이 느껴졌다. 간호사는 오늘 평소와 다른 약을 가져왔다. 더 좋은 약이라며 불필요한 너스레를 떨었지만 정묵은 알고 있었다. 어제 부린 난동으로 원장이 독한 약을 처방한 것이다. 그래서 그는 약을 먹지 않았다. 한 번의 실수 때문에 시든 화초 같은 생활을 할 수 없었다. 평소와 다른 점은 없었다. 어쩌면 지금까지 먹었던 약이 무익한 것은 아니었을까 하는 생각이 들 정도였다. 늦은 밤 도로는 텅 비어 있었다. 살인 사건 때문인지 위태로운 운전에도 방해될 만한 것이 없었다.

정묵은 동네 어귀에 차를 세우고 집으로 향했다. 사람의 눈을 피해 움직이는 것은 그의 룰이었다. 모두 잠든 마을은 고요했다. 그는 집 근처에 다다라서야 집 열쇠가 없다는 것을 깨달았다. 지척에 득호가 살고 있었지만 지금 그를 찾아갈 수 없는 노릇이었다. 어떤 핑계를 대며 설명해도 상식적이지 않은 시간이었다. 마땅한 이유도 떠오르지 않았다.

그는 누구의 도움 없이 혼자의 힘으로 집에 들어가자고 마음먹었다. 집 뒤편 오르막과 연결된 담은 충분히 시도할 만한 높이였다.

문제는 집 안으로 들어가는 것이었다. 오래된 알루미늄 소재의 현관문은 열쇠가 없이는 들어갈 방법이 없었다. 문단속만큼은 확실히 했던 탓에 열려 있는 창문을 기대할 수도 없었다. 집 주변을 돌며 방법을 고민한 정묵은 가장 단순한 침입의 형태를 선택했다. 유리창을 깨기로 한 것이다. 오래전 유행한 간유리로 된 창은 어렵지 않은 방해물이었다. 방법은 결정했지만 문제는 따로 있었다. 시골 밤의 적막까지 깰 수는 없었다.

담을 넘은 정묵은 창고 문을 열고 나서 확신했다. 그제 벌어진 살인 사건이 이곳에서 처리되었다는 것을. 피 냄새였다. 창고 안 공기는 상쾌한 가을 밤공기와 대치된 지점에 있었다. 비릿하고 눅눅했다. 더더욱 집에 들어가야 할 이유가 확실해졌다. 피 냄새를 맡은 뱀들이 조금씩 꿈틀거렸다.

'기억을 잃기 전에 확인해야 한다.'

그는 정리해 놓았던 상자를 풀어헤쳤다. 기억이 맞는다면 쓰다 남은 테이프가 있을 터였다. 예상대로 여러 종류의 테이프가 쏟아져 나왔다. 정묵은 청테이프를 골랐다. 접착력이 강하고, 가위나 칼이 없어도 쉽게 찢어 쓸 수 있는 청테이프를 그는 오래전부터 즐겨 사용했다.

청테이프가 꼼꼼히 붙은 유리는 빠지직 소리를 내며 힘없이 부서졌다. 현명한 선택이었다. 소리는 크지 않았고 파편도 흩어지지 않았다. 그는 서재 창문을 통해 집 안으로 들어갔다. 1년 만에 들어온 서재는 그가 정리한 순서에서 한 치의 오차도 없었다.

뜯긴 창으로 들이치는 달빛에 의지해 정묵은 책장 앞에 섰다. 전리품은 예전 장현이 먹던 쿠키 상자에 보관돼 있었다. 책장 위 안쪽은 사람이 서서는 볼 수 없는 곳이었다. 가족의 눈높이까지 고려한 위치였다. 정묵은 그곳을 안전한 공간이라 생각해 서재만큼은 청소도 직접하곤 했다. 장현이 종종 자신의 서재를 드나든다는 것은 알았지만 아는 체하지 않았다. 아들이 서재에 들어와 훔쳐보는 것은 그가 책상 서랍에 보관한 수사 기록들이었다. 진짜 보지 말아야 할 것은 장현이 훔쳐보는 곳에 존재하지 않았다. 그래서 쓸데없이 아들을 추궁하거나 도발하지 않았다. 장현은 자기가 궁금한 것 외에는 관심을 쏟는 아이가 아니었다. 아들이 원하는 정보만 책상 서랍에 적당히 흘려주면 그만이었다.

정묵은 책장 위를 더듬어 상자를 찾았다. 심장이 요동치기 시작했다. 오랜만에 느끼는 흥분이었다. 가슴 속 뱀들이 재촉했다. 어서 상자를 열어 확인하라고. 그는 부디 자신의 명예가 지켜졌기를 기대하며 조심스럽게 상자를 열었다.

상자 안에는 새로운 물건이 들어 있었다. 싸구려 시계와 목걸이였다. 그것은 최근 일어난 살인 사건의 전리품이 확실했다. 그는 상자 안을 살피며 허전함을 느꼈다. 있어야 할 것이 없었다. 하지만 그것이 무엇인지 도무지 떠오르지 않았다. 제일 찾고 싶었던 세 번째 전리품이 없기 때문일까? 그는 미궁에 빠졌다. 뱀들이 알 수 없는 비명을 질렀다. 빨리 사라진 전리품을 기억해 내라는 채근이었다. 기억을 깨우려는 뱀들의 몸부림은 심한 두통을 불러

왔다. 밖에서 차 소리가 났지만 정묵은 듣지 못했다. 머릿속에 있던 작은 영사기가 고장 난 채로 돌아가고 있었다. 살인의 기억은 뒤죽박죽 엉켜 버렸다.

정묵은 갑자기 이곳에 있는 이유가 떠오르지 않았다. 손에 들고 있는 상자를 보며 기억을 해내려 애쓰는 사이, 부서진 창을 통해 들어오던 공기의 흐름이 바뀌었다. 고개를 들지 않고도 방문이 열렸다는 것을 알 수 있었다. 직관이라고 해도 무방할 위기감이 엄습했다.

고개를 돌리자 열린 방문 사이로 누군가가 자신을 지켜보고 있었다. 정묵은 당황했다. 매우 불리한 상황이었다. 어둠 속에 있는 상대와 달리 자신은 달빛에 모든 것이 노출돼 있었다. 그는 상자를 책상에 놓고 점퍼 주머니에 손을 넣었다. 면도칼이 잡히지 않았다. 낯선 상대를 대적할 무기조차 없는 상태는 처음이었다. 정묵은 어둠 속을 노려보았다. 무엇이 나타나든 힘을 다해 싸워야 했다. 가능하다면 없애버리는 것이 옳았다. 그것이 그의 룰이었다.

열린 문에서 유입된 공기에는 상대의 체취가 흐리게 배어 있었다. 냄새는 점점 진해졌다. 어둠 속의 존재가 다가오자 정묵은 경계의 날을 세웠다. 맹수에게 기습의 타이밍이란 정지 상태에서 출발을 의미한다. 다가오는 자의 정체가 드러나는 순간 모든 것이 결정될 것이다.

상대는 신중하게 자신을 노출했다. 남자의 다리가 보이고 이어 몸통이 드러났다. 정체를 드러낸 어둠 속의 존재는 말없이 정묵을 바라보고 있었다. 아무 감정이 느껴지지 않는 건조한 눈빛을 가진 남자였다. 살의도, 경계심도 없었다.

정묵은 정신이 아찔했다. 어둠 속의 남자는 바로 자신이었다. 그를 본 순간 모든 경계가 풀어졌다. 드디어 살인을 증명할 분신을 만난 것이다. 그의 머릿속 영사기가 제구실을 하며 돌기 시작했다. 조각나 있던 기억이 하나로 이어졌다.

"전리품을 확인하러 왔는데 이상해. 이유를 모르겠어."

또 다른 정묵은 말없이 책상 위에 놓인 전리품 상자를 열었다. 손에는 검은 뿔테 안경이 들려있었다.

"하나가 모자라."

또 다른 정묵이 말했다. 정묵은 기억을 끄집어내려고 했지만, 전리품 상자에서 무엇이 빠졌는지 떠오르지 않았다. 또 다른 정묵은 상자의 내용물을 책상에 쏟았다. 그리고 구분하기 시작했다. 그가 구분한 물건은 세 개의 최근 물건과 여섯 개의 오래된 잡동사니였다.

"이건 내가 했어. 그리고 저것은 네가 한 거야. 그렇지?"

정묵은 순순히 고개를 끄덕였다.

"틀렸어!"

또 다른 정묵이 언성을 높여 그를 다그쳤다.

"한 개가 부족해. 당신 건 일곱 개야. 지금 사라진 물건은 가장 부피가 큰 물건이고. 기억 안 나?"

또 다른 정묵의 얘기에 그는 손으로 머리를 지그시 눌렀다. 지끈

거리는 두통이 더욱 심해졌다. 머릿속을 떠도는 이미지가 있었지만 확실하게 잡아낼 수 없었다.

"이득호의 아내. 당신의 마지막 살인."

또 다른 정묵이 힌트를 주자, 그때서야 정묵의 기억이 빠르게 제자리를 찾았다. 그는 꿈에서 깨어난 사람처럼 책상 위에 널려 있는 자신의 전리품을 확인했다. 득호 아내의 머리끈이 보이지 않았다.

"없다, 없어! 난 분명히 넣어놨는데."

"알아. 얼마 전까지 있었어."

또 다른 정묵이 고개를 끄덕이며 말했다. 그는 흥분을 감출 수 없었다.

"누군가 나를 노리고 있어."

정묵이 말했다.

"그럴 리가. 당신은 아니야."

또 다른 정묵은 물건을 상자에 주워 담으며 고개를 가로저었다.

"아무래도 이건 내가 보관하는 것이 낫겠어. 여기도 위험하군."

"안전하게 보관할 수 있겠어? 난 알다시피 병원에 있으니 힘들어."

정묵이 말하자 또 다른 정묵은 생각에 잠긴 듯 짧게 침묵했다. 그리고 의미심장한 미소를 지으며 입을 뗐다.

"나를 믿나? 의외로군."

"너는 나니까."

"당신이 나라고?"

"그럼. 너는 나야."

정묵은 상자에서 그가 방금 가져온 검은 안경을 꺼내 들었다.

"그런데 이건 기억이 안 나. 네가 병원 뒷산 남자에게서 시계를 챙겼을 때도, 해변 여자의 목걸이를 챙겼을 때도 나는 너와 함께 있었어. 그런데 안경은 도무지 모르겠어. 내가 넌데 왜 기억을 못 하는지."

또 다른 정묵은 그의 얘기에 웃음을 터트렸다.

"다 알고 있었군. 확인하니 어때?"

또 다른 정묵은 그의 손에서 안경을 빼내 다시 상자에 넣었다.

"한 번쯤 당신과 이것에 관해 얘기해 보고 싶었어."

또 다른 정묵이 뚜껑을 닫으며 말했다.

"말해줘. 왜 내가 안경을 기억 못 하는지."

정묵은 진지했다. 긴장은 풀렸지만 남아 있는 의문 탓에 또 다른 정묵만큼 여유를 부릴 수 없었다.

"당신은 치매 환자니까. 점점 모든 걸 잃게 될 거야. 오늘까지도."

정묵은 또 다른 정묵의 말이 끝나자 눈을 꼭 감았다 떴다. 머리가 깨질 것처럼 아파 왔다. 그는 더 이상 버티기 힘든 듯 책상에 걸터앉았다. 인상을 잔뜩 찌푸린 정묵이 힘겹게 입을 뗐다.

"나라면 시계 대신 남자의 반지를 챙겼을 거야. 그건 작고 가벼워. 그리고 시체도 그렇게 두지 않았을 거야."

또 다른 정묵은 자존심이 상한 듯 짧게 얼굴을 찌푸렸다.

"당신이 개를 죽였나?"

"당연하지."

"나는 이제 아무것도 할 수 없어. 그들이 내 칼을 빼앗아 갔거든."

정묵이 힘 빠진 목소리로 말했다.

"선물을 주지."

또 다른 정묵이 주머니에서 꺼낸 물건을 그의 손에 쥐여 주었다. 손에 잡힌 선물의 촉감이 느껴지자 정묵은 환하게 미소 지었다. 익숙한 느낌이었다.

"당신은 먼저 가는 게 낫겠어. 여기는 내가 정리하지."

정묵이 기분 좋게 고개를 끄덕이며 들어온 창이 아닌 방문 쪽으로 움직였다. 또 다른 정묵은 나가는 그를 지켜보았다. 현관으로 이동하던 정묵의 발소리가 어둠 속에서 멈췄다. 갑작스러운 적막에 또 다른 정묵은 긴장한 듯 어둠 쪽으로 고개를 돌렸다. 정묵의 목소리가 검은 공기를 타고 서재로 흘러들었다.

"너는 나를 모르는 줄 알았어. 머리끈이 사라진 걸 알려줘서 고마워."

그리고 다시 발소리가 들렸다. 현관문이 닫히자 또 다른 정묵이 낮은 목소리로 답했다.

"알게 됐지. 당신의 상자를 보다가…."

득호는 평소보다 일찍 눈을 떴다. 아직 동이 트지 않은 시골의 새벽은 고요했다. 창으로 푸른 새벽빛이 들어와 방은 몽환적인 분위기를 연출했다. 모든 것은 그대로였다. 아내가 떠나기 전과 다른 것은 없었다. 사실 그는 작은 희망을 마음 한구석에 품고 있었다. 정묵의 말대로 아내가 연쇄살인마의 희생자가 아닐지도 모른다는 생각이었다. 혹여 어딘가에서 손목이 없는 채로 살아있지는 않을지, 돌아올 수 없는 사정이 생긴 것은 아닌지. 쓸모없는 기대는 자식들의 외면을 받았지만, 그는 그런 희망 덕분에 살 수 있었다.

생각은 새벽의 한기를 느끼며 확대되었지만, 체온을 나눌 상대는 없었다. 그는 이불을 끌어안아 모로 누웠다. 외로움은 배가 되어 그리움으로 변했다. 온기를 머금은 눈물이 볼을 타고 흘러내렸다. 이후 득호는 흐느껴 울었다. 홀로 지내는 집에서 눈물을 감춰야 할 이유가 없었다.

얼마나 울었을까. 방은 이미 환해져 있었다. 또렷해진 그의 눈앞에 여자의 물건이 보였다. 정묵의 집에서 들고 온 머리끈이었다. 그는 손을 뻗어 머리끈을 잡았다. 부드러운 감촉은 그를 진정시키고 얼었던 마음을 녹였다. 뜻하지 않게 훔쳐온 물건이 그를 위로했다. 그러나 이것은 제자리로 돌아가야 했다. 그는 머리끈이 있었던 정묵의 상자를 떠올렸다. 오래된 잡동사니가 들어있는 녹슨 상자. 거기에는 만년필, 전자시계, 목걸이, 귀걸이, 배지 등 취향을 알 수 없는 물건들이 있었다. 그러나 꼼꼼한 정묵의 성격상 의미 없이 모아놓은 물건은 아닐 터였다.

'설마.'

득호는 자리에서 벌떡 일어났다. 어떤 생각이 갑자기 그의 머리를 스친 것이다. 그는 서랍장을 열고 두꺼운 서류 뭉치를 꺼냈다. 그가 보관하고 있던 강화연쇄살인 사건에 관한 자료였다. 서류 뭉치를 풀자 각종 신문 스크랩과 현장 사진, 형사 수첩이 쏟아져 나왔다. 그는 낡은 수첩을 집어 들었다. 피해자들의 기록을 정리한 수첩이었다. 정묵의 상자 안에 있던 물건들의 조합이 어디선가 본 듯한 기시감을 주었다. 득호가 펼친 수첩에는 회수되지 않았던 피해자의 유류품 목록이 적혀 있었다.

과거 살인마가 유기한 피해자의 신체 부위와 유류품은 경찰이 신원을 찾는 데 중요한 정보가 되었다. 하지만 발견되지 않은 물건들도 있었다. 경찰은 사라진 물건을 연쇄살인마의 전리품이라 칭했다. 그런데 살인마의 전리품은 정묵의 상자 안 물건과 제법 중복되어 있었다. 물론 의미 없는 중첩일지도 모른다. 어디에나 있고, 누구나 소지할 수 있는 평범한 것들이었기 때문이다. 그는 건성으로 상자를 확인했던 것을 후회했다. 이럴 줄 알았으면 좀 더 확실하게 봐두었어야 했다. 득호는 자리에서 일어나 외투를 입었다. 확인은 빠를수록 좋았다.

초록 대문에 열쇠를 꽂은 득호의 손이 떨리고 있었다. 그는 지금 정묵의 신뢰에 배반하는 행동을 하는 중이었다. 이 문을 여는 순간 모든 것이 달라질 수도 있다. 양림이 말한 대로 정묵이 위험한 존재일지도 모른다는 생각과 아니었으면 좋겠다는 바람이 득호의 머릿속에서 어지럽게 교차했다. 그는 존경하는 선배에 대한 믿음을 저버리고 싶지 않았다. 하지만 모든 것은 상자를 확인한 후에 내릴 수 있는 결론이었다.

쌀쌀해신 날씨 탓에 집은 한층 을씨년스러워 보였다. 득호는 저도 모르게 입은 외투를 여미고 집 안으로 들어갔다. 서재 문을 연 그는 창문 하나가 깨져 있는 뜻밖의 광경을 목격하게 되었다. 그리고 창가는 파편 하나 없이 깨끗이 치워져 있었다. 창이 깨졌다는 것을 제외하면 서재는 예전 모습 그대로였다. 득호는 며칠 전 정묵의 차를 타고 왔던 사내를 떠올렸다. 하지만 어둠 속의 사내는 열쇠가 있었다. 그는 대문을 열고 집으로 들어갔다. 득호는 그것을 확인하고 집으로 돌아왔었다.

'누군가 이 집에 유리를 깨고 침입했다. 그러나 집 안은 정리되어 있다. 유리를 깨고 말끔히 정리할 도둑은 없다.'

그는 바로 정묵을 떠올렸다. 사실 정리는 그의 오랜 습성이었다. 그리고 열쇠도 갖고 있지 않았다. 그가 아무도 모르게 유리창을 깨면서까지 집 안에 들어와야 할 만큼 중요한 일이 있었던 걸까? 착란 중이었던 걸까? 그렇다면 언제 방문했다는 말인가. 의문은 꼬리를 물었지만 답은 내릴 수 없었다. 단정하기에는 증거가 부족했다.

득호는 정묵에게 묻고 싶었다. 하지만 그럴 수 없었다. 서재 창문이 깨진 것을 설명하려면 자신이 정묵의 집에 들어간 이유도 설명해야 했다. 그는 창문에 관한 궁금증을 잠시 접기로 했다. 원래의 목적대로 상자를 확인하고 머리끈을 제자리에 돌려놓는 것이 급선무였다.

그는 팔을 뻗어 상자가 있던 책장 위를 더듬었다. 소복이 쌓인 먼지만이 손을 따라 이리저리 쓸려 다녔다.

'없다!'

있어야 할 곳에 상자가 없었다. 그는 의자를 끌어다 눈으로 책장 위를 확인했다. 책장 위는 깨끗했다. 누군가 치워버린 것이었다. 먼지가 쌓이지 않은 자리만이 상자가 오랫동안 그곳에 있었다는 것을 증명했다. 용의자는 두 사람이었다. 열쇠가 있었던 어둠 속의 사내거나, 유리창을 깨고 들어간 자.

'둘 중 하나다.'

오랜 시간 이 자리를 지켰던 상자가 며칠 새에 여러 사람의 눈에 띄었다. 누군가 상자를 치웠고, 누구는 상자를 확인하고 싶어 했다. 그는 주머니에 손을 넣었다. 상자에서 유일하게 탈출한 머리끈이 만져졌다. 그것은 제자리로 돌아가지 못했다.

양림은 옷걸이에 가방을 걸다 기둥에 부딪히는 둔탁한 물체의 소리를 들었다. 걸려있는 것은 자신의 가방과 정묵의 점퍼뿐이었다. 가벼운 바람막이 점퍼 주머니가 무엇이 들어있는지 늘어져 있었다. 정묵의 점퍼 주머니는 매번 다른 물건으로 그녀의 불안을 증폭시켰었다. 그녀는 잠시 고민했다. 모른 척하자는 마음과 그래도 확인을 해야 한다는 궁금증이었다.

어제 수간호사를 통해 확인한 정묵의 알리바이는 확실했다. 그래서 양림은 그의 뜬금없는 고백에 더 이상 흔들리지 않기로 했다. 이제 그의 주머니에서 위협적인 물건이 나올 가능성은 없었다. 정묵은 욕실에서 샤워 중이었다. 그녀는 짧게 숨을 들이마시며 점퍼 주머니에 손을 넣었다. 물건을 움켜쥐자 익숙한 촉감이 느껴졌다. 그것은 정묵의 클래식 면도칼이었다. 간호사들이 보관하고 있는 물건이 다시 그의 주머니에서 발견된 것이다. 믿을 수 없는 사실에 어리둥절한 그녀는 그사이 욕실의 물소리가 멈췄다는 사실을 알아채지 못했다. 양림이 병실을 나가려고 할 때 욕실 문이 열렸다. 정묵은 나가려는 그녀의 손에 쥐어진 면도칼을 보았다.

"간호사들이 이제 써도 된다고 하디?"

"몰라요. 어르신 점퍼 안에 있어서 물어보러 가려고 했어요."

정묵이 수건으로 머리를 털다 멈추며 생각에 잠긴 듯 점퍼를 쳐다보았다. 그리고 그녀의 손에 있는 면도칼을 가로채며 말했다.

"모르는 것처럼 보였겠지만 다 알고 있어. 앞으로 내 물건엔 손대지 마라."

청소를 마치고 양림은 병동 안내대로 향했다. 마침 점심 식사를 마친 수간호사가 엘리베이터에서 내렸다.

"간호사님! 어제 혹시 면도칼 어르신한테 돌려주셨어요?"

배 씨는 눈을 크게 뜨고 양림을 쳐다보았다. 그럴 리 없다는 확고한 눈빛이었다.

"말도 안 돼. 그걸 누가 돌려줘? 있어 봐. 내가 확인해 볼 테니."

수간호사는 서둘러 병동 안내대 안으로 들어갔다. 서랍을 열어 본 그녀는 일지를 확인시켜주며 지었던 환한 미소로 양림을 바라보았다. 그리고 면도칼을 그녀에게 들어 보이며 말했다.

"여기 있네. 다시 영감님께 드릴 일은 없을 거야. 걱정 마."

양림은 난감했다. 간호사에게 정묵이 같은 면도칼을 갖고 있다고 말해야 옳았지만 이후 자신에게 돌아올 그의 분노가 두려웠다. 그것은 고자질이 될 것이 분명했다. 며칠 남지 않은 근무일을 탈 없이 보내려면 그녀는 묵인해야 했다.

"무슨 일 있니?"

양림의 뒤에서 익숙한 목소리가 들렸다. 득호였다.

휴게실은 사람들로 북적였다. 양림은 아버지가 걱정되었다. 며칠 사이 어딘가 모르게 얼굴이 그늘져 있었다. 마주 앉아있는 부녀는 말이 없었다.

휴게실 한쪽에 켜진 티브이에서는 자극적인 멘트가 흘러나왔다. 여러 패널이 나온 시사프로그램에서 강화연쇄살인 사건을 조명하고 있었다. 주제는 동일범의 소행이냐는 것이었다. 각 분야의 전문가들이 각자의 의견을 피력했다. 의견은 반반으로 갈렸다. 과거의 살인마가 깨어났다는 주장과 새로운 살인마의 모방 범죄라는 주장이었다. 두 사람은 오래전 자료 화면이 나오자 고개를 돌렸다. 그들에게는 차마 볼 수 있는 것이 아니었다. 티브이 속 영상은 득호와 양림에게 과거가 아닌 참혹한 현재진행형이기 때문이었다.

"형님은 안녕하시냐?"

"그럭저럭요. 얼마 전에 병원에서 난동을 피우신 것 빼고는 똑같으세요."

양림은 며칠 전 있었던 정묵의 난동을 이야기했다. 그의 증상이 점점 과격해진다는 얘기에 득호는 깊은 한숨을 내쉬었다. 그녀는 아버지의 한숨을 이해할 수 있을 것 같았다. 아버지에게 정묵은 가족만큼이나 특별한 존재였다. 일생의 반 이상을 함께한 동료의 고통을 전해 듣는 건 그에게도 고통스러운 일이 분명했다.

"아버지야말로 어디 안 좋으세요? 안색이 별로예요."

양림이 말했다. 득호는 굳게 다문 입에 힘을 주고 결심한 듯 주머니에서 머리끈을 꺼냈다. 미처 돌려놓지 못한 정묵의 물건이었다.

"혹시 이거 아니?"

"곱창밴드네요. 예전에 유행했던 거예요."

양림은 그가 테이블에 올려놓은 머리끈을 집어 들었다. 그녀는 뜻밖의 물건을 내놓은 아버지를 이해할 수 없었다.

"이런 걸 왜 아버지가 가지고 계세요? 오래된 거 같은데."

"별거 아니다. 신경 쓰지 말거라."

득호는 설명하지 않았다. 아니 설명할 수 없었다. 정묵의 상자에서 나온 물건에 대한 정황을 말해 주기에는 설명할 수 없는 일들이 많았기 때문이다. 그는 머리끈을 다시 주머니에 넣었다.

양림은 출입문 위에 달린 시계를 보았다. 물리치료실에 간 정묵이 돌아올 시간을 확인하기 위해서였다. 아직 시간이 남아 있었다. 두 사람의 대화는 맥없이 끊겨 버렸다. 득호는 다시 티브이로 고개를 돌렸고, 그녀는 출입문 쪽을 바라보았다. 유리문 밖으로 복도를 지나는 사람들이 보였다. 양림은 갑자기 휴게실 밖으로 달려 나갔다.

잠시 후 그녀는 최 반장과 함께 휴게실로 들어왔다. 득호는 뜻밖의 만남에 하루 중 가장 밝은 얼굴로 그를 맞았다. 최 반장은 근처에 볼일이 있어 왔다가 들렀다고 했다. 그의 손에는 양림의 일지가 들려 있었다. 그녀는 득호의 눈치를 보며 일지를 받아 들었다.

"어떻게 되고 있어?"

득호가 살인 사건에 대해 물었다. 최 반장은 손으로 얼굴을 쓸어내리며 눈을 비볐다. 피곤해 보이는 얼굴이었지만 눈빛은 살아있었다. 그는 확신에 찬 어조로 얘기했다.

"곧 잡힐 거 같습니다. 더는 얘기할 수 없는 상황이니 이해해 주세요. 끝나면 다 말씀드릴게요."

"목격자가 있다더니 진척이 있나 보네. 알았어."

"네 시에요. 어르신 오실 시간이에요."

시계를 지켜보던 양림이 말했다.

병실은 아직 비어 있었다. 요의를 느낀 득호는 정묵의 화장실을 이용했다. 그는 세면대 선반에서 정묵의 면도칼을 발견했다. 의아했다. 휴게실에서 양림은 간호사들이 칼을 가져갔다고 했었다.

"형님 면도칼 간호사들이 가져갔다고 하지 않았니?"

그가 화장실에서 나오며 양림에게 물었다.

"그게, 오늘 아침에 보니까 어르신 점퍼 주머니에 있었어요. 그래서 간호사한테 확인했는데 가져간 면도칼은 거기에 있었고요. 두 개였나 봐요."

양림이 냉장고에서 과일을 꺼내며 말했다. 과일을 보자 그녀는 얼마 전 서영이 했던 말이 떠올랐다.

"아! 두 개예요. 며느님이 얘기했었어요. 그 면도칼 신혼여행에서 남편 거랑 두 개를 샀다고요. 왜 이제 생각이 났을까?"

"치매 아버지에게 아들이 면도칼을 줬다고? 언제?"

최 반장이 두 사람의 대화에 끼어들었다.

"그러게요. 지난번에 왔다 간 이후로 저는 본 적이 없는데요."

때마침 노크 소리가 나며 병실 문이 열렸다. 정묵이었다. 그는 득호와 최 반장을 보며 반갑게 맞았다.

"왔어? 안 그래도 적적했는데 잘됐네."

오랜만에 만난 세 사람은 차를 마시며 즐겁게 대화했다. 그러나 보조 의자에 앉은 양림은 이들의 대화에서 묘한 긴장감을 느꼈다. 웃으며 분위기를 맞추고는 있지만 모두 어떤 타이밍을 노리고 있는 분위기였다. 그들은 일상적인 대화 속에서 팽팽한 긴장의 끈을 잡고 있었다. 가식적인 대화였다. 정작 하고 싶은 이야기들은 아직 나오지 않고 있었다. 누군가 끈을 놓치면 걷잡을 수 없이 추락할 것만 같았다. 하지만 누군가의 끈은 끊어져야 했다. 가장 먼저 공격을 시도한 것은 정묵이었다.

"집은 잘보고 갔어? 장현이 처가 사람 보냈다며."

득호는 갑작스러운 일격에 당황한 듯 헛기침을 했다. 그가 해명하기 위해 자리를 고쳐 앉자 정묵이 말을 막았다.

"나도 귀가 있어 들은 얘기니 놀랄 거 없어. 애들 맘대로 하라 그래. 죽어서 가져갈 집도 아닌데 그게 뭐라고."

"형님, 죄송합니다. 저도 갑작스럽게 받은 부탁이라 어쩔 수 없었어요."

득호가 말했다.

"집 열쇠는 부동산 김 사장한테 주고 너도 이제 나서지 마. 그동안 수고했어."

득호는 정묵의 변화가 놀라웠다. 그는 어지간해서는 집과 땅을 내놓을 사람이 아니었다. 무엇이 그를 변하게 했는지 짐작조차 할 수 없었다. 그를 변하게 만든 계기가 분명 있었을 것이다. 득호는 지금이 적절한 타이밍이라는 걸 깨달았다. 오늘 그가 이곳에 온 이유였다. 며칠 전 밤에 보았던 정묵의 차에 관해 물어야 했다.

"형님, 여쭙고 싶은 게 있습니다. 며칠 전 밤에 집에 오셨었습니까? 형님 집 앞에 있는 차를 봤어요."

"며칠 전?"

"살인 사건이 있었던 날이라고 해야 할까요? 삼 일 전입니다."

병실에 있는 모든 사람들이 득호의 얘기에 반응했다. 정묵은 생각에 잠겼고, 최 반장의 눈은 반짝였다. 캐비닛을 정리하던 양림이 무슨 말을 하려는 듯 동작을 멈췄다.

"아니에요. 그날 어르신은 병원에서 밤새 링거를 맞고 계셨어요."

양림의 말에 정묵은 만족스러운 미소를 지어 보였다.

"그래? 분명히 형님 차였는데. 내가 헛것을 볼 리도 없고…."

득호가 난감한 듯 말을 흐렸다. 남자가 집 열쇠를 갖고 있었다는 얘기는 하지 않았다. 정묵이 그 사실을 알면 분명 문제가 커질 것이 분명했다. 그때 양림이 차분하게 말을 이었다.

"그런데 다음 날 어르신께서 차를 세워 두었던 위치가 바뀌었다고 크게 노하셨어요. 그렇죠?"

양림이 정묵에게 배턴을 넘겼다. 정묵은 그녀를 바라보았다. 무심한 시선 같았지만 그를 알고 있는 사람이라면 읽을 수 있는 분노에 찬 눈빛이었다.

"내 착각이었어. 그럴 리가 있나. 그나저나 득호 넌 우리 집 앞에 왜 간 거야?"

정묵의 질문에 득호는 바로 답을 하지 못했다. 병실의 다른 사람들도 충분히 느낄 정도의 공백이었다.

"산책 중이었습니다. 밤에 잠이 안 와서요."

"내 차가 확실하면 가서 누군지 확인도 했어야지, 안 그래?"

"그렇죠."

득호는 빨리 대화를 끝내고 싶었다. 예리한 정묵의 질문에 말려들었다간 도리어 궁지에 몰릴 가능성이 컸다. 하물며 딸과 최 반장이 보는 앞에서 수모를 당하고 싶지 않은 것도 그의 솔직한 심정이었다. 양림은 아버지의 상황을 이해한 듯 캐비닛 정리를 마치고 병실 문을 열었다.

"저는 이만 나가 있을 테니 대화 나누세요."

무거운 병실 분위기를 이기지 못한 양림이 나가자 이번에는 최 반장이 나섰다.

"궁금하시면 제가 알아볼게요. 그날 밤이라면 범행 시각과도 겹칠 텐데. 요즘은 카메라가 많아서 어떻게든 잡히거든요."

"그래? 알아봐 줄 수 있겠어?"

득호가 최 반장의 말에 호응했다. 그러자 정묵의 표정이 굳었다. 그는 두 사람을 번갈아 보며 노기(怒氣) 어린 어조로 말했다.

"내가 아니라잖아. 아니라는데 왜 일을 크게 만들려 그래. 그리고 득호, 너! 제대로 본 거 맞아? 그 길 잘못 든 차들이 우리 집까지 와서 차 돌려 가는 거 몰라 그러는 거야?"

"형님! 분명 제가 본 건…."

최 반장이 득호의 팔을 잡았다. 더 이상 정묵의 심기를 건들지 말라는 듯 그를 향해 고개를 저었다. 득호는 타는 목을 진정시키기 위해 시원한 녹차를 들이켰다. 정묵은 득호가 한심하다는 듯 혀를 차며 탁자 위에 올려진 가래나무 열매를 굴렸다.

"선배님은 그걸 언제부터 굴리셨어요? 요즘은 가래나무 열매 보기도 힘든데…."

최 반장이 분위기를 풀려는 듯 정묵에게 물었다. 정묵은 말없이 창밖으로 고개를 돌렸다. 어느덧 석양은 수평선에서부터 붉게 물들며 퍼지고 있었다. 멀리 닿아 있는 시선은 아득한 예전을 생각하고 있는 듯했다.

"최 반장, 너는 살인마가 잡힐 거라고 생각해?"

"네. 꼬리가 길면 잡히거든요."

최 반장은 단호히 대답했다. 정묵은 실소를 터트렸다.

"아직도 패기가 넘치는구나. 그런데 못 잡을 거야."

"아니요. 반드시 잡힙니다. 이번 살인마는 몇 가지 실수를 했어요. 저희는 그걸 쫓고 있고요. 사실 과거 살인마도 지금이었다면 그렇게 오래 숨어있었을 수는 없었을 거예요. 시대를 잘 이용한 놈이었죠."

최 반장의 자신감은 정묵의 자존심을 자극했다. 가래나무 열매가 리듬을 잃었다. 득호는 정묵을 유심히 지켜보았다. 양림에게 들었던 착란의 시작이었다. 최 반장도 양림의 일지를 통해 알고 있었다. 정묵의 착란은 해 질 녘에 가장 심해진다는 사실을. 그는 정묵을 자극하듯 계속 말을 이었다.

"처음엔 그놈이 다시 부활했다고 생각했어요. 그런데, 그러기에는 시간이 너무 흘렀잖아요. 이번 범행은 여자 한 명을 제외하고는 모두 남자였어요. 나이 든 살인마가 감당하기에 쉬운 상대는 아니라는 거죠."

"틀렸어. 그는 힘없는 노인네가 아니야. 그리고 분신이 있을지도 모르지."

"분신?"

"너 실수하는 거야."

"무슨 말씀이신지 도통 감이 안 오네요. 제가 무슨 실수를 했다는 거죠?"

"내 말을 우습게 듣고 있군. 잘 알아둬. 살인은 힘으로 하는 게 아니야."

"선배는 해 본 거처럼 말씀하시네요."

그는 작정한 듯 정묵을 자극하고 있었다. 이번에는 득호가 최 반장을 막고 나섰다.

"이만 가지. 형님도 쉬셔야지."

"범죄자들은 자기가 항상 완벽한 줄 알아요. 하지만 세상에 완벽한 건 없어요."

"닥쳐! 그는 완벽해. 아무에게도 들키지 않았어. 아무…도."

최 반장의 말에 도발 당한 정묵이 언성 높여 말했다. 때마침 병실로 돌아온 양림을 보자 그의 착란은 극에 달했다. 정묵은 악을 쓰며 침대에서 나와 그녀에게 달려들었다.

"여기가 어디라고 나타나! 오늘 내가 끝장을 내주지."

영문을 모르는 양림이 비명을 지르며 주저앉았다. 최 반장과 득호가 자리에서 일어나 정묵을 제지했다. 그들은 정묵이 양림에게 다가가지 못하도록 양팔을 붙잡고 섰다. 정묵은 짐승처럼 울부짖었다.

"놔! 저년을 죽여야 해. 그러게 왜 내 눈앞에 나타나! 너는 죽어야 돼!"

잠시 후 간호사들이 409호 병실에 들이닥쳤다. 이번에는 원장도 함께였다. 그는 말로만 듣던 정묵의 난동을 처음 목격했다. 원장은 간호사들에게 지시를 내리고 방문객들을 복도로 불러냈다. 병실 안에서는 아직 정묵의 포효가 멈추지 않고 있었다.

"놀라셨겠지만 일몰증후군입니다. 이 시간부터 치매 노인들이 자주 보이는 증상이에요. 불안, 초조를 동반하며 강박적인 행동을 하죠. 심하면 공격적이거나 폭력적인 행동을 보입니다. 지금 조정묵 환자가 딱 그 상태고요. 그러니 무슨 문제 있다고 생각지 마시고 이해해 주세요."

원장이 방문객을 단속하듯 이야기했다. 그의 설명이 끝날 즈음 병실은 잠잠해졌다. 잠시 후 나온 한 무리의 간호들과 함께 원장은 사라졌다. 씁쓸한 마무리였다.

엘리베이터 앞에 선 세 사람은 정면을 응시한 채 문이 열리기만을 기다렸다. 아무도 조금 전의 일에 대해 말을 하지 않았다. 하지만 모두의 마음속에 정묵은 의문을 남겨 놓은 상태였다. 최 반장이 답답함을 못 이긴 듯 먼저 말을 꺼냈다.

"형님! 모셔다드릴게요. 가면서 얘기 좀 하시죠. 드릴 말이 있어요."

“그러지.”

엘리베이터 문이 열리자 득호와 양림이 먼저 올랐다. 최 반장은 잠시 주춤하며 득호에게 말했다.

“병실에 놓고 온 게 있네요. 먼저 내려가세요. 곧 따라가겠습니다.”

엘리베이터 문이 닫히자 최 반장은 409호를 향해 달려갔다. 다시 들어간 병실은 고요했다. 핏빛 석양에 수장된 정묵이 조용히 눈을 감고 있었다.

새로 온 간병인은 나이가 많은 전문 간병인이었다. 서영은 오늘 양림에게 인수인계를 지시했다. 아직 시간이 있었지만 그녀는 구해 놓은 사람이 마음을 바꿀까 불안해했다.

‘오늘 내가 간다고 기다리라고 하세요. 늦지 않게 갈게요. 그리고 양림 씨! 어련히 알아서 하시겠지만, 어렵게 구한 사람이니까 쓸데없는 말은 말아주시고요.’

출근길에 받은 서영의 전화는 매우 일방적이었다. 그녀는 자기 말이 상대에게 어떤 영향을 주는지 모르고 있었다. 양림은 간단히 대답했다. 두 달 남짓 그녀를 보며 느낀 것이 있었다. 서영의 말에 기분 나빠할 필요가 없다는 것이었다. 배려는 부족했지만 흔히 말하는 뒤끝이 없는 사람이었다. 좋게 생각하면 이보다 편한 관계는 없었다. 애초에 처음 일하는 사람에게 시시콜콜 설명할 필요도 없는 이야기였다.

양림은 새 간병인을 보며 이곳에 처음 왔던 날을 떠올렸다. 전임 간병인이 그녀에게 차마 표현하지 못한 것들이 무엇이었는지 이제야 알 것 같았다. 어쩔 수 없었다. 서영이 말한 쓸데없는 것들은 새로운 간병인이 그를 돌보며 알아가야 할 것들이었다.

인수인계는 생각보다 간단했다. 정묵의 룰만 알려주면 그만이었다. 그를 병구완하는 일 자체는 힘든 것이 아니었기에 그녀가 따로 일러줄 것이란 없었다. 새로운 간병인은 처음 양림이 인수인계를 받았던 그날처럼 여유가 넘쳤다. 이런 일쯤 아무렇지 않게 해낼 수 있다는 자신감마저 내비쳤다. 양림은 미처 말할 수 없는 것들에 죄책감을 느꼈다. 피안의 저승길에서 키를 넘기고 도망가는 뱃사공이 되어버린 심정이었다. 어쩔 도리가 없었다. 누군가는 자신을 대신해야 했다. 그것이 이곳을 벗어날 수 있는 유일한 길이었다.

양림은 오늘 아침에서야 정묵에게 자신이 그만두게 된 사정을 설명했다. 경우에 어긋나는 것 같았지만 서영이 원한 일이었다. 그녀의 생각과는 달리 정묵은 '알았다'라며 짧게 답했다. 정묵의 성격이었다. 양림은 약간의 허탈함을 느꼈다. 여운이 남는 일터는 아니었지만 '수고했다'라는 말 정도는 들을 수 있을 거라 여겼다. 마음에 없는 소리를 듣는다고 상처받은 마음이 치유되는 것은 아닐 테지만…. 그녀는 신속히 마음을 추슬렀다. 이곳을 그만두기로 했던 이유를 곱씹으며 쓸모없는 기대 따위는 아무래도 좋으니 버리자고 생각했다.

정묵은 아쉽지만 간병인이 바뀌는 것을 다행이라 여겼다. 두

달 남짓한 시간, 양림은 간병인으로서 흠잡을 데가 없었다. 하지만 곁에 두기 힘든 간병인이기도 했다. 보면 볼수록 그녀의 엄마가 겹쳐졌다. 불안 요소는 사라지는 것이 옳았다. 착란이 심해지는 요즘 자신이 그녀에게 무슨 짓을 할지 모를 일이었다.

"그래서 언제까지 하는데?"

"이번 주까지요. 새로 오신 분은 오늘 인수인계 받고 월요일부터 나올 거예요."

양림은 그가 오늘따라 처연하게 느껴졌다. 며칠 사이 그는 착란에 자주 빠졌다. 그리고 정신이 돌아올 때면 깊은 우울에 빠져 창밖을 하염없이 바라보았다. 그는 급격히 생기를 잃어 가고 있었다.

오후가 한참 지나도록 서영에겐 아무 연락이 없었다. 양림이 새 간병인에게 인수인계라고 할 만한 것을 모두 일러준 후였다. 병실은 침묵에 빠졌다. 새로 온 간병인도 말수가 많은 여자는 아니었다. 말거리가 없는 세 사람은 적당한 거리를 유지한 채 시간을 보냈다. 복도에서 한 무리의 방문객이 인사를 나누는 소리가 들려왔다. 소란스러웠던 그들의 목소리가 점점 멀어지자 병실은 아까보다 깊은 적막에 빠졌다. 그때야 양림은 병실 어딘가에서 울리는 핸드폰의 진동 소리를 들을 수 있었다. 서영이었다. 양림이 전화를 받자 수화기 너머로 다급한 그녀의 목소리가 들려왔다.

"어디에요? 아버님이 전화를 안 받아요. 빨리 좀 바꿔주세요."

양림은 재빨리 정묵에게 전화를 넘겼다.

"무슨 일이야?"

"아버님! 어떡해요. 그이가 경찰에 잡혀갔어요."

서영의 목소리는 고요한 병실에 생생하게 울려 퍼졌다. 정묵의 표정이 차갑게 굳었다. 양림과 새 간병인도 놀란 것은 마찬가지였다. 서영이 흐느끼는 소리가 병실을 무겁게 채웠다. 정묵은 빨리 알아보겠다며 서영을 진정시키고 전화를 끊었다.

"양림아! 최희범이한테 빨리 전화 좀 넣어봐라."

양림은 핸드폰을 받아들고 최 반장의 번호를 찾아 통화 버튼을 눌렀다. 정묵은 초조한 듯 자리에서 일어나 병실을 서성였다. 새 간병인만이 멀뚱히 이 모습을 지켜보고 있었다.

"안 받아요."

양림이 다급하게 말하며 다시 통화를 시도했다. 하지만 의미 없는 시간만 늘어났다.

"그만해."

햇살을 등진 정묵이 차가운 목소리로 말했다. 그는 햇살 속 한가운데에 뻥 뚫린 어둠처럼 존재했다. 양림은 기억 속 어딘가에 묻혀 있던 남자의 형체가 떠올랐다. 기시감이라 치부하면 편할 테지만 분명 기억 속에 존재하는 형태였다. 그것은 분명 어떤 경험이 남긴 공포의 파편이었다.

어둠 속에서 정묵의 독기어린 시선이 빛났다. 그의 기에 눌린 새 간병인은 조심스럽게 자리를 피했다. 병실에는 양림과 정묵 두 사람만이 남았다.

"이틀 전에 말이다. 내가 득호랑 최 반장하고 무슨 말을 했지?"

짚이는 게 있는 듯 정묵이 물었다. 그녀는 잠시 그날의 기억을 더듬었다.

"아버지가 살인 사건이 있었던 날 밤, 장화리 집 앞에 주차된 어르신 차를 봤다고 얘기했어요. 그다음 날 주차 위치가 바뀐 일도 있고 해서 그 부분에 관해 제가 몇 가지 사실을 말했고요. 어르신은 나간 적이 없고, 차의 위치는 바뀌어 있었다고. 그런데 어르신은 차 위치가 바뀌었다고 한 건 착각이었다고 하셨어요. 그리고 저는 병실을 나갔어요. 이후에 세 분이 무슨 대화를 했는지는 몰라요. 다만…."

"다만?"

"제가 다시 돌아왔을 때, 또 착란을 일으키셨는지 저를 죽이겠다고 달려드셨어요. 아버지랑 최 반장님이 저지했고요. 그게 다예요."

"내가 서에 가봐야겠다. 외출 준비해라."

정묵은 아랫입술을 꼭 깨물고 욕실로 향했다. 잠시 후 욕실에서 유리 깨지는 소리가 났다. 양림이 놀라 욕실 문을 열었다. 새로 바꾼 세면대 거울이 깨져 있었다. 그는 분을 못 이긴 듯 악을 쓰며 욕실의 기물을 부쉈다. 그는 문 앞에 선 양림의 멱살을 쥐고 윽박질렀다.

"없어! 내 면도칼이 없어! 네년이 숨겼어?"

소리를 듣고 간호사들이 들이닥쳤다. 그는 짐승처럼 끌려가 침대에 포박됐다. 양림은 정신이 아득해졌다. 위협당했다는 공포심 때문은 아니었다. 그녀 주변에 엄습한 불길함이 정신을 움츠러들게 했다. 무슨 일이 어떻게 돌아가고 있는지 파악할 수 없었다. 그때 전화가 울렸다. 최 반장이었다.

토막살인 사건의 용의자가 검거되자 전국이 들썩였다. 사회적 지위를 가진 엘리트의 연쇄살인은 큰 파장을 불러왔다. 용의자는 장현이었다. 언론은 앞다투어 그의 범행 동기를 유추하고, 범행 스타일을 분석했다. 경찰은 그를 지능적인 살인마라고 했다. 장현은 자신에게 익숙한 지리적 이점을 이용해 움직였고, 들키지 않을 가장 안전한 곳에서 범행했다. 정묵의 집이었다. 정묵의 집 창고에서는 그가 미처 처리하지 못한 혈흔이 발견됐다. 그것은 두 번째와 세 번째 피해자의 혈흔과 일치했다.

검거에 결정적으로 작용한 목격자의 진술은 그를 옭아매는 덫이 되었다. 목격자는 장현이 세 번째 희생자를 버린 저수지 가까운 곳에서 펜션을 운영하던 사람이었다. 그는 저수지 근처에 있는 오래된 창고에 갔다가 장현의 유기를 목격했다고 증언했다. 오랫동안 버려진 창고였기 때문에 장현은 그 안에 사람이 있었을 거라 의심하지 않았을 것이다. 목격자는 창고 안에서 어두운 달빛에 의지해 장현의 움직임을 살폈다. 도롯가로 난 창문 덕분에 그가 타고 온 차까지 확인할 수 있었다고 했다. 차 번호는 보지 못했지만 오래전 유행한 중형차였기에 모델과 차량 색을 정확히 알고 있었다. 그것은 정묵의 차와 일치했다.

마지막 살인이 일어나던 날 정묵의 차는 장화리 근처 교통정보 수집 카메라에 네 시간의 간격을 두고 기록되었다. 저수지 근처로는 경찰이 확인할 만한 카메라가 없었다. 다행히 사건 당일 주변에 정차된 차량에서 블랙박스를 확보할 수 있었다. 영상에는 목격자의 말대로 정묵의 차가 기록돼 있었다.

장현은 범행을 위해 미리 확보한 정묵의 차로 이동했다고 한다. 그의 행적이 제대로 꼬리가 잡힌 것은 그가 집에 돌아가기 위해 병원 근처에서 부른 콜택시 때문이었다. 경찰은 범인이 정묵의 차로 이동한 것에 착안해 여러 가설을 세웠다. 장현의 차는 이미 차량 기록에 두 번이나 걸려 있었다. 경찰은 사건 당일 강화에서 서울로 향한 택시를 조사했다. 그리고 방범용 시시티브이에 찍힌 장현을 찾아냈다. 그의 복장은 목격자의 진술과 일치했다. 그는 의심을 피하기 위해 집과 거리가 먼 지역에서 내렸다. 택시를 바꿔 타는 치밀함을 보였지만, 서울은 섬과 비교도 안 될 만큼 보는 눈이 많은 곳이었다. 이후 그의 행적은 경찰의 수사로 낱낱이 드러났다.

또한 경찰은 범행 흉기로 보이는 증거를 제출하기도 했다. 최 반장이 그날 정묵의 병실에서 가지고 나온 것이다. 그가 증거로 제출한 클래식 면도칼은 시체의 상처와 일치하는 흉기였다. 하지만 흉기에 대한 잔여물 분석 결과 DNA가 검출되지 않았다. 결국 국과수의 감정 결과에 따라 흉기는 증거 목록에서 제외됐다. 그러나 경찰은 자신했다. 범행 도구는 밝혀지지 않았지만, 기존 증거만으로도 살인에 대한 혐의를 입증하는 데는 문제가 없다는 입장이었다.

문제는 범행 동기였다. 장현은 자신의 범행에 대해 부정도 긍정도 하지 않은 채로 침묵했다.

여기까지가 양림이 여러 경로를 통해 보고 들은 이야기였다.

막상 최 반장은 장현이 잡혔다는 이야기 외에 다른 말은 하지 않았다. 이후 그는 종종 양림에게 전화해 정묵의 상태를 살폈다. 처음에는 좋게 둘러대던 그녀도 나중에는 사실대로 전했다.

"충격을 받으셨는지 그날 이후 티브이 시청도 안 하세요. 보나마나 뻔하죠. 아들이 살인범이라고 하루 종일 나오니까요. 기력도 급격히 떨어졌어요. 저도 내일이면 일이 끝나는데 아저씨가 걱정이에요."

"그렇겠지."

"그나저나 잡혀서 정말 다행이에요. 그거 때문에 저는…."

그간 벌어진 살인 사건으로 부정적인 상상에 사로잡혔던 양림이 말을 흐렸다.

"그리고 네 아버지가 조 선배 집에서 찾은 전리품 상자에서…. 아니다. 그건 선배에게 직접 듣는 편이 낫겠구나."

최 반장은 급히 전화를 끊었다. 새로운 소식은 없었다. 싱겁게 끝나버린 통화였다. 남은 것이라고는 최 반장이 통화 말미에 얘기한 전리품이라는 단어였다. 사전적 의미만으로도 폭력적이기 그지없는 말이었다. 언젠가 들어 본 적이 있었지만 구체적으로 어디서 들었는지 기억나지 않았다.

양림은 득호에게 전화했다. 정묵의 상태를 알렸지만 누구보다 그를 걱정하리라 믿었던 아버지는 그녀의 전화를 반가워하지 않았다. 다소 차갑다고 느껴질 만큼 덤덤한 반응과 '아', '응' 같은 짧은 추임새만 있었다. 그녀는 아버지를 이렇게 만든 것이 최 반장이 말한 전리품 때문이라고 어림짐작했다.

"아버지, 여쭤볼 게 있어요. 아저씨 집에서 보았다는 전리품 상자가 뭐에요?"

양림의 기습적인 질문에 득호는 몇 초쯤 말이 없었다.

"최 반장이 그러디?"

"네. 그분이 아버지한테 들으라고 했어요."

"아직은 말할 때가 아니구나. 나도 확인이 필요한 일이야."

양림은 득호와 대화하며 머리에서 맴돌았던 전리품의 출처를 기억해 냈다. 그것은 과거 강화연쇄살인 사건의 범인이 챙겨갔다는 피해자의 유류품을 의미했다. 엄마의 손은 반지와 함께 돌아왔었기 때문에 살인마가 가져간 전리품이 없었다. 그것은 엄마가 강화연쇄살인 사건의 피해자가 될 자격을 따지는 공방에서 불리한 점으로 작용했다.

양림의 가족에게 연쇄살인마의 전리품이란 결국 엄마의 죽음을 떠올리게 하는 매개물이었다. 생각하고 싶지 않은 과거는 현기증을 불러왔다. 멀리 휴게실 거울에 초췌한 얼굴의 여자가 비췄다.

23년 전 엄마와 같은 얼굴을 하고 있는 자신이었다.

'엄마의 물건. 어쩌면 있었을지도 몰라.'

전화를 끊은 최 반장은 가슴을 쓸어내렸다. 양림을 위로하려다 아직 말할 수 없는 사실을 이야기할 뻔했다. 경찰은 장현이 저지른 사건 외에도 비밀리에 다른 수사를 진행하고 있었다. 과거 강화연쇄살인 사건에 관한 것이었다.

며칠 전 최 반장과 득호는 돌아가는 차 안에서 많은 이야기를 나눴다. 득호는 미처 병실에서 하지 못한 이야기를 허심탄회하게 털어놨다. 정묵에게 맹목적이었던 득호가 변한 것은 딸 때문이었다. 그리고 최근 그의 주변에 일어난 일들이 의심을 증폭시켰다.

최 반장은 득호의 이야기를 들으며 내내 장현을 떠올렸다. 그는 정묵의 주변을 가장 자유롭게 이용할 수 있는 사람이었다. 목격자가 말한 범인의 차는 정묵의 것과 같았다. 그때부터 최 반장은 이번에 벌어진 살인 사건이 정묵과 연관이 있다고 믿게 됐다. 그날 병원에 찾아간 이유였다. 정묵이 밤새 링거를 맞았다는 날 살인 사건이 벌어졌고, 실제로 교통 카메라에 정묵의 차가 찍혀 있었다. 그리고 병원에서 양림을 통해 그의 면도칼이 두 개라는 것을 알게 됐다. 의심스러운 자의 흉기는 늘 확실한 증거물이 되어주었다.

차 안에서 득호는 사라진 상자를 여러 번 강조했다. 최 반장은 그 의미를 잘 알고 있었다. 장현의 차에서 득호가 말한 상자가 발견되었을 때, 최 반장은 강한 희열을 경험했다. 상자에는 최근 살해된 피해자의 것을 제외한 모두 여섯 개의 물건이 있었다. 득호가 가지고 있다는 머리끈 한 개와 합치면 과거 강화연쇄살인마가 죽인 피해자의 숫자와 일치했다. 물론 확인이 필요했다. 수사는 비공개로 진행됐다. 형사들이 과거 피해자의 가족과 지인을 접촉했다. 경찰 내부는 고요히 흥분하고 있었다. 공소시효는 지났지만, 만약 장현이 과거 연쇄살인 사건의 범인이라면 이야기는 아주 극적인 전개가 될 것이 분명했다.

'그때 조장현은 펄펄 나는 십 대야…. 못할 거 없잖아.'

득호가 경찰서에 온 것은 점심 무렵이었다. 그는 최 반장을 찾았다. 그의 방문에 최 반장은 상기된 표정으로 달려왔다. 양림에게 전리품을 말해버린 것이 오전 내내 그의 심기를 불편하게 했기 때문이었다. 그가 책망한다 해도 어쩔 수 없는 일이었다. 그러나 득호는 최 반장의 예상과 달리 담담하게 그를 맞았다.

"혹시 제가 양림이에게 한 말 때문에 오셨습니까? 그거라면 죄송합니다. 아직 말할 때가 아닌데…."

"됐어. 그 애도 언젠가 알 일이야. 그냥 어떻게 됐는지 궁금해서 왔어. 내내 전화기만 보면서 기다릴 수가 있어야지."

"지금 확인하고 있으니 오래 걸리지 않을 겁니다."

"만약에 말이야. 만약에, 그 상자의 물건들이 맞는다면 말이지. 자네는 누구라고 생각하나?"

득호의 목소리가 미세하게 떨리고 있었다. 가능성은 반반이었다. 피해자의 물품으로 밝혀지지 않는다면 그것은 그저 정묵의 집에 있던 수집품에 불과했다. 하지만 단 한 개라도 물건의 주인이 밝혀진다면 범인은 정묵과 장현 둘 중 하나였다. 최 반장이 눈을 반짝이며 득호를 정시했다. 그가 확신에 넘칠 때 보이는 눈빛이었다.

"여러모로 생각해 봤습니다만, 저는 조장현이라고 생각합니다."

"왜지? 양림의 일지를 보면 형님일지도 모르잖아. 자네 설마?"

"아니에요, 단지 현재 처벌할 수 있다는 것 때문만은 아닙니다. 지금은 모든 정황이 조장현을 가리키고 있어요. 전리품이 한꺼번에 그 친구 차에서 발견된 것도 그렇고, 23년 전 당시에 그는 십대 후반이었어요. 저는 전혀 불가능하다고 생각하지 않습니다. 그리고 조 선배는 누구보다 이 사건을 잘 아는 형사예요. 그런데 치매에 걸렸죠. 그분이 증상 중에 한 말을 믿는 데는 비약이 있어요. 문제는 조장현이 입을 안 열어요. 지금까지 단 한마디도 안 하고 있습니다."

득호가 무표정한 얼굴로 고개를 끄덕였다. 최 반장은 그 모습이 매우 슬퍼 보였다. 수없이 많은 피해자의 가족을 마주했던 그였지만, 이런 먹먹한 슬픔은 처음이었다. 알 수 없는 표정 뒤에는 감정을 드러내기에도 지친 노인이 울고 있었다.

모든 것은 제자리로 돌아갈 준비를 마쳤다. 양림은 정묵의 결백이 밝혀지면서 안정을 찾았다. 그는 그저 위험한 치매 환자였을 뿐이다. 더 이상 그를 두려워할 이유가 없었다. 정묵은 장현이 잡혀가고 나서 동면에 들어간 뱀처럼 내리 잠을 잤다. 사람들은 그의 상황을 궁금해했다. 그녀가 409호 문을 열고 나올 때마다 복도에 있는 사람들의 이목이 집중되었다.

"내일까지라고?"

요양보호사 한 씨가 복도에서 마주친 그녀에게 말했다.

"네. 시원섭섭하네요."

한 씨가 궁금한 것은 양림의 근무일이 아니었다. 그녀는 양림의 말이 떨어지기 무섭게 정묵에 관해 물었다.

"노인네 완전히 충격 먹었지? 외아들이라며? 잘난 척하던 며느리는 일 터지니까 코빼기도 안 비추고…. 이제 어째?"

"저도 몰라요. 어르신은 잠이 좀 많아진 거 빼고는 달라진 게 없어요."

"티를 못 내는 거겠지. 하나뿐인 의사 아들내미가 살인자라는데 충격 안 받을 부모 어디 있을까."

양림은 아무 말도 하지 못했다. 한 씨의 말은 오늘 아침까지 했던 그녀의 생각과 매우 비슷했다. 하지만 아침에 봤던 정묵은 그런 타인의 상상과는 달랐다. 그는 평소처럼 밥을 먹고, 씻고, 티브이를 봤다. 그리고 깊은 잠에 빠졌다. 점심시간이 다되도록 그는 일어나지 않았다. 어쩌면 한 씨의 말대로 티를 내지 못하는 것인지도 모른다. 양림은 정묵이 측은했다. 아무리 냉정한 사람이라고 한들 자식의 문제에서 자유로운 부모는 없기 때문이었다.

해 질 무렵 정묵은 창가에 서서 기우는 태양을 보고 있었다. 독기는 느껴지지 않았다. 며칠 새 자란 수염이 얼굴을 더욱 수척하게 만들었지만 평온한 눈빛이었다. 아들이 경찰에 잡혀간 사람치고는.

양림은 의심이 사라져서인지 더 이상 그가 두렵지 않았다. 그녀는 정묵에게 바깥상황을 전했다. 그도 마냥 이 병실에서 은신할 수는 없는 노릇이었다. 병실 밖 사람들의 시선에 당황하지 않으려면 알고 있는 편이 낫다는 생각이 들었다.

"많이들 걱정하세요. 어르신 충격 받으셨을까 봐."

"자기들이나 잘 살라 그래. 남의 집 일에 참견하지 말고. 그깟 모자란 새끼 때문에 내가 충격받을 거 같아? 완벽하지 않은 건 실패자야. 동정의 가치가 없어"

냉랭하고 퉁명스러운 목소리는 평소와 다를 것 없는 반응 그대로였다. 양림은 더 이상 말을 잇지 못했다. 이 정도면 자신이 해야 할 일은 했다고 생각했다. 이제 하루만 더 있으면 이곳과는 안녕이었다. 앞으로 정묵과 그 주변의 이야기는 뉴스를 통해서나 접하게 될 이야기였다. 오늘은 깔끔한 마무리를 위해 최대한 잠자코 있는 것이 좋았다.

정묵은 생각이 많았다. 아들이 잡혀간 것에 충격을 받지 않은 것은 아니었다. 충격의 의미가 남들의 생각과 다를 뿐이었다. 그의 충격은 자기 자신 때문이었다. 자신이 분신이라고 믿었던 존재는 아들이었다. 그는 자신이라고 믿은 존재에게 모든 것을 털어놓았었다. 꿈이라 믿었던 서재에서의 대화가 실제였던 것이다. 아들이 모든 것을 알아버렸다. 그것은 자신의 완벽함 또한 무너졌음을 의미했다.

해는 어느덧 수평선 가까이 내려와 있었다. 멀리 출렁이는 붉은 바다와 핏빛 석양은 지금 죽어도 아깝지 않은 멋진 광경이었다. 그는 손을 내밀어 창의 바깥 난간을 잡았다. 철봉에 오른 소년처럼 몸을 굽히면 어깨까지 창밖으로 내밀 수 있었다. 이대로 발을 구르면 그대로 추락할 수 있었다. 그는 하나, 둘, 작게 구령을 붙였다. 몸통이 병실과 창밖을 천천히 오갔다. 그는 주차장 바닥을 보며 팔에 힘을 풀었다. 순간 뒤에서 강한 힘이 그를 잡아당겼다.

"뭐 하는 짓이에요!"

그는 힘에 이끌려 뒤로 넘어졌다. 같이 넘어진 양림이 하얗게 질린 얼굴로 정묵을 다그쳤다.

"어르신! 이러시면 안 돼요. 아무리 힘들어도 그렇죠. 제가 못 봤으면 어쩔 뻔했어요!"

"난 죽을 거야. 이제 완벽한 건 없어."

"세상에 완벽한 사람이 어디 있어요. 마음 약해지면 안 돼요."

양림의 눈에 눈물이 고였다. 그녀는 정묵에게 연민을 느꼈다. 폭력적이고 제멋대로인 노인이었지만, 한편으로 남은 것 하나 없는 불쌍한 인간이었다. 그녀는 진심으로 그가 극단적인 선택만큼은 하지 않기를 바랐다.

눈물을 글썽거리는 양림의 눈은 정묵을 자극하고 말았다. 석양에 빛나는 검은 눈이 그의 뱀들을 깨운 것이다.

"결국 끝을 보고 싶어서 지금까지 남아 있었던 거야? 그렇게 내 손에 죽고 싶어?"

"이러지 마세요. 이제는 무섭지 않아요."

"겁대가리 없는 년. 그러니 그렇게 빤히 보고 있었지. 내가 여기 있으니 우스워서 그래? 울고불고 살려 달라고 할 때는 언제고."

양림은 일어설 수가 없었다. 무섭지 않다고 했지만 정묵의 눈빛이 달라져 있었다. 그는 증오에 가득 찬 맹수로 돌변해 있었다.

"또 왜 이러세요? 누가 살려 달라 그랬다고!"

"네 어미!"

"저희 엄마 욕되게 하지 마세요!"

양림이 앙칼진 목소리로 그의 말을 받아쳤다. 그간 쌓인 분노가 거세게 몰아쳤다. 조금 전 느낀 측은함과 연민이 순식간에 사라졌다. 그가 노골적으로 그녀의 엄마를 언급한 것은 처음이었다. 지금까지 수많은 시간을 참아왔지만 그녀도 이번만큼은 두고 볼 수 없었다.

"아저씨 치매 걸린 것도 알고 헛소리하는 것도 다 좋아요. 그런데 제발 우리 엄마 얘기만큼은 하지 마세요. 참는 것도 한계가 있어요."

정묵은 그녀의 경고에 기가 찼다. 그가 주저앉은 양림 앞에 다가갔다.

“네 엄마가 어떻게 죽었는지 알아? 알려 줄까?”

“싫어요! 듣고 싶지 않아요.”

자리를 피하려 일어서는 양림의 어깨를 정묵이 강하게 밀었다. 그녀는 다시 한 번 바닥에 주저앉았다. 그는 순식간에 양림의 몸을 깔고 앉았다. 정묵이 그녀의 턱을 잡고 얼굴을 들이댔다.

“이렇게 내가 목을 졸랐어.”

양림은 그의 눈을 피하고 싶었다. 더럽고 탁한 시선이 코앞에서 자신을 빨아들이는 것 같았다. 고개를 돌리려 애썼지만 꼼짝할 수 없었다. 점점 정묵의 무게에 눌려 숨이 막혀 왔다.

“이러지 마세요. 소리 지를 거예요.”

말이 떨어지기 무섭게 정묵의 손이 양림의 목을 움켜쥐었다. 그녀는 아무 소리도 낼 수 없는 지경에 이르렀다. 극한의 공포 속에서 엄마가 떠올랐다.

‘엄마는 정말 이렇게 죽었을까? 엄마는 어디에 있을까….’

“아… 알려…줘요.”

양림이 간신히 나오는 소리로 말했다. 정묵은 손의 힘을 풀었다.

“뭘?”

“우리 엄…마. 어디… 있어요? 아저씨가 죽였다면서요.”

“어디긴 어디야. 숲속에 있지.”

“거짓…말. 거긴 수백 번도… 더….”

“네 어미는 좋은 곳에 묻혔어. 과분하게 아름다운 곳이지. 곳곳에 수정이 박힌 것처럼 해가 들이치는 아름다운 숲이야."

양림은 정묵이 잠시 감상에 빠진 사이 몸을 비틀었다. 그는 양림의 움직임에 다시 손에 힘을 줬다. 그녀는 정신이 희미해졌다. 사물이 흐릿해지더니 이내 붉은 공간만 눈 속에 남았다. 그때 익숙한 목소리가 들렸다.

"뭐하시는 겁니까!"

득호였다. 그는 딸의 목을 조르는 정묵을 거칠게 밀쳤다. 양림은 숨을 몰아쉬었다. 하지만 잠깐 사이 호흡하는 방법을 잊어버린 것처럼 제대로 된 숨을 쉬지 못했다. 힘겹게 몸을 일으키고 나서야 폐 깊은 곳에 뭉쳐있던 공기가 빠져나왔다. 눈물이 멈추지 않았다. 엄마가 느꼈을 고통이 몸 구석구석에 퍼졌다. 득호는 분노를 감추지 않았다. 그는 바닥에 내동댕이쳐진 정묵의 멱살을 붙들고 일으켜 세웠다.

"지금 내 딸한테 무슨 짓 한 거야! 당신 미쳤어?"

흥분한 득호의 목소리가 병실 밖까지 뻗어 나갔다. 간호사들이 달려와 득호를 제지했지만, 그는 정묵의 멱살을 놓지 않았다. 정묵은 미소 짓고 있었다. 득호를 향한 조소였다.

"이 선생님! 이거 놓고 말씀하세요. 지금 이분 정상 아니에요."

수간호사 배 씨가 득호의 손을 잡으며 애원했다. 그는 내팽개치듯 정묵을 놓았다. 휘청거리는 정묵을 간호사들이 잡았다. 그들은 정묵을 침대에 눕혔다.

"괜찮니? 가자."

득호가 양림을 자리에서 일으키며 말했다. 그녀는 힘겹게 고개를 끄덕이고는 가방을 챙겼다.

"여긴 우리가 볼 테니까 가세요, 두 분."

배 씨가 득호와 양림의 등을 떠밀며 말했다. 득호는 분노 가득한 눈으로 정묵을 노려보며 병실을 나섰다.

"병신들."

그와 눈이 마주친 정묵이 말했다. 득호가 움찔하자 양림은 아버지의 팔을 꼭 붙잡았다.

양림이 전화를 받지 않았다. 요양병원 주차장에 트럭을 세운 상민은 보름 전 정묵이 놓고 간 운동화를 챙겼다. 마침 근처에서 출장 수리가 있어 겸사겸사 들린 이유도 있지만, 사실은 양림이 그만두기 전에 전해주고 싶었다. 상민은 전화를 받지 않는 그녀에게 문자메시지를 남겼다.

[누나 어디야? 아저씨 운동화 가져왔어.]

메시지를 보내고 5분쯤 차에서 기다렸지만 답이 없었다. 상민은 바로 정묵의 병실을 찾기로 했다. 1층 로비의 엘리베이터 앞에는 휠체어를 탄 노인과 간병인이 둘이나 있었다. 상민은 비상구를 이용했다. 그는 힘차게 계단을 밟았다. 발소리가 메아리처럼 통로에 울렸다.

그가 두 계단씩 건너뛰다 주춤한 건 3층에서 희미하게 들린 소리 때문이었다. 보통 사람이라면 흘려보냈을 수도 있는 소리를 그는 놓치지 않았다. 아니 놓칠 수가 없었다. 가래나무 열매가 어디선가 구르고 있는 소리였던 것이다.

소리는 반쯤 열려있는 4층 비상구 문에서 흘러나왔다. 상민은 홀린 듯 4층 비상구 문을 열었다. 두려움과 호기심이 그의 내부에서 심하게 다투고 있었다. 그는 고개를 들어 정면에 있는 병실을 확인했나. 409호였다. 소리의 근원이었다. 손은 이미 땀으로 흥건했다. 그는 손잡이를 꼭 쥐었다. 문을 열면 해변에서 본 남자가 자신을 기다리고 있을 것만 같았다. 셀 수 없이 그와 마주치는 상상을 해 온 상민이었다. 하지만 문을 열 용기가 나지 않았다. 석양 속 사내는 열두 살 소년의 기억 속에 유폐되어 있었다. 그 안에는 소년의 공포와 절망도 함께 있었다.

상민은 결국 병실 문을 열지 못했다. 출입문 옆에 붙은 환자의 이름 때문이었다. 그는 뒷걸음질 치며 운동화를 떨어뜨렸다.

'도망쳐!'

먼 기억 속의 소년이 그에게 외쳤다. 도망치라고, 돌아보지 말라고. 상민은 사력을 다해 계단을 내려갔다. 뒤에서 누군가 부르고 있었다. 소년이 외쳤다.

'속지 마. 돌아보면 널 죽일 거야.'

정묵은 아들의 뉴스를 보고 있었다. 아침과 다른 소식은 없었다. 문 앞에서 '저기요'를 외치는 박 간호사의 목소리가 들렸다. 그녀는 잠시 후 노크와 함께 묵직한 봉투를 들고 들어왔다.

"어떤 남자가 이걸 문 앞에 놓고 갔네요."

"뭔데?"

봉투 안의 물건은 정묵이 상민의 차에 놓고 내렸던 운동화였다.

"운동화 같은데, 어르신 거예요?"

"몰라. 버려."

박 간호사는 봉투를 들고 나가려다 문 앞에서 멈칫하며 망설였다. 정묵이 그녀의 행동을 놓치지 않고 물었다.

"왜?"

"아까 어르신이 이 선생님한테 실수하신 거 같아서요. 그분이 그렇게 화내는 걸 처음 봤어요. 워낙 점잖은 분이라 모두 깜짝 놀랐어요. 복도 끝까지 그분 목소리가 쩌렁쩌렁 울렸다니까요."

"뭐?"

기억에 없었다. 정묵은 자신이 오후 내내 티브이를 시청하고 있었다고 생각했다. 기억에 없는 일은 이제 다반사가 됐지만, 득호가 자신에게 목소리를 높일 수 있는 상황이란 존재할 수 없었다. 그것은 이유를 불문하고 있을 수 없는 일이었다.

"상황이 어땠는데?"

"저흰 모르죠. 소리 듣고 가보니 간병인 아주머니는 바닥에 주저앉아 있고, 이 선생님이 어르신 멱살을…."

박 간호사는 멱살이라는 단어에서 실수라도 한 듯 크게 숨을 들이마시며 멈췄다. 정묵이 한 박자 늦게 웃음을 터트렸다. 그야말로 파안대소였다. 박 간호사는 그의 웃음에 맞장구치듯 가벼운 미소를 보이고 황급히 병실을 나갔다. 그녀가 복도 중간을 지날 때까지 그의 웃음소리는 계속됐다.

정묵은 치욕스러웠다. 감정을 속이고자 웃었지만, 결국 자기 자신을 속일 수 없었다. 그는 기르던 개에 물린 못난 주인이었다.

택시 안에서 양림은 눈을 감고 있었다. 득호는 딸에게 어떻게 사과를 해야 할지 거듭 고민했다. 그는 양림에게 정묵의 간병을 권유한 것을 후회했다. 오늘 딸이 정묵에게 목이 졸리는 모습을 본 순간 그는 이성을 잃었다. 지금껏 단 한 번도 정묵의 행동에 의문을 갖지 않았다. 그를 동경했고, 고마워했고, 믿었다. 정묵에 관한 것이라면 사소한 의심조차 용납되지 않는 삶이었다.

하지만 가족이 엮인 문제만큼은 그럴 수 없었다. 특히 양림은 많이 상처받았고, 그동안 너무 많이 희생해 온 딸이었다. 그런 딸의 말을 듣기 시작하면서 그는 정묵이 매어 놓은 목줄을 끊었다. 배신이라고도 할 수 있었다. 그는 자신의 삶에 피할 수 없는 일이 다가오고 있음을 알았다. 아마도 최 반장에게 연락이 오는 순간부터 시작될 것이다. 그는 주머니 속 핸드폰을 만지작거리며 '모든 것은 그 이후에 생각해도 늦지 않는다'고 생각했다. 그리고 지금은 딸을 위로하는 것이 우선이다.

"내일까지라고 했지? 가지 마라."

"생각해 볼게요."

양림이 마른 목소리로 말했다.

"생각이 뭐가 필요해? 가지 말라면 가지마. 나도 이제 그쪽하고 연을 끊어야겠다."

양림이 믿을 수 없다는 표정으로 득호를 바라보았다.

"저 때문이라면 그러실 필요 없어요. 아까 그분한테 소리치는 거 보고 아버지 많이 변하셨구나 생각했어요. 전 그거면 됐어요. 오늘은 아버지 덕분에 살았어요. 고마워요."

"도대체 그분이 왜 너를."

득호의 목소리가 자기도 모르게 격앙됐다. 양림이 다시 눈을 감았다. 밖에서 들어오는 빛이 그녀의 얼굴을 스쳐 지나갔다. 감은 눈 사이로 눈물이 흘러내리고 있었다.

"양림아."

"엄마, 어떻게 죽었어요?"

"그건 전에 내가 말했잖니. 부검 결과 과다 출혈이…."

"아무도 모르는 거잖아요! 엄마가 어떻게 죽었는지 아버지도 사실은 모르잖아요. 살인마가 어떻게 했는지 모르면서 왜 그래요!"

그녀가 울먹이며 소리치자 놀란 택시 기사가 뒤를 돌아보았다. 놀라기는 득호도 마찬가지였다. 자신이 병실에 도착하기 전 양림과 정묵에게 무슨 일이 있었는지 궁금했다.

"네 엄마 얘기가 나왔니?"

"노망난 노인네가 만만한 게 저예요. 정말 다른 건 아무리 힘들어도 괜찮아요. 말도 안 되는 소릴 해도 넘길 수 있었어요. 그런데 엄마는 건드리면 안 되는 거잖아요. 제일 잘 아는 분이 왜 하필 정신 나가서 한다는 소리가 우리 엄마 죽인 얘기예요?"

한 번 터진 눈물은 멈추지 않았다. 양림은 이제 참을 수 없다는 듯 소리 내어 흐느꼈다.

"뭐? 형님이 네 엄마를 죽였다고 했어?"

양림은 차마 말을 잇지 못했다. 그때 조심스럽게 택시 기사가 말을 걸어왔다.

"혹시 예전 강화연쇄살인마 피해자 가족이쇼?"

그는 득호 또래로 보이는 몸집이 작은 남자였다. 그는 룸미러로 뒷자리를 힐끔거리며 하고 싶은 말이 있는 듯 득호를 쳐다보았다.

"운전이나 하시죠. 할 말 없습니다."

득호가 불쾌한 눈으로 택시 기사를 쏘아보며 말했다.

"우리 먼 친척도 피해자입니다. 이거 말해도 되는지 모르겠는데, 그놈 곧 잡힐 거랍니다."

득호가 놀란 눈으로 기사를 바라보았다. 양림도 고개를 들고 아버지의 시선을 따라갔다. 택시 기사가 어깨를 펴며 숨을 크게 들이쉬었다.

"경찰이 왔었데요. 그 미친놈이 가져갔던 아들의 물건을 들고서요. 그 집 아버지가 아들한테 선물했던 만년필을 들고 왔다나? 나 참, 20년이 넘은 사건인데 잡아도 처벌이 되나? 사장님은 그런 거 아십니까?"

양림이 동그란 눈으로 득호를 바라보았다.

"아버지!"

득호가 양림의 손을 꼭 쥐었다. 피할 수 없는 일이 다가왔다.

"그런데 그쪽은 경찰이 안 찾아왔어요?"

택시 기사가 말했다. 그의 말이 끝나기 무섭게 득호가 기다리는 전화가 울렸다. 최 반장이었다.

상민은 넋이 나간 표정을 하고 툇마루에 앉아 있었다. 몇 시간이 지났지만 아직도 진정이 되지 않았다. 무슨 정신으로 집까지 운전을 했는지 기억이 나지 않았다. 상민은 아버지를 만나고 싶었다. 그리고 오늘 자신이 마주칠 뻔했던 석양 속의 남자에 대해 털어놓고 싶었다.

"왔니."

득호가 말했다.

"아버지!"

득호는 상민을 보자 아들에게도 피할 수 없는 일이 다가왔음을 직감했다. 아들의 어깨를 토닥이려 다가간 득호는 당황하고 말았다. 상민의 몸이 눈에 보일 만큼 떨리고 있었다. 그는 아들의 등을 쓸어내렸다. 상민은 아버지의 손길이 닿자 안전함을 느낀 아이처럼 참았던 눈물을 터트렸다.

"무슨 일이 있었니?"

득호가 다정하게 물었다. 상민은 한참을 서글프게 흐느꼈다. 그는 오늘 자식들의 눈물을 연달아 목격했다. 아들의 눈물을 보자 마음이 무너져 내리는 것 같았다. 아들의 무게는 자신과 또 다른 것이었다. 그는 상민의 등을 토닥였다. 자식들을 지킬 수 있는 사람은 자신뿐이었다. 자책과 후회는 지금 그들에게 도움이 되는 것이 아니었다. 몇 분이 흐르고 마음을 추스른 상민이 입을 뗐다.

"아까 병원에 갔었어요."

득호가 깊은 한숨을 내뱉었다. 우려하던 일이었다.

"거기서 그 소리를 들었어요. 듣는 순간 아무 생각도 할 수 없었어요. 문 안에 있는 사람이 꼭 석양 속의 남자일 것만 같아서 겁이 났어요. 이제 포기하고 싶은데, 벗어나고 싶은데…. 아버지! 저 그게 잘 안 돼요. 아무도 관심 갖지 않는 그 소리에서 왠지 벗어날 수가 없어요."

"형님 병실이었니?"

"네."

상민이 목멘 소리로 대답했다. 그는 울지 않으려 고개를 하늘로 들었다. 아무래도 이런 모습을 아버지에게 보이는 것이 내키지 않는 것 같았다. 득호는 상민을 두고 안방으로 들어갔다. 그는 머리끈을 들고나와 상민 앞에 내밀었다.

"이거 아니?"

상민이 굳은 표정으로 아버지를 바라보았다. 그는 표정을 찾으려 애썼다. 하지만 어떤 표정도 지을 수 없었다. 상민은 머리끈을 꼭 쥐고 무릎 사이에 얼굴을 묻었다.

"이거 어디서 났어요?"

상민이 낮고 차가운 목소리로 물었다. 언뜻 담담해 보이는 목소리였지만 그 나직함 속에 형언할 수 없는 분함이 깔려있었다.

"네 엄마 거니?"

"어디서 났냐고요!"

상민이 악을 쓰며 득호에게 물었다. 득호는 손으로 얼굴을 감쌌다. 아들에게 참담한 자신의 감정을 들키고 싶지 않았다.

"가자, 경찰서에."

득호가 중요한 결심을 한 듯 자리에서 일어서며 말했다.

경찰서 주변은 특종을 노리는 기자들로 붐볐다. 득호와 상민은 기자들을 피해 조용히 건물 뒤편에 있는 차량 출입구 쪽으로 갔다. 그 앞에서 미리 기다리고 있던 최 반장이 득호 부자를 맞았다. 그는 셔터가 내려진 출입구 옆문으로 그들을 안내했다. 득호는 건물에 들어서기 전 최 반장을 바라보았다. 최 반장이 기다렸다는 듯 말했다.

"입을 열긴 했습니다. 아직 조사가 더 진행돼야 하지만, 선배가 오고 있다니까 만나게 해달라더군요."

"마침 잘됐네. 내가 얘기해 보지."

"저기, 이렇게 말해도 될지 모르겠는데, 그놈 조 선배랑 분위기가 비슷해요. 뭐랄까 흔들림이 없어요. 남을 의식하는 것 같지도 않고."

장현을 설명하는 최 반장의 눈이 반짝였다.

"갑자기 입을 연 이유가 뭐야?"

"그게 특이했어요. 23년 전 살인 사건의 확실한 증거를 들이미니까 그때서야 자기가 저지른 거라더군요. 그런데…."

"그런데?"

득호가 따라 말했다.

"그놈이 웃고 있었어요. 일부러 여유 부리는 그런 웃음이 아니라, 진심으로 기뻐하는 웃음이요."

"뭐? 뭘 기뻐해?"

"모르겠어요. 최근 벌어진 사건들에 대해서는 입을 꽉 다물고 있더니 23년 전 사건은 웃으면서 인정하더라고요. 이게 밝혀지길 기다렸던 것처럼…."

"미친 새끼!"

상민이 분함을 참지 못하고 욕을 내뱉었다. 득호도 같은 마음이었다. 하지만 그는 속내를 드러내지 않았다. 정묵의 교육을 통해 배운 것이었다. 감정적인 상태는 상대방에게 약점을 보이는 것과 같다고.

여섯 개의 취조실이 있는 복도는 형사들로 북적였다. 오랜 미제 사건의 범죄자를 잡았다는 흥분이 공기 중에 흩어져 있었다. 최 반장이 득호를 데려오자 복도는 일순간 조용해졌다. 몇몇 득호를 기억하는 사람들이 그에게 눈인사를 했다. 장현은 네 번째 취조실에 있었다. 어두운 색상의 방음재로 도배된 고립된 방이었다. 득호는 유리 벽 넘어 의자에 앉아 허공을 응시하는 장현을 보았다. 그는 젊은 시절의 정묵과 닮아 있었다. 득호 부자는 최 반장과 함께 취조실 안쪽 방으로 들어갔다. 장현은 득호를 보자 활짝 미소 지었다.

"진짜 오셨네요? 상민이까지. 오랜만이다?"

상민의 표정이 일그러졌다. 한동네에 살았지만 장현은 한 번도 상민에게 먼저 인사를 건넨 적이 없었다. 장현에게 동네 꼬마들은 관심의 대상이 아니었다. 상민은 뻔뻔히 미소 짓는 장현의 얼굴을 한 대 치고 싶었다. 아들의 분노를 눈치챈 득호가 상민의 손목을 지긋이 잡았다.

"자백했다고 들었다. 내가 온 이유, 짐작하지?"

득호가 마주 앉은 테이블 위에 아내의 머리끈을 놓고 말했다. 장현이 담담하게 득호를 쳐다보며 말했다.

"아저씨가 가져갔었군요? 저는 그게 궁금해서 아저씨 보고 싶다고 한 거예요."

태연하게 얘기하는 장현을 보자 상민은 더 이상 견딜 수가 없었다. 이것은 상민이 생각했던 범죄자의 자세가 아니었다.

"뭐가 어째? 이게 지금 우리 앞에서 할 소리야!"

상민은 아버지의 손을 뿌리치고 테이블 너머 장현의 멱살을 잡았다. 순식간에 벌어진 일이었다. 최 반장과 득호가 상민을 간신히 떼어냈다. 밖에 있던 형사들이 들어와 상민을 붙들었다.

"끌어내."

최 반장이 말했다. 상민은 나가지 않으려 버텼다.

"놔요! 저 자식이 우리한테 어떻게 했는데 내가 왜 쫓겨나야 돼요. 넌 내가 죽일 거야. 이렇게 멀쩡하게 살게 두지 않아."

끌려 나가는 상민이 절규하듯 소리쳤다. 문이 닫히자 고요가 찾아왔다. 방음 처리된 취조실은 철저히 외부의 소음을 차단했다.

득호는 침착했다. 형식은 피해자와 가해자의 대면이었지만, 그는 취조에 가까운 질문을 쏟아냈다. 최 반장은 묵묵히 득호 옆을 지켰다.

"왜 살인을 하게 됐지?"

득호가 물었다. 장현의 눈빛이 미세하게 흔들렸다. 최 반장은 찰나의 순간을 놓치지 않았다. 어쩌면 그가 경찰에게 자백했던 것보다 구체적인 내용을 들을 수 있을 것 같았다.

"안 들킬 자신이 있었으니까."

장현은 비교적 담담하게 과거를 털어놨다. 그는 어려서부터 정묵의 서재에서 많은 시간을 보냈다. 아버지의 방에는 호기심 어린 소년을 자극하는 여러 가지 물건들이 있었다. 그중 장현의 흥미를 끈 물건은 범죄 현장을 찍은 사진이었다고 한다.

"대부분 사진은 별거 아니었어요. 그런데 인내심 있게 보다 보면 정신을 번쩍 들게 하는 잔혹한 사진들이 나와요. 그게 얼마나 사람을 흥분시키는지 알아요? 도색잡지를 훔쳐보는 것보다 훨씬 흥미진진했어요. 그래서 직접 시행해 보고 싶었어요. 잡히지 않을 자신이 있었거든요. 전 아버지보다 완벽한 사람이 되고 싶었어요."

최 반장은 과거를 털어놓는 장현을 보며 득호를 부르길 잘했다고 생각했다. 장현의 이야기는 경찰 조사에서 나오지 않았던 새로운 내용이었다. 그는 앞서 조사에서 범행 동기에 관해 그냥 죽이고 싶어서라고 말했다. 형사들의 질문을 교묘히 피해 자신이 생각한 말만 고집스럽게 내뱉었다. 그런 그가 득호에게는 과거를 술술 늘어놓은 것이었다. 최 반장은 장현이 자신의 범죄를 잘 아는 누군가에게 인정받고 싶어 하는 것 같다고 미루어 짐작했다. 그러자 다른 의문이 밀려왔다. '왜 이 선배지?' 최 반장은 순간 장현의 자백에 제동을 걸고 싶어졌다.

"그런데 최근 범죄는 왜 예전과 달랐지? 우리를 속일 속셈이었나?"

최 반장이 물었다.

"세월이 변했는데 저도 변해야죠. 과거와 현재 사이에 차이는 있어야 할 거 아니에요."

"과거가 더 완벽했어. 그렇다면 넌 퇴보한 살인마네?"

최 반장이 장현을 자극하듯 말했다. 그는 범죄자의 심리를 흔들어 놓는데 탁월한 형사였다. 살인마의 이면에 감춰진 진짜 얼굴을 확인해야 했다. 장현의 미간이 잠깐 찌푸려졌다.

"감이 떨어졌나 보죠. 당신이 퇴보했다고 말한 그 살인에 관해서는 저도 별로 할 말이 없어요. 결과적으로 저는 실패한 살인마이니까요. 하지만 이번에 잡히지 않았다면 과거 사건은 영영 못 밝혀졌겠죠? 그러니 나는 한편으로 완벽한 살인마이기도 합니다."

장현의 말이 끝나자 득호가 눈을 길게 감았다 떴다. 그는 유일한 장점인 인내를 발휘하는 중이었다. 최 반장이 득호의 눈치를 보며 계속 질문했다.

"죽은 피해자들의 시신은 어떻게 처리했나?"

장현이 거드름을 피우듯 의자 뒤로 몸을 기댔다.

"욕심이 너무 많으시네. 잡혀줬으면 그 정도는 알아서 찾으셔야죠. 제가 다 말해 버리면 재미가 없잖아요."

"양림이 엄만 왜 죽인 거야? 처음부터 계획했나?"

득호의 질문에 장현이 오늘 처음으로 길게 침묵했다. 침묵은 일 분가량 이어졌다. 득호에게는 그 어느 때보다 긴 일 분이었다. 장현이 취조실 유리창을 보며 말했다.

"거슬렸어. 그 아줌마 뒤통수를 볼 때마다…. 모든 건 정확해야 하는데, 스펠이 틀린 브랜드 모조품은 너무하잖아. 볼 때마다 거슬려서 없애버리고 싶었어."

득호의 손이 심하게 떨리고 있었다. 최 반장이 유리창 너머 후배 형사들에게 눈짓했다. 잠시 후 두 명의 형사가 득호를 데리러 왔다. 그는 별 저항 없이 자리에서 일어났다. 장현이 나가는 그에게 엷은 미소를 지어 보였다.

"그날, 황금빛 석양이 지던 무렵, 자네는 어디에 있었지?"

형사들을 따라 나가던 득호가 문 앞에 멈춰 서며 말했다.

"시체 옆에 있었겠죠. 지금 날 떠보려고 하나 본데 소용없어요."

장현은 조롱하듯 사람들의 표정을 돌아보며 미소 지었다.

"마지막으로 묻겠네. 자네 가래나무 열매를 굴리나?"

"저는 메스를 굴리지, 그런 노땅 취미에는 관심 없어요."

장현의 말에 득호가 고개를 끄덕이며 취조실을 나갔다. 밖에서 스피커를 통해 듣고 있던 상민은 울고 있었다. 그는 아들을 부축하듯 데리고 경찰서를 나섰다.

"내가 선물하지만 않았어도 엄마는 안 죽었을 거예요."

"아니야. 그건 저놈이 그냥 만든 핑계야. 네 엄마는 운이 없었던 거뿐이야."

최 반장의 생각도 득호와 같았다. 이유라고 하기에는 구차한 구석이 많았다. 오늘 장현이 한 자백 중에 가장 변명처럼 들리는 이야기였다.

어젯밤 양림은 한 통의 전화를 받았다. 동생이었다. 그는 장현이 엄마를 죽인 강화연쇄살인마라고 했다. 살인마의 정체는 엄마를 죽인 원수와 이웃으로 살아온 그녀의 가족에게 충격이 아닐 수 없었다. 상민은 모든 게 자기 탓이라며 양림에게 사과했다. 통화 내내 그는 미안하다는 말을 반복했다. 통화는 길게 이어지지 않았다. 네 탓이 아니라며 실의에 빠진 동생을 위로했지만 그녀도 제정신이 아니었다. 장현과는 얼마 전까지 한 공간에서 대화를 나눈 사이였다. 그리고 자신은 생명의 위협을 느끼는 공포 속에서 살인마의 아버지를 간병했다.

밤새 악몽과 비참한 현실 사이를 오간 양림은 동트는 새벽에 집을 나섰다. 그녀는 이른 아침 병원에 도착했다. 마지막 출근이었다. 정묵이 준 충격은 가시지 않았지만 그의 반응을 확인하고 싶었다.

'23년 전 연쇄살인 사건의 진범을 그는 어떻게 마주할까.'

그녀는 조용히 병실 문을 열었다. 정묵은 아직 잠들어 있었다.

아침 식사를 마치고 티브이를 보던 정묵은 충격에 빠졌다. 새로운 속보 때문이었다. 과거 강화연쇄살인 사건의 유력 용의자가 검거되었다는 속보였다. 기자는 경찰이 과거 피해자의 가족과 비밀리에 접촉한 것을 근거로 보도했다. 유력 용의자는 아들 장현이었다.

그는 분노했다. 현재 벌어진 사건이야 어찌 됐든, 23년 전 사건만큼은 오롯이 자신의 것이어야 했다. 손에서 구르던 가래나무 열매가 힘없이 부서졌다. 날카로운 조각이 박힌 손에서 피가 흘러나왔다. 피를 보자 정묵은 쓴웃음을 지었다. 하나하나 쌓아 올린 그의 기록은 어떤 희열도 대신하지 못한 은밀한 기쁨이었다. 그리고 자존심이었다. 누구에게도 빼앗길 수 없었다. 그는 자신의 존재를 부정당했다고 생각했다.

'누군가 내 것을 노리고 있다. 나는 증명해야 한다.'

식판을 치우던 양림은 침대 시트에 묻은 피를 발견했다. 리모컨을 잡은 정묵의 손에 피가 말라붙어 있었다.

"가래나무 열매가 손에서 부서졌어."

그녀의 시선을 의식한 정묵이 말했다.

"아무렇지도 않으세요? 아드님이 저희 엄마를 죽인 23년 전 강화연쇄살인마래요."

양림이 건조한 목소리로 그에게 물었다. 손에 피가 났던 것을 제외하고 그의 오전은 평소와 다른 것이 없었다. 식사를 하고, 밥을 먹고, 티브이를 시청했다. 사과가 없는 것을 보니 그는 어제 일도 기억하지 못하는 듯했다.

"그걸 믿어?"

정묵이 말했다.

"아들에 대한 믿음이세요? 이미 살인자로 잡혀갔잖아요."

"하고 싶은 말이 뭐야?"

정묵은 아이의 반성을 기다리는 어른처럼 양림을 쳐다보았다. 하지만 양림은 그 시선에 부응하지 않았다. 그녀는 입을 닫았다. 그가 기다리는 분노할 명분을 주고 싶지 않아서였다. 그는 어이없다는 듯 피식거리며 티브이로 시선을 옮겼다.

정묵은 머리가 그 어느 때보다 맑아졌다는 걸 느꼈다. 양림을 보자 지금까지 어지럽게 머리를 부유하던 '증명 방법'이 실체를 드러냈다. 잔잔한 파도가 먼바다로 빨려 들어갔다. 재난을 직감한 뱀들이 살기 위해 그의 몸에 파고들었다. 단단한 뼈와 살을 헤치고 몸속 깊은 곳에 숨었다. 멀리 거대한 해일이 밀려오고 있었다.

숲속은 고요했다. 모든 것이 정지돼 있었다.

득호는 상민이 발견한 숲 한가운데에 앉아 있었다. 머리를 식힐 곳이 필요했다. 연쇄살인마는 잡혔지만, 그는 아직 컴컴한 터널 속에 있었다. 그는 두 손으로 얼굴을 감쌌다. 마음속에 우후죽순 떠오르는 의문들이 사라지지 않았다.

며느리의 전화가 아니었다면 그는 해가 지고 있는 것도 모르고 이곳에서 밤을 맞을 뻔했다. 그녀는 상민이 크게 충격을 받은 것 같다고 말했다. 그는 며느리를 진정시키고 전화를 끊었다.

주변은 어느새 바뀌어 있었다. 숲의 빈 곳이 눈에 띄었다. 나무 사이를 관통하던 빛이 사라지자 숲은 헐벗은 모습을 드러냈다. 아직 잎이 무성한 나무들이었지만 빛이 채우던 공백을 메우지 못했다. 영혼이 사라진 숲은 껍데기만 남았다.

더 이상 이곳에 있을 이유가 없었다. 득호는 자리에서 일어났다. 아무래도 정묵을 만나봐야 할 것 같았다.

상민은 오늘 출근하지 못했다. 당분간 아무것도 할 수 없을 것 같은 깊은 무력감 때문이었다. 그는 살인마를 잡으면 이십여 년간 시달려온 자책감에서 빠져나올 수 있을 거라 믿었다. 모든 것이 끝난다고 생각했었다. 그러나 결과는 생각했던 것과 정반대였다. 엄마를 죽음으로 몰았다는 자책이 몰려왔고, 아버지 말처럼 사건과 크게 상관없는 소리에 집착했던 세월만 남아버렸다.

'넌 이게 다라고 생각해? 아직 아니야. 날 믿어.'

상민은 마음속 소년의 속삭임을 지우려 머리를 흔들었다. 이제

명확해진 현실을 수긍해야 했다. 하지만 오랜 확신 때문이었는지 석양 속의 남자와 그가 굴리던 가래나무 열매 소리는 상민의 머리에서 떠날 생각을 하지 않았다.

전화가 울린 것은 그때였다. 누나였다. 통화 버튼 앞에서 그는 잠시 주춤했다. 상민은 양림의 목소리를 들을 자신이 없었다. 그녀도 살인마에게 똑같이 엄마를 잃은 사람이었다. 지난밤 상민의 전화 때문에 밤새 뜬눈으로 지냈을 터였다. 상민은 눈을 질끈 감고 전화를 받았다.

"괜찮니?"

수화기 너머로 따뜻한 누나의 음성이 흘러나왔다.

"응."

상민은 목이 메어 짧게 답했다. 속에서 올라오는 뜨겁고 묵직한 덩어리가 목구멍을 막아버린 것 같았다.

"잠깐 시간이 나서 전화했어. 궁금한 것도 있고."

"뭔데?"

"그 사람, 엄마는 어떻게 했데?"

미세하게 떨리는 누나의 목소리가 그대로 상민에게 전해졌다. 상민도 궁금한 것이었다. 피해자의 가족이라면 모두가 마음에 품고 지냈을 의문이었다.

"몰라. 그 얘긴 안 하더라."

상민의 말에 양림은 깊은 한숨을 내쉬었다.

"차라리 아저씨가 범인이었으면 그 사람보단 쉬웠을 텐데."

"그게 무슨 말이야?"

"아버지 덕분에 위험한 순간에선 벗어났지만, 사실은 어제 그분이 날 죽이려고 했어. 아니 진짜 죽이려 했는지는 모르겠어. 종종 있었던 일이지만 어제는 죽음의 문턱에 갔다 온 기분이었어. 문제는 그럴 때면 아저씨는 우리 엄마에 대한 부정적인 얘기를 늘어놓는 거야. 난 그분이 하는 엄마 얘기만 들으면 실제 같아서 너무 무서웠어."

"그분이 누나한테 왜?"

엄마의 얘기에 상민은 정신이 번쩍 들었다.

"얼마 전부터 증상이 심해지면 나를 엄마로 착각했던 거 같아. 어제는 엄마가 어떻게 죽었는지 궁금하지 않느냐고 하더라. 자기가 죽였다며."

"부자가 쌍으로 미쳤구나."

"그러면서 엄마를 아름다운 곳에 묻었다고 했어."

"아름다운 곳?"

"곳곳에 수정이 박힌 것처럼 해가 들이치는 아름다운 숲이라더라. 노인네가 아주 꿈속에 사는 것 같지? 그런데 나는 어제까지도 그분이 어쩌면 범인일지도 모른다고 생각했어."

상민은 아무 말도 할 수 없었다. 하지만 양림이 전한 정묵의 이야기에 문뜩 떠오르는 곳이 있었다. 그곳밖에 없었다.

"누나 어디야?"

상민이 조심스럽게 입을 뗐다.

"병원. 오늘이 마지막 날이야."

장현의 자백보다 정묵의 이야기가 왜 더 설득력 있게 느껴졌는지 모르지만, 상민은 위험을 직감했다. 아무래도 강화연쇄살인마는 정묵인 것 같다고. 하지만 누나에게 자신이 느낀 것들을 말할 수 없었다. 혹여 놀란 누나가 그를 자극했다간 더 큰 위험에 빠질지 모를 일이었다.

"누나 언제 끝나?"

"이제 나가야지. 인사만 하고 나오면 돼. 난 할 도리 다했어."

"누나. 내가 데리러 갈게, 지금 나와. 만나서 할 말이 있어."

상민은 서둘러 차 열쇠를 들고 집을 나섰다.

태양이 산 너머로 사라지고 있었다.

정묵은 병실에 들어올 마지막 사람을 기다렸다. 배식원이 다녀갔고, 간호사가 약을 놓고 갔다. 앞으로 그가 마주할 사람은 한 명뿐이었다.

정묵은 탁자 서랍에서 미니드라이버 세트를 꺼냈다. 침대 나사가 헐거워질 것을 대비해 구입했던 것이다. 드라이버 교체가 쉽고 그립감이 좋아 인기 있는 제품이었다. 위협적인 외관은 아니었지만 쓰기에 따라 사람에게 치명상을 입힐 수 있는 물건이었다. 그는 가장 두꺼운 일자 드라이버를 택했다. 먹이의 급소를 노리는 맹수처럼 일격에 모든 것을 끝내야 했다. 정묵은 완벽한 범죄가 불가능하다는 걸 알았다. 오늘 그가 하려는 것은 자신을 증명할 살인이었다. 이제 뒷일은 아무래도 상관없었다.

그의 마지막을 응원하듯 붉은 석양이 병실을 가득 채웠다. 정묵은 흡족했다. 자신과 어울리는 마지막 날이었다. 그때 가벼운 노크 소리와 함께 양림이 들어왔다.

"마지막 날이라 간호사분들하고 할 얘기가 많네요."

자리를 오래 비우고 들어온 양림이 말했다. 그녀는 퇴근 준비를 하며 옷걸이에 걸린 가방을 내렸다. 정묵은 자리에서 일어나 창가로 향했다. 그새 석양은 바다를 핏빛으로 물들였다.

"어르신 그동안 감사했습니다. 저는 이만 가볼게요."

그녀가 가방을 멘 채 허리 굽혀 인사했다. 정묵은 만족스러운 미소를 지으며 몸을 돌렸다.

"석양이 아름답구나. 계속되면 좋을 텐데 석양은 너무 빨리 사라져."

"저는 석양이 싫어요. 그리고 이곳에 아저씨와 있는 것도 싫고요."

저도 모르게 나와 버린 말이었다. 적어도 그녀에게는 거짓이나 가식 없는 솔직한 마음이었다. 양림은 지금 엄마의 죽음을 떠올리게 하는 모든 것들로부터 도망치고 싶은 마음뿐이었다.

"네 엄마가 떠난 날이랑 비슷한 석양 같지 않아? 최근 들어 제일 붉구나."

정묵의 말은 그녀의 허를 찔렀다. 몇 번이고 그의 말에 휘둘리지 말자면서도 양림은 엄마 얘기 앞에서 늘 무너졌다. 그녀는 또 정묵의 질문에 답을 하고 말았다.

"모르겠어요. 너무 오래전 일이라."

"석양이 싫다며."

"그건!"

양림은 말을 멈췄다. 그의 도발에 마지막까지 놀아나고 싶지 않았다. 정묵이 창가에 기대 그녀를 물끄러미 바라보았다.

"또 저희 엄마를 욕되게 하시려거든 그만 하세요. 이미 아저씨와 아들에게 너무 많은 상처를 받았으니까요."

그녀는 정묵을 똑똑히 바라보며 말했다. 그는 기회를 노리고 있었다. 그녀가 병실을 나가기 전 모든 것을 끝내야 했다.

기회는 생각보다 빠르게 다가왔다. 양림의 가방 안에서 핸드폰이 조급하게 울렸다.

"네. 아버지!"

"양림아! 어디니?"

긴박한 득호의 목소리가 정묵에게까지 들렸다.

"아직 어르신 병실이에요. 이제 나가려고요."

"빨리 나와. 빨리! 병원 앞이야 이제 다 왔어."

정묵이 창밖으로 몸을 돌려 득호를 확인했다.

"네 아비가 딱 맞게 도착했구나."

양림은 창가로 다가와 창밖을 확인했다. 병원 현관으로 뛰어오는 아버지가 보였다. 그녀는 아버지를 향해 손을 흔들었다.

"아버지, 저 보이세요? 곧 내려가요."

득호는 4층에서 손을 흔드는 딸을 보며 핸드폰을 놓치고 말았다. 손을 흔드는 양림 뒤에 사악한 악마가 웃고 있었다.

전화가 끊기자 양림은 뒤를 돌아볼 수 없었다. 아버지의 표정이 모든 것을 말해주고 있었다. 엄마를 잃던 날 보았던 절망 어린 표정이었다. 양림은 그때서야 붉은 석양에 취한 노인이 옆에 있다는 것을 깨달았다. 그녀는 침착함을 잃지 않으려 눈을 잠시 감았다. 맹수에게서 도망치는 가젤이 떠올랐다. 모든 동물이 맹수에게 잡아먹히지는 않는다. 포식자로부터 벗어나는 방법은 그보다 먼저 행동하는 것뿐이다.

그녀는 비명을 지르며 정묵을 향해 가방을 휘둘렀다. 순간 왼쪽 어깻죽지가 뜨거워졌다. 아주 근소한 차이로 정묵이 노린 급소를 벗어났다. 바닥에 쓰러진 양림은 엉덩이를 뒤로 밀며 정묵과 거리를 유지했다. 그녀가 움직이는 곳으로 핏자국이 이어졌다. 이미 방을 채운 석양 때문에 색은 도드라지지 않았다.

"딱 네 엄마가 그 모습이었지. 빌어 봐. 살려 달라고! 단번에 목을 따줄 테니."

석양을 등진 정묵이 양림에게 다가오며 말했다. 그녀는 참담했다. 다가오는 정묵을 보며 확신할 수 있었다. 그가 상민이 보았던 석양 속의 검은 남자라는 것을. 그리고 과거 강화연쇄살인 사건의 진범이라는 것을.

득호는 창백해진 얼굴로 비상계단을 뛰어올랐다. 그는 병원으로 오던 중 상민에게 한 통의 전화를 받았다. 엄마를 죽인 사람은 장현이 아닐지도 모른다는 이야기였다. 함께 보았던 숲속 공간이, 아들의 선명한 기억이 그것을 증명했다. 그는 아들의 말을 믿기로 했다. 숨이 가빠오고 땀이 비 오듯 쏟아졌다. 하지만 멈출 수 없었다. 이미 그는 가족에게 너무 많은 실수를 저지른 가장이었다. 가족의 모든 불행은 자신 때문이었다. 순경 생활에 만족했더라면, 정묵의 집 근처로 이사하지 않았더라면, 그날 아내와 함께 산을 올랐더라면 어쩌면 막을 수 있었는지도 모른다. 모든 것이 분명해졌다. 우상처럼 받들었던 정묵은 악마였다. 딸을 살인마로부터 구해야 한다. 부디 살아 있기를…. 계단을 올라가는 내내 그는 간절히 기도했다.

양림은 더 이상 갈 곳이 없음을 깨달았다. 등 뒤는 벽이었다. 그녀는 아버지와 상민이 올 때까지만 버티면 무사할 수 있었다. 시간을 벌어야 했지만 앞에 있는 정묵은 그 시간까지 자신을 살려 둘 것 같지 않았다. 아무 생각도 들지 않았다.

"사… 살려 주세요."

"지금 어디로 도망갈지 머리를 굴리고 있겠지? 네 엄마도 그랬어. 시도는 했지만 얼마 가지 못하고 잡혔지."

양림은 차마 정묵을 눈을 바라볼 수 없었다. 엄마가 느꼈던 공포를 경험하고 싶지 않았다. 그에게 공포에 떠는 모습을 보임으로써 만족감을 주고 싶지도 않았다. 눈물이 나올 것 같았으나 흘리지 않으려 참았다. 이미 흐르고 있었는지는 모르지만 적어도 정묵에게 순순히 약한 모습을 보일 수 없었다.

"네가 죽어야 내가 살아. 장현이 그놈이 다 가로챘어. 나는 증명해야 해."

"차라리 자수하세요."

"멍청한 소리! 그건 내 룰이 아니야!"

정묵이 양림의 말에 화가 난 듯 드라이버를 휘둘렀다. 양림은 간신히 몸을 돌려 위기를 모면했다. 두껍게 칠해진 페인트 벽에 생채기가 났다. 정묵은 이성을 잃은 듯 닥치는 대로 드라이버를 바닥에 찍어 내렸다. 바닥을 기어 도망치던 양림의 다리에 박힌 드라이버는 외마디 비명을 불렀다. 그녀의 비명과 함께 득호가 문을 박차고 들어왔다. 바닥에 쓰러진 양림을 보자 득호는 피가 거꾸로 솟았다. 그는 딸에게 흉기를 휘두르는 정묵을 있는 힘껏 걷어찼다.

"네가 감히 나를?"

바닥에 나뒹군 정묵이 웃음을 터트리며 일어섰다. 그는 꼭 쥐고 있던 드라이버를 다시 손에 맞게 잡으며 득호가 아닌 양림을 향해 달려들었다. 득호는 딸에게 덤비는 그를 막아섰다. 그의 기세는 대단했다. 치매 노인의 몸에서 뿜어 나오는 독기는 득호의 힘으로 제압하는데 버거울 정도였다. 정묵의 드라이버가 관통한 득호의 손에서 피가 흘러내렸다. 병실 바닥에 떨어진 피가 붉은 석양에 흡수됐다. 그때야 득호는 바닥에 퍼져있던 액체가 양림의 피라는 것을 깨달았다.

"조정묵 당신이었어. 왜 그랬어! 내가 뭘 잘못했는데!"

득호의 절규가 병실에 울렸다. 그는 사력을 다해 맞섰다. 하지만 정묵의 완력을 이기기에는 역부족이었다. 손을 관통한 드라이버가 점점 득호의 심장과 가까워졌다.

"이러지 마세요. 아저씨! 제발요."

양림이 울부짖으며 정묵의 다리를 잡고 늘어졌다. 팽팽한 대치에서 정묵이 승리할 무렵 간호사들이 들이닥쳤다. 붉은 석양이 채웠던 병실에 불이 켜지자 몇몇 젊은 간호사는 예상치 못한 광경에 짧은 비명을 지르기도 했다. 정묵은 저항했지만 남자 간호사들에게 이내 포박당했다.

"놔 이 새끼들아! 오늘 저년을 죽여야 해! 난 다 빼앗겼어. 찾아와야 해."

긴장이 풀린 득호가 병실 벽에 몸을 기댔다. 흥건한 핏자국 위에 딸이 눈을 껌뻑이며 쓰러져 있었다.

아득한 사이렌 소리가 점점 선명해졌다. 저녁이 석양을 몰아냈다.

*

"지금까지 감사합니다. 빨리 회복하길 기원하겠습니다."

병원을 찾은 경찰에게 양림은 지금까지 정묵을 간병하며 겪었던 일들을 진술했다. 그녀의 일지는 과거 강화연쇄살인 사건을 수사하는 데 큰 도움을 주었다. 정신이 온전치 못한 정묵의 심문에 한계가 있었기 때문이다.

양림의 상처는 다행히 생명에 지장이 없었다. 그녀는 병원에 입원 중인 며칠 동안 깊은 잠을 잤다. 그동안 쌓아온 마음의 무게를 날려버리려는 듯 내내 졸음이 쏟아졌다. 자고 일어날 때마다 조금씩 기운을 찾을 수 있었다. 약의 도움인지 본인의 의지인지 알 수 없었지만, 병원에서 양림은 깨어 있는 시간보다 자고 있는 시간이 많았다.

경찰이 나가자 상민이 들어왔다. 살인마가 잡히고 남매가 만나기는 처음이었다. 어색한 침묵이 흘렀다. 그는 냉장고를 열어 가져온 음료를 넣고, 침대 옆 서랍장을 열었다 닫으며 부산히 움직였다.

"애들 엄마도 저녁때 온대. 뭐 먹고 싶은 거 있어?"

상민이 말했다.

"괜찮아. 병원 밥으로 충분해."

상민의 움푹 파인 볼을 보자 양림은 안쓰러운 마음이 들었다.

"많이 힘들었지?"

양림이 상민의 손을 잡고 말했다.

"누나 미안해."

상민이 창밖으로 고개를 돌리며 말했다. 누나와 시선을 맞추면 꾹꾹 눌러온 감정이 쏟아져 나올 것만 같았다.

"아니. 내가 미안해."

"뭐가? 누나가 미안할 게 뭐 있어."

양림은 옆에 놓인 물을 몇 모금 마시고 숨을 길게 내쉬었다.

"사실은 그날 나도 봤어. 네가 말한 석양 속의 남자. 너를 찾으러 해안도로로 갔을 때, 네 건너편에 있던 검은 남자 말이야. 나도 봤다고."

상민의 시선이 양림에게 돌아왔다. 그는 놀란 표정을 감추지 못했다.

"그런데 무서웠어. 네 말에 힘을 보태는 게, 네 편을 드는 게 무서웠어. 그냥 시간이 지나면 모든 게 제자리로 되돌아올 거라고 생각했어. 그 사람이 범인이었는지 아닌지는 몰라. 그게 아저씨였는지 그것도 모르겠어. 난 무서웠어. 붉은 하늘도 검은 남자도 엄마가 사라졌다는 사실도. 모든 게 무서워서 아무것도 말할 수 없었어. 그래서 네 말을 듣고도 모른 척했어. 미안해. 항상 미안했어."

양림이 감정에 복받쳐 울음을 터트렸다. 상민은 지그시 눈을 감았다. 조금 전까지 눈가를 맴돌던 눈물은 나오지 않았다. 누나가 자신을 대신해 울고 있었다.

그녀의 고백은 상민에게 묘한 홀가분함을 안겨주었다. 지독히 고독했던 암흑 속을 빠져나온 기분이었다. 혼자가 아니었다. 모두 각자의 무게를 벗고자 애쓰고 있었다. 그는 이제 자신의 무게를 내려놓아야 했다.

'엄마를 찾아서 편히 보내드리자.'

한참을 흐느낀 양림은 다시 깊은 잠에 빠져다. 상민은 커튼을 치고 병실을 나왔다.

득호와 상민이 발견한 고요한 숲은 피해자들의 무덤이었다. 경찰은 대대적인 인력을 동원해 피해자 유골을 수색했다. 가장 먼저 발견된 유골은 네 번째 사망자였다. 외포리 선착장 근처에서 실종된 식당 여주인이었다. 첫 번째 유골이 발견되자 주변에서 연이어 유골들이 발견됐다. 유골은 대체로 정묵이 내다 버린 토막 부분을 제외한 몸통 부분이었다.

경찰의 수색이 이렇게 활기를 띨 수 있었던 건 정묵의 주효한 자백 때문이었다. 경찰은 양림을 죽이려 한 정묵을 살인 미수로 구속했다. 그는 예상과 달리 경찰 심문에 순순히 응했다. 수차례 착란이 오갔지만 진술은 대체로 한결같았다. 그는 자신이 저지른 범죄를 인정하며 장현의 사건과 별개임을 수차례 강조했다. 그는 치료감호시설에 구금되어 재판을 기다렸다.

여섯 구의 유골이 발견되는 동안 득호와 상민은 매일 수색이 벌어지는 산에 올랐다. 유골이 발견되는 속도는 하루하루 빨라졌다. 4일에 걸쳐 머리가 없는 여섯 구의 유골이 발견되었지만 그중 득호의 아내는 없었다. 새로운 시신이 나올 때마다 그는 가슴을 졸였다.

정묵은 모든 살인을 인정하면서도 득호의 아내에 관해서는 끝까지 원망 어린 분노를 표했다. 그는 자신의 완벽한 살인이 그녀 때문에 망가졌다고 했다. 그래서 그녀를 일곱 번째 피해자로 인정하지 않았다. 그녀의 죽음을 손목 하나로 하찮게 노출한 것도 같은 이유였다. 그래서 득호는 아내의 유골을 발견할 수 있을지 확신하지 못했다. 정묵이 애정 어려 하는 여섯 구의 유골과 아내가 함께 묻혔을지는 결과가 나와 봐야 아는 일이었다.

여섯 번째 유골이 발견되고 이틀째 아무 소식이 없자 득호와 상민의 초조함은 극에 달했다. 시신을 찾는 것은 그들의 마지막 바람이었다.

유골 수색 일주일이 되던 날 아침, 득호는 상민을 기다리며 담배를 연이어 태웠다. 산에 올라가야 할 시간이었다. 삐걱거리며 철제 대문이 밀리는 소리가 나자 득호는 급히 담배를 껐다. 그는 서둘러 툇마루에 던져놓은 외투를 입고 주머니를 확인했다. 신발을 신으려 했지만 한 손으로는 여간 어려운 일이 아니었다. 아직 붕대가 감긴 손은 민첩한 그의 마음처럼 움직이지 못했다.

"천천히 하세요."

최 반장이었다. 득호는 긴장이 풀린 듯 어깨를 늘어뜨렸다.

"난 또 상민인 줄 알았어. 우리 먼저 가세."

"선배. 아마도 오늘이 최종 수색이 될 거 같습니다. 물론 요청에 따라서 달라질 수도 있지만요."

최 반장이 느슨하게 풀린 득호의 운동화 끈을 매주며 조심스럽게 말했다.

"그래, 예상했어. 그쪽에서는 다른 얘기 없지?"

"네. 저희가 찾지 않는 이상 힘들 거 같습니다. 그래도 계속 시도는 해볼게요."

"고마워."

"별말씀을요. 그나저나 양림인 어때요?"

"많이 좋아졌어. 곧 퇴원한다더군. 자, 가지."

두 사람은 바로 집을 나섰다. 구름 한 점 없는 청명한 하늘이 가을을 실감케 했다. 득호는 오늘을 끝으로 뒷산에 오르지 않을 생각이었다. 그는 수없이 되뇌었다. 어떤 결과가 나오더라도 여기서 끝내기로. 경사가 급해지는 오르막에 진입하자 두 사내의 호흡이 가빠졌다.

"질문 하나해도 될까요?"

최 반장이 말했다. 득호가 눈을 맞추며 고개를 끄덕였다.

"몇 가지 궁금한 게 있었어요. 장현이를 만났을 때 마지막에 석양이랑 가래나무 열매 얘기는 왜 하셨어요?"

"얘기를 듣다 보니 의문이 들었어. 동요하기도 했지만, 그놈은 살인만 주장하고 있을 뿐이라는 걸 깨달았지. 충분히 꾸밀 수 있는 내용이라고 생각하니 상민이의 이야기가 떠오르더군. 적어도 상민이는 꾸며낸 것이 없었어. 그걸 내가 믿지 않았던 것뿐이지. 만약 상민이가 본 사람이 진짜 살인마였다면, 불타는 석양을 보러 해변까지 간 사람이 그날의 기억을 지나치지 않을 거라고 생각했어."

"장현이가 과거 강화연쇄살인마가 아니라는 걸 그때 아신 거예요?"

"아니, 나도 확신은 없었어. 어쨌거나 전리품이 그의 손에서 발견뎄으니까, 그가 진범이 아닐 확률은 반반이었지. 내가 두려웠던 건….”

최 반장이 침을 삼키며 득호의 입을 주시했다.

“장현이가 아니라면 형님이 범인이라는 것이었어. 결국 그렇게 됐지만.”

“아버지의 죄를 덮어쓴 아들이라. 누가 들으면 눈물 나는 효자 같긴 한데, 장현이가 왜 자기가 했다고 했는지 아시죠?”

득호가 씁쓸한 미소를 지으며 멈춰 섰다. 숨이 턱까지 차올라 잠시 숨 고르기를 해야 했다. 최 반장도 득호를 기다리며 이마에 맺힌 땀을 닦았다.

“잠깐 쉬지. 알 것 같긴 하네만, 솔직히 이해가 되지 않아.”

“그런 놈은 이해 못 하는 게 정상이에요. 심리 분석 결과 지독한 완벽주의자로 나왔어요. 자기 실패를 쉽게 인정할 수 없어서 아버지의 죄라도 훔치고 싶었나 봐요. 조 선배는 그에게 성공한 살인마였으니까요. 그런데 장현인 누구에게 인정받고 싶었던 걸까요? 그날 선배에게 말하는 걸 보니 그런 생각이 들더군요.”

“인정받고 싶었다면 아마 그의 아버지였을 거야. 가장 인정받고 싶고, 뛰어넘고 싶었던 사람.”

득호는 고개를 숙이고 붕대가 감긴 손을 처연하게 바라보았다.

“두 분 안 가고 뭐 하세요?”

뒤따라온 상민이 득호 옆에 서며 말했다. 시원한 가을바람에 열기는 빠르게 식었다.

"가지."

득호가 다시 오르막에 발을 내밀었다. 그때 최 반장의 무전기가 울렸다.

—— 일곱 번째 유골 발견. 머리뼈 존재.

무전 소리에 상민과 최 반장이 오르막을 뛰어 올라갔다. 머리가 있는 유골은 득호의 아내가 확실했다. 손만 발견되었던 마지막 피해자는 그곳에 있었다. 그는 힘을 다해 산을 올랐다. 다시 숨이 턱까지 차오르며 심장이 터질 듯이 조여 왔다. 득호는 점퍼 주머니에 손을 넣었다. 보드라운 아내의 머리끈이 만져졌다.

'천천히 가요. 나는 거기에 있어요.'

득호의 호흡이 조금씩 제자리를 찾았다.

〈끝〉

작가의 말 |

어린 시절, 근거 없는 자신감에 사로잡혔던 때가 있었다. 나는 어떤 이야기든 쓸 수 있고, 어떤 영상도 만들 수 있는 사람이라고 자신했다. 하지만 오만이었다. 문예창작과를 갔을 때, 그곳에 모인 글 좀 쓰는 아이들을 보며 자신감을 상실하고 자퇴를 했다. 영화는 되겠지, 라며 영화과를 갔지만 그곳에서 진짜 시네키드들을 만나고 또 도망쳤다. 난 소설을 좋아하는 사람이지 잘 쓰는 사람이 아니었고, 영화를 좋아하는 사람이지 잘 만드는 사람이 아니었다.

나의 이십 대는 꿈을 찾는다는 핑계로 대학을 전전하고, 의미 없는 일을 하는 것으로 끝났다. 그럼에도 도망친 것들에게서 자유로울 수 없었다. 머릿속을 어지럽히는 허구의 이야기들이 나를 온전히 놔두지 않았다. 소설 속 정묵이 말하는 우글거림은 내가 책을 보거나 쓸 때 종종 느끼는 감각이다. 우글거림이 멈출 때까지 읽고 쓰는 것을 멈출 수가 없었다.

그럴 때는 누군가에게 보여주지도 못하는 글을 썼다. 쓰는 일에서 멀어지지 말자고 결심해 시작한 방송작가 일을 하며 퇴근 후엔 커피숍에서 글을 썼다. 몇 년을 지속하다 보니 하나둘 이야기라고 할 만한 작품이 만들어졌다. 그 무렵 내 가장 큰 소원은 출근하는 일을 하지 않고 원 없이 글을 쓰는 것이었다. 그러기 위해선 내 작품의 가치를 인정받아야 했다. 공모전에 도전했고, 다행히 소소한 성과를 내며 작업에 전념할 수 있게 되었다.

모든 이야기에는 생명력이 있는 것 같다. 나를 통해 만들어지지만 이야기 자체가 가고 싶어 하는 길 말이다. 〈태양의 피〉는 소설이 되기를 원했다.

하지만, 이 스토리가 소설이 될 것이라고 상상하지 못했다. 아니 내가 소설을 쓸 수 있는 사람이라고는 생각하지 못했다. 처음에는 방송사 인턴작가 시절 창작한 2부작 단막이었다. 회의를 하고, 여러 사람들의 모니터를 거치며 나온 결론은 2부작으로 담기엔 내용이 많다는 것이었다. 그리고 방송에 적합하지 않은 내용이라는 것(이것에는 반론의 여지가 없다). 내 마음도 같았다. 두 편의 단막으로 설명하기엔 시간이 부족했다. 미처 대본에 쓰지 못한 내용도 너무 많았다.

〈태양의 피〉는 세상에 드러나지 못하고 사라져버리는 진실을 이야기해달라고 주문했다. 곪은 상처는 고름이 나오기 전에 회복될 수 없다. 진실이 드러나는 데는 여러 경로가 있겠지만 내가 선택한 방법은 범인의 고백이었다. 그들만큼 정확하게 범죄의 비밀을 알고 있는 사람은 없기 때문이다. 더불어 인간이 비밀 속에서 얼마나 자유로울 수 있는지 고민했다. 그러기 위해 치매라는 장치가 쓰였고, 피해자 가족의 집요한 의문이 더해졌다.

불거지고, 도드라지고, 터져 나온 진실은 그렇게 〈태양의 피〉가 되었다.

이제는 이 소설과 잠시 안녕을 해야 할 거 같다. 쓰면서 마음 아픈 순간이 많았던 탓에 소설에서 벗어나는 시간이 필요하다. 특히 정묵의 이야기를 쓰다 잠든 날이면 태양이 허물어지고, 절벽에 매달리는 꿈을 자주 꿨다. 탈고하고 거짓말처럼 꿈을 꾸지 않게 됐지만, 문뜩문뜩 꿈에서 본 태양이 생각난다.

만약 가능하다면 안드레아스 숄이 부르는 'In Stiller Nacht'를 듣고 다시 이 소설을 떠올려 주셨으면 한다. 커피숍에서 초고를 마치고 집에 돌아가던 길에 라디오에서 나오는 이 음악을 듣고 마음이 우글거렸다. 듣는 순간 석양 속에 있는 정묵이 그려졌다. 이후 수없이 고치고 다듬는 동안 나와 함께한 음악이 되었다.

〈태양의 피〉는 나의 첫 장편소설이다.

전화 통화가 무서워 흔한 안부 전화조차 못 하는 나는 인간관계가 꽤나 협소한 사람인데, 신기하게도 이삼십 년 지기들이 많다. 친구들의 조력이 없었다면 난 글을 쓰는 사람이 될 수 없었을 것이다. 그들의 응원과 위로가 아니었다면 진즉에 포기하고 살았을 테니까.

이제는 '버리지도 못하는 패'라며 운명공동체가 된 친구들에게 이 지면을 빌려 마음을 전한다. 경진, 서영, 영미, 정민, 주용, 주희, 지현, 현정아! 덕분에 포기하지 않고 쓸 수 있었다. 고맙다.

책이 나오기까지 도와준 모든 분께도 감사드린다.

2018년 봄

김율

태양의 피

1판 1쇄 발행 2018년 4월 30일

지은이 김율

발행인 박광운
편집인 박재은

발행처 손안의책
출판등록 2002년 10월 7일 (제307-2015-69호)
주소 서울 성북구 화랑로 214, 102동 601호
전화 02-325-2375 **팩스** 02-6499-2375
카페 http://cafe.naver.com/bookinhand
이메일 bookinhand@hanmail.net

ISBN 979-11-86572-42-9 03810

정가는 뒤표지에 있습니다.
파본이나 잘못된 책은 구입하신 곳에서 교환해 드립니다.

* 이 도서의 국립중앙도서관 출판예정도서목록(CIP)은 서지정보유통지원시스템 홈페이지 (http://seoji.nl.go.kr)와 국가자료공동목록시스템(http://www.nl.go.kr/kolisnet)에서 이용하실 수 있습니다.(CIP제어번호: CIP2018011833)